다빈치 코드
The Da Vinci Code

THE DA VINCI CODE
Copyright ⓒ 2003 by Dan Brown
All rights reserved.

Korean translation rights arranged with Sanford J. Greenburger Associates, Inc.
through EYA(Eric Yang Agency), Seoul, Korea.

Korean translation copyright ⓒ 2008 by Moonhak Soochup Publishing Co., Ltd.

이 책의 한국어판 저작권은 에릭양 에이전시를 통해
Sanford J. Greenburger Associates, Inc.와
독점계약한 (주)문학수첩이 소유합니다.
저작권법에 의하여 한국 내에서 보호를 받는 저작물이므로
무단전재와 복제를 금합니다.

다빈치 코드
The Da Vinci Code

댄 브라운 지음 | 안종설 옮김

문학수첩

일러두기

1. 한글 맞춤법은 국립국어원 『표준국어대사전』에 따랐다. 외래어 표기법도 국립국어원 〈외래어 표기법〉에 따라 표기하였다.
2. 마일, 야드, 피트, 에이커, 제곱피트 등 단위는 센티미터, 미터, 킬로미터, 제곱미터 등의 단위로 환산하였다.
3. 영어 외의 프랑스어나 라틴어는 필요한 경우 원문을 싣고 그 뜻을 괄호 안에 풀이하였다.

다시 한 번
블리스에게
그 어느 때보다도

55

소피는 랭던 옆에 앉아 홍차를 마시며 핫케이크를 조금 뜯어먹었다. 카페인과 탄수화물은 금방 기분 좋은 효과를 발휘하기 시작했다. 리 티빙 경이 어색한 걸음걸이로 벽난로 앞을 서성거릴 때마다 그의 보정기에서 철컥거리는 소리가 났다.

"성배는 말이오."

티빙은 설교라도 하는 목소리로 말했다.

"대부분의 사람들은 나에게 성배가 어디에 있는지만 묻지. 유감스럽게도 그건 내가 답해 줄 수 있는 질문이 아니라오."

그는 돌아서서 소피를 똑바로 쳐다보았다.

"하지만…… 그보다 훨씬 더 중요한 질문은 따로 있소. '성배란 무엇인가?'"

소피는 지금 자리를 같이한 두 남자 사이에서 학문적인 분위기가 피어오르기 시작하는 것을 느꼈다.

"성배를 제대로 이해하기 위해서는 먼저 성경을 이해해야 해요."

티빙이 말을 이었다.

"신약에 대해서는 얼마나 알고 있소?"

소피는 어깨를 으쓱거렸다.

"솔직히 말하면 전혀 몰라요. 나를 키운 사람은 레오나르도 다빈치를 숭배하는 분이었거든요."

티빙의 눈에는 놀라움과 흡족함이 동시에 떠올랐다.

"누군지는 모르지만 깬 사람이군. 아주 좋아요! 그렇다면 레오나르도가 성배의 비밀을 수호하는 자들 가운데 하나였다는 사실, 그가 자신의 작품 속에 단서들을 숨겨 놓았다는 사실은 알고 있겠군."

"로버트에게서 들은 정도만 대충 알아요."

"신약 성경에 대한 다빈치의 입장은?"

"전혀 몰라요."

티빙은 만족스러운 표정으로 응접실 맞은편의 서가를 가리키며 말했다.

"로버트, 수고 좀 해 주겠나? 제일 아래 칸에 『레오나르도 이야기(*La Storia di Leonardo*)』라는 책이 있을 걸세."

랭던은 책장 앞으로 다가가서 큼직한 미술책을 뽑아 들고 돌아와 탁자 위에 내려놓았다. 티빙은 그 책을 소피 쪽으로 돌려 놓으며 두툼한 표지를 열어 몇 개의 인용문이 적힌 뒷날개를 가리켰다.

"논쟁과 사색을 주제로 한 다빈치의 노트에 나오는 구절들이오."

티빙은 그 가운데 하나를 가리키며 말을 이었다.

"이게 우리의 토론과 관련이 있다는 걸 금방 알아차릴 수 있을 거요."

소피는 그 문장을 읽어 보았다.

많은 자들이

> 기만과 거짓 기적으로 몽매한 대중을 속였다.
> ―레오나르도 다빈치

"이건 또 어떻소?"
티빙은 다른 인용문을 가리켰다.

> 소경의 무지가 우리를 잘못된 길로 인도한다.
> 아, 몽매한 인간들이여, 눈을 떠라!
> ―레오나르도 다빈치

소피는 한기가 밀려오는 것을 느꼈다.
"성경을 두고 하는 말인가요?"
티빙은 고개를 끄덕였다.
"성경에 대한 레오나르도의 입장은 성배와도 직접적인 연관이 있소. 조금 있다가 보여 주겠지만, 다빈치는 실제로 성배를 그리기까지 했지. 하지만 먼저 성경 이야기를 조금 더 하고 넘어가자고."
티빙은 빙그레 미소를 지었다.
"성경에 대해서는 위대한 신학자 마틴 퍼시 박사가 남긴 한마디를 제대로 이해하면 충분할 거요."
티빙은 헛기침을 한 번 한 다음, 선언하듯 말했다.
"성경은 천국에서 팩스로 날아온 것이 아니다."
"네?"
"성경은 하느님의 작품이 아니라 사람의 작품이오. 어느 날 갑자기 구름 위에서 툭 떨어진 게 아니라는 거지. 격동기의 역사적 기록이 수많은 번역과 첨가와 수정으로 진화한 게 바로 성경이오. 역사란 결코 한 권의 책으로 모든 것을 담아낼 수 있는 주제가 아니거든."

"그래요."

"예수 그리스도는 엄청난 영향력을 가진 역사적인 인물이오. 어쩌면 인류 역사상 가장 비밀의 장막에 싸인, 또한 영감을 가장 많이 불어넣는 지도자라고 해도 과언이 아니겠지. 예언에 나오는 메시아로서, 예수는 왕들을 쓰러뜨리고 수많은 대중에게 영감을 불어넣었으며, 새로운 철학의 토대를 다졌소. 솔로몬 왕과 다윗 왕의 후손인 예수는 스스로를 유대인의 왕이라 주장할 충분한 자격을 갖춘 인물이었소. 따라서 당시 수많은 추종자들이 그의 생애를 기록한 것도 무리는 아니지요."

티빙은 말을 멈추고 차를 한 모금 마신 다음, 찻잔을 도로 벽난로 위에 내려놓았다.

"신약 성서의 후보로 80여 권의 복음서가 선별되었는데, 그중에서 실제로 성경에 포함된 것은 「마태복음」 「마가복음」 「누가복음」 「요한복음」 정도라오."

"어떤 복음서를 포함시킬 것인지 선별한 사람은 누구죠?"

소피가 물었다.

"아!"

티빙이 정열적인 목소리로 말했다.

"기독교의 가장 근본적인 아이러니가 바로 그 부분이지! 오늘날 우리가 알고 있는 성경을 편집한 사람은 로마의 황제이자 이교도였던 콘스탄티누스 대제거든."

"콘스탄티누스는 기독교인이었던 것으로 알고 있는데요?"

소피가 말했다.

"천만에."

티빙은 코웃음을 치며 대답했다.

"그는 평생을 이교도로 살다가 죽기 직전에야 간신히 세례를 받은 인물이오. 그것도 기력이 다해서 저항을 못했기 때문에 가능했던 일이지. 콘스탄티누스 시대에 로마의 공식 종교는 태양 숭배—솔 인빅투스(Sol Invictus), 혹은 '무적의 태양신'을 숭배하는—였고, 콘스탄티누스 본인이 그 종교의 대제사장이었소. 그런데 불행하게도 거대한 종교적 소용돌이가 로마를 집어삼키기 시작했소. 예수 그리스도가 십자가에 못 박힌 지 3세기가 지날 무렵, 그리스도의 추종자들이 기하급수적으로 늘어난 거요. 기독교도와 이교도 사이에 싸움이 벌어지기 시작했고, 그런 갈등은 로마가 두 동강으로 분열되지 않을까 걱정스러울 정도로 번져 갔소. 콘스탄티누스가 가만히 뒷짐만 지고 바라볼 수 없는 상황이 된 거지. 그래서 그는 325년, 로마를 단일 종교로 통일시키기로 마음먹었는데, 그게 바로 기독교였소."

소피는 놀라움을 감출 수 없었다.

"이교도였던 황제가 왜 기독교를 공식 종교로 선택한 거죠?"

티빙은 짓궂은 웃음을 지었다.

"콘스탄티누스는 아주 유능한 사업가였던 거지. 기독교가 대세라는 사실을 포착하자, 미련 없이 말을 갈아탄 것뿐이오. 지금도 역사학자들은 콘스탄티누스가 태양 숭배에 익숙한 이교도들을 기독교로 개종시킨 탁월한 역량에 감탄을 금치 못하고 있소. 이교도의 상징과 달력, 제의 등을 새롭게 성장하는 기독교의 전통과 뒤섞어 놓음으로써 양쪽 모두 큰 불만 없이 받아들일 수 있는 일종의 혼혈 종교를 만들어 낸 거지."

"전문 용어로는 '변형(transmogrification)'이라고 하지요."

랭던이 말했다.

"기독교의 기호학 속에 남아 있는 다른 종교의 흔적은 누구도 부정하지 못할 정도예요. 태양을 나타내는 이집트의 양원(陽圓)은 가톨릭 성인들의 머리 위에 얹힌 후광이 되었고, 기적적으로 수태한 아들 호루스를 안고 있는 이시스의 그림 문자는 아기 예수를 안은 성모 마리아의 현대적인 이미지의 토대가 되었지요. 가톨릭 미사에 등장하는 거의 모든 요소들—주교관, 제단, 송영, '신을 먹는' 행위인 성찬식 등—은 그 이전 시대의 신비적인 다른 종교에서 가져온 것들입니다."

티빙은 나지막한 신음을 토했다.

"기호학자에게 기독교 도상학에 대한 연설을 시작할 기회를 주면 곤란하지. 아무튼 기독교에서 독창적인 것은 아무것도 없어요. 기독교 이전 시대에 미트라라는 신이 있었는데, 흔히 '하느님의 아들' 혹은 '세상의 빛'이라 불리는 신이었소. 이 신이 태어난 날이 바로 12월 25일이고, 죽은 뒤에는 암굴 무덤에 묻혔다가 사흘 만에 부활했소. 12월 25일은 오시리스와 아도니스, 디오니소스의 생일이기도 하지. 크리슈나는 태어난 직후 황금과 유향, 몰약을 선물로 받았소. 심지어는 기독교에서 매주 지키는 주일도 사실은 다른 종교에서 훔쳐 온 것이거든."

"그건 또 무슨 뜻이에요?"

랭던이 설명했다.

"원래 기독교는 유대교의 안식일인 토요일을 주일로 지켰어요. 그런데 콘스탄티누스가 그걸 '태양의 날'과 일치하도록 바꿔 버린 거예요."

랭던은 말을 멈추고 싱긋 미소를 지었다.

"오늘날까지도 기독교인들은 일요일(해의 날, Sunday)만 되면 그날이 원래 태양신을 숭배하던 날인 것도 모르고 교회에 가곤 하지요."

소피는 머리가 어질어질한 기분이었다.

"그런 게 성배와도 관계가 있나요?"

"있고말고."

이번에는 티빙이 대답했다.

"내 말 잘 들어요. 콘스탄티누스는 이러한 종교 융합이 진행되는 동안 새로운 기독교의 전통을 더욱 강화할 필요성을 느끼고, 그 유명한

'니케아 공의회'라는 회의를 소집했소."

소피도 들어 본 적은 있었지만, 그냥 니케아 신경(信經)이 제정된 곳 정도로만 알고 있을 뿐이었다.

"이 회의에서 기독교의 여러 가지 측면들을 놓고 토론이 벌어졌고, 일부는 표결에 부쳐지기도 했소."

티빙이 말했다.

"부활절의 날짜, 주교의 역할, 성례전의 주관 등이 그것인데, 물론 가장 중요한 것은 예수의 신성(神性)에 관한 것이었소."

"이해할 수 없네요. 예수의 신성이라뇨?"

티빙이 진지한 표정으로 대답했다.

"그 이전까지만 해도 예수의 추종자들은 그를 유한한 생명을 가진 예언자로 생각했소……. 위대하고 막강한 인물이지만, 그래도 자기네와 같은 한 사람의 인간으로 본 것이오."

"하느님의 아들이 아니고요?"

"그래요."

티빙이 대답했다.

"예수가 '하느님의 아들'로 자리 잡은 것은 니케아 공의회에서 이 문제가 공식적으로 제기되어 표결에 부쳐진 다음부터까."

"잠깐만요. 그러니까 예수의 신성이 표결에 의해 결정된 사항이란 말이에요?"

"그것도 아주 아슬아슬하게 통과되었지."

티빙이 덧붙였다.

"그럼에도 불구하고 로마 제국을 보다 강력하게 통일시키고 바티칸의 권력 토대를 다지기 위해서는 그리스도의 신성을 확립하는 일이 아주 중요한 의미가 있는 상황이었소. 콘스탄티누스는 예수를 하느님의 아들이라고 공식적으로 인정함으로써 인간 세상의 범위를 벗어나는 존재로 신격화했고, 나아가 누구도 그의 권위에 도전하지 못하도록 못을 박은 셈이오. 이것은 이교도들이 기독교에 반기를 드는 상황을 미연에 방지할 뿐만 아니라, 그리스도를 추종하는 사람들도 오로지 신성 불가침의 정해진 통로, 즉 로마 가톨릭교회를 통하지 않고서는 죄 사함을 받을 수 없다는 의미였소."

소피는 랭던을 돌아보았지만, 랭던은 조용히 고개만 끄덕일 뿐이었다.

"이 모든 게 권력을 둘러싸고 벌어진 일들이오."

티빙이 말을 이었다.

"교회와 국가가 제대로 돌아가기 위해서는 구세주로서의 그리스도가 절실히 필요했소. 그래서 많은 학자들은 초기 교회가 말 그대로 예수를 원래의 추종자들에게서 탈취해서 인간으로서의 메시지를 빼앗고 그것을 신성이라는 갑옷 속에 묻어 버림으로써 자기네의 권력을 확장하는 데 이용했다고 주장하고 있소. 나도 그 주제에 대해서 책을 몇 권 쓴 적이 있지."

"독실한 기독교인들에게서 항의 편지가 쏟아졌겠군요."

"그럴 이유가 뭐가 있겠소?"

티빙이 반박했다.

"제대로 교육받은 기독교인들은 대부분 자기네 종교의 역사를 잘 알고 있소. 예수가 아주 위대하고 강력한 힘을 가진 인물이었다는 것도 분명한 사실이고. 콘스탄티누스의 교묘한 정치적 책략은 그리스도의 위대한 생애를 조금도 훼손시키지 못했소. 그리스도 자체가 사기라고 말하는 사람은 아무도 없고, 그가 실제로 이 땅에서 살아 숨 쉬었다는 사실, 그로 인해 수많은 사람들이 보다 나은 삶의 축복을 받았다는 사실을 부정하는 사람 역시 아무도 없소. 우리가 말하고 싶은 것은 콘스탄티누스가 그리스도의 막강한 영향력을 철저하게 이용했다는 점이오. 그 덕분에 기독교가 오늘날과 같은 모습을 갖추게 된 것이고."

소피는 자기 앞에 펼쳐진 미술책을 내려다보며 이제 그만 다빈치가 그렸다는 성배 그림을 직접 확인했으면 좋겠다는 생각을 했다.

"그 와중에 한 가지 예상하지 못한 사태가 발생했소."

티빙의 말투가 갑자기 훨씬 빨라졌다.

"콘스탄티누스가 예수를 신격화한 것이 그가 죽은 지 거의 4백 년이 지나서의 일이었기 때문에, 인간으로서의 그의 생애를 기록한 수천 건의 문서가 이미 존재하고 있었다는 사실이오. 콘스탄티누스는 역사책을 다시 고쳐 쓰기 위해 아주 과감한 조치가 필요했소. 바로 이 대목에서 기독교 역사상 가장 의미심장한 순간이 탄생하는 거지."

티빙은 소피를 흘깃 바라보며 말했다.

"콘스탄티누스는 인간으로서의 그리스도의 행적을 소개한 복음서를 없애고 신으로서의 그리스도를 강조하는 복음서를 꾸며 내는 새로운 성경을 만들기 위해 온갖 재정적 지원을 아끼지 않았소. 그 결과 이전의 복음서들은 모두 불법화되어 소각되었소."

"한 가지 재미있는 사족을 덧붙이자면……."

랭던이 입을 열었다.

"콘스탄티누스가 만든 성경을 외면하고 금지된 복음서를 선택한 사람들에게는 이단이라는 꼬리표가 붙었어요. '이단(heretic)'이라는 단어가 생겨난 게 바로 그때거든요. 원래 'haereticus'라는 라틴어는 '선택'이라는 뜻이었어요. 따라서 그리스도의 원래 역사를 '선택'한 사람들이 이 세상에서 최초의 이단이 된 셈이지요."

"역사학자들에게는 아주 다행스러운 일이지만……."

티빙이 말을 받았다.

"콘스탄티누스가 완전히 없애 버리려 했던 복음서 가운데 일부가 어떻게 지금까지 살아남았소. 1950년대 유대 사막의 쿰란 동굴에 숨겨져 있던 이른바 사해 문서가 발견되었거든. 물론 1945년 나그 함마디에서 발견된 콥트 문서도 있고. 이 문서들은 성배와 관련된 진실을 담고 있을 뿐 아니라 지극히 인간적인 차원에서 그리스도의 사역을 설명하고 있소. 온갖 역정보의 전통에 익숙한 바티칸은 이 문서들이 유포되는 것을 막기 위해 사력을 다했소. 왜 안 그랬겠소? 이 문서들은 역사적 모순과 거짓을 드러냄과 동시에, 현대의 성경이 나름의 정치적 목적을 가진 사람들에 의해 편찬되고 편집되었다는 사실을 극명하게 보여 주고 있거든. 그들은 인간이었던 예수 그리스도를 신격화함으로써 그의 영향력을 이용해 자기네의 권력 기반을 더욱 굳히려 했던 거요."

"그런데 말이에요."

랭던이 끼어들었다.

"이 문서들이 널리 알려지는 것을 막고자 하는 현대 교회의 입장은 그들이 그리스도에 대한 기존의 관점을 사심 없이 신봉하기 때문임을 잊어서는 안 됩니다. 바티칸은 이 문서들이야말로 거짓 증언일 뿐이라고 진심으로 믿는 독실한 사람들로 구성되어 있거든요."

티빙은 소피 맞은편의 의자에 자리를 잡고 앉으며 키득거렸다.

"보시다시피 우리 교수님은 로마에 관한 한 나보다 훨씬 관대한 입장을 가지고 있소. 물론 현대의 성직자들이 그 문서들을 허위 증언으로 믿는다는 주장도 전혀 틀린 말은 아니지. 충분히 납득이 가는 일이오. 그들은 까마득히 오랜 옛날부터 콘스탄티누스의 성경이 진실이라고 믿어 왔으니까. 원래 세뇌를 시키는 사람이 가장 강력하게 세뇌되는 법이거든."

"그 말은 우리가 우리 신부님들의 신을 섬기고 있다는 뜻이에요."

랭던이 말했다.

"내 말은 우리 신부님들이 우리에게 가르치는 그리스도 이야기는 거의 모두가 사실과 다르다는 뜻이지."

티빙이 반박했다.

"성배에 대한 이야기들도 마찬가지고."

소피는 다시 한 번 눈앞에 펼쳐진 다빈치의 인용문을 바라보았다.

'소경의 무지가 우리를 잘못된 길로 인도한다. 아, 몽매한 인간들이여, 눈을 떠라!'

티빙은 탁자로 손을 뻗어 책장을 넘기기 시작했다.

"드디어 다빈치의 성배 그림을 보여 줄 때가 되었군. 우선 이 그림을 잠시 봐 봐요."

티빙은 양쪽 면에 걸쳐 큼지막하게 인쇄된 화려한 그림을 펼쳐 보였다.

"아마 이 벽화를 본 적이 있겠지요?"

'물론 농담이겠지?'

소피는 아마도 세계에서 가장 유명한 벽화 가운데 하나일 그 그림을 물끄러미 바라보았다. 바로, 〈최후의 만찬〉이었다. 다빈치의 이 전설적인 그림은 밀라노 부근의 산타 마리아 델레 그라치에 성당에 자리한 벽화다. 예수가 그의 제자들이 모두 모인 가운데 그들 중 한 명이 자신을 배신할 것이라고 선포하는 장면을 담고 있다.

"네, 본 적이 있어요."

"그럼 미안하지만 나하고 간단한 게임을 한번 해 보지 않겠소? 괜찮다면 잠깐 눈을 좀 감아 봐요."

소피는 얼떨결에 눈을 감았다.

"예수가 어디에 앉아 있소?"

티빙이 물었다.

"가운데."

"좋아요. 예수와 그의 제자들은 무슨 음식을 먹고 있소?"

"빵."

'뻔한 것 아냐?'

"아주 좋아. 그럼 그들이 뭘 마시고 있지?"

"포도주. 그들은 포도주를 마셨어요."

"훌륭하군. 마지막 질문. 탁자 위에 포도주 잔이 몇 개나 있소?"

소피는 잠시 망설였다. 아무래도 함정이 도사리는 질문 같았다.

'예수는 저녁을 먹고 나서 포도주 잔을 들어 제자들과 나누어 마셨다.'

"하나."

소피가 대답했다.

"그러니까, 성배 말이에요."

'그리스도의 잔, 신성한 잔.'

"예수는 요즘의 기독교인들이 성찬식을 할 때처럼 하나의 성배에 포도주를 따라 제자들에게 돌렸어요."

티빙의 한숨 소리가 들렸다.

"눈을 떠요."

소피는 눈을 떴다. 티빙은 빙그레 미소를 짓고 있었다. 소피가 그림을 내려다보니, 놀랍게도 그리스도를 포함한 모든 사람 앞에 각각 포도주 잔이 하나씩 놓여 있었다. 모두 열세 개의 잔이 등장하는 셈이었다. 더욱이 그 잔들은 아주 작고 일반적인 포도주 잔처럼 줄기도 없었으며, 유리로 만들어진 것처럼 보였다. 적어도 그 그림 속에 성배라고 할 만한 잔은 어디서도 보이지 않았다.

티빙의 눈동자가 반짝거렸다.

"성경을 비롯해 일반적인 성배의 전설이 하나같이 이 순간을 결정적으로 성배가 등장한 시점으로 축하하고 있다는 점을 고려하면, 뭔가 좀 이상하다는 생각이 들지 않소? 다빈치가 그리스도의 잔을 그리는 걸 잊어 먹었다니 말이오."

"만약 그게 사실이라면 틀림없이 미술사 학자들이 지적을 했을 텐데요."

"다빈치가 이 그림 속에 그려 놓은 비정상적인 묘사를 대부분의 학자들이 아예 보지 못했거나, 혹은 그냥 무시하는 쪽을 선택했다는 사실은 상당히 충격적이지 않소? 사실 이 벽화는 성배의 수수께끼를 푸는 완벽한 열쇠라고 해도 과언이 아니지요. 다빈치는 이 〈최후의 만찬〉 속에 그 열쇠를 훤히 드러내 놓고 있으니 말이오."

소피는 다시 한 번 열심히 그림을 살펴보았다.

"이 그림에 성배가 무엇인지 드러나 있다는 말씀이세요?"

"'무엇'이 아니라……."

티빙이 나지막이 속삭였다.

"'누구'라고 하는 것이 옳아요. 성배는 사물이 아니라 사람이니까."

56

소피는 한참이나 티빙을 멍하니 바라보다가 이윽고 랭던에게로 눈길을 돌렸다.

"성배가 사람이라고요?"

랭던은 고개를 끄덕였다.

"정확히 말하면, 여자지요."

랭던은 소피의 얼떨떨한 표정으로 미루어 그녀가 이미 거의 제정신이 아니라는 사실을 알아차렸다. 랭던 자신도 처음 이 사실을 접한 순간, 그녀와 비슷한 반응을 보였다. 적어도 성배의 이면에 감춰진 여성과 관련된 기호학적 측면을 이해하기 전까지는.

티빙도 비슷한 생각을 한 모양이었다.

"로버트, 아무래도 지금은 기호학자가 나서야 할 시점인 것 같군."

그는 종이를 한 장 가져다가 랭던 앞에 펼쳐 놓았다.

랭던은 주머니에서 펜을 꺼냈다.

"소피, 남성과 여성을 표시하는 부호는 당신도 잘 알고 있지요?"

랭던이 그렇게 말하며 종이에 그린 것은 흔히 찾아볼 수 있는 ♂와 ♀였다.

"물론이죠."

소피가 대답했다.

"사실 처음에는 남성과 여성을 나타내는 부호가 이렇게 생기지 않았어요. 많은 사람들은 남성의 상징이 방패와 창에서, 여성의 상징은 아름다움을 반영하는 거울에서 유래되었다고 잘못 알고 있지요. 사실 이 상징들은 고대 천문학에서 남신의 행성 화성과 여신의 행성 금성을 나타내는 부호였어요. 원래는 훨씬 더 단순한 형태였지요."

랭던은 종이에 또 다른 부호를 그렸다.

"이게 남성을 나타내는 원래의 부호예요."

랭던이 말했다.

"가장 단순한 형태의 남근 모양이지요."

"핵심을 찌르는군요."

소피가 말했다.

"보시다시피."

티빙도 한마디 거들었다.

랭던은 설명을 이어갔다.

"정확하게는 '날(blade)'이라고 하는 부호인데, 공격성과 남성성을 나타내지요. 사실 이 남근의 상징은 요즘도 군대에서 계급을 나타내는 표시로 쓰이고 있어요."

"맞아."

티빙이 싱긋 웃으며 말했다.

"남근이 많을수록 계급이 높지. 사내놈들이란!"

랭던은 움찔하며 서둘러 말을 이었다.

"계속해서, 여성의 상징은 당신도 충분히 예측할 수 있듯이 정반대의 모습을 하고 있지요."

랭던은 또 하나의 부호를 종이에 그렸다.

"이것을 '잔(chalice)'이라고 해요."

소피가 놀란 표정으로 고개를 들었다.

랭던은 그녀가 연관성을 알아차렸음을 직감했다.

"술잔, 혹은 무슨 그릇을 단순화한 것처럼 보이지만, 더욱 중요한 건 이 부호가 여성의 자궁을 닮았다는 점이에요. 여성성과 다산성을 나타내지요."

랭던은 이제 소피를 똑바로 바라보며 말을 이었다.

"소피, 전설에는 성배가 잔이라고 되어 있어요. 하지만 성배를 잔으로 묘사한 것은 실제로는 성배의 참된 본질을 숨기기 위한 비유일 뿐이지요. 말하자면 전설은 훨씬 더 중요한 무언가를 의미하는 은유로 잔이라는 개념을 이용하는 겁니다."

"여자."

소피가 중얼거렸다.

"바로 그거예요."

랭던이 미소를 지으며 말했다.

"잔은 말 그대로 여성성을 나타내는 고대의 상징이고, '성스러운 잔'은 신성한 여성, 혹은 여신을 나타내는 은유라는 거지요. 물론 지금은 교회에 의해 신성한 여성성의 개념이 철저하게 배제되었지만 말입니다. 한때 여성의 힘, 생명을 잉태하는 여성의 능력이 아주 신성한 것으로 추앙받던 시절이 있었지만, 그런 개념은 남성 중심의 교회를 확립하는 데 커다란 위협 요소로 작용했지요. 그래서 결국 신성한 여성성은 악마화되고 불결한 것으로 치부되기 시작했어요. 이브가 사과를 따 먹는 바람에 인류의 몰락이 초래되었다는 '원죄'의 개념은 하느님이 만든 게 아니라 사람이 만든 거예요. 한때 생명을 창조하는 신성한 존재였던 여성이 이제는 적이 되어 버린 거지요."

"나도 한마디 덧붙여야겠군."

티빙이 밝은 목소리로 끼어들었다.

"여성을 생명의 창조자로 보는 개념은 고대 종교의 토대가 되었소. 출산은 지극히 신비롭고도 강력한 능력이었으니까. 안타깝게도 기독교 철학은 생물학적 진실을 외면하고 남자를 창조자로 만들기 위해 여성의 창조력을 횡령하기로 마음먹은 거지. 창세기는 이브가 아담의 갈비뼈로 만들어졌다고 말하고 있소. 여성이 남성의 곁가지가, 나아가 죄악의 존재가 되어 버린 거요. 「창세기」는 여신 시대의 종말을 알리는 서막이라 해도 과언이 아니오."

랭던이 말을 이었다.

"성배는 잃어버린 여신을 의미하는 상징이에요. 기독교가 득세한 뒤에도 오랜 전통을 가진 다른 종교들은 쉽사리 죽지 않았어요. 사라진 성배를 찾기 위한 기사들의 모험을 다룬 전설은 사실 잃어버린 신성한 여성성을 찾기 위한 금지된 모험의 이야기인 셈이지요. '잔을 찾으러 떠난다'고 주장한 기사들은 여성을 정복하고, 여신을 몰아내고, 비신자를 불태우고, 신성한 여성성에 대한 숭배를 금지한 교회로부터 스스로를 보호하기 위해 일종의 암호를 사용한 겁니다."

소피는 고개를 가로저었다.

"미안해요. 나는 성배가 사람이라는 말이 진짜 사람을 뜻하는 걸로 들었어요."

"진짜 사람이에요."

랭던이 말했다.

"그것도 그냥 일반적인 사람을 말하는 게 아니라……."

티빙은 불쑥 그렇게 내뱉으며 벌떡 몸을 일으켰다.

"너무나 엄청나서 세상에 알려지면 단숨에 기독교의 토대가 무너질 정도로 강력한 비밀을 지닌 특정한 여인을 가리킨다오."

소피는 더욱 정신이 혼미해졌다.

"역사적으로 잘 알려진 여자인가요?"

"상당히 많이 알려졌지."

티빙은 목발을 찾아들며 홀을 가리켰다.

"서재로 자리를 옮깁시다. 내가 아가씨에게 다빈치가 그린 그녀의 모습을 보여 주는 영광을 누릴 수 있도록 말이오."

응접실에서 그리 멀지 않은 샤토 빌레트의 주방에서는 이 저택의 집사인 레미 르갈뤼데크가 말없이 텔레비전 앞에 서 있었다. 뉴스는 한 남자와 여자의 사진을 계속 보여 주고 있었다……. 조금 전에 레미 자신이 차를 대접한 바로 그자들이었다.

57

 취리히 대여 금고 은행 앞에서 도로를 봉쇄한 채 파슈가 수색영장을 가져오기를 기다리던 콜레 반장은 도대체 무엇 때문에 이렇게 시간이 걸리는지 이해할 수가 없었다. 이 은행은 틀림없이 무언가를 숨기고 있는 게 분명했다. 그들 말로는 랭던과 느뵈가 여기를 찾아온 것은 사실이지만 계좌 번호를 알지 못하는 탓에 그냥 돌려 보냈다고 했다.
 '그렇다면 걸릴 것도 없는데 왜 둘러보지도 못하게 하는 거야?'
 드디어 콜레의 휴대전화가 울렸다. 루브르에 설치된 수사본부에서 걸려온 전화였다.
 "수색영장은 아직도 안 나왔나?"
 콜레가 초조하게 소리쳤다.
 "이제 은행 쪽에는 신경 끄십시오."
 전화통을 붙잡은 요원이 대답했다.
 "방금 단서가 잡혔어요. 랭던과 느뵈가 숨어 있는 정확한 위치를 알아냈습니다."

콜레는 자기 차의 후드에 털썩 주저앉았다.

"농담은 아니겠지?"

"주소상으로는 파리 근교입니다. 베르사유 부근이에요."

"파슈 국장도 이 사실을 알고 있나?"

"아직······. 지금 중요한 전화를 받고 계십니다."

"즉시 출동하겠네. 국장님한테 통화 끝나는 대로 내게 연락하시라고 해."

콜레는 주소를 받아 적기가 무섭게 자신의 자동차 안으로 뛰어들었다. 정작 은행 근처를 빠져나가다 보니, 랭던의 행방을 누가 DCPJ에 제보했는지 물어보는 걸 깜빡했다는 생각이 들었다.

'지금 그게 중요한 건 아니잖아.'

콜레는 자신의 의구심과 초동 단계의 실수를 만회할 절호의 기회를 잡은 셈이었다. 잘하면 경찰 입문 이래 가장 화려한 실적을 올릴 수 있을 터였다.

콜레는 뒤따르던 다섯 대의 경찰차에 무전을 쳤다.

"사이렌 켜지 마. 우리가 가는 걸 랭던이 알아서는 안 돼."

거기서 40킬로미터 떨어진 곳에서는 시골길을 달리던 검은 아우디 승용차 한 대가 들판 가장자리에 멈춰 섰다. 차에서 내린 사일러스는 광활한 사유지를 에워싼 주철 울타리 사이를 들여다보았다. 저만치 언덕 위에 버티고 선 성채가 은은한 달빛 아래 모습을 드러냈다.

아래층에는 불이 환하게 밝혀져 있었다.

'이 시간에 불을 다 켜 놓은 건 무슨 일이 있다는 뜻이겠지.'

사일러스는 그런 생각을 하며 미소를 머금었다. 역시, 스승이 전해 준 정보는 정확했다.

'쐐기돌을 손에 넣지 않고는 절대 이곳을 떠나지 않을 것이다.'

사일러스는 다시 한 번 맹세했다.

'두 번 다시 주교님과 스승님을 실망시켜서는 안 된다.'

사일러스는 헤클러 앤 코크의 13발짜리 탄창을 확인한 다음, 울타리 사이로 밀어 넣어 반대편의 이끼 낀 땅바닥에 떨어뜨렸다. 이어서 울타리 꼭대기를 움켜쥐고 몸을 위로 끌어올려 가볍게 울타리를 뛰어넘었다. 사일러스는 시리스 벨트로 인한 찌르는 듯한 통증에도 아랑곳하지 않고 권총을 주워 든 다음, 풀이 무성한 언덕을 올라가기 시작했다.

58

티빙의 서재는 지금까지 소피가 본 다른 서재와는 전혀 달랐다. 화려한 사무실보다도 예닐곱 배는 더 넓은 이 기사의 서재는 과학 실험실과 문서 보관소, 실내 벼룩시장을 모두 합쳐 놓은 듯한 난장판이었다. 천장에 달린 세 개의 샹들리에가 환한 빛을 비추는 가운데, 타일이 깔린 드넓은 바닥에는 책과 미술품, 각종 유물과 온갖 전자 제품—컴퓨터, 영사기, 현미경, 복사기, 평판 스캐너 등—이 수북이 쌓인 작업대들이 여기저기 섬처럼 흩어져 있었다.

"무도장을 개조한 방이라오."

티빙은 그 방으로 들어서며 약간 창피한 표정으로 말했다.

"나야 춤출 일이 별로 없어서."

소피는 오늘 밤 자신의 예측이 한 번도 그대로 들어맞은 적이 없는 기분에 사로잡혔다.

"이게 모두 당신의 작업에 필요한 물건들인가요?"

"진실을 파헤치는 일이 내 삶의 유일한 애착이 되어 버렸소."

티빙이 말했다.

"상그레알이야말로 나의 애첩인 셈이지."

'성배가 여자라고 했지.'

소피는 온갖 말도 안 되는 생각들이 꼬리를 물고 이어지는 탓에 정신을 차릴 수가 없었다.

"성배, 아니 그 여자의 그림을 가지고 있다고 하셨죠?"

"그래요. 하지만 그 여자가 성배라고 주장하는 사람은 내가 아니라 바로 그리스도 자신이오."

"그 그림은 어디에 있죠?"

소피는 벽을 둘러보며 물었다.

"음……."

티빙은 잘 생각이 나지 않는 척 연기를 해 보였다.

"성배라…… 상그레알…… 성스러운 잔."

갑자기 그가 홱 돌아서며 반대편 벽을 가리켰다. 거기에는 세로의 길이가 2.5미터에 달하는 〈최후의 만찬〉이 걸려 있었다. 조금 전에 소피가 본 바로 그 그림 말이다.

"저기 있소!"

소피는 자기가 또 뭔가를 제대로 이해하지 못한 줄 알았다.

"저건 방금 보여 주신 그림과 똑같잖아요."

티빙은 눈을 찡긋했다.

"그래요. 하지만 큼직하게 확대를 해 놓으니 훨씬 더 볼 만하지 않소?"

소피는 랭던을 돌아보며 도움을 청했다.

"이해가 안 가요."

랭던은 미소를 지었다.

"알고 보면 〈최후의 만찬〉에는 실제로 성배가 그려져 있어요. 레오나르도가 아주 눈에 잘 뜨이게 그려 놓았으니까요."

"잠깐만요."

소피가 말했다.

"아까는 성배가 여자라고 했잖아요. 〈최후의 만찬〉은 열세 명의 남자를 그린 그림이에요."

"그런가?"

티빙이 눈썹을 추켜세우며 말했다.

"좀 더 자세히 살펴봐요."

소피는 어리둥절한 표정으로 그림을 향해 다가서며 열세 명의 인물을 훑어보았다. 예수 그리스도를 가운데 두고 왼쪽에 여섯, 오른쪽에 나머지 여섯 명의 제자들이 그려져 있었다.

"다들 남자잖아요."

소피가 단언했다.

"그래요?"

티빙이 말했다.

"주님 바로 오른쪽, 주빈석에 앉은 사람은 어떻소?"

소피는 예수의 바로 오른쪽에 그려진 인물을 자세히 들여다보았다. 얼굴과 몸을 찬찬히 살피던 그녀의 얼굴에 경악의 파도가 휘몰아쳤다. 부드럽게 흘러내린 빨강 머리, 얌전하게 모아 쥔 손은 물론, 봉긋한 젖가슴의 암시에 이르기까지…… 그 사람은 의심의 여지가 없는…… 여자였다.

"여자예요!"

소피가 소리쳤다.

티빙은 웃음을 터뜨렸다.

"놀랄 만도 하지, 정말 놀라워! 이건 절대 실수가 아니오. 레오나르도는 남녀의 차이를 묘사하는 솜씨가 누구보다 뛰어난 화가였으니까."

소피는 그리스도 옆에 자리한 여인에게서 눈을 뗄 수가 없었다.

'〈최후의 만찬〉에는 당연히 열세 명의 남자가 그려져 있는 줄 알았는데…… 그럼 이 여자는 누구지?'

소피는 지금까지 이 그림을 수없이 봐 왔지만, 한 번도 이 신기한 현상을 알아차리지 못했다.

"누구나 마찬가지요."

티빙이 말했다.

"이 그림에 대한 선입견이 너무 강해서 우리의 마음이 저토록 현저한 모순을 똑바로 보지 못하도록 차단해 버리는 거지."

"흔히 스코토마(skotoma)라고 하지요."

랭던이 덧붙였다.

"아주 강력한 상징을 대할 때 우리의 뇌가 가끔 그런 혼란을 일으킬 때가 있어요."

"아가씨가 저 여자를 알아보지 못한 이유를 한 가지 더 꼽자면 말이오."

티빙이 말했다.

"미술책에 나오는 이 그림은 대부분 1954년 이전에 사진으로 찍은 것들이거든. 그때만 해도 작품에 워낙 먼지가 많이 쌓이고 또 18세기에 형편없는 사이비들이 복구 작업을 한답시고 잔뜩 덧칠을 해 놓은 탓에 세세한 부분들이 잘 드러나지 않았지. 하지만 지금은 깨끗이 청소를 해서 다빈치의 원래 그림이 살아났다오."

티빙은 그림을 가리키며 덧붙였다.

"잘 봐요!"

소피는 그림을 향해 한 걸음 더 다가섰다. 예수의 오른편에 앉은 여인은 젊고 표정이 무척 경건해 보였으며, 침착한 얼굴과 아름다운 빨강 머리, 차분하게 포갠 두 손이 무척 인상적이었다.

'이 여자가 교회를 뿌리째 흔들어 놓을 수도 있다고?'

"누구예요?"

소피가 물었다.

"그 사람은……."

티빙이 대답했다.

"마리아 막달레나요."

소피가 흠칫 그를 돌아보았다.

"창녀 말이에요?"

티빙은 그 말에 상처를 받은 사람처럼 짧은 숨을 들이쉬었다.

"막달레나는 그런 여자가 아니오. 그 불행한 오해는 초기 교회의 음해 공작이 낳은 유산일 뿐이지. 교회는 마리아 막달레나가 안고 있는 위험한 비밀, 즉 성배로서의 역할을 은폐하려고 어떻게든 그녀를 깎아내려야 했거든."

"그녀의 역할이라뇨?"

"아까도 말했듯이 초기 교회는 예언자 예수를 신격화하는 작업을 잠시도 게을리 할 수 없는 처지였소. 그래서 인간으로서의 예수를 조명하는 복음서는 모조리 성경에서 빼 버린 거지. 그들에게는 안타까운 일이었겠지만, 복음서마다 수도 없이 되풀이되는 인간적인 주제 하나가 무던히도 그들의 속을 썩였소. 그게 바로 마리아 막달레나였지."

티빙은 잠시 뜸을 들이다가 말을 이었다.

"좀 더 구체적으로 말하면, 그녀가 예수 그리스도와 결혼을 했다는 사실 말이오."

"뭐라고요?"

소피의 눈길이 티빙에게서 랭던으로, 다시 티빙에게로 분주하게 움직였다.

"그건 역사에 분명히 기록된 사안이오."

티빙이 말했다.

"다빈치도 물론 그 점을 잘 알고 있었겠지. 〈최후의 만찬〉은 예수와 막달레나가 부부라고 외치는 그림이라고 해도 과언이 아니오."

소피는 다시금 그림을 바라보았다.

"예수와 막달레나가 입은 옷을 유심히 봐요. 마치 거울에 비친 것 같은 느낌이 들지 않소?"

티빙은 그림 한복판에 자리한 두 사람을 가리켰다.

소피는 넋이 나간 사람처럼 그림을 들여다보았다. 아니나 다를까, 두 사람의 옷 색깔이 정반대였다. 예수는 붉은 로브에 파란 망토를 입었고, 마리아 막달레나는 푸른 로브에 붉은 망토를 걸친 모습이었다.

'음과 양.'

"조금 더 깊숙이 들어가 볼까?"

티빙이 말했다.

"예수와 그의 신부는 마치 서로 엉덩이를 밀착시킨 듯한 모습이고, 상체를 서로 반대편으로 기울여 하나의 뚜렷한 윤곽선을 만들어 내고 있소."

소피는 티빙이 손으로 짚어 주기도 전에 이미 그것을 알아보았다. 너무나도 확연한 ∨ 모양이 그림의 초점을 이루고 있었다. 그것은 조금 전에 랭던이 그린 성배와 잔, 그리고 여성의 자궁을 나타내는 부호와 똑같은 상징이었다.

"마지막으로."

티빙이 말했다.

"예수와 막달레나를 인물로 보지 말고 단순히 구성상의 요소로만 본다면, 또 하나의 분명한 형태가 벌떡 튀어나올 거요."

티빙은 잠시 생각할 여유를 준 뒤 말을 이었다.

"알파벳 가운데 한 글자요."

소피는 한눈에 알아보았다. 글자가 튀어나온다는 표현으로는 오히려 부족한 느낌이 들 만큼, 어느 순간 다른 것은 하나도 눈에 들어오지 않을 지경이었다. 그림의 한복판을 자세히 들여다보면 완벽한 M 자의 윤곽이 모습을 드러냈다.

"우연으로 보기에는 너무 완벽하지 않소?"

티빙이 물었다.

소피는 놀라움을 감추지 못했다.

"왜 그 글자가 저기 있죠?"

티빙은 어깨를 으쓱해 보였다.

"음모론자들은 그 M이 결혼(Matrimonio), 또는 마리아 막달레나(Mary Magdalene)를 의미한다고 주장하지. 솔직히 말해서 확실한 건 아무도 몰라요. 한 가지 확실한 게 있다면, 그건 이 그림 속에 M 자가 숨어 있는 게 절대 우연이 아니라는 사실이오. 성배와 관련된 작품 중에는 어렴풋한 배경 무늬든, 밑그림이든, 구성상의 암시든 간에, M 자가 숨겨진 것들이 수도 없이 많아요. 가장 노골적인 것으로는 물론 런던에 있는 파리의 성모 마리아 교회의 제단에 그려진 M 자를 꼽을 수 있지. 그건 시온수도회 그랜드마스터였던 장 콕토가 디자인한 작품이오."

소피는 그 사실을 곰곰이 생각해 보았다.

"확실히 M 자가 숨겨져 있다는 건 호기심을 자극할 만한 요소네요. 하지만 그게 곧 예수가 막달레나와 결혼했다는 증거라고 주장할 사람은 없겠죠?"

"당연하지."

티빙은 책들이 잔뜩 쌓인 테이블로 다가가며 말했다.

"아까도 말했듯이 예수와 마리아 막달레나의 결혼은 역사적인 기록에 명시된 사실이오."

티빙은 그렇게 말하며 책들 사이를 뒤지기 시작했다.

"게다가 예수를 유부남으로 보는 게 그를 총각으로 묘사하는 성경의 시각보다는 훨씬 설득력이 있거든."

"그건 또 왜죠?"

소피가 물었다.

"그건 예수가 유대인이기 때문이에요."

티빙이 책을 찾는 동안 랭던이 설명을 이어받았다.

"당시의 사회 규범은 유대인 남자가 결혼을 하지 않는 것을 사실상 금지하는 추세였어요. 유대인의 풍습에 따르면 독신주의는 저주를 받아 마땅하고, 유대인 아버지가 아들에게 적당한 아내를 찾아주는 걸 의무로 간주할 정도였지요. 만약 예수가 정말로 결혼을 하지 않았다면, 적어도 성경에 나오는 복음서 가운데 하나라도 그 사실을 언급하고 그토록 이례적인 사실에 대한 해명을 담고 있어야 정상이에요."

티빙이 이윽고 큼직한 책 한 권을 찾아내 자기 앞으로 끌어당겼다. 무슨 지도책처럼, 어지간한 포스터 크기의 가죽 장정본이었는데, 표지에는『그노시스 복음서』라는 제목이 박혀 있었다. 티빙이 그 책을 펼치자, 랭던과 소피도 그쪽으로 다가섰다. 오래된 문서를 확대한 사진들이 실린 책이었다. 너덜너덜한 파피루스에 글자 하나하나를 일일이 손으로 쓴 문서였다. 소피는 고대의 언어를 읽을 줄 몰랐지만, 사진을 마주 보는 페이지에 번역문이 실려 있었다.

"아까 얘기한 나그 함마디와 사해 문서를 찍은 사진이오."

티빙이 말했다.

"가장 초기 기독교의 기록이지. 골치 아프게도, 성경에 나오는 복음서와는 일치하지 않는 이야기들이 많아요."

티빙은 그 책의 한복판을 펼쳐서 손가락으로 가리켰다.

"빌립의 복음서로 시작하는 게 가장 무난할 거요."

소피는 그가 가리킨 부분을 소리 내어 읽었다.

> 구세주의 동반자는 마리아 막달레나니라. 그리스도는 모든 제자들보다 더 그 여인을 사랑하였고, 종종 그 여인의 입술에 입을 맞추곤 하였다. 나머지 제자들은 화를 내며 불만을 표하였다. 그들이 예수에게 말하였다.
> "왜 당신은 우리보다 그녀를 더 사랑하시나이까?"

그 구절은 소피를 깜짝 놀라게 했지만, 그것만으로 확실한 결론을 짓기는 무리일 듯했다.
"결혼 이야기는 한마디도 없잖아요."
"동반자."
티빙은 빙그레 미소를 지으며 첫 문장을 가리켰다.
"아람어를 전공한 사람한테 물어보면 알겠지만, 그 당시 '동반자(Au contraire)'라는 단어는 말 그대로 '배우자'를 의미했소."
랭던도 고개를 끄덕여 티빙의 주장을 뒷받침했다.
소피는 첫 번째 문장을 다시 읽어 보았다.
'구세주의 동반자는 마리아 막달레나니라.'
티빙은 책장을 넘기며 몇몇 다른 구절들을 보여 주었는데, 놀랍게도 하나같이 예수와 막달레나가 연인 사이였음을 보여 주는 내용이었다. 소피는 그 구절들을 읽다 보니 문득 그녀가 어렸을 때 할아버지를 찾아왔던 성난 신부의 모습이 떠올랐다.

"여기가 자크 소니에르의 집이야?"
신부는 대문을 열어 준 어린 소피를 내려다보며 화난 목소리로 물었다.

"그가 쓴 사설에 대해서 할 이야기가 좀 있어서 말이다."

사제는 신문을 내밀었다.

소피는 집 안으로 뛰어가 할아버지를 불렀고, 할아버지와 손님은 서재로 들어가 문을 닫았다.

'할아버지가 쓴 글이 신문에 실렸다고?'

소피는 당장 주방으로 달려가 아침 신문을 뒤적여 보았다. 2면에 실린 기사에서 할아버지의 이름을 찾아볼 수 있었다. 소피는 그 기사를 읽었다. 무슨 이야기인지 다는 이해하지 못했지만, 프랑스 정부가 신부들의 압력에 못 이겨 〈그리스도 최후의 유혹〉이라는 미국 영화를 상영 금지하기로 결정했다는 내용을 담고 있었는데, 이 영화는 예수가 마리아 막달레나라는 여인과 성관계를 가졌다는 내용이었다. 소피의 할아버지가 쓴 사설은 교회가 이 영화의 상영을 금지한 것은 오만할 뿐 아니라 잘못된 결정이라는 주장을 담고 있었다.

'이 신부님은 미친 게 틀림없어.'

소피는 생각했다.

"이건 포르노요! 신성 모독이라고!"

신부는 그렇게 소리치고는 서재에서 나와 현관을 박차고 나갔다.

"어떻게 이런 걸 인정할 수 있소! 마틴 스콜세지라는 미국인은 신성을 모독했으니 교회는 두 번 다시 그가 프랑스의 설교단에 서는 것을 용납하지 않을 것이오!"

말을 마친 신부는 문을 쾅 닫고 어디론가 가 버렸다.

소니에르는 주방으로 들어와 소피가 신문을 들여다보는 걸 알고는 눈살을 찌푸렸다.

"눈치 하나 빠르군."

소피가 물었다.

"할아버지는 예수 그리스도에게 여자 친구가 있었다고 생각해요?"

"그렇지 않다, 소피. 나는 우리가 즐겨도 되는 일과 그래서는 안 될 일을 교회가 결정하는 것은 바람직하지 않다는 말을 했을 뿐이야."

"정말 예수 그리스도에게 여자 친구가 있었어요?"

할아버지는 한참만에야 겨우 이렇게 되물었다.

"있으면 안 되니?"

소피는 잠시 생각을 해 본 다음, 어깨를 으쓱거렸다.

"상관없어요."

리 티빙 경의 설명이 이어졌다.

"예수와 막달레나의 결합을 언급한 자료는 너무 많아서 일일이 거론할 수조차 없을 정도지. 현대의 역사학자들이 지겹도록 연구한 주제이기도 하고. 하지만 이것 하나만은 짚고 넘어가는 게 좋겠군."

티빙은 또 하나의 구절을 가리켰다.

"마리아 막달레나의 복음서에 나오는 구절이오."

소피는 막달레나가 직접 쓴 복음서가 있다는 이야기는 한 번도 들어 보지 못했다. 내용은 이러했다.

>베드로가 말했다.
>"구세주께서 정말 우리 모르게 여인과 말씀을 나누었단 말인가? 이제 우리는 그 여인의 말에 귀를 기울여야 하는가? 구세주께서 우리보다 그 여인을 더 좋아하셨단 말인가?"
>레위가 대답했다.
>"베드로, 자네는 그 불같은 성격이 탈일세. 그 여인을 마치 원수처럼 생각하는 모양이로군. 구세주가 그 여인을 인정하신 마당에, 자네가 어떻게 그 여인을 내칠 수 있겠는

가? 구세주께서 그 여인을 잘 알고 계신 건 분명하네. 그
래서 우리보다 그 여인을 더 사랑하신 것이야."

"그들이 말하는 여인이 바로……."
티빙이 말했다.
"마리아 막달레나요. 베드로가 그녀를 질투한다는 것이 한눈에 드러나지 않소?"
"예수가 마리아를 더 좋아했기 때문에?"
"단순히 그런 차원이 아니오. 누가 누구를 더 좋아하고 덜 좋아하고의 문제가 아니라는 거지. 이 대목에서 예수는 자신이 머지않아 체포되어 십자가에 매달릴 운명임을 직감하고 있었소. 그래서 마리아 막달레나에게 자신이 사라진 이후에 교회를 어떻게 이끌어가라는 지침을 내린 거지. 그래서 베드로는 여자를 보좌해야 하는 상황에 대한 불만을 표출한 거고. 분명히 말하건대, 베드로는 성 차별주의자가 틀림없소."

소피는 그의 이야기를 이해하려고 안간힘을 다했다.
"지금 우리는 성 베드로에 대해서 이야기하고 있어요. 예수가 그의 반석 위에 교회를 세웠잖아요."
"맞는 말이긴 한데, 틀린 부분이 딱 하나 있소. 이 복음서에 의하면, 그리스도가 기독교 교회를 세우라고 지시한 사람은 베드로가 아니라 마리아 막달레나였소."

소피는 멍하니 그를 바라보았다.
"기독교 교회의 운명을 한 여인의 손에 맡겼단 말인가요?"
"그게 그리스도의 계획이었소. 예수는 최초의 페미니스트라고 할 만한 인물이었지. 교회의 미래를 마리아 막달레나의 손에 넘겼으니 말이오."

"그것 때문에 베드로가 위기의식을 느낀 겁니다."

랭던이 〈최후의 만찬〉을 가리키며 말했다.

"저 사람이 베드로예요. 다빈치도 베드로가 마리아 막달레나를 어떻게 생각했는지 잘 알고 있었다는 사실이 여실히 드러나지요."

소피는 또 한 번 할 말을 잃었다. 그림 속의 베드로는 마리아 막달레나를 향해 위협하듯 몸을 기울인 채 손으로 그녀의 목을 긋는 자세를 취하고 있었다. 〈암굴의 마돈나〉에 등장했던 바로 그 자세였다.

"여기도 마찬가지예요."

랭던은 베드로 근처의 다른 제자들을 가리키며 말했다.

"약간 불길한 느낌이 들지 않아요?"

자세히 보니 제자들 사이에서 손이 하나 불쑥 튀어나와 있었다.

"저 손이 단검을 들고 있는 건가요?"

"그래요. 더 이상한 것은, 팔의 숫자를 세어 보면 알겠지만 이 손의 주인이 누구인지…… 알 길이 없다는 점입니다. 손만 있고 몸뚱이는 없어요. 익명의 손인 셈이지요."

소피는 온몸에 소름이 돋기 시작했다.

"미안해요. 하지만 나는 아직도 어떻게 해서 마리아 막달레나가 곧 성배라는 주장이 성립되는지 이해가 안 가요."

"아하!"

티빙이 즐거운 듯 소리쳤다.

"그게 문제로군!"

그는 또다시 테이블을 뒤져 큼직한 도표를 하나 꺼내 소피 앞에 펼쳐 놓았다. 아주 공들여 만든 가계도였다.

"마리아 막달레나가 그리스도의 오른팔이 되기 전에도 이미 강력한 힘을 갖춘 여인이었음을 아는 사람은 별로 많지 않을 거요."

소피는 가계도의 제목부터 살펴보았다.

베냐민 지파

"마리아 막달레나는 여기 있소."

티빙이 가계도의 제일 윗자리 근처를 가리키며 말했다.

소피는 놀라움을 감추지 못했다.

"마리아 막달레나가 베냐민의 후손이라고요?"

"그렇소."

티빙이 말했다.

"왕족의 후예였지."

"하지만 난 막달레나가 아주 가난했던 것으로 알고 있어요."

티빙은 고개를 가로저었다.

"막달레나를 창녀로 포장한 것은 그녀의 막강한 출신 성분을 왜곡하기 위해서였소."

소피는 자신도 모르게 다시 한 번 랭던을 돌아보았지만, 랭던은 이번에도 고개만 끄덕일 뿐이었다. 소피는 도로 티빙을 바라보았다.

"초기 교회가 막달레나의 배경에 그토록 신경을 쓴 이유가 뭐죠?"

티빙은 빙그레 미소를 지었다.

"교회는 마리아 막달레나가 왕족이라는 사실에 신경을 쓴 게 아니라, 그녀가 역시 왕족인 그리스도와 결합했다는 사실에 촉각을 곤두세운 거요. 잘 알겠지만 「마태복음」에 의하면 예수는 다윗 가문의 후손이오. '유대의 왕'이라 불리는 솔로몬 왕의 후손인 것이오. 그런 그가 강력한 베냐민 가문의 후손과 결혼함으로써 왕의 혈통 두 개가 하나로 합쳐지게 되고, 나아가 이러한 강력한 정치적 결합은 그 옛날 솔로몬이 그랬듯이 그리스도가 스스로 왕좌에 올라 왕의 혈통을 계승할 적자임을 선포할 계기로 작용했소."

소피는 이윽고 티빙이 결론에 가까워지고 있다는 느낌이 들었다.

티빙은 이제 상당히 흥분한 모습이었다.

"성배의 전설은 왕의 혈통에 대한 전설이오. 성배의 전설이 말하는 '그리스도의 피를 담은 잔'은…… 실제로는 마리아 막달레나, 즉 왕족으로서의 예수의 혈통을 잉태한 여인의 자궁을 의미하는 것이었소."

티빙의 말 한마디 한마디는 느릿느릿 서재 안을 메아리처럼 떠돌 뿐 좀처럼 소피의 마음속에 깊숙이 각인되지 않았다.

'마리아 막달레나가 예수 그리스도의 혈통을 담은 잔이라고?'

"하지만 그리스도가 어떻게 혈통을……?"

소피는 랭던을 바라보며 말을 멈췄다.

랭던은 부드러운 미소를 머금고 있었다.

"자식이 있으면 해결되는 문제지요."

소피는 온몸이 뻣뻣이 굳어오는 느낌이었다.

티빙이 선언하듯 말했다.

"바로 그게 인류 역사 최고의 비밀인 셈이오. 예수 그리스도는 결혼을 했을 뿐 아니라, 자식까지 두었소. 마리아 막달레나는 '신성한 그릇'이었던 것이오. 왕손인 예수 그리스도의 혈통을 잉태한 자궁, 바로 그 덩굴에 신성한 열매가 주렁주렁 열리게 된 거지."

소피는 팔뚝의 솜털이 곤두서는 기분이었다.

"하지만 그렇게 엄청난 비밀이 그 오랜 세월 동안 어떻게 조용히 묻혀 있을 수 있었죠?"

"천만에!"

티빙이 말했다.

"절대로 조용히 묻혀 있지 않았소. 예수 그리스도의 혈통은 예나 지금이나 가장 뿌리 깊은 전설의 근원이 되어 왔소. 성배의 전설 말이오. 수백 년 동안에 걸쳐 수많은 사람들이 온갖 비유를 동원해 마리아 막달레나 이야기를 소리쳐 왔소. 일단 눈을 뜨고 나면 온 사방에서 그 이야기를 확인할 수 있소."

"상그레알 문서는요?"

소피가 물었다.

"그 문서들도 예수가 왕손이라는 사실을 입증할 증거를 담고 있나요?"

"물론이오."

"그럼 성배의 전설이 실제로는 왕의 혈통에 대한 전설이란 뜻이에요?"

"그렇다니까."

티빙이 말했다.

"상그레알이라는 단어는 신성한(San) 잔(Greal), 즉 '성배'에서 유래되었소. 하지만 더 오래전으로 거슬러 올라가면 상그레알은 다른 자리에서 나누어져요."

티빙은 종이에다 뭐라고 쓰고 소피에게 건네주었다.

소피는 종이를 들여다보았다.

상 레알(Sang Real)

소피는 한눈에 그 의미를 알아보았다. '상 레알'은 말 그대로 '왕족의 혈통(Royal Blood)'을 의미했다.

59

뉴욕 렉싱턴 가의 오푸스 데이 본부, 로비의 안내 데스크를 지키던 남자는 아링가로사 주교에게서 걸려온 전화를 받고 깜짝 놀랐다.

"안녕하십니까, 주교님."

"혹시 연락 온 것 없습니까?"

다짜고짜 그렇게 묻는 주교의 목소리는 평소답지 않게 초조한 기색이었다.

"있습니다, 주교님. 마침 전화 잘 하셨어요. 숙소로 전화했는데 연락이 안 되더군요. 약 30분 전에 아주 급한 일이라면서 메시지를 남긴 분이 계십니다."

"누굽니까?"

아링가로사는 조금 마음이 놓이는 목소리로 물었다.

"이름을 남겼나요?"

"아닙니다, 주교님. 그냥 전화번호만 남겼어요."

남자는 번호를 불러 주었다.

"국가 번호가 33이라는 건가요? 그렇다면 프랑스로군요."

"맞습니다, 주교님. 파리예요. 아주 중요한 일이니, 즉시 연락을 하시랍니다."

"고마워요. 그렇지 않아도 기다리던 전화였어요."

아링가로사는 그 말을 남기기가 무섭게 전화를 끊어 버렸다.

남자는 수화기를 내려놓으며 아링가로사의 전화가 왜 그렇게 잡음이 심한지 모르겠다는 생각을 했다. 주교의 일정표에 의하면 그는 이번 주말을 뉴욕에서 보내는 걸로 되어 있는데, 마치 지구 반대편에서 걸려 온 전화처럼 잡음이 심했다. 남자는 어깨를 으쓱거렸다. 아링가로사 주교는 몇 달 전부터 평소와는 행동이 조금 달라진 듯했다.

'내 휴대전화가 연결이 되지 않았던 게 분명해.'

아링가로사는 로마의 참피노 전세기 공항을 향해 달리는 피아트 자동차 안에서 생각에 잠겼다.

'스승이 나에게 연락을 하려고 했던 거야.'

아링가로사는 스승의 전화를 받지 못한 것이 무척 걱정스러웠지만, 다른 한편으로는 스승이 오푸스 데이의 본부로 직접 전화를 걸 만큼 자신감에 차 있다는 점에서 새로운 용기가 샘솟는 것을 느꼈다.

'파리에서 일이 잘 풀린 모양이야.'

아링가로사는 이제 조금 있으면 자신도 파리에 도착할 거라는 생각에 짜릿한 흥분을 느끼며 전화를 걸었다.

'동이 트기 전에 착륙하겠지.'

아링가로사는 이 공항에 프랑스까지 타고 갈 전세기를 대기시켜 놓았다. 이 시간에 출발하는 민간 여객기가 없기도 했지만, 설령 있다 해도 가방 속의 내용물을 고려하면 썩 내키지가 않는 탓이었다.

신호가 가기 시작했다.

여자의 목소리가 나왔다.

"사법경찰국입니다."

아링가로사는 순간적으로 말문이 막혔다. 전혀 예상치 못한 목소리였다.

"아, 예…… 이 번호로 전화를 걸어 달라는 부탁을 받았습니다만……."

"Qui êtes-vous(누구세요)?"

여자가 말했다.

"성함은요?"

아링가로사는 이름을 밝혀도 될지 확신이 서지 않았다.

'프랑스 사법경찰이라고?'

"성함이 어떻게 되시죠?"

"마누엘 아링가로사 주교요."

"Un moment(잠깐 기다리세요)."

수화기에서 딸깍 하는 소리가 났다.

얼마나 기다렸을까, 이번에는 아주 퉁명하고 근심스러운 남자의 목소리가 흘러나왔다.

"주교님, 드디어 연락이 되어서 다행입니다. 주교님과 상의할 일이 아주 많아요."

60

 '상그레알(Sangreal)…… 상 레알(Sang Real)…… 상 그레알(San Greal)…… 왕족의 혈통…… 성배.'
 모든 것이 서로 연결되어 있었다.
 '마리아 막달레나가 성배라고…… 예수 그리스도의 혈통을 잉태한 어머니.'
 정적이 감도는 티빙의 서재에서 로버트 랭던을 바라보는 소피는 또다시 의혹이 솟구치는 기분이었다. 랭던과 티빙이 펼쳐 보인 조각들이 많아질수록 그림은 점점 더 예측하지 못한 모습으로 변해 갔다.
 "이제 어느 정도 감이 잡히겠지만……."
 티빙이 절뚝거리는 걸음으로 책꽂이를 향해 걸어가며 말했다.
 "성배에 대한 진실을 말하고자 했던 사람은 레오나르도 한 사람만이 아니라오. 예수 그리스도의 혈통을 집요하게 파헤친 역사학자들이 한둘이 아니거든."
 티빙은 손가락으로 나란히 꽂힌 수십 권의 책들을 쭉 훑었다.

소피는 고개를 옆으로 세워서 제목들을 훑어보았다.

『템플기사단의 폭로:
그리스도의 정체를 지키는 비밀의 수호자들』

『성배와 잃어버린 장미:
마리아 막달레나와 성배』

『복음서의 여신들:
신성한 여성성의 회복』

"뭐니 뭐니 해도 제일 유명한 책은 이거지."
티빙은 그렇게 말하며 표지가 나달나달한 양장본을 한 권 꺼내 소피에게 건네주었다. 표지에는 이런 제목이 적혀 있었다.

『성혈과 성배』
세계적 베스트셀러

소피는 고개를 들었다.
"세계적인 베스트셀러라고요? 난 한 번도 들어 본 적 없는데."
"당신이 아직 어렸을 때였으니까. 1980년대에는 상당한 반향을 불러일으킨 책이지. 분석 과정에서 논리의 비약이 몇 군데 눈에 뜨이는 탓에 완전히 내 취향에 맞는 책이라고는 할 수 없지만, 기본적인 전제 자체는 탄탄한 편이오. 이 책의 저자들 덕분에 마침내 그리스도의 혈통이라는 문제가 주류 학계에까지 제기된 셈이지."
"교회의 반응은 어땠나요?"

"물론 난리가 났지. 하지만 그건 충분히 예측할 수 있는 일이었소. 바티칸이 4세기의 시점에 묻어 버리려 했던 비밀이 드러난 셈이니까. 따지고 보면 십자군 전쟁의 본질도 부분적으로는 거기서 찾을 수 있소. 정보를 찾아내서 파괴하는 것 말이오. 초기 교회를 장악한 남자들에게는 마리아 막달레나가 엄청난 파괴력을 가진 시한폭탄과도 같은 존재였소. 예수가 그녀에게 교회의 미래를 맡겼다는 차원뿐만 아니라, 교회가 신이라고 선포한 인물이 실제로는 사람의 혈통을 남겼다는 산 증거이기도 하니까. 교회는 막달레나의 파괴력으로부터 스스로를 보호하기 위해 그녀에게 창녀라는 낙인을 찍은 뒤 그리스도와 결혼한 증거를 모두 없애 버렸소. 그리스도에게 후손이 있다는 주장, 그가 신이 아니라는 주장이 두 번 다시 제기되지 못하게 하기 위해서 말이오."

소피가 랭던을 슬쩍 돌아보니, 그는 여전히 고개를 끄덕이고 있었다.

"소피, 그런 사실을 뒷받침할 역사적인 증거는 얼마든지 있어요."

티빙이 말을 이었다.

"상당히 극단적인 주장이라는 사실은 나도 인정하지만, 교회 입장에서는 철저한 은폐 공작을 감행하지 않을 수 없는 처지였다는 점을 분명히 이해해야 해요. 그리스도의 후손이 세간에 알려지면 그들의 존립 자체가 위태로워지는 상황이었으니 말이오. 그리스도에게 자식이 있다는 사실은 곧 그가 신이 아니라는 사실을 의미하고, 그런 사실이 알려지면 모든 인간은 자기네를 통해서만 천국으로 들어갈 수 있다고 주장해 온 기독교 교회 자체도 치명적인 타격을 면하지 못했을 테니까."

"꽃잎 다섯 개짜리 장미……."

소피는 티빙의 책 가운데 한 권을 가리키며 중얼거렸다. 자단 상자에 새겨진 것과 똑같은 장미였다.

티빙은 랭던을 돌아보며 싱긋 웃었다.

"눈이 아주 예리하군."

티빙은 그렇게 말하며 소피를 돌아보았다.

"그건 성배, 즉 마리아 막달레나를 의미하는 시온수도회의 상징이오. 교회에 의해 마리아 막달레나라는 이름 자체를 입에 담는 것이 금지된 탓에 여러 가지 은밀한 익명이 생겨난 것인데, '잔'이나 '성배', 그리고 '장미(the Rose)' 역시 실제로는 그녀를 의미하는 표현이오."

티빙은 잠시 숨을 고른 뒤 말을 이었다.

"장미는 다섯 개의 꼭짓점을 가진 펜타클, 즉 금성과 밀접하게 관련되어 있고, 장미 나침반 역시 마찬가지요. 한 가지 재미있는 것은 장미라는 단어가 영어와 프랑스어, 독일어 등 여러 언어에서 똑같은 형태를 띠고 있다는 점이오."

랭던이 한마디 덧붙였다.

"사실 장미(rose)는 성애(性愛)를 주관하는 그리스의 신 에로스(Eros)의 애너그램이기도 하지요."

소피가 놀란 표정으로 랭던을 바라보는 사이, 티빙의 설명이 이어졌다.

"장미는 아주 오래전부터 여성의 성을 나타내는 가장 기본적인 상징이었소. 원시적인 여신 숭배의 경우, 다섯 개의 꽃잎은 여자의 일생을 규정하는 다섯 가지 국면, 즉 출생, 생리, 출산, 폐경 그리고 죽음을 나타내지요. 현대로 넘어와서는 활짝 핀 장미꽃과 여성의 관계가 보다 시각적으로 표현되는 경우도 많더군."

티빙은 로버트를 슬쩍 돌아보며 말했다.

"이건 기호학자가 설명하는 게 나을 것 같은데."

로버트는 망설이기만 할 뿐 좀처럼 입을 열지 못했다.

"맙소사!"

티빙이 어이가 없다는 듯 소리쳤다.

"하여간 미국 사람들 내숭은 알아 줘야 한다니까."

티빙은 다시 소피를 바라보았다.

"지금 저 친구는 활짝 핀 꽃잎이 여성의 생식기와 비슷한 모양을 띤다는 말을 차마 하지 못해서 저렇게 망설이고 있는 거요. 모든 인간은 가장 아름다운 꽃을 통해 세상으로 나오는 셈이지. 조지아 오키프의 그림을 한 번이라도 본 적이 있다면 무슨 말인지 금방 이해가 갈 거요."

랭던이 책장을 가리키며 말했다.

"아무튼 핵심은 이 모든 책들이 똑같은 역사적 주장을 펼치고 있다는 점입니다."

"예수에게 자식이 있었다는……."

소피는 아직도 믿음이 가지 않았다.

"그렇소."

티빙이 말했다.

"그리고 마리아 막달레나는 예수의 후손을 잉태한 자궁이었다는 점. 시온수도회는 오늘날까지도 마리아 막달레나를 여신으로, 성배로, 장미로, 그리고 성모(聖母)로 섬기고 있소."

소피는 또 한 번 10년 전 지하실에서 목격한 의식이 떠올랐다.

"시온수도회에 의하면 마리아 막달레나는 예수가 십자가에 못 박힐 당시에 이미 임신을 한 상태였소."

티빙이 말을 이었다.

"그녀는 아직 태어나지도 않은 그리스도의 자식을 안전하게 보호하기 위해 어쩔 수 없이 성지를 떠날 수밖에 없었지. 그러고는 비밀리에 예수가 누구보다 신뢰했던 아리마대 요셉의 도움으로 당시에는 '골'이라 불리던 프랑스 땅으로 건너간 거요. 그렇게 해서 마리아 막달레나가 프랑스의 유대인 마을에 안착한 것인데, 그녀가 딸을 낳아 사라라는 이름을 지어 준 것도 바로 이곳 프랑스 땅이었소."

소피가 고개를 들었다.

"아기의 이름까지 알려진 모양이죠?"

"어디 이름뿐이겠소. 막달레나와 사라를 보호하던 유대인들은 그들의 삶을 낱낱이 기록으로 남겼소. 막달레나의 딸은 유대의 왕, 다윗과 솔로몬의 후예이니 그럴 만도 하지. 이런 이유로 프랑스의 유대인들은 막달레나를 신성한 왕족의 혈통을 잇는 존재로 받들었던 거요. 수많은 학자들이 마리아 막달레나의 프랑스 시절을 기록으로 남겼는데, 여기에는 물론 사라의 출생과 그 이후의 가계도까지 포함되지요."

소피는 또 한 번 깜짝 놀랐다.

"예수 그리스도의 가계도가 있다는 말이에요?"

"있고말고. 바로 그것이 상그리엘 문서의 초석 가운데 하나로 추정되고 있소. 그리스도의 후손들이 모두 포함된 초기의 가계도 말이오."

"하지만 그리스도의 가계도를 기록으로 남겼다는 사실에 무슨 의미가 있죠?"

소피가 물었다.

"그건 증거가 될 수 없어요. 역사학자들도 그게 진짜인지 아닌지 가려낼 방법이 없을 테니까요."

티빙은 웃음을 터뜨렸다.

"그렇게 따지면 성경의 진위를 확인할 방법이 없는 것 또한 사실이오."

"무슨 뜻이에요?"

"무슨 뜻이냐 하면, 역사는 언제나 승리자에 의해 기록될 수밖에 없다는 뜻이오. 두 개의 문명이 충돌할 때, 패배자는 그대로 잊혀지는 반면 승리자는 역사를 기록하게 되지요. 이렇게 해서 자기네의 대의명분을 찬미하고, 정복당한 적들을 폄하하는 역사책이 탄생하는 거요. 나폴레옹의 말처럼, '역사란 합의된 우화'에 지나지 않는 셈이지."

티빙은 빙그레 웃으며 한마디 덧붙였다.
"역사란 본질적으로 언제나 일방적인 주장일 수밖에 없소."
소피는 그런 쪽으로는 한번도 생각해 본 적이 없었다.
"상그레알 문서는 그리스도 이야기의 또 다른 측면을 들려줄 뿐이오. 결국 어느 쪽을 믿느냐는 개인적인 믿음과 탐구에 달렸지만, 적어도 그 정보가 살아남은 것만은 사실이오. 상그레알 문서에는 수만 쪽에 달하는 정보가 담겨 있소. 상그레알의 보물이 커다란 궤짝 네 개에 담겨서 운반되는 것을 직접 목격한 사람들도 있소. 그 궤짝에는 '가장 순결한 문서들'이 담겨 있었던 것으로 알려져 있소. 콘스탄티누스 이전 시대의 초창기 예수의 추종자들이 그를 위대한 스승이자 예언자로, 그러나 신이 아닌 한 사람의 인간으로서 받들고 경배하는 내용이 담긴 문서지요. 또 한편으로는 전설적인 'Q 문서'가 그 보물 속에 포함되어 있다는 소문도 있소. Q 문서란 예수 본인이 직접 자신의 가르침을 정리한 문서인데, 바티칸도 이 문서가 실제로 존재한다는 사실을 인정하고 있소."
"그리스도가 직접 그 문서를 썼단 말이에요?"
"물론!"
티빙이 대답했다.
"예수가 자신의 사역을 정리하지 말았으리라는 법이 있소? 그 시절에는 대부분의 사람들이 자신의 삶을 기록으로 남겼소. 또 하나, 그 보물 속에는 엄청난 파괴력을 지닌 문서가 포함되어 있는데, 그건 바로 「막달레나의 일기」라는 원고요. 마리아 막달레나가 그리스도와의 관계, 십자가에 못 박힐 당시의 상황, 그리고 프랑스에서의 삶 등을 직접 정리한 기록이오."
소피는 한동안 입을 열지 못했다.
"템플기사단이 솔로몬의 신전 밑에서 발견했다는 보물이 바로 그 네 개의 궤짝이로군요?"

"그렇소. 템플기사단은 이 문서 덕분에 엄청난 힘을 갖추게 되었소. 수많은 성배 사냥꾼들이 찾아 헤맨 것이 바로 그 문서지요."

"하지만 아까 마리아 막달레나가 곧 성배라고 했잖아요. 사람들이 찾는 게 문서였다면, 왜 그걸 두고 성배를 찾는다는 표현을 쓰는 거죠?"

티빙은 부드러운 표정으로 그녀를 바라보았다.

"왜냐하면 성배가 숨겨진 곳에 석관(石棺)이 함께 있기 때문이오."

바깥에서 나뭇가지들 사이로 바람이 윙윙거리는 소리가 들려왔다.

티빙은 약간 목소리를 낮추었다.

"성배를 찾기 위한 모험은 마리아 막달레나의 유골 앞에 무릎을 꿇기 위한 모험이오. 추방당한 영혼, 잊혀진 신성한 여성성의 발 앞에서 기도를 드리기 위한 여정인 셈이지."

소피는 또 한 차례 예상치 못한 의문과 맞닥뜨렸다.

"성배가 숨겨진 곳이 실제로는…… 무덤이란 말인가요?"

티빙의 담갈색 눈동자에 갑자기 안개가 드리운 느낌이었다.

"그렇소. 마리아 막달레나의 유골, 그리고 그녀의 삶에 얽힌 진실을 말해 주는 문서들이 숨겨진 무덤이오. 본질적으로 성배를 찾는 모험은 언제나 막달레나를 찾는 모험일 수밖에 없소. 자신의 가족에게 얽힌 비밀과 함께 묻힌 핍박받는 여왕을……."

소피는 티빙이 북받치는 감정을 다스리고 원래의 모습으로 돌아오기를 기다렸다. 아직도 자신의 할아버지와 관련한 의문은 그대로 남아 있는 느낌이었다.

"시온수도회 말이에요."

그녀가 말했다.

"그들은 그 오랜 세월 동안 상그레알 문서와 마리아 막달레나의 무덤을 보호하는 임무를 맡아 온 거예요?"

"그렇소. 하지만 그들에게는 또 하나, 그보다 더 중요한 임무가 있었소. 혈통 그 자체를 보호하는 일 말이오. 그리스도의 후손들은 늘 커다란 위험에 처해 있었소. 초기 교회는 그리스도의 후손들이 번성하도록 내버려 두면 언젠가는 예수와 막달레나의 비밀이 세상에 드러나 가톨릭의 가장 근본적인 교의가 흔들릴지도 모른다는 우려를 떨쳐 버리지 못했소. 신성한 구세주는 여자를 사귀지도, 성적인 결합을 시도하지도 않는다는……."

티빙은 잠시 숨을 고른 뒤 말을 이었다.

"하지만 그리스도의 후손들은 프랑스 땅에서 은밀히 대를 이어간 끝에, 5세기경 아주 대담한 움직임을 보여 주지요. 프랑스의 왕족과 결혼을 해서 메로빙거라는 이름으로 알려진 혈통을 이어가게 된 거요."

이것 역시 소피에게는 놀라운 사실이 아닐 수 없었다. 프랑스 학생들 중에 메로빙거 왕조를 배우지 않은 사람은 아무도 없을 터였다.

"파리를 건설한 게 메로빙거 왕조였어요."

"맞아요. 바로 그것이 프랑스 땅에 성배와 관련된 전설들이 많이 전해지는 이유 가운데 하나지요. 프랑스로 건너온 바티칸의 성배 사냥꾼 중에는 실제로 이들 왕족을 제거하라는 은밀한 임무를 띤 자들이 많았소. 다고베르 왕이라고 들어 봤지요?"

소피는 학창 시절 역사 시간에 들은 끔찍한 이야기가 어렴풋이 기억났다.

"메로빙거 왕조의 왕이잖아요. 잠자다가 눈에 칼을 맞았다던가?"

"바로 그 왕이오. 바티칸이 피핀 2세와 손을 잡고 그를 암살한 거요. 7세기 후반의 일이지. 다고베르의 죽음으로 메로빙거 혈통은 완전히 사라질 위험에 처했지만 다행히도 그의 아들 시지스베르가 구사일생으로 목숨을 건져 겨우 대를 이어갔고, 나중에는 시온수도회의 창설자인 고드프루아 드 부용이 탄생하게 되지요."

랭던이 설명을 이었다.

"메로빙거가 예수 그리스도의 혈통을 물려받았음을 입증하기 위해 템플기사단을 조직하고 솔로몬 신전 지하에서 상그레알 문서를 찾아내게 했던 바로 그 사람이지요."

티빙은 고개를 끄덕이며 깊은 한숨을 내쉬었다.

"현대의 시온수도회는 아주 중요한 세 가지 임무를 띠고 있소. 상그레알 문서를 보호하고, 마리아 막달레나의 무덤을 보호하며, 마지막으로 그리스도의 후손, 즉 오늘날까지 살아남은 메로빙거 왕조의 몇 안 되는 후손들을 보호하는 막중한 임무가 그들에게 주어진 것이오."

티빙이 한 말의 단어 하나하나가 널따란 방 안을 둥둥 떠다니며 소피의 몸속에 기묘한 반향을 불러 일으켰다.

'오늘날까지 살아남은 예수의 후손.'

할아버지의 목소리가 다시 한 번 그녀의 귓가에 맴돌았다.

'프린세스, 너의 가족에 대한 진실을 얘기해야 한다.'

서늘한 한기가 그녀의 살갗을 긁고 지나갔다.

'왕족의 혈통.'

소피는 상상이 가지 않았다.

'프린세스 소피.'

"주인님?"

갑자기 벽에 붙은 인터폰에서 하인의 목소리가 들려온 탓에 소피는 화들짝 놀랐다.

"잠깐만 주방으로 좀 와 주시겠습니까?"

티빙은 중요한 순간에 훼방꾼이 나타났다는 듯 눈살을 찌푸린 채 인터폰으로 다가가 단추를 눌렀다.

"레미, 자네도 알다시피 난 지금 손님들 때문에 무척 바빠. 필요한 게 있으면 우리가 직접 가져다 먹을 테니까, 그만 가서 자게."

"물러나기 전에 드릴 말씀이 있습니다."

티빙은 툴툴거리며 다시 단추를 눌렀다.

"간단하게 말해 봐."

"집안일이라, 손님들께 방해가 되고 싶지 않습니다만."

티빙의 표정이 점점 더 일그러졌다.

"아침까지 기다릴 수 없는 문제라는 건가?"

"그렇습니다, 주인님. 아주 잠깐이면 됩니다."

티빙은 눈알을 부라리며 랭던과 소피를 돌아보았다.

"가끔씩 누가 주인이고 누가 하인인지 헷갈릴 때가 있다니까."

티빙은 다시 단추를 눌렀다.

"금방 가겠네, 레미. 가는 길에 뭐 가져갈 건 없나?"

"억압으로부터의 자유만 가져다주시면 됩니다, 주인님."

"레미, 자네가 아직 안 잘리고 붙어 있는 건 오로지 자네의 통후추 스테이크 때문이라는 것만 잊지 말게."

"그야 여부가 있겠습니까, 주인님."

61

'프린세스 소피.'

소피는 멀어져 가는 티빙의 목발 소리를 들으며 가슴속이 텅 비어 버린 듯한 느낌에 사로잡혔다. 멍한 눈길로 랭던을 바라보았지만, 그는 이미 그녀의 마음을 읽고 있다는 듯 고개를 가로저었다.

"아니에요, 소피."

랭던은 차분한 눈길로 그렇게 말했다.

"당신 할아버지가 시온수도회에 몸담았다는 사실, 또 그가 당신에게 가족의 비밀을 말해야 한다고 했다는 사실을 들었을 때 나도 잠깐 그런 생각을 해 보았어요. 하지만 결론은, 역시 아니더군요."

랭던은 잠시 숨을 고른 뒤 말을 이었다.

"소니에르는 메로빙거 혈통의 이름이 아닙니다."

소피는 안도감을 느껴야 할지 실망감을 느껴야 할지 모르겠다는 생각이 들었다. 그전에 랭던이 소피에게 지나가는 말로 어머니의 처녀 때 이름을 물어본 적이 있었다.

'쇼벨.'

그때는 별걸 다 물어본다고 생각했지만, 이제 그 이유를 알 것 같았다.

"쇼벨은요?"

소피가 불안한 목소리로 물었다.

랭던은 다시 고개를 가로저었다.

"미안하군요. 아마 이걸로 당신의 의문 몇 가지가 해결되지 않을까 싶군요. 메로빙거의 직계 후손은 단 두 개의 가계(家系)가 남아 있을 뿐입니다. 각각 플랑타르와 생클레르라는 성을 가지고 있지요. 두 가문 모두 어딘가에 숨어서 시온수도회의 보호를 받고 있을 겁니다."

소피는 그 두 개의 이름을 소리 없이 되뇌어 본 끝에 고개를 가로저었다. 그녀의 가족 중에 플랑타르나 생클레르라는 성을 가진 사람은 아무도 없었다. 그러자 또 한 가지 불안감이 밀려왔다. 지금 그녀는 루브르를 빠져나온 이후 많은 사실을 새롭게 알게 되었음에도 불구하고, 할아버지가 자신에게 전하려 했던 진실에는 한 발짝도 더 다가서지 못하고 있었다. 소피는 할아버지가 가족 이야기를 꺼낸 게 그렇게 가슴 아플 수가 없었다. 그 때문에 오랜 상처가 덧나 새로운 아픔이 몰려오는 기분이었다.

'그들은 죽었어, 소피. 영원히 돌아오지 않아.'

소피는 밤마다 자장가를 불러 주던 어머니를, 넓은 어깨 위에 목말을 태워 주던 아버지를, 반짝이는 초록색 눈동자로 자신을 바라보며 미소 짓던 할머니와 남동생을 떠올렸다. 하루아침에 그들 모두가 사라지고, 남은 사람은 오로지 할아버지뿐이었다.

'이제 그 할아버지마저 돌아가셨어. 난 혼자야.'

소피는 말없이 〈최후의 만찬〉을 향해 돌아서서 마리아 막달레나의 긴 빨강 머리와 차분한 눈빛을 바라보았다. 여인의 표정은 사랑하는 이를 잃은 아픔에 젖어 있는 듯했다. 지금의 소피 역시 똑같은 기분이었다.

"로버트?"

소피가 나직이 말했다.

랭던은 그녀 곁으로 다가왔다.

"티빙은 성배 이야기가 우리 주위에 널려 있다고 했지만, 난 오늘 밤에야 처음 그런 이야기를 들었어요."

랭던은 그녀의 어깨라도 따뜻하게 잡아 주고 싶은 표정이었지만, 자제하기로 마음먹은 모양이었다.

"전에도 들어 봤을 겁니다, 소피. 누구나 마찬가지니까요. 단지 그게 그 이야기인 줄을 몰랐을 뿐이지요."

"이해가 안 가요."

"성배 이야기는 사방에 널려 있지만, 치밀하게 숨겨져 있어요. 교회가 마리아 막달레나에 대한 언급을 금지하면서 그녀의 이야기는 더욱 은밀한 통로로 전해졌지요…… 비유와 암시가 통하는 통로 말입니다."

"예술 말이로군요."

랭던은 〈최후의 만찬〉을 가리켰다.

"바로 이 그림이 전형적인 사례예요. 요즘의 유명한 미술, 문학, 음악 작품 중에도 마리아 막달레나와 예수의 역사를 은밀히 노래하는 것들이 더러 있어요."

랭던은 다빈치와 보티첼리, 푸생과 베르니니, 모차르트와 빅토르 위고의 작품들을 간단히 설명했다. 하나같이 금지된 신성한 여성성을 원래의 자리로 되돌리기 위한 나지막한 목소리를 담고 있다. 『가웨인 경과 녹색의 기사』, 『아서 왕』, 『잠자는 숲 속의 미녀』 등도 모두 성배의 우화에 다름없다. 빅토르 위고의 『노트르담의 꼽추』와 모차르트의 〈마술 피리〉에는 프리메이슨의 상징과 성배의 비밀이 가득 담겨 있다.

"일단 성배에 눈을 뜨고 나면 사방에서 그 흔적이 보입니다."
랭던이 말했다.
"그림, 음악, 출판, 심지어는 만화와 놀이동산, 영화도 예외가 아니지요."

랭던은 자신의 미키 마우스 손목시계를 들어 보이며 월트 디즈니가 성배 이야기를 후세에 전하는 일을 필생의 사명으로 생각했다는 이야기를 들려주었다. 디즈니는 일생을 통해 '현대판 레오나르도 다빈치'라는 찬사를 들었던 인물이다. 두 사람 모두 시대를 앞서간 재능 있는 예술인이자 비밀 결사의 회원일 뿐 아니라, 엄청난 장난꾸러기라는 공통점을 가지고 있다. 월트 디즈니 역시 레오나르도와 마찬가지로 자신의 작품 속에 의외의 메시지와 상징을 숨겨 놓는 것을 좋아했다. 잘 훈련된 기호학자의 눈에 비친 초창기의 디즈니 영화는 온갖 암시와 은유의 눈사태라고 해도 과언이 아닐 정도였다.

디즈니의 숨겨진 메시지는 대부분 종교와 미신, 억압받는 여신 등의 주제를 다룬다. 디즈니가 〈신데렐라〉와 〈잠자는 숲 속의 미녀〉〈백설 공주〉 같은 이야기를 선택한 것은 결코 우연이 아니다. 그들 모두 외딴 곳에 유폐된 신성한 여성성의 이야기이기 때문이다. 또 굳이 기호학을 들먹이지 않더라도 독이 든 사과를 먹고 신의 은총을 잃어버린 〈백설 공주〉가 에덴동산에서 쫓겨난 이브의 이야기라는 사실은 누구나 짐작할 수 있으며, 암호명이 '공주' 인 오로라 공주가 사악한 마녀의 추적을 피하기 위해 깊은 숲 속에 은신하는 내용을 담은 〈잠자는 숲 속의 미녀〉는 어린이를 위한 성배 이야기에 다름없다.

디즈니사는 기업 이미지와는 달리 여전히 짓궂고 장난스러운 직원들을 보유하고 있는데, 그들은 자기네 작품에 좀처럼 눈에 뜨이지 않는 상징을 교묘히 숨겨 놓는 데서 큰 쾌감을 느끼는 듯하다. 랭던은 학생 한 명이 〈라이언 킹〉 DVD를 가져와 어느 정지 화면을 보여 준 순간이 좀처럼 잊혀지지 않았다. 심바의 머리 위에 떠도는 먼지가 너무도 선명하게 '섹스(SEX)'라는 단어를 이루고 있는 장면이었다. 비록 랭던은 이것이 무슨 대단한 의미를 가진 암시라기보다는 어느 만화가의 유치한 장난으로 보는 입장이었지만, 그럼에도 불구하고 이 사례를 통해 상징에 대한 디즈니의 집념을 과소평가하면 안 된다는 교훈을 얻었다. 〈인어 공주〉의 경우, 절대로 우연이라고 치부할 수 없을 만큼 특히 여신과 관련된 온갖 영적인 상징들이 촘촘히 얽혀 있다.

랭던은 〈인어 공주〉를 보다가 자신도 모르게 큰 소리로 탄성을 내질렀다. 물속에 있는 아리엘의 집에 걸린 그림이 17세기의 프랑스 화가 조르주 드 라 투어가 추방당한 마리아 막달레나에게 바친 헌사로 유명한 〈참회하는 막달레나〉였기 때문이다. 이 만화영화 전체가 이시스와 이브, 물고기의 여신 피세스(Pisces), 그리고 어김없이 마리아 막달레나의 잃어버린 신성성을 나타내는 노골적인 상징들로 가득한 90분짜리 콜라주임을 감안하면, 그 그림보다 더 잘 어울리는 소품도 없었을 것이다. 인어 공주의 이름인 '아리엘' 역시 신성한 여성성과 밀접한 연관을 가지고 있으며, 「이사야 서」에 나오는 '포위된 신성한 도시'와 동의어이기도 하다. 물론 인어 공주의 흐르는 듯한 빨강 머리 역시 결코 우연이 아닐 터였다.

복도에서 티빙의 목발 소리가 들려오기 시작했는데, 왠지 그 소리가 평소보다 훨씬 사납게 들렸다. 서재로 들어선 그의 얼굴은 딱딱하게 굳어 있었다.

"직접 설명을 좀 들어야겠네, 로버트."

티빙이 쌀쌀한 목소리로 말했다.

"자네는 나에게 정직하지 않았어."

62

"누명을 쓴 겁니다, 티빙."
랭던이 차분한 목소리를 유지하려고 애쓰며 말했다.
'내가 살인을 저지를 사람이 아니란 건 당신도 잘 알지 않습니까.'
그래도 티빙의 말투는 조금도 누그러지지 않았다.
"로버트, 자네가 텔레비전에 나왔어. 맙소사, 당국이 자네를 쫓고 있다는 걸 알고 있나?"
"예."
"그렇다면 더더욱 나의 신뢰를 이용한 셈이군. 이런 시간에 찾아와서 나까지 위험한 지경으로 몰아넣다니, 어떻게 그럴 수가 있나? 나로 하여금 쓸데없이 성배 이야기를 떠들게 만들어서 내 집을 은신처로 삼을 생각이었군."
"나는 아무도 죽이지 않았습니다."
"자크 소니에르가 죽었어. 경찰이 자네의 소행이라고 발표했단 말일세."

티빙은 갑자기 슬픈 표정이 되었다.

"예술을 위해 평생을 바친 사람이야……."

"주인님?"

티빙의 하인이 서재 문 앞에 팔짱을 낀 자세로 버티고 서 있었다.

"제가 저분들을 바깥으로 모실까요?"

"내가 직접 내보내지."

티빙은 서재를 가로질러 걸어가서는 잠겨 있던 커다란 유리문을 활짝 열어 젖혔다. 문 바깥에는 잔디밭이 펼쳐져 있었다.

"그만 내 집에서 나가 주게."

소피는 한 걸음도 움직이지 않았다.

"우린 클레 드 부트에 대한 정보를 가지고 있어요. 시온수도회의 쐐기돌 말이에요."

티빙은 잠시 그녀를 바라보더니, 한심하다는 듯 비웃음을 터뜨렸다.

"기껏 꾸며낸 최후의 발버둥이 고작 그거야? 내가 얼마나 그걸 찾아 헤맸는지는 로버트가 잘 알고 있어."

"그녀의 말은 사실입니다."

랭던이 말했다.

"우리가 여기를 찾아온 이유도 바로 그거예요. 쐐기돌 이야기를 하려고 말입니다."

하인이 다시 끼어들었다.

"당장 나가 주십시오. 안 그러면 신고하겠습니다."

"티빙."

랭던이 나직이 속삭였다.

"우린 그게 어디에 있는지 압니다."

갑자기 티빙의 몸이 기우뚱거리는 느낌이었다.

레미가 사나운 걸음걸이로 랭던을 향해 다가왔다.

"당장 나가시오! 꼭 쫓겨나야 정신을……."
"레미!"
티빙이 돌아서며 자신의 하인을 향해 소리쳤다.
"잠시 자리 좀 비켜 주겠나?"
레미는 기가 막힌다는 듯 입을 쩍 벌렸다.
"주인님, 안 됩니다. 이 사람들은……."
"내가 알아서 처리하겠네."
티빙은 그렇게 말하며 복도를 가리켰다.
잠시 팽팽한 긴장감이 감돈 끝에, 레미는 주인의 발에 채인 강아지 마냥 슬그머니 물러갔다.
열린 문으로 서늘한 밤바람이 들어오는 가운데, 티빙은 여전히 걱정스러운 표정으로 소피와 랭던을 향해 돌아섰다.
"좀 낫군. 그래, 쐐기돌에 대해서 뭘 알아냈다는 거지?"

티빙의 서재 바깥에서는 사일러스가 울창한 덤불 속에서 권총을 움켜쥔 채 유리문을 응시하고 있었다. 조금 전 그가 집 주변을 살펴볼 때만 해도 랭던과 여자가 둘이서 서재에서 이야기를 나누고 있었다. 그때 목발을 짚은 남자가 서재로 들어와서 랭던에게 소리를 지르더니, 유리문을 활짝 열고 그들을 쫓아내려 했다. 그러자 여자가 쐐기돌 이야기를 꺼냈고, 그다음부터 상황이 완전히 돌변해 버렸다. 고함은 속삭임으로 잦아들었고, 험악하던 분위기도 가라앉았다. 유리문이 도로 닫힌 것은 물론이었다.
사일러스는 어둠 속에 몸을 숨긴 채 유리문 안쪽을 들여다보았다.
'이 집 어딘가에 쐐기돌이 있다.'
사일러스는 본능적으로 그것을 느낄 수 있었다.
사일러스는 그들이 무슨 이야기를 나누는지 엿듣고 싶은 마음에 조금 더 유리문을 향해 다가갔다. 그들에게 5분의 여유를 줄 생각이었다. 그때까지도 그들의 입에서 쐐기돌의 행방에 대한 이야기가 나오지 않으면, 안으로 밀고 들어가 강제로 입을 열게 하는 수밖에 없었다.

서재 안에서는 티빙이 당혹감을 감추지 못하고 있었다.
"그랜드마스터?"
티빙이 소피를 바라보며 쉰 목소리로 중얼거렸다.
"자크 소니에르가?"
소피는 커다란 충격을 받은 듯한 그의 얼굴을 바라보며 고개를 끄덕였다.
"그걸 아가씨가 어떻게 알았지?"
"자크 소니에르는 제 할아버지예요."
목발을 짚은 티빙의 몸이 휘청하는가 싶더니, 날카로운 눈으로 랭던을 돌아보았다. 랭던이 고개를 끄덕이자, 티빙은 다시 소피를 바라보았다.
"느뵈 양, 정말 말문이 막히는군. 만약 그게 사실이라면, 심심한 애도의 뜻부터 전하고 싶소. 사실 나도 파리의 유명 인사들 가운데 시온 수도회와 관련이 있을 법한 후보자들의 명단을 만들어 본 적이 있소. 그 명단에는 자크 소니에르도 포함되어 있었소. 하지만 그랜드마스터라고? 상상조차 하기 힘든 일이로군."
티빙은 잠시 말을 멈추고 고개를 설레설레 저었다.
"하지만 만약 그게 사실이라 해도 여전히 석연치 않은 구석이 있소. 자크 소니에르가 시온수도회의 그랜드마스터였고 자기 손으로 직접 쐐기돌을 만들었다면, 그게 어디에 있는지를 당신에게 말했을 리가 없소. 쐐기돌에는 조직의 가장 중요한 보물을 찾아가는 정보가 담겨 있소. 그건 손녀든 누구든 간에, 아무에게나 함부로 알려 줄 수 있는 정보가 아니오."

"그 정보를 전할 당시 소니에르 씨는 죽어 가고 있었습니다."

랭던이 말했다.

"선택의 여지가 없었을 거예요."

"선택을 할 필요조차 없어."

티빙이 반박했다.

"그랜드마스터 말고도 비밀을 아는 이가 셋이나 더 있어. 집사들 말일세. 그게 바로 그들이 만들어 낸 시스템의 가장 큰 특징이자 장점이지. 그랜드마스터가 죽으면 세 명의 집사들 가운데 한 사람이 그 자리를 이어받고, 새로운 집사를 한 사람 충원해서 쐐기돌의 비밀을 전수하는 식이거든."

"뉴스를 끝까지 안 보신 모양이네요."

소피가 말했다.

"오늘 밤, 할아버지 말고도 세 사람의 유명 인사가 살해되었어요. 범행 수법도 모두 비슷해서, 범인이 그들에게서 뭔가를 캐내려 했던 흔적이 드러났어요."

티빙의 입이 쩍 벌어졌다.

"그렇다면 그 사람들이 모두……"

"집사들이었어요."

랭던이 말했다.

"어떻게 그럴 수가? 시온수도회에서 가장 서열이 높은 네 사람의 신원을 한꺼번에 알아낸다는 건 불가능한 일이야. 당장 나만 해도 수십 년 동안 그들을 연구했지만 집사들은커녕 평회원조차 단 한 명도 알아내지 못했어. 그랜드마스터를 비롯해 세 명의 집사들까지 모두 신원이 드러나 하룻밤 사이에 목숨을 잃는다는 건 도저히 상상할 수 없는 일일세."

"하룻밤 사이에 정보가 수집되진 않았을 거예요."

소피가 말했다.

"치밀하게 계획된 '참수'의 냄새가 나요. 우리가 범죄 조직을 상대할 때도 흔히 그런 방법을 이용하죠. DCPJ가 특정한 조직을 목표물로 삼을 경우, 몇 달에 걸쳐 은밀히 정보를 수집해서 조직의 핵심 인물들을 파악한 다음, 어느 순간 한꺼번에 그들을 모두 잡아들여 버려요. 조직의 목을 베어 버린다고 해서 '참수'라고 부르죠. 그렇게 되면 조직은 지도자를 잃고 허둥대다가 그 와중에 또 다른 정보가 새어 나오거든요. 이번 사건의 경우에도 범인은 행동을 시작하기 전에 시온수도회를 끈질기게 관찰했을 거예요. 비밀을 알고 있는 자들을 한꺼번에 공격하면 쐐기돌의 위치를 알아낼 수 있을 거라고 생각했겠죠."

티빙은 여전히 믿어지지 않는 눈치였다.

"하지만 그들은 절대 입을 열지 않았을 거야. 목에 칼이 들어오는 한이 있더라도 비밀을 지키기로 맹세한 사람들이니까."

"바로 그겁니다."

랭던이 말했다.

"만약 그들이 끝내 비밀을 누설하지 않고 죽었다면……."

티빙의 입에서 나지막한 신음이 새났다.

"쐐기돌의 위치는 영원히 묻혀 버릴 거야!"

랭던이 덧붙였다.

"더불어 성배까지."

티빙은 그 말의 무게를 감당하기 힘든 듯 잠시 비틀거리더니, 더 이상 서 있을 기운도 없는 사람처럼 의자에 털썩 주저앉아 물끄러미 창밖을 응시했다.

소피가 그에게 다가가며 부드러운 목소리로 말했다.

"할아버지는 급박한 상황에 처하자 마지막 필사적인 몸부림으로 조직에 소속되지 않은 외부인에게 자신의 비밀을 전하려 했을 거예요. 그런 상황에서 가장 믿을 수 있는 사람은 아무래도 가족이 아니었을까요."

티빙의 안색이 창백해졌다.

"하지만 그렇게까지 깊숙이 조직 내부에 침투해서…… 치밀한 공격을 감행할 수 있는 사람은……."

티빙은 생각만 해도 두렵다는 듯 말을 더듬었다.

"그런 세력은 단 하나밖에 없어. 시온수도회의 가장 오랜 숙적, 그들이 아니고서야……."

랭던이 고개를 들었다.

"교회."

"아니면 누구겠나? 로마는 몇백 년 전부터 성배의 행방을 쫓아왔어."

소피는 미심쩍은 표정이었다.

"교회가 우리 할아버지를 살해했다고요?"

티빙이 대답했다.

"역사를 돌아보면 교회가 스스로를 보호하기 위해 살인을 저지른 경우가 없지 않아요. 성배와 관련된 문서가 워낙 강력한 파괴력을 지닌 탓에, 교회는 오래전부터 그걸 없애기 위해 혈안이 되어 있었거든."

랭던은 교회가 문서를 확보하기 위해 살인까지 불사한다는 티빙의 주장을 좀처럼 액면 그대로 받아들일 수가 없었다. 새로 선출된 교황을 비롯해 추기경들도 여럿 만나 본 랭던으로서는 그들이 암살범에게 관용을 베풀 사람들이 아니라는 사실을 잘 알고 있었다. 아무리 사안이 중요하다 해도, 그런 일은 상상하기 힘들었다.

소피 역시 비슷한 생각을 하는 눈치였다.

"이번 사건에 교회가 개입했으리라고 보는 것은 지나친 비약이 아닐까요? 교회보다는…… 성배의 본질을 제대로 알지 못하는 누군가의 소행일 수도 있잖아요. 누구에게나 그리스도의 잔은 상당히 매력적인 보물임에 틀림없어요. 욕심에 눈이 먼 보물 사냥꾼이라면 앞뒤 가리지 않고 살인을 저지를 수도 있겠죠."

"내 경험에 비춰 볼 때……."

티빙이 말했다.

"자신이 원하는 것을 손에 넣고 싶은 사람보다는 자신이 두려워하는 것을 피하고 싶은 사람들이 훨씬 더 극단적인 방법에 의존하는 경우가 많더군. 만약 시온수도회의 최고위층이 모두 살해당한 게 사실이라면, 그건 누군가의 필사적인 몸부림이라고 보는 게 옳을 거야."

"티빙."

랭던이 말했다.

"그건 다분히 역설적인 이야기로군요. 가톨릭 성직자들이 성배와 관련된 문서를 날조된 것이라고 믿는다면, 그걸 찾아서 파괴하기 위해 시온수도회 사람들을 살해한다는 건 앞뒤가 맞지 않아요."

티빙은 웃음을 지었다.

"하버드의 상아탑에서 생활하다 보니 마음이 아주 부드러워졌군. 로버트, 로마의 성직자들이 누구보다 강력한 믿음을 가지고 있고, 그러한 믿음에 힘입어 모진 폭풍우를 헤쳐 나갈 수 있는 건 사실이야. 성배 문서를 비롯해 자기네의 믿음과 상충하는 모든 시련을 이겨낼 수도 있겠지. 하지만 그들을 제외한 평범한 세상 사람들의 경우는 어떨까? 절대적인 믿음이라는 축복을 받지 못한 사람들 말일세. 잔혹한 사건이 벌어질 때마다 신의 존재에 의구심을 나타내는 사람들, 교회에서 흘러나오는 추문을 접할 때마다 그리스도의 진실을 떠들어 대는 자들이 어떻게 사제가 어린이를 성폭행한 사건을 쉬쉬하고 넘어갈 수 있느냐고 분개하는 사람들이 얼마나 많은가?"

티빙은 잠시 숨을 고른 뒤 말을 이었다.

"교회가 주장해 온 그리스도 이야기가 사실과 다르다는 걸 객관적으로 입증할 과학적 증거가 발견되면, 그 사람들은 모두 어떻게 되겠나?"

랭던은 대답을 하지 않았다.

"내가 말해 볼까?"

티빙이 말했다.

"바티칸은 지난 2천 년 동안 한 번도 경험하지 못한, 엄청난 위기를 맞이할 거야."

긴 침묵이 이어진 끝에, 소피가 입을 열었다.

"만약 이번 사건의 배후가 교회라면, 그 오랜 세월 동안 가만히 있던 그들이 이제 와서 행동을 시작한 이유는 뭐죠? 시온수도회는 지금까지 상그리엘 문서를 잘 숨겨 왔어요. 교회에 직접적인 위협이 될 상황은 아니잖아요."

티빙은 긴 한숨을 몰아쉬며 랭던을 바라보았다.

"로버트, 시온수도회의 마지막 임무에 대해서는 자네도 잘 알고 있겠지?"

랭던은 그 생각을 하자 더욱 가슴이 답답해졌다.

"예."

"느뵈 양."

티빙이 말했다.

"교회와 수도회는 오래전부터 암묵적인 합의를 지켜 왔소. 다시 말해서 교회는 수도회를 공격하지 않고, 그 대신 수도회도 상그리엘 문서를 폭로하지 않는다는 합의가 이루어진 거요. 하지만 시온수도회의 역사를 살펴보면, 그들은 언젠가 비밀을 폭로할 계획을 가지고 있소. 특정한 날짜가 도래하면 그동안의 침묵을 깨고 상그리엘 문서를 폭로함으로써 예수 그리스도에 대한 진실을 만방에 알리겠다는 계획을 세우고 있었던 것이오."

소피는 말없이 티빙을 바라보았다. 이제 그녀에게도 앉을 자리가 필요했다.

"그 날짜가 다가오고 있는 거예요? 교회도 그런 사실을 알고 있고?"

"추측일 뿐이긴 하지만……."

티빙이 말했다.

"교회가 너무 늦기 전에 문서를 찾아내기 위해 총공세를 감행할 동기로는 전혀 부족함이 없소."

랭던은 티빙의 말이 전혀 근거 없는 주장이 아니라는 사실을 알기 때문에 더욱 마음이 불안했다.

"시온수도회가 정한 날짜를 교회가 알아냈을 거라는 이야깁니까?"

"안 될 이유는 없어. 만약 교회가 수도회의 최고위층 인물들의 신원을 확인할 수 있을 정도라면, 그들의 계획을 알아내는 것도 불가능한 일은 아니었을 걸세. 설령 정확한 날짜를 알아내지 못했다 해도 그들의 미신 때문에 가만히 있기가 힘들었을 수도 있겠지."

"미신이라뇨?"

소피가 물었다.

"예언에 의하면 우리는 지금 엄청난 변화의 시기에 접어들어 있소."

티빙이 말했다.

"새로운 천 년이 시작되면서 지난 2천 년에 걸친 물고기자리의 시대가 종말을 고한 거요. 이 물고기 역시 예수를 상징하는 표식이지. 점성학을 전공한 기호학자에게 물어보면 알겠지만, 물고기자리 시대에는 인간이 스스로 생각을 할 수 있는 능력을 갖추지 못했기 때문에 더 큰 힘을 가진 누군가에 의해 지시를 받아야 한다는 믿음이 지배적이었소. 그래서 이 시기에 종교가 큰 힘을 발휘한 거지. 그러나 이제 우리는 물병자리의 시대로 접어들었고, 이 시대의 믿음은 인간이 스스로 생각을 할 줄 알고 진리를 깨우칠 수 있다는 것이오. 바로 지금이 그런 엄청난 이념의 전환이 이루어지는 시대라는 거요."

랭던은 오싹한 한기를 느꼈다. 지금까지 그는 점성학에 토대를 둔 예언 따위에는 별로 관심을 기울이지 않았지만, 교회에는 그런 믿음을 충실히 지키는 자들이 있다는 것을 그도 알고 있었다.

"교회는 지금의 과도기를 '종말의 날'이라고 부르지요."

소피는 믿어지지 않는다는 표정이었다.

"세상의 종말을 말하는 건가요? 「계시록」에 나오는?"

"그건 아닙니다."

랭던이 대답했다.

"가장 흔한 오해 가운데 하나지요. 많은 종교들은 '종말의 날'을 언급하고 있어요. 세상의 종말을 뜻하는 것이 아니라 한 시대의 종말을 의미하는 개념이지요. 말하자면 그리스도가 태어날 즈음에 시작된 물고기자리가 지난 2천 년 동안 이어진 끝에, 새로운 천 년이 시작되면서 그 막바지에 다다랐다는 것이지요. 이제 우리는 물병자리의 시대로 접어들었고, '종말의 날'이 시작된 겁니다."

티빙이 덧붙였다.

"성배를 연구하는 역사학자들은 시온수도회가 정말로 진실을 폭로할 계획을 가지고 있다면, 아마도 지금이 가장 적절한 시기가 아닐까 하고 생각하지요. 나를 포함한 시온수도회를 연구하는 학자들 역시 새 천 년의 도래와 함께 뭔가 사건이 벌어지지 않겠는가 하는 생각을 가지고 있었소. 물론 그런 예측은 빗나갔지만, 로마 달력이 점성술의 분기점들과 정확하게 일치하지 않는 게 사실이다 보니 애당초 완벽한 예측에는 무리가 따랐던 셈이오. 나로서는 교회가 정확한 날짜에 대한 내부 정보를 입수했는지, 혹은 단지 점성술에 토대를 둔 예언 때문에 불안감을 느낀 것인지는 알 길이 없소. 어차피 그건 중요한 문제가 아니오. 어느 쪽이든 교회가 수도회에 대한 선제공격을 감행할 동기로는 전혀 부족함이 없으니 말이오."

티빙은 얼굴을 찌푸리며 말을 이었다.

"만약 교회가 성배를 찾아내면 분명 그걸 가만히 모셔 두지는 않을 거요. 모든 문서와 마리아 막달레나의 유물도 철저하게 파괴되겠지요."

티빙의 표정이 더욱 무거워졌다.

"그렇게 되면 상그레알 문서는 다른 모든 증거와 함께 이 지구상에서 사라질 것이오. 교회는 역사를 뜯어고치기 위한 오랜 싸움에서 궁극적인 승리를 거두고, 과거는 영원히 지워져 버릴 것이오."

소피는 천천히 스웨터 주머니에서 십자가 열쇠를 꺼내 티빙에게 내밀었다.

티빙이 열쇠를 받아들고 유심히 살펴보았다.

"맙소사! 이건 시온수도회의 문양이오. 이걸 어디서 났소?"

"오늘 밤 할아버지가 돌아가시기 직전에 나에게 주셨어요."

티빙은 손가락으로 십자가를 어루만졌다.

"교회 열쇠인가?"

소피는 큰 숨을 내쉰 다음, 대답했다.

"쐐기돌을 찾는 열쇠예요."

티빙이 고개를 번쩍 치켜들었다. 믿어지지 않는다는 표정이 역력했다.

"말도 안 돼! 나는 프랑스의 모든 교회를 하나도 남김없이 샅샅이 뒤졌어!"

"교회가 아니라……."

소피가 말했다.

"스위스 대여 금고 은행에 보관되어 있어요."

잔뜩 흥분했던 티빙의 얼굴이 시들해졌다.

"쐐기돌이 은행에?"

"정확히 말하면 금고실이라고 해야겠지요."

랭던이 거들었다.

"은행 금고실?"

티빙은 세차게 고개를 가로저었다.

"있을 수 없는 일이야. 쐐기돌은 장미의 표식 밑에 숨겨져 있어야 해."

"맞습니다."

랭던이 말했다.

"꽃잎 다섯 장의 장미가 새겨진 자단 상자 속에 보관되어 있었으니까요."

티빙은 마치 벼락을 맞은 사람 같았다.

"자네 눈으로 직접 봤단 말인가?"

소피가 고개를 끄덕였다.

"은행에 갔었어요."

티빙은 겁에 질린 눈으로 그들을 향해 다가왔다.

"그렇다면 뭔가 조치를 취해야 해. 쐐기돌이 위험에 처해 있어! 우리에게는 그걸 보호해야 할 의무가 있으니까. 다른 열쇠가 또 있는 것 아닐까? 살해당한 집사들에게서 빼앗았을 수도 있지 않은가. 만약 교회가 은행을 찾아가는 날이면……."

"자기네가 한 걸음 늦었다는 걸 알게 되겠죠."

소피가 말했다.

"우린 쐐기돌을 다른 곳으로 옮겼으니까요."

"뭐라고! 쐐기돌을 원래 숨겨져 있던 곳에서 꺼냈단 말인가?"

"걱정하지 마세요."
랭던이 말했다.
"잘 숨겨 놓았습니다."
"그냥 잘 숨겨 둔 정도로는 안 돼!"
"그건……."
랭던은 자신도 모르게 미소를 지으며 말했다.
"경이 소파 밑을 얼마나 자주 청소하느냐에 달렸습니다만……."

바람이 점점 강해지면서 샤토 빌레트의 유리문 근처에 몸을 숨긴 사일러스의 옷자락이 마구 춤을 추었다. 안에서 오가는 대화를 전부 다 알아들을 수는 없었지만, 쐐기돌이라는 단어가 여러 차례에 걸쳐 흘러나온 것만은 분명했다.
'쐐기돌이 저 안에 있다.'
스승의 지시는 아직 그의 마음판에 생생하게 새겨져 있었다.
'샤토 빌레트로 들어가라. 쐐기돌을 찾아라. 아무도 해쳐서는 안 된다.'
갑자기 랭던과 다른 두 사람이 서재의 불을 끄고 다른 방으로 자리를 옮겼다. 사일러스는 먹잇감을 쫓는 표범처럼 살그머니 유리문 앞으로 다가갔다. 문은 잠겨 있지 않았다. 그는 안으로 미끄러져 들어가 등 뒤로 소리 나지 않게 문을 닫았다. 옆방에서 사람들의 목소리가 어렴풋이 들려왔다. 사일러스는 주머니에서 권총을 꺼내 안전장치를 푼 다음, 조심스럽게 복도로 걸어 나갔다.

63

콜레 반장은 리 티빙의 거대한 저택으로 이어지는 진입로 입구에 혼자 서서 건물을 바라보고 있었다. 주위는 어두웠고, 인적도 보이지 않았다.

'분위기는 나쁘지 않군.'

콜레는 예닐곱 명의 부하들이 소리 없이 울타리 주위로 퍼져 가는 것을 지켜보았다. 작전이 개시되면 단 몇 분 안에 울타리를 넘어가 건물 전체를 포위할 수 있었다. 랭던이 고맙게도 콜레의 부하들이 기습 공격을 감행하기에 더없이 이상적인 장소를 선택해 준 셈이었다.

기다리다 지친 콜레가 막 파슈에게 전화를 걸려던 참에, 먼저 전화벨이 울렸다.

파슈의 목소리는 콜레가 생각했던 것만큼 만족스러워 하는 기색이 아니었다.

"왜 나한테 랭던에 대한 단서가 잡혔다는 보고가 안 올라온 거지?"

"아까 통화 중이라고 해서……."

"현재 위치가 정확하게 어디야, 콜레 반장?"

콜레는 주소를 불러 주었다.

"티빙이라는 영국인의 소유로 된 건물입니다. 랭던은 여기까지 꽤 긴 거리를 이동했고, 차량은 현재 정문 안쪽에 주차되어 있습니다. 정문을 강제로 연 흔적이 없는 걸로 봐서 랭던과 집주인이 잘 아는 사이일 확률이 높습니다."

"내가 갈 테니 꼼짝 말고 기다려."

파슈가 말했다.

"내가 직접 처리할 테니까."

콜레의 입이 떡 벌어졌다.

"하지만 국장님이 여기까지 오시려면 적어도 20분은 걸릴 겁니다! 우린 지금 당장 행동을 시작해야 해요. 지금까지 면밀하게 감시해 왔습니다. 우리 요원들이 여덟 명이나 출동했고, 네 명은 소총, 나머지는 권총으로 무장한 상탭니다."

"내가 갈 때까지 기다려."

"국장님, 랭던이 안에서 인질극이라도 벌이면 어떻게 합니까? 우리를 발견하고 도보로 도주할 가능성도 배제할 수 없습니다. 지금 당장 작전을 개시해야 해요! 부하들이 이미 각자 위치에서 지시가 떨어지기만 기다리고 있습니다."

"콜레 반장, 내가 도착하기 전까지는 어떤 작전도 시작하면 안 돼. 이건 명령이야!"

파슈는 그 말을 남기고 전화를 끊어 버렸다.

콜레는 얼떨떨한 기분으로 전화기를 내려놓았다.

'무엇 때문에 기다리라는 거야?'

콜레는 답을 알고 있었다. 파슈는 동물적인 직감으로 유명하지만 공명심이 강한 것으로도 악명이 높은 인물이었다.

'자기 손으로 범인을 잡았다고 해야 직성이 풀리겠지.'

파슈는 랭던의 얼굴로 텔레비전을 도배하다시피 하면서 반드시 본인 얼굴도 똑같은 시간만큼 나오도록 강조할 정도였다. 콜레가 할 일은 대장이 나타나 공을 세울 때까지 현장을 지키는 것뿐이었다.

콜레는 그 자리에 멍하니 서서 파슈의 명령에 혹시 무슨 다른 의미가 담겨 있지는 않을지 곰곰이 생각해 보았다.

'피해 대책?'

사법 기관에서 탈주자의 체포를 망설이는 경우는 용의자의 유죄 여부가 확실하지 않을 때가 대부분이다.

'랭던을 범인으로 지목한 파슈의 판단에 변화가 생긴 것일까?'

만약 그렇다면 정말 큰일이 아닐 수 없다. 파슈 국장은 로버트 랭던을 체포하기 위해 '몰래 카메라'와 인터폴은 물론 이제 텔레비전까지 동원하는 등 총력전을 펼쳤다. 아무 죄도 없는 유명한 미국인 교수를 살인범으로 오인해 프랑스의 모든 텔레비전에 그의 얼굴까지 내보낸 상황이라면, 제아무리 날고 기는 브쥐 파슈라 해도 정치적 후폭풍을 견뎌 내기 어려울 터였다. 만약 파슈가 자신의 실수를 뒤늦게 깨달았다면 콜레에게 꼼짝도 하지 말라는 지시를 내린 것도 충분히 이해가 가는 일이다. 파슈로서는 콜레가 무고한 영국인의 사유지로 쳐들어가 랭던의 코앞에 총을 들이대는 최악의 사태만은 어떻게든 피해야 하기 때문이다.

뿐만 아니라 랭던에게 죄가 없다면, 이번 사건을 둘러싼 가장 이상한 수수께끼도 저절로 풀릴 것이다. 그것은 바로 피살자의 손녀인 소피 느뵈가 무슨 이유로 살인 용의자의 탈주를 돕고 있는가 하는 의문이었다. 파슈는 소피가 랭던의 결백함을 알고 있지 못하다는 전제하에서, 그녀의 납득하기 힘든 행동을 설명하기 위해 온갖 종류의 가능성을 제기하고 있었다. 그 가운데 하나는 소니에르의 유일한 상속자인 소피가 유산을 빨리 물려받기 위해 내연 관계인 로버트 랭던으로 하여금 소니에르를 살해하도록 부추겼다는 가설이었다. 소니에르가 이러한 사실을 알아차리고 숨을 거두기 직전 경찰에게 'P.S. 로버트 랭던을 찾아라'라는 메시지를 남겼다는 것이다. 그런 가설을 접한 콜레는 무언가 수상한 냄새가 나는 느낌이 들었다. 아무리 생각해도 소피 느뵈가 그런 지저분한 일을 꾸밀 만큼 천박한 여자로는 보이지 않았던 것이다.

"반장님?"

현장 요원 한 사람이 콜레를 향해 달려왔다.

"차량을 발견했습니다."

콜레는 그 요원을 따라 진입로 안쪽으로 45미터를 들어가 보았다. 도로 맞은편의 덤불 속에 검은 아우디 한 대가 주차되어 있었다. 유심히 보지 않으면 모르고 넘어갈 만큼, 신중하게 숨겨 둔 것이 분명했다. 번호판은 이 차량이 렌터카라는 사실을 보여 주었다. 콜레는 후드에 손을 대 보았다. 따뜻했다. 아직 엔진이 식지 않은 것이다.

"랭던이 이 차를 타고 여기까지 온 모양이군."

콜레가 말했다.

"렌터카 회사에 연락해. 도난 차량인지 확인하라고."

"알았습니다."

또 한 요원이 손짓으로 콜레를 울타리 쪽으로 불렀다.

"반장님, 이걸 좀 보십시오."

그는 그렇게 말하며 적외선 쌍안경을 건네주었다.

"진입로 꼭대기 부근의 숲입니다."

콜레는 쌍안경을 언덕 위쪽으로 들이댄 다음, 이미지 확대 다이얼을 조정했다. 초록색 형체가 서서히 모습을 드러내기 시작했다. 콜레는 꾸불꾸불한 진입로를 따라 천천히 쌍안경의 각도를 조절했다. 이윽고 숲이 보였다. 울창한 나뭇잎 사이에 장갑 트럭이 한 대 서 있었다. 콜레 자신이 취리히 대여 금고 은행에서 내보낸 것과 똑같은 장갑 트럭이었다. 콜레는 그저 우연의 일치이기를 바라는 마음이 간절했지만, 사실은 그렇지 않다는 것을 잘 알고 있었다.

"랭던과 느뵈가 저 트럭을 이용해 은행에서 빠져나온 게 분명해 보입니다."

요원이 말했다.

콜레는 아무 대꾸도 하지 않았다. 저지선 앞에서 마주쳤던 트럭 기사의 모습이 떠올랐다.

'롤렉스를 차고 있었지. 무척 초조한 표정이었고…… 그런데도 나는 화물칸을 점검하지 않았어.'

콜레는 은행 관계자 가운데 누군가가 DCPJ에게 거짓말을 하고 랭던과 소피를 빼돌렸다는 사실을 깨달았다.

'누가, 무엇 때문에 그런 짓을 했을까?'

콜레는 어쩌면 이 문제 때문에 파슈가 행동을 취하지 말라고 지시한 것 아닐까 하는 생각이 들었다. 랭던과 소피 말고도 이번 사건에 관련된 인물들이 더 있다는 사실이 드러난 것인지도 몰랐다. 그나저나 '랭던과 느뵈가 저 장갑 트럭을 타고 여기까지 왔다면, 아우디는 누구 차지?'

남쪽으로 수백 킬로미터 떨어진 곳에서는 비치크래프트 바론 58 전세기가 티레니아 해 상공을 날고 있었다. 하늘은 아주 평온한 편이었지만, 아링가로사 주교는 멀미 봉지를 놓지 못했다. 당장에라도 먹은 것을 다 토해 버릴 것만 같았다. 파리와의 통화는 그의 상상을 완전히 초월하는 내용이었다.

아링가로사는 조그만 객실에 혼자 앉아 손가락의 금반지를 만지작

거리며 몰려오는 두려움과 절망감을 달래기 위해 안간힘을 다했다.
'파리에서 모든 일이 엉망이 되어 버렸다.'
아링가로사는 눈을 감은 채 브쥐 파슈에게 이 난국을 헤쳐 나갈 묘책이 있기만을 기도했다.

64

티빙은 소파에 앉아 나무 상자를 무릎에 올려놓은 채 뚜껑에 새겨진 섬세한 장미꽃을 들여다보며 감탄을 금치 못했다.

'내 인생에서 가장 이상하고 신기한 하룻밤이로군.'

"뚜껑을 열어 보세요."

소피가 랭던과 함께 티빙을 내려다보며 속삭였다.

티빙은 미소를 지었다.

'너무 서둘지 마.'

10년이 넘는 세월 동안 이 쐐기돌을 찾아 헤맨 그로서는 최대한 뜸을 들이며 이 순간을 음미하고 싶었다. 다시 한 번 손바닥으로 뚜껑을 어루만지며 장미꽃의 질감을 느껴 보았다.

"장미."

티빙이 나지막이 읊조렸다.

'장미는 곧 막달레나며, 막달레나는 곧 성배다. 장미는 길을 안내하는 나침반이다.'

티빙은 자신이 얼마나 어리석었는지를 깨달았다. 그 오랜 세월 동안 프랑스 전역의 성당과 교회들을 이 잡듯이 뒤졌다. 때로는 일반인의 출입이 허락되지 않는 곳을 살펴보기 위해 돈까지 집어 주며 장미창 아래의 아치 길을 수도 없이 조사했다. '클레 드 부트—장미의 표식 아래 돌로 된 열쇠가 숨겨져 있다.'

티빙은 천천히 쥠쇠를 풀고 뚜껑을 들어 올렸다.

이윽고 상자 속의 내용물이 눈에 들어오는 순간, 그는 이것이 틀림없는 쐐기돌임을 직감했다. 돌로 된 원통과 정교하게 서로 연결된 글자판이 놀랄 만큼 익숙하게 느껴졌다.

"다빈치의 일기에 설계도가 나온대요."

소피가 말했다.

"할아버지는 이런 물건을 만드는 게 취미였죠."

'그래서 익숙하게 느껴진 거로군.'

티빙도 다빈치의 스케치와 설계도를 본 적이 있었다.

'성배를 찾는 열쇠가 이 돌 안에 들어 있다.'

티빙은 묵직한 크립텍스를 상자에서 조심스럽게 들어 올렸다. 아직 이 원통을 여는 방법에 대해서는 전혀 아는 바가 없지만, 왠지 자신의 운명이 그 속에 들어 있을 듯했다. 티빙은 그동안 수없이 실패를 되풀이하면서, 언젠가는 인생을 송두리째 바친 대가를 발견할 수 있을까 하는 회의에 빠진 적이 많았다. 이제 그런 의구심은 씻은 듯이 사라졌다. 문득 성배 전설의 토대가 되는 선인들의 목소리가 들려왔다.

'Vous ne trouvez pas le Saint-Graal, c'est le Saint-Graal qui vous trouve(네가 성배를 찾는 것이 아니라, 성배가 너를 찾을 것이다).'

오늘 밤, 정말로 성배를 찾는 열쇠가 거짓말처럼 제 발로 그를 찾아오지 않았던가.

소피와 티빙이 크립텍스를 들여다보며 식초와 글자판, 그리고 암호가 무엇일까에 대한 이야기를 나누는 동안, 랭던은 불빛이 환하게 밝혀진 테이블로 다가가 자단 상자를 좀 더 자세히 살펴보았다. 조금 전에 티빙이 한 말이 자꾸만 마음속에 어른거리는 느낌이었다.

'성배를 찾는 열쇠는 장미의 표식 아래 숨겨져 있다.'

랭던은 나무 상자를 치켜들고 불빛에 비춰 가며 장미를 살펴보았다. 예술 분야 중에서도 목공이나 무늬를 새긴 가구 등에는 익숙하지 않은 그였지만, 스페인 마드리드 외곽의 수도원 천장에서 타일이 떨어져 내린 사건이 문득 떠올랐다. 지은 지 3백 년이 지나면서 천장의 타일이 떨어지자, 그 속의 석고에 새겨진 신성한 텍스트가 드러났던 것이다.

랭던은 다시 한 번 장미를 바라보았다.

'장미 아래.'

'서브 로사(Sub Rosa).'

'비밀.'

랭던은 등 뒤의 복도에서 뭐가 쿵 하는 소리가 나서 뒤를 돌아보았다. 시커먼 어둠 말고는 아무것도 보이지 않았다. 아마도 티빙의 하인이 지나간 모양이었다. 랭던은 다시 상자를 향해 몸을 돌렸다. 혹시 장미가 떨어지도록 되어 있지 않을까 싶어서 손가락으로 가장자리를 더듬어 보았지만, 이음새가 너무 정교해서 장미와 뚜껑 본체 사이에는 면도날조차 들어가지 않을 것 같았다.

랭던은 상자를 열고 뚜껑 안쪽을 살펴보았다. 안쪽은 그냥 매끈했지만, 위치를 이리저리 바꿔 가며 불빛을 비춰 보니 정확하게 한복판에 조그만 구멍이 하나 뚫려 있었다. 랭던은 뚜껑을 닫고 바깥쪽을 다시 살펴보았다. 바깥쪽에는 아무것도 없었다.

'구멍이 뚜껑을 아주 관통하지는 않는 모양이군.'

랭던은 상자를 테이블 위에 올려놓고 서재 안을 한 바퀴 둘러보았다. 한쪽에 종이 뭉치가 쌓여 있고, 클립이 하나 끼워져 있었다. 랭던은 그 클립을 잠시 빌려와서 상자를 연 다음, 다시 한 번 구멍을 살펴보았다. 그러고는 조심스럽게 클립을 구부려 한쪽 끝을 구멍 속으로 밀어 넣었다. 별로 힘들이지 않고 가볍게 눌렀는데, 이내 테이블 위에 뭔가가 떨어지는 소리가 들렸다. 도로 뚜껑을 닫고 살펴보니, 마치 퍼즐 조각 같은 조그만 나무 조각이 떨어져 있었다. 나무에 새긴 장미가 뚜껑에서 떨어져 나와 테이블 위에 떨어진 것이다.

랭던은 입을 쩍 벌린 채 장미가 떨어져 나간 상자 뚜껑을 바라보았다. 나무에 아주 화려한 필체로 네 줄의 문장이 쓰여 있었는데, 안타깝게도 랭던이 지금까지 한 번도 보지 못한 문자였다.

셈어 계통에 속하는 문자와 비슷하게 생겼다는 생각은 들었지만, 아무리 봐도 그가 아는 언어가 아니었다.

갑자기 등 뒤에서 뭔가 움직임이 느껴졌다. 다음 순간, 뒤통수에서 불이 번쩍이는가 싶더니 랭던의 몸이 천천히 앞으로 고꾸라졌다.

랭던은 쓰러지면서 창백한 유령 같은 무언가가 총을 들고 서 있는 것을 얼핏 본 것 같았다. 그러나 이내 모든 것이 캄캄한 어둠으로 덮여 버렸다.

65

 소피 느뵈는 비록 사법 기관에 몸담고 있기는 했지만 오늘 밤 이전까지는 한번도 직접 총구를 마주 대해 본 적이 없었다. 지금 그녀를 향해 총을 겨누고 있는 사람은 길고 하얀 머리칼을 가진 거구의 알비노였다. 그는 보기만 해도 소름이 돋는 유령 같은 붉은 눈동자로 그녀를 바라보고 있었다. 양모로 된 로브를 입고 허리춤을 밧줄로 질끈 동여맨 그는 마치 중세의 수도사 같은 모습이었다. 소피는 그가 누구인지 알 길이 없었지만, 이번 사건의 배후로 교회를 지목했던 티빙의 안목이 새삼 놀랍게 느껴졌다.
 "내가 무엇 때문에 왔는지 알 겁니다."
 수도사는 목소리조차 공허했다.
 소피와 티빙은 소파에 앉은 채 침입자가 요구한 대로 두 팔을 번쩍 치켜들고 있었다. 랭던은 바닥에 쓰러져 축 늘어진 상태였다. 수도사의 시선은 곧장 티빙의 무릎 위에 놓인 쐐기돌을 향해 날아갔다.
 티빙이 아주 도전적인 목소리로 말했다.

"당신은 이걸 열 능력이 없소."

"내 스승님은 아주 현명한 분입니다."

수도사가 티빙과 소피의 중간쯤을 총으로 겨눈 채 한 걸음 더 다가섰다.

소피는 티빙의 하인이 어디에 있는지 궁금했다.

'로버트가 쓰러지는 소리를 듣지 않았을까?'

"당신의 스승이 누군지는 모르지만……."

티빙이 말했다.

"금전적으로 합의를 보는 방법도 있지 않겠소?"

"성배는 값을 따질 수 없는 보물입니다."

그는 한 걸음 더 다가섰다.

"당신, 피를 흘리고 있군."

티빙은 괴한의 오른쪽 발목을 향해 고갯짓을 하며 차분하게 말했다. 아닌 게 아니라 핏방울이 다리를 타고 흘러내리는 모양이었다.

"다리도 절고."

"그건 당신도 마찬가지 아닙니까."

괴한은 그렇게 대답하며 티빙 옆에 놓인 쇠로 된 목발을 가리켰다.

"자, 쐐기돌을 넘겨주십시오."

"쐐기돌을 안단 말이오?"

티빙은 깜짝 놀란 목소리로 되물었다.

"내가 뭘 아는지는 상관할 필요가 없습니다. 천천히 일어나서 그걸 나에게 건네주십시오."

"보다시피 나는 몸을 일으키기가 쉽지 않아서 말이오."

"그래서 당신한테 부탁하는 겁니다. 섣부른 행동을 하지 말라고 말입니다."

티빙은 오른손으로 목발을 붙잡은 채 왼손에 쐐기돌을 들었다. 그러고는 다리에 힘을 주어 몸을 일으키는데, 왼손에 든 쐐기돌이 너무 무거운 듯 몸의 균형을 지탱하기 위해 오른손에 쥔 목발에 체중을 실었다.

괴한은 이제 티빙의 머리에 똑바로 총을 겨눈 채 불과 몇 발 앞으로 다가와 있었다. 소피는 괴한이 쐐기돌을 향해 손을 내미는 모습을 멍하니 지켜볼 뿐 어떻게 해 볼 방법이 없었다.

"성공하지 못할 거요."

티빙이 말했다.

"자격을 갖춘 자만이 이 돌을 열 수 있으니까."

'자격을 판단할 수 있는 사람은 하느님밖에 없어.'

사일러스는 생각했다.

"이건 아주 무거워."

목발을 짚고 선 티빙의 팔이 떨리기 시작했다.

"얼른 받지 않으면 떨어뜨릴 것 같아!"

티빙은 그렇게 말하며 불안하게 비틀거렸다.

사일러스는 재빨리 앞으로 다가섰지만, 그와 동시에 티빙이 몸의 균형을 잃고 말았다. 목발이 미끄러지는가 싶더니, 그 바람에 그의 상체가 오른쪽으로 확 기울어졌다.

'안 돼!'

사일러스는 쐐기돌이 바닥에 떨어질까 봐 서둘러 몸을 앞으로 내밀었는데, 그 바람에 총구가 아래쪽으로 쏠렸다. 그러나 쐐기돌은 오히려 그에게서 멀어졌다. 티빙이 오른쪽으로 쓰러지다시피 하면서 왼손을 뒤로 거둬들여 쐐기돌을 소파 위에 내려놓은 것이다. 그와 동시에 옆으로 미끄러지는 듯하던 티빙의 목발이 크게 호를 그리며 허공을 가르더니, 한껏 가속도를 붙이며 사일러스의 다리를 강타했다.

티빙의 목발이 정확하게 시리스 벨트 위로 내리꽂히자, 이미 그의 다리를 온통 상처투성이로 만들어 놓은 가시들이 더욱 깊숙이 살점을 파고들면서 사일러스는 온몸이 갈가리 찢어지는 듯한 통증에 사로잡혔다. 반사적으로 몸이 뒤틀리면서 무릎이 꺾어지자, 시리스는 더욱 단단하게 조여들었다. 사일러스는 바닥으로 쓰러지면서 무의식중에 방아쇠를 당겼지만, 총알은 귀를 찢는 굉음과 함께 마룻바닥을 파고들었을 뿐이었다. 그가 총구를 다시 치켜들 틈도 없이, 이번에는 여자의 발차기가 정확하게 그의 턱을 강타했다.

진입로 입구에서 대기하던 콜레에게도 총소리가 들렸다. 거리가 꽤 멀기는 하지만 총소리가 틀림없다는 사실을 알아차린 콜레는 차가운 공포심이 혈관 속을 훑고 지나가는 느낌이었다. 파슈가 달려오고 있으니, 콜레는 어차피 자기 손으로 랭던을 체포하는 실적은 포기한 상태였다. 하지만 얼마나 효과적으로 임무를 수행했는지를 가리는 진급 심사 때 파슈가 자신에게만 유리한 쪽으로 진술해 버리면, 콜레는 완전히 물을 먹게 될 게 뻔했다.

'개인 저택에서 총기가 발사되었다. 그런데도 너는 진입로 입구에서 꾸물거리기만 하고 아무런 조치도 취하지 않았다!'

콜레는 이제 은밀히 현장에 접근할 기회는 물 건너갔다는 생각이 들었다. 더 이상 아무런 행동도 하지 않고 시간만 보내다가는 차라리 동이 트기 전에 옷을 벗을 각오를 하는 게 나을 듯했다. 콜레는 사유지 입구의 철문을 힐끗 돌아보며 결단을 내렸다.

"차에 밧줄을 걸어서 정문을 제거한다!"

로버트 랭던은 정신이 가물가물한 와중에도 어렴풋이 총소리를 들었다. 고통스러운 비명도 들린 것 같았다.

'내가 지른 비명인가?'

마치 굴착기가 그의 뒤통수에 구멍을 뚫고 있는 느낌이었다. 그리 멀지 않은 곳에서 사람들의 목소리가 들렸다.

"도대체 어디 처박혀 있다가 이제야 나타나는 거야?"

티빙이 냅다 소리를 질렀다.

하인이 서둘러 서재로 쫓아 들어오고 있었다.

"무슨 일입니까? 아, 맙소사! 이 사람은 누구지요? 당장 경찰에 신고하겠습니다."

"빌어먹을! 신고하지 마. 조금이라도 도움이 되고 싶으면 가서 이 괴물을 묶어 놓을 끈이나 가져오라고!"

"얼음도 좀 가져오세요!"

소피가 하인의 등 뒤에 대고 소리쳤다.

랭던은 또다시 깜빡 정신을 잃은 모양이었다. 사람들이 왔다 갔다 하면서 뭐라고 말하는 소리가 들리나 싶더니, 어느새 그의 몸은 소파 위에 눕혀져 있었다. 소피가 얼음 주머니로 그의 머리를 문지르고 있었고, 두개골이 깨질 듯이 지끈거렸다. 마침내 시야가 정상으로 돌아오자, 제일 먼저 바닥에 쓰러진 괴한의 모습이 눈에 들어왔다.

'내가 헛것을 보고 있나?'

거대한 몸집의 알비노 수도사는 온몸이 꽁꽁 묶인 채 입에는 배관용 테이프로 재갈이 물려져 있었다. 입이 부자연스럽게 벌어져 있었고, 오른쪽 허벅지 쪽이 피로 흥건하게 젖은 상태였다. 마침 그도 막 정신이 돌아오기 시작한 모양이었다.

랭던은 고개를 돌려 소피를 바라보았다.

"저 사람은 누굽니까? 무슨 일이……?"

티빙이 절름거리며 다가왔다.

"정의의 기사가 애크미 정형외과에서 만들어 준 엑스칼리버를 휘둘러 자네 목숨을 구했어."

'뭐가 어떻게 됐다고?'

랭던은 몸을 일으키려고 끙 하고 힘을 주었다.

소피가 부드러운 손길로 그를 만류했다.

"잠깐만 더 이대로 있어요, 로버트."

"방금 자네 여자 친구에게 나의 불리한 신체 조건을 어떻게 장점으로 승화시키는지를 보여 준 것 같네."

티빙이 말했다.

"사람들이 모두 자네를 우습게 보는 모양이군."

랭던은 소파에 기댄 채 수도사를 내려다보며 방금 무슨 일이 벌어졌는지를 이해하려고 애써 보았다.

"시리스를 착용하고 있더군."

티빙이 설명했다.

"뭐를 착용했다고요?"

티빙은 바닥에 던져 놓은 가죽끈을 가리켰다. 가시가 촘촘하게 달린 가죽끈은 피로 흥건히 젖어 있었다.

"고행의 벨트. 이걸 허벅지에 차고 있기에 제대로 겨냥을 했지."

랭던은 뒤통수를 어루만졌다. 시리스 벨트에 대해서는 그도 어느 정도 알고 있었다.

"하지만 그걸…… 어떻게 알았습니까?"

티빙은 싱긋 미소를 지었다.

"로버트, 내 전공이 기독교 아닌가. 자기네 정체를 노골적으로 드러내고 다니는 교파들이 더러 있더라고."

티빙은 목발을 들어 피로 물든 수도사의 로브를 가리켰다.

"이 친구들처럼."

"오푸스 데이."

랭던은 나직이 중얼거렸다. 얼마 전에 보스턴의 유명한 사업가 몇 사람이 오푸스 데이에 소속되어 있다는 신문 기사를 본 적이 있었다. 그들이 고급 정장 속에 시리스 벨트를 차고 다닌다는 것이 주변 동료들의 증언이었는데, 실제로 그들은 그런 행동을 하지 않았음이 밝혀졌다. 그들은 이 단체의 다른 많은 회원들과 마찬가지로 '준회원' 등급이라 육체 고행은 전혀 하지 않는 것으로 드러난 것이다. 그들은 모두 독실한 가톨릭 신자에다, 자애로운 아버지였으며, 지역 사회에 봉사 활동도 많이 하는 건실한 사업가였다. 당연한 이야기지만, 언론은 이들의 신앙생활에 대해서는 아주 간단하게 다룬 다음, 정말로 엄격한 규율을 지키는 '정회원'들의 이야기로 넘어갔다. 지금 랭던의 눈앞에 쓰러져 있는 이 수도사 같은 회원들 말이다······.

티빙은 피로 물든 시리스를 유심히 살펴보았다.

"오푸스 데이가 왜 성배를 찾으려 하는 거지?"

랭던은 아직 정신이 몽롱한 상태라, 제대로 그 문제를 생각해 볼 엄두가 나지 않았다.

"로버트."

소피가 나무 상자 쪽으로 걸어가며 말했다.

"이건 뭐죠?"

그녀는 랭던이 조금 전에 뚜껑에서 떼어 낸 조그만 장미 장식을 집어 들었다.

"그게 상자에 새겨진 글자를 덮고 있었어요. 그 글을 해독하면 쐐기돌을 여는 방법을 알 수 있을 것 같더군요."

소피와 티빙이 뭐라고 반응을 보일 틈도 없이, 언덕 아래쪽에서 경찰차의 파란 불빛과 함께 요란한 사이렌 소리가 들려오기 시작했다.

티빙은 눈살을 찌푸렸다.

"친구들, 결단의 순간이 온 것 같군. 이왕이면 빨리 마음을 정하는 게 좋을 거야."

66

콜레와 그의 부하들은 총을 뽑아 든 채 리 티빙 경의 현관을 박차고 뛰어들었다. 그들은 각자 흩어져 1층의 모든 방들을 수색하기 시작했다. 응접실 바닥에서 총알구멍이 하나 발견되었고, 몸싸움이 벌어진 흔적과 함께 약간의 핏자국, 이상하게 생긴 가시 달린 가죽 벨트, 그리고 반쯤 쓰다 만 배관용 테이프 다발을 찾아냈을 뿐, 1층 어디서도 사람의 흔적은 찾아볼 수 없었다.

콜레가 부하들을 두 패로 나누어 지하실과 건물 뒤쪽을 수색하라는 지시를 내릴 무렵, 위층에서 사람의 목소리가 들려오기 시작했다.

"위층이다!"

널따란 계단을 한달음에 뛰어올라간 콜레와 그의 부하들은 불이 꺼진 침실과 복도를 샅샅이 뒤지며 소리가 나는 쪽으로 접근해 갔다. 목소리는 유난히 긴 복도 제일 끝에 있는 침실에서 나는 것 같았다. 요원들은 출구를 봉쇄한 채 조심스럽게 그 방을 향해 다가갔다.

콜레는 그 침실의 방문이 활짝 열려 있는 것을 발견했다. 갑자기 사람 목소리가 그치더니, 무슨 엔진 소리 같은 것이 터져 나왔다.

콜레는 총을 치켜들고 부하들에게 신호를 보냈다. 소리 나지 않게 문틀까지 접근한 다음, 벽에 붙은 전등 스위치를 올림과 동시에 방 안으로 뛰어들었다. 콜레는 "꼼짝 마!" 하고 외치며 총을 겨누었지만……, 방 안에는 개미 새끼 한 마리 보이지 않았다.

손님용 침실로 보였지만, 누군가 머문 흔적은 전혀 찾아볼 수 없었다.

다시금 자동차 엔진 소리가 터져 나왔지만, 그것은 침대 옆의 벽에 붙은 검은 인터폰에서 나는 소리였다. 콜레는 이미 집 안 곳곳에 똑같은 인터폰이 붙어 있는 것을 보았다. 콜레는 서둘러 그쪽으로 달려갔다. 인터폰에는 열 개가 넘는 단추가 달려 있고, 각각 꼬리표가 붙어 있었다.

서재…… 주방…… 세탁실…… 지하실……

'자동차 소리는 어디서 나는 거야?'

안방…… 일광욕실…… 헛간…… 도서실……

'헛간이다!'

번개처럼 아래층으로 달려 내려간 콜레는 다른 요원 한 사람과 합류해 뒷문으로 뛰쳐나갔다. 그들은 뒷마당을 가로질러 가쁜 숨을 몰아쉬며 낡은 잿빛 헛간 앞에 도착했는데, 안으로 들어서기도 전에 자동차 엔진 소리가 희미하게 멀어졌다. 콜레는 권총을 겨눈 채 헛간 안으로 뛰어들어 전등을 켰다.

헛간의 오른편은 잔디 깎는 기계를 비롯해 자동차 정비와 정원 가꾸기에 필요한 각종 장비가 널려 있어 어지간한 공장을 연상케 할 정도였다. 헛간 벽에도 집 안에서 본 인터폰이 붙어 있었는데, 단추들 가운데 하나가 아래로 젖혀져 아직도 채널이 열려 있었다.

손님용 침실 2

콜레는 머리끝까지 화가 치밀었다.

'인터폰을 통해 우리를 위층으로 유인한 거야!'

헛간의 왼편에는 마구간이 마련되어 있고 말을 한 마리씩 넣을 수 있는 방들이 즐비하게 늘어서 있었는데, 아무래도 이 저택의 주인은 다른 종류의 마력(馬力)을 선호하는 듯 칸마다 말 대신 자동차를 한 대씩 넣어 놓았다. 검은색 페라리, 초창기의 롤스로이스, 2인승 애스턴 마틴 스포츠카, 고색창연한 포르쉐 356 등 차들의 면면도 화려했다.

마지막 칸은 비어 있었다.

콜레는 마지막 칸의 바닥에 기름 자국이 번져 있는 것을 발견했다.

'어차피 이 영지를 빠져나갈 수는 없어.'

바로 이런 상황에 대처하기 위해 진입로 입구의 정문 앞을 경찰차 두 대로 가로막아 놓았던 것이다.

"반장님?"

요원 한 명이 반대편 벽을 가리켰다.

위로 말려 올라가게 된 헛간의 뒷문이 활짝 열려 있고, 울퉁불퉁한 진흙투성이 경사로가 아래쪽으로 이어져 있었으며, 그 너머는 너무 어두워서 보이지 않았다. 콜레는 서둘러 문 앞으로 달려갔다. 저만치 시커먼 숲의 윤곽이 어렴풋이 보일 뿐 전조등 불빛 같은 것은 찾아볼 수 없었다. 이 울창한 계곡에는 아마 지도에도 나오지 않는 소방 도로와 사냥로가 곳곳에 얽혀 있을 테지만, 콜레는 자신의 먹잇감이 숲을 빠져나가지는 못할 것이라고 확신했다.

"넓게 퍼져서 아래쪽으로 내려간다. 지금쯤 얼마 가지 못해 진창에 빠져 있을 거야. 장난감 같은 스포츠카로는 이런 지형을 빠져나갈 수 없어."

"저, 반장님?"

요원 한 명이 벽에 붙은 널빤지를 가리켰다. 널빤지에는 나무못이 한 줄로 나란히 박혀 있고, 못에는 열쇠들이 걸려 있었다. 열쇠 위에는 각각 해당 차량의 이름을 적은 종이를 붙여 놓았다.
　다임러…… 롤스로이스…… 애스틴 마틴…… 포르쉐……
　마지막 못은 비어 있었다.
　그 못 위에 적힌 자동차 이름을 확인한 콜레는 심장이 덜컥 내려앉는 기분이었다.

67

그들이 탄 자바 블랙 펄 색상의 레인지 로버는 표준 트랜스미션을 장착한 사륜구동에, 폴리프로필렌 전조등과 후미등 클러스터 피팅을 달았으며, 운전대는 오른쪽이었다.

랭던은 자기 손으로 운전하지 않아도 되는 것이 그렇게 다행스러울 수가 없었다.

티빙의 하인인 레미가 주인의 명령에 따라 운전대를 잡고 있었다. 희미한 달빛에 의존한 채 전조등도 켜지 않고 샤토 빌레트 뒤쪽의 경사진 야산을 내려가는 레미의 운전 솜씨는 신기에 가까웠다. 어둠 속으로 희뿌옇게 윤곽만 보이는 숲 쪽을 목표로 삼고 있는 듯했다.

조수석에 앉은 랭던은 쐐기돌을 끌어안은 채 몸을 돌려 뒷좌석의 티빙과 소피를 바라보았다.

"머리는 좀 어때요, 로버트?"

소피가 근심스러운 목소리로 물었다.

랭던은 겨우 미소를 지어 보였다.

"많이 좋아졌어요. 고맙소."

사실은 아직도 머리가 빠개질 것만 같았다.

티빙은 손발이 묶이고 재갈까지 물린 채 뒷좌석 뒤의 짐칸에 처박혀 있는 수도사를 어깨 너머로 힐끗 돌아보았다. 그의 총을 무릎 위에 올려놓은 티빙의 모습은 마치 오래된 사진 속에서 자신이 잡은 짐승을 앞에 두고 포즈를 취한 영국인 수렵대원 같았다.

"오늘 자네가 이렇게 나를 찾아와 주어서 얼마나 기쁜지 모르겠어, 로버트."

티빙은 정말 오랜만에 재미있는 일이 생겼다는 듯 싱글벙글한 표정으로 말했다.

"이런 일에 휘말리게 해서 미안합니다, 티빙."

"아, 무슨 말씀을! 내가 이런 일에 휘말리기를 평생 동안 기다려 왔다는 걸 알지 않나."

티빙은 랭던의 어깨 너머 자동차 앞 유리를 통해 기다란 산울타리를 바라보았다. 그가 뒤에서 레미의 어깨를 툭 건드리며 말했다.

"브레이크 등이 켜지게 하면 안 돼. 꼭 필요할 때는 비상 브레이크를 이용하라고. 숲 속으로 좀 더 들어가야겠어. 집 쪽에서 우리 모습이 보이지 않도록 조심하고."

레미는 울타리가 열린 곳을 향해 살금살금 기다시피 차를 몰았다. 수풀이 울창한 오솔길로 들어서자, 대번에 희미한 달빛마저 나뭇가지 사이에 완전히 가려져 버렸다.

'코앞도 안 보이는군.'

랭던은 잔뜩 긴장해서 전방을 주시했다. 나뭇가지가 자동차 왼편을 스치자, 레미는 오른쪽으로 살짝 방향을 틀었다. 그때부터 27미터를 엉금엉금 기듯이 조금씩 앞으로 나아갔다.

"아주 잘하고 있어, 레미."

티빙이 말했다.

"이 정도 거리면 충분한 것 같군. 로버트, 에어컨 구멍 바로 밑에 조그만 파란 단추가 보이지? 그거 좀 눌러 주겠나?"

랭던은 그 단추를 찾아서 눌렀다.

부드러운 노란색 불빛이 부채꼴로 퍼져 나와 오솔길 좌우의 무성한 덤불을 비춰 주었다.

'안개등이로군.'

랭던은 속으로 중얼거렸다. 안개등은 차가 길을 벗어나지 않을 정도로만 어둠을 밝혀 주었고, 이제 어느 정도 숲 속으로 들어왔으니 그 불빛 때문에 위치가 노출되지는 않을 터였다.

"좋아, 레미."

티빙이 기분 좋은 목소리로 말했다.

"이제 불을 켰으니 우리 목숨이 자네 손에 달린 거야."

"지금 어디로 가는 거죠?"

소피가 물었다.

"이 오솔길은 숲 속으로 3킬로미터가량 이어져 있어."

티빙이 말했다.

"영지를 가로질러서 북쪽으로 꺾어지지. 웅덩이가 파이거나 나무가 쓰러져 길을 막고 있지만 않으면 무사히 5번 고속도로로 올라갈 수 있을 거야."

'무사히? 내 머리통 깨질 뻔한 건 어떻게 하고…….'

랭던은 그런 생각을 하다가 무릎 위에 안전하게 놓여 있는 쐐기돌 상자를 내려다보았다. 그가 뚜껑의 죔쇠를 풀고 눈높이로 상자를 들어 올리자, 뒤에서 티빙이 그의 어깨에 손을 얹었다.

"너무 서두르지 말게, 로버트."

티빙이 말했다.

"길이 울퉁불퉁하고 너무 어두워. 자칫 깨뜨리기라도 하면 큰일 아닌가. 환한 데서도 알아보지 못한 글자를 이렇게 어두운 곳에서 본다고 더 잘 보이겠나? 한 번에 한 가지씩 차근차근 해결해 가자고. 이제 머지않아 그걸 더 자세히 살펴볼 수 있는 시간이 올 걸세."

랭던은 티빙의 말이 옳다는 생각에, 고개를 끄덕이며 쐐쇠를 도로 잠갔다.

짐칸의 수도사가 신음을 내며 몸을 꿈지럭거리더니, 갑자기 격렬하게 발버둥을 치기 시작했다.

티빙이 몸을 돌려 그에게 권총을 겨누었다.

"자네가 지금 불평을 할 처지가 아닐 텐데. 자넨 내 집에 무단으로 침입해서 내 친구의 뒤통수에 큼직한 혹을 만들어 놓지 않았나. 내가 마음만 먹으면 당장에라도 자네를 총알 밥으로 만들어 저 수풀의 거름으로 썩어 가게 할 수 있어."

수도사는 금방 잠잠해졌다.

"저 친구를 데려가는 게 잘하는 일일까요?"

랭던이 물었다.

"그야 말할 필요도 없지!"

티빙이 자신 있게 대답했다.

"자네는 지금 살인 누명을 쓰고 쫓기는 신세일세, 로버트. 자네가 누명을 벗는 데 저 녀석이 어떻게든 큰 역할을 해 줄 거야. 경찰이 내 집까지 자네를 쫓아온 걸 보면, 그들이 얼마나 간절하게 자네를 잡고 싶어 하는지 잘 드러나지 않나."

"그건 내 잘못이에요."

소피가 말했다.

"장갑 트럭에 위치 발신기가 부착되어 있었을 거예요."

"중요한 건 그게 아닐세."

티빙이 말했다.

"경찰이 자네들을 찾아낸 것은 별로 놀라운 일이 아니지만, 저 오푸스 데이의 하수인이 자네들을 찾아낸 건 보통 일이 아니야. 지금까지 자네들에게서 들은 이야기들을 종합해 볼 때, 저 녀석이 내 집까지 자네들을 쫓아온 것은 사법경찰이나 취리히 은행, 둘 중의 하나에 누군가 밀고자가 있다고 해석할 수밖에 없어."

랭던은 그 말을 곰곰이 생각해 보았다. 브쥐 파슈가 오늘 밤에 벌어진 살인 사건의 혐의를 뒤집어씌울 희생양을 찾고 있는 것은 분명해 보였다. 베르네가 중간에 갑자기 태도를 바꾼 것도 랭던이 네 명의 유명 인사를 살해한 범인으로 지목되었다는 점을 고려하면 전혀 납득하지 못할 일은 아니었다.

"이 수도사는 절대 혼자서 움직이는 놈이 아니야, 로버트."

티빙이 말했다.

"배후에 누가 있는지를 확실하게 알아내기 전까지는 절대 마음을 놓으면 안 된다고. 다행스러운 것은 이제 자네가 칼자루를 쥔 입장이 되었다는 거지. 지금 내 등 뒤에 있는 괴물 같은 녀석이 상당한 정보를 가지고 있을 테고, 누군지는 모르지만 뒤에서 저 녀석을 조종하는 자도 지금쯤 깊은 고민에 빠져 있을 거야."

레미는 지형에 익숙해진 듯 조금씩 속도를 내기 시작했다. 조그만 웅덩이를 지나가기도 했고, 한동안 조그만 언덕을 올라가다가 조금 전부터는 내리막길로 접어들었다.

"로버트, 미안하지만 그 전화기 좀 집어 주겠나?"

티빙이 계기판 옆에 꽂혀 있던 카폰을 가리키며 말했다. 랭던이 전화기를 건네주자, 티빙은 어딘가로 전화를 걸었다. 상대방이 전화를 받기까지는 상당히 긴 시간이 걸렸다.

"리처드? 자고 있었나? 아, 당연히 자고 있었겠군. 멍청한 질문을 해서 미안하네. 사실 조그만 문제가 하나 생겨서 말이야. 내가 지금 몸이 좀 안 좋은데, 아무래도 레미와 함께 섬나라로 건너가서 치료를 받아야 할 것 같아. 음, 그래, 지금 당장. 미리 연락하지 못해서 미안하네. 20분 안으로 엘리자베스를 준비해 줄 수 있겠나? 나도 알아, 최선을 다해 보라고. 그럼 조금 있다가 보세."

티빙은 그 말을 남기고 전화를 끊었다.

"엘리자베스라니요?"

랭던이 물었다.

"내 비행기야. 그거 장만하느라 기둥뿌리 뽑힐 뻔했어."

랭던이 깜짝 놀란 표정으로 그를 돌아보았다.

"왜?"

티빙이 아무렇지도 않게 대답했다.

"설마 사법경찰이 총동원되어 자네들을 쫓고 있는 마당에, 계속 프랑스에서 얼씬거릴 생각은 아니었겠지? 런던이 훨씬 안전할 거야."

소피도 티빙을 바라보았다.

"우리가 이 나라를 떠나야 한다는 말씀이세요?"

"친구들, 내가 이곳 프랑스에서는 별 볼일 없지만 저쪽 문명 세계에서는 그래도 힘깨나 쓰는 사람이거든. 게다가 성배도 영국에 있을 가능성이 크다고 하지 않는가. 쐐기돌을 열고 나면 우리가 제대로 방향을 잡았다는 사실이 드러날 걸세."

"괜히 우리를 도왔다가 큰 곤욕을 치르게 될지도 몰라요."

소피가 말했다.

"프랑스 경찰하고 친구가 되기도 쉽지 않을 텐데요."

티빙은 걱정할 필요도 없다는 듯 손을 내저었다.

"난 이제 프랑스하고는 작별이야. 내가 여기로 옮겨 온 건 쐐기돌을 찾기 위해서였는데, 이제 소원을 풀었으니 샤토 빌레트는 두 번 다시 못 봐도 상관없다고."

소피는 그래도 불안한 표정이었다.

"공항의 보안 검색은 어떻게 통과하죠?"

티빙은 호탕한 웃음을 터뜨렸다.

"우린 르 부르제에서 이륙할 거야. 여기서 멀지 않은 사설 비행장이지. 나는 프랑스 의사들한테는 믿음이 가지 않아서 2주에 한 번씩 영국에서 치료를 받는데, 이왕이면 좀 편하게 다니려고 양쪽에다 통행료를 두둑이 내고 있거든. 일단 비행기가 이륙하고 나면 미국 대사관에 연락해서 사람을 나오게 할지 어쩔지 결정하자고."

랭던은 대사관에 의지하고 싶은 마음이 별로 없었다. 지금으로서는 쐐기돌과 성배 외에는 아무것도 생각하고 싶지 않았던 것이다. 일단 지금 상황에서 영국으로 건너가는 것이 잘하는 일인지부터 판단해 보고 싶었다. 성배가 영국 땅 어딘가에 숨겨져 있을 거라는 추측은 지금으로서는 정설이라고 해도 과언이 아니었다. 성배와 관련하여 아서 왕의 전설에 나오는 아발론 섬이 바로 영국의 글래스톤베리라는 주장도 상당한 설득력을 얻고 있는 상황이었다. 성배가 어디에 있건 간에, 랭던은 자신이 진짜로 그것을 찾아 나서게 되리라고는 상상도 하지 못했다.

'상그레알 문서. 예수 그리스도의 진실. 마리아 막달레나의 무덤.'

랭던은 문득 현실 세계와는 완전히 단절된 일종의 연옥에서 오늘 밤을 보내고 있는 것 아닌가 하는 생각이 들었다.

"주인님?"

레미가 모처럼 입을 열었다.

"정말 이대로 영국으로 돌아가셔도 괜찮겠습니까?"

"레미, 자넨 아무 걱정도 할 필요가 없어."

티빙이 자신 있게 대답했다.

"설마 여왕의 땅으로 돌아간다고 하루아침에 내 입맛이 소시지나 으깬 감자 나부랭이에 길들여지기야 하겠나. 자네도 그곳에서 나하고 같이 정착하면 될 거야. 데번셔에 멋진 저택을 한 채 장만할 생각인데, 자네 짐이야 화물로 부쳐 오면 되지 않나. 이것도 일종의 모험이라고, 레미. 모험 말일세!"

랭던은 자신도 모르게 미소를 지었다. 티빙이 마치 영국으로 금의환향이라도 하는 사람처럼 자기 계획을 떠들어 대는 것을 듣고 있으니, 왠지 그의 들뜬 마음이 자기에게까지 전염되는 기분이었다.

랭던은 차창 밖을 멍하니 내다보며 노란 안개등 불빛에 어렴풋이 모습을 드러냈다가 뒤로 사라져 가는 수풀에 눈길을 주었다. 이따금 나뭇가지가 스치고 지나가는 사이드미러가 안쪽으로 기울어져 있어서, 조용히 뒷좌석에 앉아 있는 소피의 모습이 비쳤다. 넋 나간 사람처럼 하염없이 그녀를 바라보던 랭던은 난데없이 뿌듯한 만족감이 밀려오는 것을 느꼈다. 비록 고생스러운 하룻밤을 보내고 있기는 하지만, 그녀처럼 좋은 동행을 만난 것은 다행스러운 일이 아닐 수 없었다.

얼마나 지났을까. 문득 랭던의 시선을 의식한 소피가 몸을 앞으로 내밀며 그의 어깨를 살짝 문질렀다.

"괜찮아요?"

"예."

랭던이 대답했다.

"그럭저럭."

소피는 이내 자세를 바로 했지만, 랭던은 그녀의 입술에 차분한 미소가 번져 가는 것을 보았다. 어느 사이엔가 랭던 자신도 미소를 머금고 있었다.

레인지 로버 짐칸에 처박힌 사일러스는 제대로 숨을 쉴 수가 없었다. 팔이 뒤로 꺾인 데다가, 발목도 요리용 실과 배관용 테이프로 칭칭 묶여 있었다. 차가 한 번씩 덜컹거릴 때마다 어깨가 빠져나갈 듯이 아팠다. 그나마 저들이 시리스를 풀어 준 것이 다행스러울 지경이었다. 테이프로 입을 막아 놓은 탓에 코로만 숨을 쉬어야 했는데, 짐칸의 공기가 탁해서 그런지 점점 더 코가 막혀 오는 느낌이었다. 기침이 터져 나오기 시작했다.

"저 친구, 숨이 막히는 모양인데요."

운전대를 잡은 프랑스인이 걱정스러운 목소리로 말했다.

목발을 휘둘러 사일러스를 때려눕힌 영국인이 뒤를 돌아보더니, 쌀쌀한 표정으로 말했다.

"우리 영국 사람들이 남자의 예절을 평가할 때는 친구에 대한 온정이 아니라 적에 대한 온정을 따진다는 걸 다행스럽게 생각해라."

영국인은 그렇게 말하며 팔을 뒤로 뻗어 사일러스의 입에 붙은 테이프를 붙잡더니, 마음의 준비를 갖출 틈도 주지 않고 단번에 확 떼어 내는 것이었다.

사일러스는 입술에 불이라도 붙은 것 같은 기분이었지만, 이내 허파로 쏟아져 들어오는 공기는 하느님이 보내 주신 선물과도 같았다.

"누구 밑에서 일하나?"

영국인이 물었다.

"나는 주님의 일을 합니다."

사일러스는 여자에게 걷어차인 턱의 통증을 무릅쓰고 간신히 대답했다.

"자네는 오푸스 데이 소속이야."

영국인이 말했다. 그건 질문이 아니었다.

"당신은 내가 누구인지 모릅니다."

"오푸스 데이가 왜 쐐기돌을 찾는 거지?"

사일러스는 그 질문에 대답할 마음이 전혀 없었다. 쐐기돌은 성배를 찾아가는 연결 고리였고, 성배는 곧 신앙을 수호하는 열쇠였다.

'나는 주님의 일을 한다. 『길』이 위험에 처했다.'

사일러스는 달리는 자동차 짐칸에서 몰래 결박을 풀기 위해 애를 쓰며 자신이 또다시 스승과 주교의 믿음을 저버렸다는 생각에 두려움을 느꼈다. 이제 그들에게 연락해 이 끔찍한 사태를 알릴 방법조차 없지 않은가.

'저들이 쐐기돌을 손에 넣었다! 저들이 우리보다 먼저 성배를 찾을 것이다!'

사일러스는 숨이 막힐 듯한 어둠 속에서 기도를 하기 시작했다. 자신의 육신이 당하는 고통이 그의 탄원에 기름을 부어 주기를 바라는 마음뿐이었다.

'주님, 저에게는 기적이 필요합니다.'

사일러스는 이제 머지않아 그가 그토록 간절히 기도한 기적이 벌어지리라는 사실을 알 길이 없었다.

"로버트?"

소피는 아직도 랭던을 바라보고 있었다.

"표정이 아주 재미있는 것 같네요."

랭던은 그녀를 돌아보며 자신의 턱이 굳게 다물어져 있는 것을 깨달았다. 심장도 마구 두근거렸다. 방금 아주 좋은 생각이 떠오른 탓이었다.

'이렇게 간단한 방법을 왜 여태 생각하지 못했을까?'

"소피, 휴대전화 좀 빌려줘요."

"지금이요?"

"좋은 수가 생각났어요."

"뭔데요?"

"금방 다 얘기해 줄 테니, 어서 휴대전화나 줘 봐요."

소피는 잠시 망설이는 표정을 지었다.

"파슈가 내 전화까지 감시하고 있지는 않겠지만, 그래도 혹시 모르니까 1분 안에 끊는 게 좋을 거예요."

소피는 그렇게 말하며 휴대전화를 건네주었다.

"미국에 걸려면 어떻게 해야 됩니까?"

"수신자 부담으로 걸어야 해요. 대서양 건너편까지는 국제 전화 서비스를 신청하지 않았거든요."

랭던은 0번을 눌렀다. 이제 60초만 지나면 밤새도록 그를 괴롭힌 수수께끼의 답을 알아낼 수 있을 터였다.

68

뉴욕의 편집자 조나스 포크만이 막 잠자리에 들었을 무렵, 전화벨이 울리기 시작했다.

'남의 집에 전화하기에는 너무 늦은 시간 아냐?'

그는 속으로 툴툴거리며 수화기를 들었다.

수화기에서는 뜻밖에도 교환원의 목소리가 흘러나왔다.

"로버트 랭던이라는 분이 요청하신 수신자 부담 전화를 받으시겠습니까?"

조나스는 어리둥절한 기분으로 침대 맡의 전등을 켰다.

"어…… 예, 받겠습니다."

딸각 하는 소리가 났다.

"조나스?"

"로버트? 이 시간에 자는 사람 깨워서 전화 요금을 내라니, 무슨 일이라도 있습니까?"

"한 번 봐 줘요, 조나스."

랭던이 말했다.

"아주 간단하게 용건만 얘기할 테니까. 꼭 알아야 할 게 있어서 말입니다. 내가 드린 원고 있잖습니까, 혹시 그거……."

"로버트, 미안하게 됐어요. 이번 주 안으로 교정쇄를 보내 드리기로 약속한 건 아는데, 할 일이 산더미라 미처 처리하지 못했어요. 다음 월요일에 꼭 보낼게요."

"교정쇄 때문이 아니라, 혹시 추천사를 받으려고 나에게 알리지 않고 원고를 보낸 데가 있나 해서 말입니다."

조나스는 잠시 망설였다. 여신 숭배의 역사를 다룬 랭던의 새 원고에는 마리아 막달레나와 관련된 부분이 들어 있는데, 그 내용이 몇몇 사람들의 눈을 번쩍 뜨이게 할 만큼 파격적이었다. 물론 그러한 주장의 근거도 충분히 제시되었을 뿐 아니라 비슷한 문제를 제기한 다른 학자들도 전혀 없지는 않았지만, 조나스는 가제본을 만들기 전에 주류 역사학자나 미술 전문가의 추천사를 적어도 몇 개는 받아 놓고 싶은 마음이 간절했다. 그래서 미술계의 거물급 인사 열 명을 선정해 책 표지에 들어갈 간략한 추천사를 부탁하는 정중한 편지와 함께 랭던의 원고를 보냈던 것이다. 조나스의 경험에 비춰 볼 때, 대부분의 사람들은 자신의 이름이 그럴듯하게 박혀 나올 기회를 놓치고 싶어 하지 않았다.

"조나스?"

랭던이 따지듯이 물었다.

"원고를 보냈군요, 그렇지요?"

조나스는 랭던이 자신의 행동을 그리 마음에 들어 하지 않는 것 같다는 생각에 눈살을 찌푸렸다.

"원고는 깨끗했어요, 로버트. 끝내 주는 추천사를 받아서 선생님을 깜짝 놀라게 해 주고 싶었지요."

잠시 침묵이 흘렀다.

"혹시 파리의 루브르 관장에게도 보냈습니까?"

"어떻게 생각하세요? 선생님 원고에는 루브르가 소장한 작품들이 여러 차례 언급될 뿐 아니라, 참고 문헌 목록에는 관장의 저서도 포함되어 있어요. 게다가 해외 판매에 미치는 그 양반의 영향력을 고려하면, 소니에르라는 이름은 꼭 들어가야 해요."

이번에는 침묵이 아까보다 조금 더 길게 이어졌다.

"원고를 언제 보냈어요?"

"한 달쯤 됐을 겁니다. 편지에다 선생님이 마침 파리에 갈 계획이 있으니, 이참에 두 분이 직접 만나 보는 건 어떠냐고도 썼지요. 혹시 만나자는 연락이 왔던가요?"

조나스는 눈을 비비며 잠깐 생각을 해 보았다.

"잠깐, 파리에 가시기로 한 게 이번 주 아니었나요?"

"지금 파리입니다."

갑자기 조나스의 허리가 쫙 펴졌다.

"지금 파리에서 수신자 부담으로 전화하는 거예요?"

"내 인세에서 공제해요, 조나스. 소니에르에게서 답장은 왔습니까? 원고를 마음에 들어 하던가요?"

"그건 모르겠습니다. 아직 연락을 못 받았어요."

"음, 너무 겁먹지 마세요. 바빠서 이만 끊어야겠습니다. 많은 도움이 되었어요, 고마워요."

"로버트……"

하지만 전화는 이미 끊어진 다음이었다.

조나스는 수화기를 내려놓으며 고개를 설레설레 가로저었다.

'저자들이란…… 멀쩡하던 사람도 책만 쓰면 바보가 되어 버린다니까.'

레인지 로버 안에서는 리 티빙의 너털웃음이 터져 나왔다.

"로버트, 자네가 비밀 단체를 파헤치는 원고를 썼는데, 편집자가 그 원고를 바로 그 비밀 단체에 보냈단 말인가?"

랭던이 자기가 생각해도 어이가 없다는 듯 대답했다.

"그런 모양입니다."

"아주 잔인한 우연이로군."

'우연하고는 상관이 없는 일이지.'

랭던은 생각했다. 자크 소니에르에게 여신 숭배에 대한 책의 추천사를 부탁하는 것은 타이거 우즈에게 골프 책의 추천사를 부탁하는 것과 다를 바 없다. 게다가 여신 숭배를 다룬 책이라면 반드시 시온수도회 이야기가 나올 수밖에 없다고 해도 과언이 아니지 않은가.

"그럼 여기서 백만 불짜리 질문을 하나 던져 볼까?"

티빙이 여전히 웃음기를 거두지 못한 얼굴로 말했다.

"그 원고에서, 시온수도회에 대한 자네 입장이 긍정적이었나, 부정적이었나?"

랭던은 티빙이 무슨 의도로 그런 질문을 하는지 금방 알아차렸다. 역사학자들 중에는 왜 시온수도회가 상그레알 문서를 공개적으로 발표하지 않는가 하는 의문을 제기하는 이들이 많다. 어떤 이들은 이미 오래전에 그 비밀을 폭로했어야 한다고 주장하기도 했다.

"별다른 입장을 드러내지는 않았습니다."

"부정적이었다는 뜻이로군."

랭던은 어깨를 으쓱했다. 지금까지의 태도로 미뤄 볼 때, 티빙은 그 문서들을 공개해야 한다고 믿는 게 분명했다.

"나는 그저 이 조직의 역사를 소개하고, 그들을 현대판 여신 숭배 단체, 성배와 고대 문서의 수호자라고 설명했을 뿐입니다."

이번에는 소피가 그를 바라보며 물었다.

"쐐기돌도 언급했어요?"

랭던은 속으로 움찔했다. 그냥 언급한 정도가 아니라, 여러 차례에 걸쳐 상세하게 그 문제를 다루었던 것이다.

"수도회가 상그레알 문서를 보호하기 위해 얼마나 사력을 다하고 있는지를 설명하는 사례 가운데 하나로 쐐기돌을 언급했지요."

소피는 놀란 표정이었다.

"할아버지가 로버트 랭던을 찾으라고 하신 이유를 알겠네요."

랭던은 자신의 원고에서 소니에르의 관심을 끌어낸 부분은 정작 따로 있다는 생각이었지만, 그 문제는 소피와 둘이 있을 때 따로 얘기하는 게 나을 것 같았다.

소피가 말했다.

"그럼 파슈 국장에게 거짓말을 한 셈이로군요."

"그건 또 무슨 뜻입니까?"

랭던이 물었다.

"우리 할아버지와 한 번도 연락을 주고받은 적이 없다고 진술했잖아요."

"그건 사실입니다. 원고를 보낸 건 내 편집자예요."

"생각을 해 봐요, 로버트. 편집자가 당신 원고를 보낸 봉투라도 발견되지 않는 이상, 파슈 국장은 당연히 당신이 보냈다고 생각할 것 아니에요."

소피는 잠시 생각한 뒤 한마디 덧붙였다.

"아니면…… 당신이 직접 만나서 건네주고 거짓말을 한다고 생각하거나."

레인지 로버가 르 부르제 비행장에 도착하자, 레미는 활주로 한쪽 끝의 조그만 격납고로 차를 몰았다. 그들이 다가가자 구겨진 작업복 차림에 온통 기름때투성이인 한 남자가 격납고에서 나와 손을 흔들며 주름진 철제 출입문을 밀어 올렸다. 격납고 안에서 하얀 제트기 한 대가 늘씬한 자태를 드러냈다.

랭던은 번쩍거리는 동체를 멍하니 바라보았다.

"얘가 엘리자베스예요?"

티빙이 싱긋 웃으며 대답했다.

"덕분에 이제 망할 놈의 영불 터널을 안 봐도 되지."

작업복 차림의 남자가 손으로 자동차 전조등 불빛을 가리며 다가왔다.

"거의 다 됐습니다."

그가 영국식 억양으로 말했다.

"기다리시게 해서 죄송합니다. 하지만 워낙 시간이 촉박해서……."

그는 말을 멈추고 차에서 내리는 사람들을 멀뚱멀뚱 바라보았다. 소피와 랭던을 바라보던 그의 시선이 티빙에게로 옮겨 갔다.

티빙이 말했다.

"우린 런던에서 아주 급한 볼일이 있네. 낭비할 시간이 없어. 즉시 출발할 수 있도록 준비를 해 주게나."

티빙은 그렇게 말하며 차에서 권총을 꺼내 랭던에게 건네주었다.

총을 본 조종사의 눈이 더욱 휘둥그레지더니, 티빙 곁으로 다가가 조그만 목소리로 속삭였다.

"선생님, 정말 죄송합니다만, 제가 가진 비행 허가로는 선생님과 선생님 수행원만 태울 수 있도록 되어 있습니다. 다른 손님들은 탑승할 수 없어요."

"리처드."

티빙이 온화한 미소를 머금으며 말했다.

"현찰 2천 파운드와 장전된 권총 앞에서도 그런 소리가 나오나?"

티빙은 자동차를 가리키며 덧붙였다.

"참, 짐칸에 손님이 한 사람 더 있네."

69

 호커 731의 쌍발 가레트 TFE-731 엔진이 굉음을 토해 내며 엄청난 힘으로 동체를 밀어 올렸다. 창밖으로 보이던 르 부르제 비행장이 눈 깜빡할 사이에 자취를 감춰 버렸다.
 '나는 지금 내 조국에서 도망치고 있어.'
 소피는 비행기의 가속도 때문에 몸이 가죽 의자에 바짝 밀착된 채 혼자 생각에 잠겼다. 지금까지 그녀는 파슈와의 술래잡기도 충분히 정당화될 수 있을 거라고 믿었다.
 '무고한 사람을 보호하기 위해, 또한 내 할아버지의 유언을 따르기 위해 노력했을 뿐이니까.'
 하지만 그러한 기회의 창이 지금 막 닫혀 버린 것이다. 그녀는 적법한 절차도 거치지 않은 채 수배 중인 사람과 함께, 그것도 인질까지 데리고 조국을 벗어나고 있었다. 만약 '상식의 선' 같은 것이 존재한다면, 그녀는 지금 그 선을 넘어서고 있는 셈이었다. 그것도 거의 음속에 가까운 속도로…….

소피는 출입문에 '팬 제트 익제큐티브 엘리트 디자인'이라고 쓴 금 딱지가 붙은 객실 앞부분에 랭던과 나란히 앉았고, 그 옆에는 티빙이 자리하고 있었다. 푹신한 회전의자는 트랙으로 바닥에 고정되어 있었는데, 네모난 나무 테이블 주위로 의자를 끌어다 놓으면 객실이 완벽한 소형 회의실로 탈바꿈하도록 되어 있었다. 하지만 기내가 아무리 우아하게 꾸며져 있어도 후미의 화장실 앞에 따로 마련된 좌석의 살벌한 풍경을 완전히 가려 주지는 못했다. 그곳에서는 레미가 티빙의 명령에 따라 마치 짐짝처럼 발치에 던져진 피투성이 수도사를 감시하고 있었던 것이다.

"쐐기돌 이야기를 시작하기 전에 말이야."

티빙이 말했다.

"먼저 몇 가지 짚고 넘어갈 문제가 있어."

그는 마치 아이들을 상대로 초보적인 성교육을 시도하는 아버지처럼 조심스러운 목소리였다.

"친구들, 나야 이번 여정에서 손님의 처지일 뿐이지만, 나로서는 아주 영광스러운 순간이기도 해. 또한 성배를 찾는 일에 평생을 바친 사람으로서, 지금 자네들은 돌아올 수 없는 길로 막 발을 들여놓으려 하고 있다는 사실을 경고하지 않을 수 없군. 어떤 위험이 도사리고 있건 간에 말일세."

티빙은 소피를 돌아보며 말을 이었다.

"느뵈 양, 할아버지가 당신에게 이 크립텍스를 전한 것은 당신이 성배의 비밀을 이어갔으면 좋겠다는 바람 때문일 거야."

"그래요."

"그러니 당신도 무슨 일이 벌어지건 주어진 길을 따르겠다는 의무감을 느끼고 있을 테지."

소피는 고개를 끄덕였다. 하지만 솔직히 말해서 그녀가 이 여정에 따라나선 데는 또 하나의 동기가 숨어 있었다.

'내 가족에 얽힌 비밀.'

랭던은 쐐기돌이 그녀의 과거와는 아무런 상관도 없다고 믿고 있었지만, 소피는 여전히 이 수수께끼가 남의 일만은 아니라는 확신을 가지고 있었다. 마치 할아버지가 손수 만든 이 크립텍스가 그녀의 오랜 외로움을 달래 주기 위해 뭐라고 말을 붙여 오는 느낌이었다.

"오늘 밤에 당신 할아버지와 다른 세 사람이 목숨을 잃었소."

티빙이 말을 이었다.

"그들이 목숨을 버린 것은 쐐기돌을 교회로부터 지키기 위해서였소. 하마터면 그 쐐기돌이 오푸스 데이의 손에 넘어갈 뻔했지. 지금 당신의 어깨에는 엄청난 책무가 주어져 있소. 당신의 손에 횃불이 건네진 거요. 2천 년 동안이나 이어져 온 그 횃불을 허망하게 꺼뜨릴 수는 없지 않소. 물론 엉뚱한 사람의 손에 들어가서도 안 될 테고."

티빙은 말을 멈추고 자단 상자를 바라보았다.

"느뵈 양, 지금 당신에게 선택의 여지가 그리 많지 않다는 것은 나도 이해가 가지만, 사안의 중요성을 감안할 때 당신은 이 책무를 전적으로 받아들이거나…… 아니면 아예 다른 사람에게 넘겨주는 것이 나을 것 같소."

"할아버지는 이 크립텍스를 나에게 주셨어요. 그건 내가 책임을 다할 수 있다고 생각했기 때문이 아닐까요?"

티빙은 조금 기운이 나는 듯한 표정이었지만, 여전히 불안한 기색을 완전히 지우지는 못했다.

"좋아, 강력한 의지가 반드시 필요하지. 하지만 말이오, 나는 당신이 쐐기돌을 여는 데 성공하는 순간, 더 큰 시련이 닥치지 않을까 하는 걱정이 들어요."

"그건 또 왜요?"

"갑자기 당신 손에 성배의 위치를 알려 주는 지도가 들려 있다고 상상해 봐요. 그 순간 당신은 인류의 역사를 뒤바꿔 놓을 진실을 손에 넣게 되는 셈이오. 수백 년 동안 수많은 사람들이 찾아 헤매던 진실의 수호자가 되는 것이오. 그렇게 되면 당신은 그 진실을 세상에 폭로할 책임을 지게 될 거요. 많은 사람들이 그런 당신에게 찬사를 보내겠지만, 반대로 당신을 비난하고 증오하는 사람들도 만만치 않겠지. 문제는 당신에게 그러한 임무를 감당해 낼 힘이 있는가 하는 점이오."

소피는 잠시 생각을 해 보았다.

"그건 내가 결정할 수 있는 문제가 아닌 것 같은데요."

티빙의 눈썹이 활처럼 구부러졌다.

"아니라고? 쐐기돌을 가진 사람이 결정을 하지 않으면 누가 한단 말이오?"

"오랜 세월 동안 성공적으로 비밀을 지켜 온 조직이 있잖아요."

"시온수도회 말이오?"

티빙은 믿음이 가지 않는 표정이었다.

"하지만 어떻게? 그들은 오늘 밤을 계기로 완전히 와해된 것과 다름없소. 당신 표현을 빌리면 '참수'를 당한 셈이지. 그들이 도청을 당했는지 내부에 끄나풀이 있었는지는 모르겠지만, 누군가가 그들에게 접근해 최고위층에 속하는 네 사람의 신원을 알아낸 것만은 분명하지 않소. 지금 같아서는 설령 그 조직에 소속되어 있다고 주장하는 사람이 나타난다 해도, 선뜻 믿기 어려운 상황이오."

"그럼 어떻게 하는 게 좋겠습니까?"

랭던이 물었다.

"로버트, 자네도 알고 나도 알듯이, 시온수도회가 영원히 먼지 구덩이 속에 파묻어 두려고 그 오랜 세월 동안 필사적으로 진실을 지켜 온 건 아닐세. 비밀을 공개할 적당한 때를 기다리고 있었던 거지. 세상이 진실을 받아들일 준비를 하였다고 판단되는 순간을 말이야."

"이제 그때가 되었다고 생각하는 겁니까?"

"물론이지. 그건 너무나도 명백해. 모든 역사적 징후들이 딱 맞아떨어지지 않나. 시온수도회가 비밀을 공개할 시점이 임박했다는 사실이 드러나지 않은 이상, 왜 지금 시점에서 교회가 공격을 감행했겠나?"

소피가 말했다.

"저 수도사는 아직 우리에게 자신의 목적을 털어놓지 않았어요."

"수도사의 목적이 곧 교회의 목적이야."

티빙이 대답했다.

"자기네의 엄청난 사기극을 폭로할 문서를 없애 버리는 것이 그들의 목적이지. 오늘 밤 교회는 그 어느 때보다도 목표물에 가까이 근접했고, 수도회는 당신에게 모든 것을 믿고 맡겨 놓은 셈이오, 느뵈 양. 성배를 지키는 사명에는 진실을 공개해야 한다는 시온수도회의 마지막 소망이 포함되어 있소."

랭던이 끼어들었다.

"티빙, 소피에게 그런 결정을 요구하는 것은 불과 한 시간 전만 해도 상그레알 문서가 존재한다는 사실조차 모르던 사람에게 지나친 짐을 지우는 일이 되지 않을까요?"

티빙은 한숨을 내쉬었다.

"내가 너무 몰아붙인다는 느낌을 주었다면 사과하겠소, 느뵈 양. 나야 오래전부터 이 문서들이 반드시 공개되어야 한다고 믿어 온 사람이지만, 마지막 결정은 당신에게 달려 있소. 아무튼 지금은 쐐기돌을 여는 데 성공하면 어떤 일이 벌어질 것인가를 좀 더 진지하게 생각해 볼 시점이 아닌가 싶소."

"여러분."

소피가 차분한 목소리로 입을 열었다.

"아까 '성배를 찾으려 하지 마라, 성배가 그들을 찾을 것이다' 라는 말을 들려 주셨죠. 나는 성배가 나를 찾아온 건 그만한 이유가 있기 때문이라고 믿기로 했어요. 때가 되면 내가 어떻게 해야 할지도 알게 되겠죠."

티빙과 랭던은 깜짝 놀란 표정이었다.

"그래서 말인데요."

소피는 자단 상자를 가리키며 말을 이었다.

"이제 진도를 나가는 게 좋겠어요."

70

콜레 반장은 샤토 빌레트의 응접실에 서서 서서히 불씨가 꺼져 가는 벽난로를 바라보며 참담한 기분에 사로잡혀 있었다. 파슈가 조금 전에 도착해 옆방에서 전화기를 붙잡고 고래고래 소리를 지르며 감쪽같이 사라진 레인지 로버를 수색하기 위한 작전 지시를 내리고 있었다.

'이미 물 건너갔어.'

콜레는 생각했다.

파슈의 지시를 어기고 벌써 두 번씩이나 랭던을 놓치는 실수를 저지른 콜레는 PTS가 응접실 바닥에서 총알구멍을 찾아낸 것으로 위안을 삼아야 할 판이었다. 적어도 총소리 때문에 그냥 있을 수가 없었다는 콜레의 항변이 그 근거를 입증받은 셈이었다. 하지만 그것으로 파슈의 기분이 풀릴 리 없으니, 콜레는 이번 일이 끝나고 나면 호된 질책을 면치 못할 터였다.

불행하게도 이 저택에서 발견된 단서들은 지금 일이 어떻게 돌아가는지, 누가 연관되어 있는지를 밝히는 데는 별 도움이 되지 않았다. 렌

터카 회사에서 검은 아우디 승용차를 빌려간 사람은 이름도, 신용카드도 모두 가짜인 것으로 드러났고, 차 안에서 찾아낸 지문을 인터폴에 조회해 봤지만 아무 소득도 거두지 못했다.

요원 한 명이 다급하게 거실로 달려 들어왔다.

"파슈 국장님은요?"

콜레는 벽난로에 시선을 고정한 채 심드렁하게 대답했다.

"통화 중이시다."

"통화 끝났어. 무슨 일이야?"

파슈가 방 안으로 들어오며 쏘아붙였다.

요원이 대답했다.

"국장님, 방금 취리히 대여 금고 은행의 앙드레 베르네가 본부로 연락해 왔는데, 국장님에게 개인적으로 드릴 말씀이 있답니다. 조금 전과는 다른 진술을 내놓을 모양입니다."

"그래?"

파슈가 말했다.

이제 콜레도 고개를 들어 그들을 바라보았다.

"랭던과 느뵈가 자기 은행에 다녀간 사실을 시인한다는군요."

"그건 우리도 이미 알고 있어."

파슈가 말했다.

"거짓말을 한 이유가 뭐라던가?"

"국장님한테만 얘기하겠답니다. 하지만 전적으로 협조를 하겠다는군요."

"조건이 있을 텐데?"

"뉴스에 자기네 은행 이름이 나오지 않도록 해 달라는 것, 그리고 도난당한 물품을 찾을 수 있도록 도와 달라는 조건입니다. 랭던과 느뵈가 소니에르의 계좌에서 뭔가를 훔쳐 간 것 같습니다."

"뭐라고?"

콜레가 버럭 소리를 질렀다.

"어떻게?"

파슈는 꿈쩍도 하지 않고 다른 요원만 바라보고 있었다.

"뭘 훔쳐 갔다는 거야?"

"거기까지는 밝히지 않았는데, 베르네의 태도로 미뤄 볼 때 그걸 되찾기 위해서라면 무슨 일이든 할 각오인 듯합니다."

콜레는 어떻게 그런 일이 벌어질 수 있었는지 상상해 보았다. 랭던과 느뵈가 은행 직원에게 권총을 들이댄 것일까? 소니에르의 금고를 열도록, 또한 장갑 트럭을 이용한 도주를 돕도록 베르네를 협박했을 수도 있었다. 충분히 가능한 일이었지만, 콜레는 소피 느뵈가 그런 행동을 했으리라고는 도저히 믿어지지가 않았다.

주방 쪽에서 또 한 명의 요원이 파슈를 향해 소리쳤다.

"국장님? 티빙 씨의 전화기에 입력된 단축 다이얼을 조사해서 방금 르 부르제 비행장과 통화했습니다. 안 좋은 소식입니다."

30초 뒤, 파슈는 서둘러 샤토 빌레트를 떠날 채비를 했다. 티빙이 자가용 제트기를 가지고 있는데, 그 비행기가 약 30분 전에 르 부르제 비행장을 이륙했다는 것이었다.

파슈와 통화한 비행장 관계자는 그 비행기에 누가 탑승했는지, 행선지가 어디인지 전혀 알지 못한다고 했다. 일정에도 없고 비행 기록도 남기지 않았다는 것이었다. 아무리 조그만 비행장이라 할지라도 그냥 넘길 수 없는 불법 이륙이 이루어진 셈이었다.

파슈는 조금만 압박을 가하면 자신이 원하는 정보를 찾아낼 수 있을 거라고 확신했다.

"콜레 반장."

파슈가 출입문을 향해 달려가며 말했다.
"어쩔 수 없이 이곳 PTS를 자네에게 맡겨야겠군. 이번엔 제발 제대로 좀 해 봐."

71

비행기가 순항 고도에 이르러 기수를 영국 쪽으로 고정시킬 무렵, 랭던은 이륙 시의 충격으로부터 보호하기 위해 무릎 위에 올려놓았던 자단 상자를 조심스럽게 들어 올렸다. 그가 상자를 테이블 위에 내려놓으니, 기대감에 들뜬 소피와 티빙이 동시에 몸을 앞으로 숙이며 상자를 들여다보았다.

랭던은 죔쇠를 풀고 뚜껑을 열면서 크립텍스 쪽에는 눈길도 주지 않은 대신, 온 신경을 상자 뚜껑 안쪽의 조그만 구멍에 집중했다. 펜 끝을 구멍에 밀어 넣어 장미 장식을 떼어 내니 그 밑에 가려져 있던 글귀가 드러났다.

'서브 로사.'

랭던은 속으로 그렇게 중얼거리며 새로운 기분으로 찬찬히 살펴보면 뭔가 단서가 잡힐 거라고 기대했다. 그는 온몸의 기를 끌어 모으는 심정으로 장미 장식 밑에 새겨진 문구를 살펴보았다.

불과 몇 초가 지나지 않아 랭던은 처음에 맛본 좌절감이 되살아나는 것을 느꼈다.

"티빙, 전혀 감이 잡히지 않네요."

테이블 맞은편에 앉은 소피에게는 그 글귀가 보이지 않았지만, 랭던 같은 사람이 어느 나라 문자인지조차 모르겠다는 반응을 보인다는 건 놀라운 일이 아닐 수 없었다.

'할아버지가 기호학자조차 알아보지 못할 문자를 써 놓았다고?'

다음 순간, 소피는 그게 그렇게 놀라운 일도 아니라는 사실을 깨달았다. 자크 소니에르가 무언가를 자신의 손녀에게조차 비밀로 한 것은 이게 처음이 아니었다.

소피 맞은편 자리를 차지한 티빙은 도저히 가만히 앉아 있을 수가 없었다. 어서 그 이상한 글귀를 자기 눈으로 직접 확인하고 싶은 마음에, 아직도 상자 위에 몸을 수그린 랭던의 어깨 너머를 연방 기웃거렸다.

"도저히 모르겠어요."

랭던이 나직이 속삭였다.

"처음에는 셈어 계통의 문자가 아닐까 생각했는데, 이제는 그것조차 자신이 없어졌어요. 대표적인 셈어 문자에는 대부분 네쿠도트가 있거든요. 그런데 이건 하나도 없어요."

"고대 문자인지도 모르지."

티빙이 말했다.

"네쿠도트가 뭐예요?"

소피가 물었다.

티빙은 고개를 들며 대답했다.

"현대의 셈어 알파벳은 대부분 모음이 없는 대신 네쿠도트를 이용하지. 자음의 아래쪽, 혹은 그 안쪽에 조그만 점이나 선을 그어서 어떤 모음 소리가 나는지를 표시하거든. 역사적으로 보면 비교적 새로운 언어

an ancient word of wisdom frees this scroll
and helps us keep her scatter'd family whole
a headstone praised by templars is the key
and atbash will reveal the truth to thee

현상이라고 할 수 있어."

랭던은 여전히 상자를 아예 끌어안다시피 한 자세였다.

"세파르디의 음역(音譯)일 수도 있지 않을까?"

티빙은 더 이상 견딜 수가 없었다.

"어디, 나도 좀 보자니까……."

티빙은 랭던의 어깨 너머로 손을 뻗어 상자를 자기 쪽으로 끌어당겼다. 랭던이 그리스어와 라틴어, 로망스어 같은 고대 언어에 정통한 것은 사실이지만, 그 문자가 처음 눈에 들어온 순간 티빙은 라쉬(Rashi)나 스탐(STA'M) 같은 보다 특수한 서체를 떠올렸다.

티빙은 큰 숨을 몰아쉬며 뚫어지게 글귀를 들여다보았다. 꽤 오랫동안 그는 입을 열지 않았다. 보면 볼수록 자신감이 점점 엷어지는 탓이었다.

"놀라운 일이군."

티빙이 중얼거렸다.

"이런 문자는 한번도 본 적이 없어."

랭던도 맥이 풀리는 기색이었다.

"어디, 나도 좀 봐요."

소피가 말했다.

티빙은 못 들은 척 그녀의 말을 무시했다.

"로버트, 아까는 전에도 이런 문자를 본 적이 있는 것 같다고 하지 않았나."

랭던의 얼굴에는 초조한 기색이 역력했다.

"그런 줄 알았어요. 그런데 이제 보니 아니네요. 글자체가 눈에 익은 것 같기는 한데."

"티빙?"

소피의 목소리에는 이제 자기 혼자 따돌림을 받고 싶지 않다는 의지가 역력히 묻어났다.

"나도 우리 할아버지가 만든 상자를 좀 살펴보면 안 될까요?"

"아, 물론 보셔야지."

티빙은 그렇게 말하며 상자를 소피 쪽으로 밀어놓았다. 의도적으로 그녀를 무시하는 말투를 쓴 것은 아니지만, 이 소피 느뵈라는 젊은 여자가 조금은 주제넘게 참견하려고 애쓴다는 생각이 드는 것까지 부정할 수는 없었다. 영국 왕립 역사학자와 하버드의 기호학 교수가 고개를 설레설레 가로젓고 있는 판에…….

"아!"

상자를 들여다보기가 무섭게 소피의 입에서 감탄사가 터져 나왔다.

"그럴 줄 알았다니까요."

티빙과 랭던은 동시에 그녀를 돌아보았다.

"무슨 소리요?"

티빙이 물었다.

소피는 어깨를 으쓱거렸다.

"할아버지는 이런 문자를 종종 이용하곤 했어요."

"이 글을 읽을 수 있단 말이오?"

티빙이 깜짝 놀라 소리쳤다.

"아주 쉬워요."

소피가 재미있다는 듯 자신만만한 목소리로 대답했다.

"내가 고작 여섯 살 때 할아버지가 이 언어를 가르쳐 주신 걸요. 지금은 꽤 유창한 편이죠."

소피는 테이블 너머로 몸을 내밀며 힐난하는 눈초리로 티빙을 바라보았다.

"솔직히 말해서 군주에게 그렇게 충성을 바치는 분이 이걸 알아보지 못하다니, 조금 놀라운 걸요."

그 순간, 랭던은 뭔가 짚이는 게 있었다.

글씨체가 낯익어 보인 것도 무리가 아니었다.

몇 년 전, 랭던은 하버드의 포그 박물관에서 벌어진 행사에 참석한 적이 있었다. 하버드를 중퇴한 빌 게이츠가 자기 모교의 박물관에 아만드 해머의 소장품 중에서 경매를 통해 구입한 열여덟 장의 종이를 전시한 것이다.

그 종이의 낙찰 가격은 자그마치 3천8십만 달러였다.

그 종이의 원래 주인은 레오나르도 다빈치였다.

이 열여덟 장의 종이―원래 소유자인 그 유명한 레스터 백작의 이름을 따서 레오나르도의 레스터 사본이라 불린다―는 현존하는 레오나르도의 가장 환상적인 노트 가운데 하나다. 천문학과 지질학, 고고학과 수문학 분야의 진보적인 수필과 그림이 담겨 있다.

랭던은 줄을 서서 한참을 기다린 끝에 이 소중한 양피지를 직접 목격한 순간이 지금도 잊히지 않았다. 한마디로 완전 실망이었다. 도무지 무슨 글인지 알아볼 수가 없었던 것이다. 크림색 종이에 진홍색 잉크로 쓰인 필기체는 더없이 아름답고 보존 상태도 완벽했지만, 얼핏 봐서는 무슨 낙서로밖에 보이지 않았다. 처음에 랭던은 다빈치가 고대 이탈리아어로 노트를 썼기 때문에 자기가 못 알아보는 줄 알았다. 하지만 자세히 살펴보니 이탈리아어라고는 단어 하나, 심지어 철자 하나 찾아볼 수 없었다.

"이걸 이용해 보세요, 교수님."

그 진열장에 배치된 여성 안내인이 랭던을 향해 속삭였다. 그녀가 가리킨 것은 끈으로 진열장에 묶어 놓은 조그만 손거울이었다. 랭던은 그 거울에 텍스트를 비춰 보았다.

그제야 모든 게 확연히 드러났다.

랭던은 그 위대한 사상가의 생각을 좇는 일에 몰두한 나머지, 그의 엄청난 예술적 재능 가운데 하나가 본인 이외에는 아무도 알아볼 수 없는 거울 서체를 쓰는 능력이라는 사실을 깜빡 잊고 있었던 것이다. 역사학자들은 지금도 다빈치가 이런 필기체를 사용한 것을 두고 그냥 재미 삼아 그랬다는 의견과 다른 사람들이 어깨 너머로 훔쳐보고 그의 아이디어를 훔쳐 가지 못하도록 하려고 그랬다는 의견으로 갈려 논쟁을 벌이고 있었지만, 어차피 그건 아무도 알 수 없는 문제일 뿐이다. 아무튼 다빈치는 스스로 마음에 들었으니까 그런 행동을 했을 것이다.

소피는 랭던이 자기 말을 알아들은 것을 보고 속으로 미소를 지었다.

"처음 몇 단어는 그냥도 읽을 수 있어요."

소피가 말했다.

"영어니까요."

티빙은 아직도 어리둥절한 표정이었다.

"도대체 무슨 소리야?"

"거꾸로 쓴 글자입니다."

랭던이 말했다.

"이걸 읽으려면 거울이 필요해요."

"꼭 그렇지도 않아요."

소피가 말했다.

"아마 이 나무판은 아주 얇을 걸요."

소피는 상자를 들어 올려 불빛에 비춰 보더니, 뚜껑 안쪽을 살펴보기 시작했다. 그녀의 할아버지는 진짜로 글씨를 거꾸로 쓰는 재주까지 가지고 있지는 않았기 때문에 그냥 정상적으로 글씨를 써서 종이를 뒤집은 다음 뒷면에 비친 윤곽을 따라 그리는 편법을 이용하곤 했다. 그러니 아마도 그는 정상적으로 쓴 글자들을 나무판에 대고 태워서 본을 뜬 다음, 글자가 뒤에서도 보이도록 뒷면을 사포로 갈아 내 종잇장처럼 얇게 만들었을 것이다. 그리고 나면 그냥 나무판을 뒤집어서 끼워 넣으면 된다.

뚜껑을 불빛에 비춰 본 소피는 자신의 짐작이 맞았음을 알아차렸다. 얇은 나무판 사이로 불빛이 스며 들어와 뚜껑 안쪽에 글자체가 뒤집힌 형태로 그림자를 만든 것이다.

그것은 세 사람 다 한눈에 알아볼 수 있는 문자였다.

"영어로군."

티빙이 부끄러운 듯 고개를 떨어뜨리며 투덜거렸다.

"내 모국어야."

비행기 뒤쪽에서는 레미가 귀를 쫑긋 세우고 있었지만, 요란한 엔진 소리 때문에 앞쪽에서 무슨 이야기들을 나누고 있는지는 들리지 않았다. 레미는 오늘 밤의 돌아가는 상황이 별로 마음에 들지 않았다. 그는 손발이 묶인 채 자신의 발 앞에 누워 있는 수도사를 내려다보았다. 모든 것을 체념하고 잠이 들었는지, 아니면 구원의 기도를 드리고 있는지는 모르지만, 아무튼 그는 이제 꼼짝도 하지 않고 얌전히 누워 있었다.

72

로버트 랭던은 4천5백 미터 상공에서 상자 뚜껑에 비친 거울 문자로 된 소니에르의 시에 정신을 집중하며 물질세계가 아득히 멀어져 가는 느낌에 빠져들었다.

고대의 지혜의 단어가 이 두루마리를 해방시키고
그녀의 흩어진 가족을 하나로 합치도록 우리를 도울 것이다
기사단이 찬양한 묘석이 열쇠이니
아트배쉬가 그대에게 진실을 드러내리라

소피는 종이를 한 장 꺼내 그 글을 보통 글씨체로 베껴 썼다. 다 쓴 다음에는 세 사람이 번갈아가며 그 글을 읽어 보았다. 얼핏 보기에는 무슨 고고학적 낱말 맞추기 퍼즐 같았다…… 쐐기돌을 여는 방법이 담긴 수수께끼였다. 랭던은 천천히 그 글을 다시 읽어 보았다.

'고대의 지혜의 단어가 이 두루마리를 해방시키고…… 그녀의 흩어진 가족을 하나로 합치도록 우리를 도울 것이다…… 기사단이 찬양한 묘석이 열쇠이니…… 아트배쉬가 그대에게 진실을 드러내리라.'

랭던은 이 시가 어떤 고대의 암호를 담고 있는지를 생각하기 전에, 자신의 마음속에서 훨씬 더 근본적인 공감이 일어났다. 그것은 시의 운율이 가진 힘이기도 했다.

'약강격의 오운각.'

랭던은 유럽의 비밀 결사를 연구하는 동안 여러 차례에 걸쳐 이 운율과 마주쳤다. 바로 지난해에도 바티칸 비밀문서 보관소에서 마주친 적이 있지 않았던가. 오랜 세월에 걸쳐 전 세계의 내로라하는 문장가들은 이 약강격의 오운각을 선호했다. 고대 그리스의 저술가 아르킬로쿠스에서 셰익스피어와 밀턴, 초서와 볼테르에 이르기까지, 도전적인 영혼을 지닌 문장가들은 바로 이 운율을 이용해 자신의 사회를 비판했고, 당대의 많은 사람들은 그런 그들의 글에 어떤 신비주의적인 특징이 묻어 있다고 믿었다. 약강격의 오운각은 이교에 그 뿌리를 두고 있는 탓이었다.

an ancient word of wisdom frees this scroll
and helps us keep her scatter'd family whole
a headstone praised by templars is the key
and atbash will reveal the truth to thee

'약강격. 서로 대립되는 강세를 가진 두 개의 음절. 액센트가 있는 음절과 없는 음절. 음과 양. 균형을 이룬 한 쌍. 이것이 다섯 개 나란히 배치되면 오운각을 이룬다. 다섯은 곧 금성의 펜타클과 신성한 여성성

을 의미하지 않던가.'

"이건 오운각이야!"

티빙이 랭던을 돌아보며 불쑥 말했다.

"게다가 영어로 쓰였고! 가장 순결한 언어!"

랭던은 고개를 끄덕였다. 시온수도회 역시 교회와 사이가 좋지 않은 유럽의 다른 많은 비밀 결사와 마찬가지로, 영어를 유럽에서 유일하게 순수한 언어로 생각하는 입장이었다. 라틴어―즉 바티칸의 언어―에 뿌리를 둔 프랑스어나 스페인어, 이탈리아어와는 달리, 영어는 언어학적으로 로마의 선전 선동의 도구가 아니었다는 것이다. 따라서 영어를 배울 만큼 교양이 높은 조직원들에게는 신성하고 비밀스러운 언어로 간주되기까지 했다.

"이 시는 성배뿐만 아니라 템플기사단과 뿔뿔이 흩어진 마리아 막달레나의 후손들까지 언급하고 있어!"

티빙이 감격한 듯이 말했다.

"이 정도면 더 이상 의심할 필요도 없지 않나?"

"암호를 알아내야죠."

소피가 다시 한 번 시를 들여다보며 말했다.

"우리에게 고대의 지혜가 필요하다는 의미 아닌가요?"

"수리수리 마수리?"

티빙이 장난스럽게 중얼거렸다.

'다섯 개의 철자로 이루어진 단어.'

랭던은 지혜의 단어로 간주할 수 있을 만한 수많은 고대의 단어들을 떠올리며 생각에 잠겼다. 신비주의자의 주문, 점성술사의 예언, 비밀 결사의 의식, 마술 숭배의 주문, 이집트의 마법, 이교도의 만투라…… . 후보가 될 만한 것들의 목록은 끝이 없었다.

"암호는 템플기사단하고 무슨 관계가 있는 것 같아요."

소피가 그렇게 말하며 그 대목을 소리 내어 읽었다.

"기사단이 찬양한 묘석이 열쇠이니."

"티빙."

랭던이 말했다.

"템플기사단은 당신의 전공 분야 아닙니까. 뭐 짚이는 거 없어요?"

티빙은 잠시 생각을 하더니 한숨부터 내쉬었다.

"글쎄, 묘석이라면 무덤에 놓는 비명(碑銘) 같은 거 아닌가. 템플기사단이 막달레나의 무덤에 있는 묘비명을 찬양한다는 소리 같은데, 우린 그 무덤이 어디에 있는지도 모르니 별 도움은 되지 않을 것 같군."

"마지막 행을 보세요."

소피가 말했다.

"아트배쉬가 진실을 드러낸다고 했잖아요. 이 아트배쉬라는 단어를 들어 본 적이 있어요."

"그렇겠지요."

랭던이 대답했다.

"아마 '기초 암호학' 수업 시간에 들어 봤을 겁니다. 아트배쉬 암호는 지구상에서 가장 오래된 암호 가운데 하나니까요."

'물론이지!'

소피는 그 유명한 히브리의 암호 체계를 떠올렸다.

소피는 암호학을 배우기 시작한 신입생 시절에 아트배쉬 암호를 처음 접했다. 기원전 500년경에 만들어진 이 암호는 지금도 암호학 강의실에서 기본적인 순환 치환 암호의 사례로 흔히 이용된다. 유대인 암호의 보편적인 형태인 아트배쉬 암호는 스물두 글자의 히브리 알파벳에 토대를 둔 간단한 치환 암호다. 첫 글자를 마지막 글자로, 두 번째 글자는 끝에서 두 번째 글자로 대체하는 식이다.

"아트배쉬처럼 잘 어울리는 암호도 없겠군."

티빙이 말했다.

"카발라와 사해 문서, 심지어는 구약 성경에서도 아트배쉬로 암호화된 텍스트가 나오거든. 유대 학자들과 신비주의자들은 지금도 아트배쉬를 이용해 숨겨진 의미를 찾고 있지. 시온수도회의 가르침에도 아트배쉬 암호가 포함되어 있고."

"문제는 어디에다 그 암호를 적용해야 할지를 모른다는 점이지요."

랭던이 말했다.

티빙은 한숨을 내쉬었다.

"묘석에 암호가 적용된 단어가 있을 거야. 우리는 템플기사단이 찬양한 그 묘석을 찾아내야 하네."

소피는 랭던의 침울한 표정에서 템플기사단의 묘석을 찾아내는 일이 결코 만만치 않다는 사실을 느낄 수 있었다.

'아트배쉬는 열쇠야.'

소피는 생각했다.

'하지만 그 열쇠로 열 문이 없잖아.'

그로부터 3분 후, 티빙은 절망스러운 한숨을 내쉬며 고개를 가로저었다.

"친구들, 난 포기야. 군것질거리를 좀 찾아보면서 고민을 더 해 봐야겠어. 레미가 손님을 잘 지키고 있는지도 살펴보고."

티빙은 그렇게 말하며 자리에서 일어나 비행기 뒤쪽으로 갔다.

그의 뒷모습을 보고 있노라니, 소피도 갑자기 피로가 몰려오는 느낌이었다.

창밖에는 온통 동 트기 전의 칠흑같은 어둠뿐이었다. 마치 어디에 떨어질지도 모르는 채 허공으로 힘껏 내던져진 기분이었다. 어렸을 때부터 할아버지가 내준 수수께끼를 수도 없이 풀어 가며 자라 온 그녀지만, 지금 눈앞에 놓인 시에는 아직 그들이 보지 못한 정보가 담겨 있지 않나 하는 불안한 생각이 들었다.

'뭔가가 더 있어.'

소피는 혼자 중얼거렸다.

'교묘하게 숨겨진…… 그러면서도 훤히 드러난 무언가가……'

기껏 크립텍스를 열었는데, 정작 그 안에서 '성배를 찾아가는 지도'가 아니라 또 다른 수수께끼가 튀어나오지 않을까 하는 두려움이 일었다. 티빙과 랭던은 이 대리석 원통 속에 진실이 담겨 있을 거라고 믿어 의심치 않았지만, 소피는 그 숱한 보물찾기를 통해 자신의 할아버지가 절대 자신의 비밀을 그렇게 쉽게 드러내는 인물이 아니라는 사실을 잘 아는 탓이었다.

73

르 부르제 비행장의 야간 통제관이 텅 빈 레이더 스크린 앞에서 꾸벅꾸벅 졸고 있을 때, 사법경찰 국장이 말 그대로 문짝이 떨어져 나갈 것처럼 난폭하게 관제실로 뛰어들어 왔다.

"티빙의 제트기 말이오."

브쥐 파슈는 조그만 관제실을 가로지르며 소리쳤다.

"그 비행기가 어디로 갔소?"

통제관은 이 비행장의 가장 중요한 고객 가운데 하나인 영국인의 사생활을 보호하기 위해 얼렁뚱땅 뭉개고 넘어갈 생각이었다. 하지만 그런 그의 시도는 무참한 실패로 돌아갔다.

"좋소."

파슈가 말했다.

"개인 소유의 항공기를 비행 계획서에 등록도 하지 않고 이륙시킨 혐의로 당신을 체포하겠소."

파슈가 턱짓을 하자, 또 한 사람의 요원이 수갑을 들고 다가왔다. 그제야 통제관은 섬뜩한 두려움이 밀려들며 정신이 번쩍 들었다. 문득 프랑스의 사법경찰 국장이 영웅인지 골칫덩어리인지를 놓고 논란을 벌이던 신문 기사가 생각났다. 지금의 상황이 그 질문에 명쾌한 해답을 제시하는 느낌이었다.

"잠깐!"

통제관은 수갑을 바라보며 자신도 모르게 앓는 소리를 했다.

"내가 말씀드릴 수 있는 부분은 여기까지입니다. 리 티빙 경은 치료 때문에 런던을 자주 드나듭니다. 켄트의 비긴 힐 사설 비행장에 그분의 격납고가 있어요. 런던 외곽입니다."

파슈는 수갑을 든 부하를 향해 손을 내저었다.

"오늘 밤 그의 목적지도 비긴 힐이오?"

"그건 나도 모릅니다."

통제관이 솔직하게 대답했다.

"그 비행기는 평상시와 똑같은 모습으로 이륙했고, 마지막으로 레이더에 포착된 항로는 영국 쪽이었습니다. 비긴 힐로 갔을 가능성이 아주 큽니다."

"다른 사람들은 누가 탑승했소?"

"나로서는 그런 부분을 알 방법이 없습니다, 정말입니다. 우리 고객들은 자신의 격납고까지 직접 차를 몰고 가서 자신이 원하는 것을 비행기에 싣습니다. 누가 탑승했는가 하는 것은 착륙하는 공항의 세관 담당자가 확인할 사항입니다."

파슈는 시계를 들여다본 뒤 활주로 여기저기 흩어져 있는 제트기를 바라보았다.

"만약 그들이 비긴 힐로 갔다면, 도착할 때까지 시간이 얼마나 남았소?"

통제관은 자료를 뒤적였다.

"단거리 비행입니다. 그분의 비행기는…… 대략 6시 30분경이면 착륙할 수 있겠군요. 지금부터 15분 후입니다."

파슈는 얼굴을 찌푸리며 부하들을 돌아보았다.

"당장 비행기를 구해 와. 내가 직접 런던으로 가야겠어. 그리고 켄트 현지의 경찰서에 연락해 줘. 영국 MI5 말고 현지 경찰서 말이다. 소문나지 않게 조용히 처리해야 해. 티빙의 비행기에 착륙 허가를 내 주는 것은 좋은데, 활주로 위에서 완전히 포위하도록 협조를 구해. 내가 도착할 때까지 아무도 그 비행기에서 내려서는 안 된다."

74

"말이 없군요."
랭던이 호커의 객실에서 소피를 바라보며 말했다.
"좀 피곤해서요."
소피가 대답했다.
"그리고 그 시 말이에요. 도무지 모르겠어요."
랭던도 비슷한 심정이었다. 비행기가 가볍게 흔들리는 데다가 단조로운 엔진 소리까지 합쳐져 최면에 걸릴 것만 같았다. 수도사에게 얻어맞은 뒤통수도 계속 욱신거렸다. 티빙은 아직 자기 자리로 돌아오지 않은 상태였다. 랭던은 소피와 단둘이 남은 이 틈을 이용해 지금까지 가슴에 묻어 두었던 말을 털어놓기로 마음먹었다.
"당신 할아버지가 우리 두 사람을 만나게 한 이유를 대충 알 것 같아요. 아마 그분은 내가 당신에게 뭔가를 설명해 주기를 원했을 겁니다."
"성배와 마리아 막달레나의 역사만으로는 충분하지 않다는 건가요?"

랭던은 어떻게 말을 이어가야 할지 고민스러웠다.

"두 분 사이의 불화 말입니다. 10년 동안 한 번도 대화를 나누지 않았다고 하지 않았습니까. 아마 소니에르는 나에게 두 분 사이가 멀어진 이유를 설명해서 어긋난 관계를 바로잡아 줄 기회가 주어지기를 원하지 않았나 싶어요."

소피는 자세를 고쳐 앉으며 대답했다.

"난 당신에게 무엇 때문에 그런 불화가 생겼는지를 얘기한 기억이 없는 걸요."

랭던은 조심스럽게 소피를 살펴보았다.

"당신이 목격한 건 섹스와 관련된 의식이었어요, 그렇지 않습니까?"

소피는 움찔한 표정이었다.

"그걸 어떻게 아세요?"

"소피, 당신 할아버지가 비밀 단체에 소속된 것이 틀림없다고 믿게 된 어떤 사건을 목격했다고 했잖습니까. 그때의 충격 때문에 친할아버지에게 절교를 선언할 정도였지요. 나는 비밀 결사에 대해서 좀 아는 편입니다. 굳이 다빈치의 두뇌를 빌리지 않더라도 당신이 무엇을 목격했는지 추측하기란 그리 어렵지 않아요."

소피는 그를 빤히 바라보았다.

"봄이었지요?"

랭던이 물었다.

"춘분 무렵 아니었습니까? 3월 중순쯤?"

소피는 창밖을 바라보았다.

"대학에 다니던 봄 방학 때였어요. 예정보다 며칠 일찍 집으로 돌아왔죠."

"그 이야기, 할 수 있겠어요?"

"아뇨, 안 하는 게 낫겠어요."

소피는 갑자기 눈물이 글썽글썽한 눈으로 랭던을 돌아보았다.

"내가 뭘 봤는지 나도 모르겠어요."

"남자들와 여자들이 함께 있었습니까?"

소피는 잠시 망설인 끝에, 고개를 끄덕였다.

"흰 옷과 검은 옷을 입은?"

소피는 눈물을 닦으며 다시 한 번 고개를 끄덕였다. 조금 더 마음의 문을 열 기미가 보였다.

"여자들은 희고 얇은 가운을 입고…… 금빛 신발을 신었어요. 금빛 구슬 같은 것도 들고 있었고요. 남자들은 검은 튜닉에 검은 신발 차림이었어요."

랭던은 감정을 드러내지 않으려고 애썼지만 좀처럼 자신의 귀를 믿을 수가 없었다. 소피 느뵈는 본의 아니게 2천 년 동안 전해 내려온 신성한 의식을 목격한 것이다.

"가면은요?"

랭던은 차분한 목소리를 유지하며 물었다.

"남녀 모두 똑같은 가면을 쓰지 않았던가요?"

"그래요. 다들 가면을, 그것도 똑같은 가면을 쓰고 있었어요. 여자들은 흰색, 남자들은 검은색."

랭던은 이 의식에 대한 글을 읽은 적이 있어서, 그 신비주의적인 뿌리에 대해서도 잘 알고 있었다.

"히에로스 가모스(Hieros Gamos)라고 하는 의식입니다."

랭던이 부드러운 목소리로 말했다.

"기원을 따지자면 2천 년 이상을 거슬러 올라가요. 이집트의 남녀 성직자들은 여성의 출산 능력을 기리기 위해 정기적으로 그러한 의식을 거행했어요."

랭던은 잠시 말을 멈추고 소피를 향해 몸을 기울였다.

"적절한 배경 지식을 갖추지 않은 상태에서 히에로스 가모스를 목격했다면, 상당한 충격을 받은 것도 무리가 아니지요."

소피는 아무 말도 하지 않았다.

"히에로스 가모스는 그리스어예요."

랭던이 설명을 이어갔다.

"신성한 결혼이라는 뜻이지요."

"내가 본 의식은 결혼식이 아니었어요."

"내가 말하는 결혼은 곧 결합을 뜻해요, 소피."

"그냥 섹스라고 말해도 괜찮아요."

"그렇지 않습니다."

"그렇지 않다고요?"

소피의 올리브색 눈동자가 시험하듯 그를 바라보았다.

랭던은 한발 물러섰다.

"음……. 어떤 의미로는 그렇다고 할 수도 있지만, 오늘날의 우리가 생각하는 그런 식은 아닙니다."

비록 소피가 목격한 장면이 섹스의 의식처럼 비친 것도 무리는 아니지만, 히에로스 가모스는 성적인 쾌락과는 아무런 관계도 없는 영적인 행동이다. 역사를 돌아보면, 성 행위는 남자와 여자가 신을 경험하는 통로로 인식되는 경우가 많다. 고대인들은 남자가 신성한 여성성을 육체적으로 터득하기 전까지는 영적으로 완전한 존재가 될 수 없다고 믿었다. 여성과의 육체적 결합이야말로 남자가 영적으로 완전해지고 궁극적인 영지(靈知), 즉 신성한 지식을 갖추는 유일한 수단이었다. 이시스 여신의 시대부터 성의 의식은 남자가 지상에서 천상으로 올라가는 유일한 가교로 인식되었다.

"남자는 여자와의 교제를 통해 완전히 마음을 비우고 하느님을 볼 수 있는 절정의 순간에 도달할 수 있다는 거지요."

소피는 여전히 회의적인 표정이었다.

"오르가슴이 곧 기도라는 건가요?"

랭던은 그냥 애매하게 어깨만 으쓱해 보였지만, 사실 소피의 표현이 옳았다. 생리학적으로 말하자면, 남성이 절정에 도달하는 순간 아무 생각이 나지 않는 무념의 경지에 빠져든다. 순간적으로 의식의 진공 상태가 되는 것이다. 바로 이때가 신을 목격할 수 있을 만큼 투명한 의식 상태에 도달하는 순간이다. 명상 전문가들은 섹스 없이도 마음을 비움으로써 이러한 상태에 도달하며, 열반은 곧 영원히 끝나지 않는 영적 오르가슴이라고 주장하는 이들도 있다.

"소피."

랭던이 조용히 말했다.

"고대인이 생각한 섹스는 오늘날 우리의 관점과는 전혀 다르다는 사실을 기억해야 합니다. 섹스는 새로운 생명을 낳습니다. 그것은 오로지 신만 행할 수 있는 최고의 기적이 아닐 수 없거든요. 여성은 자신의 자궁에서 생명을 만들어 내는 능력 때문에 신성한 존재, 곧 신이 됩니다. 성교는 둘로 나누어진 인간의 영혼이 하나로 합쳐지는 과정이지요. 그 과정을 통해 남자는 영적으로 온전해지고 신을 만날 수 있게 됩니다. 당신이 목격한 것은 단순한 성 행위가 아니라 대단히 영적인 행위였어요. 히에로스 가모스는 결코 변태가 아닙니다. 오히려 지성(至聖)의 의식이라고 봐야 해요."

랭던의 설명은 어딘가 심금을 울리는 구석이 있었다. 오늘 밤 내내 소피는 놀랄 만큼 침착한 태도를 유지해 왔지만, 랭던은 처음으로 그녀의 침착함에 금이 가기 시작하는 것을 발견했다. 또 한 번 눈가에 눈물이 고이기 시작하자, 소피는 소매로 물기를 닦아냈다.

랭던은 그녀에게 마음을 추스를 틈을 주었다. 섹스가 신에게 다가가는 통로가 될 수도 있다는 이야기는 확실히 좀처럼 받아들이기 힘든 개념이었다. 랭던이 수업 시간에 섹스를 일종의 제의(祭儀)로 활용한 초창기 유대교의 전통을 설명하면, 특히 유대인 학생들 중에 기절할 만큼 당황스러워 하는 이들이 많았다. 특히 신전에서 그런 일들이 벌어졌다면 더 이상 말할 나위도 없었다. 초창기의 유대인들은 솔로몬 신전의 지성소를 하느님뿐만 아니라 똑같은 힘을 갖춘 여자 하느님, 즉 세키나가 거하는 곳으로 믿었다. 영적인 온전함을 추구하는 남자들은 신전의 여자 사제 혹은 '신성한 종(hierodule)'들을 찾아가 함께 사랑을 나누며 육체적 결합을 통해 신을 경험했다. 유대인들이 네 개의 철자로 하느님을 표기할 때 이용한 YHWH(야훼)는 사실 남성인 야(Jah)와 히브리 이전 시대에 이브를 뜻하던 이름 하와(Havah) 사이에 자웅동체의 육체적 결합이 이루어진 여호와(Jehovah)에서 유래되었다.

랭던이 부드러운 목소리로 설명을 이어갔다.

"초기 교회에서 신과 직접 소통하는 수단으로 섹스를 이용하는 행태는 가톨릭의 권력 기반에 심각한 위협으로 작용했어요. 그렇게 되면 자기네를 통하지 않고서는 절대 신에게 다가갈 수 없다고 주장해 온 교회의 위상이 뿌리째 흔들리게 되니까 말입니다. 그래서 그들은 섹스를 악마의 유혹으로, 엄청난 죄악으로 포장하기 위해 온갖 노력을 기울인 겁니다. 다른 주요 종교들도 마찬가지였지요."

소피는 아무 말도 하지 않았지만, 랭던은 그녀에게 자신의 할아버지를 좀 더 잘 이해하는 계기가 마련되었다는 사실을 직감했다. 묘하게도 랭던은 이번 학기 수업 시간에도 똑같은 이야기를 한 적이 있었다.

"우리가 섹스에 대해서 그토록 큰 갈등을 느끼는 게 신기하지 않습니까?"

그는 우선 학생들에게 그런 질문을 던졌다.

"우리의 조상들이 물려준 유산과 우리 자신의 생리적 기능에 비춰 보면 섹스야말로 더없이 자연스러운 행위이자 영적인 충만감으로 이어지는 통로임에도 불구하고, 현대 종교는 섹스를 수치스러운 행동으로 폄하하며 성적인 욕구는 악마의 유혹이니 경계하지 않으면 안 된다고 가르치고 있으니 말입니다."

랭던은 학생들에게 더 큰 충격을 안겨 주지 않기 위해 지금도 섹스 의식을 거행하며 고대의 전통을 지켜가는 비밀 결사―그중에는 상당한 영향력을 행사하는 단체들도 있다―가 많다는 사실은 언급하지 않기로 마음먹었다. 〈아이즈 와이드 샷〉이라는 영화에서 톰 크루즈는 맨해튼의 초상류층 인사들이 모이는 비밀 모임에 몰래 숨어들었다가 히에로스 가모스를 목격한다. 안타깝게도 이 영화를 꼼꼼히 들여다보면 수많은 오류가 드러나지만, 적어도 기본적인 핵심은 제대로 꿰뚫었다고 해도 큰 무리가 없을 것이다. 성적인 결합을 통해 신과의 소통을 추구하는 비밀 결사의 모습 말이다.

"랭던 교수님?"

뒷자리의 남학생 하나가 손을 번쩍 치켜들며 잔뜩 기대에 부푼 목소리로 말했다.

"그러니까 이제 우리는 교회에 가는 대신 섹스를 더 많이 하면 된다는 말씀이죠?"

랭던은 웃음을 터뜨렸지만 그 미끼에 넘어가지는 않았다. 하버드에서 벌어지는 각종 파티에서 학생들의 성 행위가 도를 넘어선다는 소문은 랭던도 이미 들은 적이 있었다.

"자, 이 자리를 빌려 남학생 여러분에게 한 가지 제안을 해 볼까요?"

물론 랭던은 민감한 주제라는 것을 잘 알고 있었다.

"나야 혼전 성교를 용납할 만큼 과감하지도, 여러분 모두를 순결한 천사라고 생각할 만큼 순진하지도 않지만, 여러분의 성 생활에 대해 이런 조언을 들려주고 싶군요."

남학생들이 귀를 쫑긋 세운 채 몸을 앞으로 기울였다.

"다음 번에 여자와 함께할 기회가 생기면 말이에요. 자기 자신을 유심히 들여다보면서 섹스를 다분히 신비주의적이고 영적인 관점에서 바라볼 수 있는지 실험해 봐요. 남자는 오로지 신성한 여성과의 결합을 통해서만 신에게 다가갈 수 있다는 것이 사실인지 직접 실험을 해보는 겁니다."

여학생들은 그럴듯하다는 듯 미소를 지으며 고개를 끄덕였다.

하지만 남학생들은 엉큼한 웃음을 터뜨리며 음담패설을 늘어놓는 것이었다.

랭던은 한숨을 내쉬었다. 남자들이란 대학생이라 해도 어린아이에 지나지 않았다.

비행기 창문에 이마를 기대니 서늘한 감촉이 느껴졌다. 소피는 멍하니 허공을 응시하며 조금 전에 랭던이 한 말을 곰곰이 생각해 보았다. 새삼스럽게 짙은 회한이 솟구치는 느낌이었다. 자그마치 10년 동안 할아버지가 보낸 편지들을 뜯어 보지도 않고 처박아 두지 않았던가.

'로버트에게 모든 걸 다 털어놓아야겠어.'

소피는 창문에서 고개를 돌리지도 않은 채 조용히 입을 열었다.

그날 밤을 떠올리자, 마치 그 시간으로 되돌아간 느낌이었다. 노르망디의 별장에 도착해 차에서 내린 그녀는 영문도 모르고 텅 빈 집 안을 헤매며 할아버지를 찾았다……. 지하에서 들려오던 사람들의 목소리……. 그리고 숨겨진 문을 찾아냈다……. 돌로 된 계단을 한 칸씩 조심스럽게 내려가자, 생전 처음 보는 지하실이 나왔고…… 흙냄새가 느껴졌다. 3월의 공기는 지하에서도 서늘하고 가벼웠다. 계단참에 몸을 숨긴 채, 흔들리는 주황색 촛불 아래 주문을 외우며 천천히 몸을 흔드는 낯선 사람들의 모습을 지켜보았다.

'내가 꿈을 꾸고 있어.'

소피는 속으로 중얼거렸다.

'이건 꿈이야. 현실일 수가 없어.'

흰색과 검정, 흰색과 검정으로 여자와 남자들이 비틀거렸다. 여자들은 아름다운 가운 자락을 휘날리며 오른손에 든 금빛 구슬을 치켜들고 한 목소리로 외쳤다.

"나는 태초부터 그대와 함께였으며, 그 거룩한 새벽, 하루가 시작되기 전에 나의 자궁으로 그대를 낳았노라."

여자들이 구슬을 내리자, 모두들 황홀경에 빠진 사람처럼 몸을 앞뒤로 흔들었다. 그들은 무언가를 가운데 두고 그 주위에 둥그렇게 둘러서 있었다.

'뭘 보고 있는 거지?'

목소리가 점점 빨라지고 커졌다.

"그대가 보고 있는 여인은 사랑이다!"

여자들이 다시 구슬을 치켜들며 소리쳤다.

남자들이 대답했다.

"그녀는 영원 속에 거한다!"

주문 소리가 다시 커지기 시작했다. 속도도 빨라졌다. 이내 천둥소리처럼 크고 빨라졌다. 사람들은 앞으로 다가서며 무릎을 꿇었다.

그 순간, 소피는 그들이 무엇을 보고 있는지를 깨달았다.

한복판에 나지막한 제단이 놓여 있고, 그 위에 남자가 누워 있었다. 얼굴에 검은 가면을 썼을 뿐 옷은 하나도 걸치지 않은 그는, 바닥에 등을 대고 똑바로 누운 자세였다. 소피는 그의 어깨에서 눈에 익은 커다란 점을 발견했다. 그녀는 간신히 비명을 삼켰다.

'할아버지!'

그 모습만으로도 소피는 감당하기 힘든 충격을 받았다. 하지만 그게 전부가 아니었다.

하얀 가면을 쓴 벌거벗은 여자가 탐스러운 은발 머리를 뒤로 늘어뜨린 채 할아버지의 배 위에 올라타고 있었다. 너무 살집이 많아서 완벽한 몸매와는 거리가 먼 여자였다. 여자는 주문 소리의 리듬에 맞추어 허리를 빙글빙글 돌렸다. 소피의 할아버지와 사랑을 나누는 중이었던 것이다.

소피는 돌아서서 달아나고 싶었지만 그럴 수가 없었다. 사람들의 주문 소리가 열병을 앓는 듯이 들떠 오르자, 돌로 된 지하실의 벽이 그녀의 몸을 꼼짝도 못하게 가둬 버린 느낌이었다. 원을 그린 사람들의 주문은 더욱 격렬하고 빠르게, 정점을 향해 치달았다. 다음 순간, 갑작스러운 비명이 터져 나오며 지하실 전체가 폭발하듯 절정에 도달했다. 소피는 숨을 쉴 수가 없었다. 자신도 모르게 소리 죽여 흐느끼고 있었다. 그녀는 소리 나지 않게 계단을 올라와 집을 빠져나온 뒤, 온몸을 부들부들 떨며 정신없이 파리를 향해 차를 몰았다.

75

터보 프로펠러 전세기가 모나코 상공을 지날 무렵, 아링가로사는 두 번째로 파슈의 전화를 받았다. 다시금 멀미 봉투로 손을 내밀었지만, 이제 진이 다 빠져 버린 듯 멀미를 할 기운조차 남아 있지 않았다.

'이대로 끝나게 해 주십시오!'

파슈가 전해 준 새로운 소식은 온통 의문투성이였지만, 어차피 오늘 밤에 벌어진 일들이 하나도 이해되지 않기는 마찬가지였다.

'도대체 어떻게 된 거야?'

모든 일이 걷잡을 수 없이 틀어지고 있었다.

'내가 사일러스를 어디로 몰아넣은 거지? 나 자신을 어디로 몰아넣은 거야?'

아링가로사는 비틀거리는 걸음으로 간신히 조종실로 다가갔다.

"목적지를 좀 바꿔야겠습니다."

조종사는 어깨 너머로 그를 슬쩍 돌아보더니, 웃음을 터뜨렸다.

"농담이시겠지요?"

"아닙니다. 당장 런던으로 가야 합니다."

"신부님, 이건 전세 비행기지 택시가 아니에요."

"물론 돈은 더 드리겠습니다. 얼마면 됩니까? 런던은 북쪽으로 한 시간만 더 가면 되고, 진로를 수정할 필요도 거의 없지 않습니까. 그러니……."

"돈 문제가 아니에요, 신부님. 그렇게 간단한 일이 아닙니다."

"1만 유로 드리겠습니다. 지금 당장."

조종사는 깜짝 놀란 눈으로 아링가로사를 돌아보았다.

"얼마라고요? 무슨 신부님이 현금을 그렇게 많이 가지고 다니십니까?"

아링가로사는 자리로 돌아가 검은 가방에서 채권 한 장을 꺼냈다. 그리고 그걸 조종사에게 내밀었다.

"이게 뭐지요?"

조종사가 물었다.

"바티칸 은행에서 발행한 1만 유로짜리 무기명 채권입니다."

조종사는 뭔가 미심쩍다는 표정이었다.

"현찰과 다를 게 없습니다."

"현찰만이 현찰이지요."

조종사는 채권을 도로 돌려주며 말했다.

아링가로사는 무력감에 사로잡혀 조종실 문에 몸을 의지했다.

"생명이 걸린 문제입니다. 제발 도와주시오. 당장 런던으로 가야 합니다."

조종사는 주교의 금반지를 흘낏 쳐다보았다.

"그 다이아몬드, 진짭니까?"

아링가로사는 반지를 내려다보았다.

"이것만은 곤란합니다."

조종사는 어깨를 으쓱하더니 몸을 돌려 전방을 바라보았다.

아링가로사는 참담한 심정으로 다시 한 번 반지를 내려다보았다. 어차피 그는 지금 그 반지가 의미하는 모든 것을 잃을 위기에 처해 있었다. 한참을 고민한 끝에, 결국 그는 손가락에서 반지를 뽑아 계기판 위에 가만히 내려놓았다.

아링가로사는 말없이 자기 자리로 돌아와 앉았다. 15초 뒤, 비행기의 방향이 약간 더 북쪽으로 바뀌는 것이 느껴졌다.

물론 그렇다고 해서 위기가 사라진 것은 아니었다.

처음부터 거룩한 대의명분으로 시작된 일이었다. 치밀한 계획도 수립되었다. 하지만 그 모든 것이 모래성처럼 허무하게 무너져 내리기 시작했다……. 몰락의 끝이 어디쯤일지, 아링가로사는 상상조차 할 수 없었다.

76

랭던은 소피가 아직도 히에로스 가모스의 충격에서 벗어나지 못했음을 알 수 있었다. 랭던 입장에서도 그녀의 고백은 상당한 충격이 아닐 수 없었다. 소피가 비밀 의식을 자기 눈으로 직접 목격한 것도 놀라운 일이지만, 그녀의 친할아버지가 그 의식의 주인공, 즉 시온수도회의 그랜드마스터였다는 사실은 더욱 충격적이었다. 그 이름만으로도 화려하지 않은가. 다빈치, 보티첼리, 아이작 뉴턴, 빅토르 위고, 장 콕토…… 그리고 자크 소니에르.

"더 이상 무슨 말을 해야 좋을지 모르겠군요."

랭던이 부드럽게 말했다.

소피의 초록색 눈동자에는 눈물이 가득 고여 있었다.

"할아버지는 나를 친딸처럼 키우셨어요."

랭던은 그녀의 눈동자에 점점 더 감정이 북받치는 것을 볼 수 있었다. 그것은 후회였다. 아득히 멀고도 깊은 후회. 소피 느뵈는 무려 10년 동안 할아버지를 보지 않았지만, 이제야 전혀 다른 시각으로 할아버지를 바라볼 수 있게 되었다.

창문 밖에는 빠른 속도로 새벽이 밝아오는 듯 비행기의 오른쪽 창문에 진홍색 빛이 점점 짙어졌다. 그 빛은 아직 저 아래 대지에까지는 미치지 못했다.

"자, 먹을 것이 왔어요!"

티빙이 한껏 과장된 동작으로 콜라 깡통 몇 개와 오래된 과자 한 봉지를 가지고 오더니, 랭던과 소피에게 하나씩 나누어 주며 먹을 게 변변치 않아서 미안하다고 사과를 했다.

"우리 수도사 친구는 아직 입을 열지 않는군."

티빙이 밝은 목소리로 말했다.

"시간을 좀 더 줘야 될 것 같아."

그는 과자를 베어 물며 소니에르의 시를 흘낏 바라보았다.

"그래, 진도는 좀 나갔나?"

티빙이 소피를 돌아보며 말했다.

"자네 할아버지가 우리한테 하고 싶은 이야기가 뭐래? 망할 놈의 묘석은 어디 있나? 템플기사단이 찬양한 묘석 말이야."

소피는 고개를 가로저을 뿐 아무 대답을 하지 않았다.

티빙이 다시 시를 붙잡고 씨름하는 동안, 랭던은 콜라 깡통을 따서 창밖으로 눈길을 돌렸다. 머릿속에는 온통 비밀스러운 의식이 거행되는 장면과 풀리지 않은 암호 생각밖에 없었다.

'기사단이 찬양한 묘석이 열쇠이니······.'

랭던은 콜라를 한 모금 들이켰다.

'기사단이 찬양한 묘석······.'

콜라는 미지근했다.

랭던은 밤의 장막이 빠른 속도로 걷히는 것을 지켜보았다. 드디어 반짝이는 바다가 보이기 시작했다.

'영국해협이군.'

이제 거의 목적지에 다 온 셈이었다.

랭던은 환한 새벽빛이 세상뿐만 아니라 자신의 마음까지도 환하게 비춰 주면 좋겠다는 생각을 했다. 하지만 바깥이 환해질수록 자신은 진실에서 오히려 더 멀어지는 느낌이었다. 약강격 오운각의 리듬과 함께 히에로스 가모스의 주문 소리가 비행기 엔진 소리와 어우러지며 그의 귓전을 파고들었다.

'기사단이 찬양한 묘석.'

비행기가 막 바다 위를 벗어나기 시작할 무렵, 한 줄기 깨달음이 번개처럼 그의 뇌리를 스쳤다. 랭던은 빈 콜라 깡통을 힘껏 탁자 위에 내려놓았다.

"믿어지지 않겠지만……."

랭던은 나머지 두 사람을 돌아보며 말했다.

"기사단의 묘석 말입니다. 알아냈어요."

티빙이 심드렁하게 쟁반을 내려다보며 중얼거렸다.

"어딘가?"

랭던은 미소를 지었다.

"그게 어디에 있는지가 아니라 그게 무엇인지를 알아냈단 말입니다."

소피가 그를 향해 몸을 기울였다.

"묘석은 무덤에 세우는 돌이 아니라, 말 그대로 돌의 머리를 의미합니다."

랭던은 새로운 사실을 밝혀낸 학자들 특유의 짜릿한 쾌감을 느끼며 말했다.

"돌의 머리?"

티빙이 되물었다.

소피도 어리둥절한 표정이었다.

"티빙."

랭던이 그를 돌아보며 말했다.

"종교재판 때 교회는 템플기사단에게 온갖 종류의 이단 혐의를 뒤집어씌웠습니다. 그렇지요?"

"그렇고말고. 동성애와 악마 숭배에서부터 심지어는 십자가에 방뇨한 혐의까지, 예를 들자면 끝이 없을 정도였지."

"거기에는 우상 숭배도 포함됩니다. 그렇지 않아요? 특히 교회는 템플기사단이 조각을 새긴 돌의 머리에 기도를 드리는 비밀스러운 의식을 거행한다고 비난했어요. 이교도의 신……."

"바포메!"

티빙이 갑자기 소리쳤다.

"맙소사, 자네 말이 맞아, 로버트! 템플기사단이 찬양한 돌의 머리!"

랭던은 소피에게 바포메가 무엇인지를 간단하게 설명했다. 바포메는 창조적인 생식력을 주관하는 이교도들의 다산의 신이다. 바포메의 머리는 번식과 다산을 상징하는 숫양이나 염소로 표현된다. 템플기사단은 이 바포메의 머리와 비슷하게 생긴 돌 주위를 돌며 기도문을 암송함으로써 그를 찬양했다.

"바포메."

티빙이 소리 죽여 웃음을 터뜨렸다.

"템플기사단의 의식은 성적인 결합이 갖는 창조의 마법을 기리기 위한 것이지만, 클레멘트 교황은 바포메의 머리가 곧 악마의 머리라고 선언했지. 교황은 바포메의 머리를 템플기사단을 때려잡는 무기로 활용한 셈이야."

랭던이 티빙의 설명을 이어받았다. 오늘날 흔히 뿔 달린 악마로 묘사되는 사탄의 기원이 바로 바포메다. 교회는 이 다산의 신을 악마의 상징으로 전락시켜 버린 것이다. 이러한 그들의 의도는 어느 정도 성공을 거두었지만, 완벽한 성공은 아니었다. 지금도 미국 사람들의 전통적인 추수감사절 식탁에는 뿔이 달린 풍요의 상징이 등장한다. '코뉴코피아(cornucopia)' 혹은 '풍요의 뿔'은 바포메의 다산성을 기리는 상징인데, 그 기원은 제우스가 염소의 젖을 먹고 자랐다는 신화로 거슬러 올라간다. 이 염소의 뿔을 자르면 저절로 과일이 가득 채워진다는 것이다. 바포메의 뿔은 사진을 찍을 때도 곧잘 모습을 드러낸다. 사진을 찍을 때 친구의 머리 뒤에 손가락 두 개를 들어 올려 V 자 모양을 그리는 행동이 그것인데, 아마 그런 장난을 즐기는 아이들 가운데 자신의 행동이 친구의 엄청난 정력을 광고하는 의미라는 것을 아는 이는 몇 되지 않을 것이다.

"그래, 맞아."

티빙이 흥분한 목소리로 말했다.

"이 시는 바포메를 의미하는 게 틀림없어. 템플기사단이 찬양한 머릿돌."

"좋아요."

소피가 말했다.

"하지만 템플기사단이 찬양한 머릿돌이 바포메라면, 우리에게는 새로운 고민이 생겨요."

소피는 크립텍스의 글자판을 가리켰다.

"바포메(Baphomet)는 철자가 여덟 개잖아요. 우리에게는 다섯 글자를 쓸 자리밖에 없어요."

티빙은 환한 미소를 머금었다.

"소피, 바로 여기가 아트배쉬 암호를 써먹을 시점이야."

77

랭던은 적지 않은 감동을 받았다. 티빙이 순전히 기억력에만 의지해 히브리어의 알파벳—알레프-베이트(alef-beit)—스물두 개를 완벽하게 적어 낸 것이다. 물론 원래의 히브리어 문자가 아니라 각기 그에 해당하는 로마자를 이용하기는 했지만, 완벽한 발음으로 각각의 문자들을 읽어 보이기까지 했다.

A B G D H V Z Ch T Y K L M N S O P Tz Q R Sh Th

"알레프, 베이트, 기멜, 달렛, 헤이, 바브, 자인, 체트, 테트, 유드, 카프, 라메드, 멤, 눈, 사메크, 아인, 페이, 차디크, 쿠프, 레이시, 쉰, 타브."
티빙은 우아하게 눈썹을 한 번 훔친 다음, 말을 이었다.
"원래 히브리 철자법에서는 모음 발음을 적지 않도록 되어 있어. 그래서 히브리 알파벳으로 바포메라는 단어를 쓰면, 모음 세 개가 탈락되어……."

"다섯 글자가 남는다……."

소피가 중얼거렸다.

티빙은 고개를 끄덕이며 다시 펜을 들었다.

"좋아. 바포메라는 단어를 히브리어로 한번 써 보자고. 헷갈리지 않도록 모음도 일단 표시는 해 놔야겠지."

<u>B</u> a <u>P</u> <u>V</u> o <u>M</u> e <u>Th</u>

"또 한 가지 기억할 것은……."

티빙이 덧붙였다.

"원래 히브리어는 반대 방향, 즉 오른쪽에서 왼쪽으로 쓰도록 되어 있지만, 우리는 그냥 간단하게 아트배쉬를 이용하도록 하자고. 자, 다음으로 우리가 할 일은 원래의 알파벳 전체를 거꾸로 써서 바꿔 넣을 짝을 만드는 작업이야."

"더 쉬운 방법이 있어요."

소피가 티빙의 펜을 받아들며 말했다.

"아트배쉬를 비롯한 모든 치환 암호에 적용되는 방법인데, 로열 홀로웨이에서 배운 간단한 속임수인 셈이죠."

소피는 알파벳 11개를 왼쪽에서 오른쪽으로 쓴 다음, 그 밑에는 나머지 11개를 오른쪽에서 왼쪽으로 나열했다.

"암호 분석가들은 이걸 폴드 오버(fold-over)라고 불러요. 복잡한 건 절반으로 줄고, 명쾌한 건 두 배로 늘어나니까요."

A	B	G	D	H	V	Z	Ch	T	Y	K
Th	Sh	R	Q	Tz	P	O	S	N	M	L

티빙은 소피가 써 놓은 것을 들여다보며 킬킬거렸다.

"좋은 방법이로군. 홀로웨이 친구들도 밥값은 하는 모양이야."

소피가 써 놓은 치환 행렬을 본 랭던은 짜릿한 흥분을 느꼈다. 아마도 아트배쉬 암호를 이용해 처음으로 그 유명한 '세삭(Sheshach)의 수수께끼'를 푼 학자들의 기분이 이렇지 않았을까 싶었다. 종교학자들은 오랫동안 성경에 나오는 세삭이라는 도시 때문에 골머리를 싸맸다. 어떤 지도에도, 어떤 문헌에도 나오지 않는 세삭이라는 도시가 난데없이 예레미아서에 몇 번이나 등장하는 탓이다. 세삭의 왕, 세삭 시가지, 세삭 사람들 하는 식이다. 무심코 이 단어에 아트배쉬 암호를 적용해 본 어느 학자는 놀라운 사실을 알게 되었다. 이 단어가 널리 알려진 다른 도시를 의미하는 암호임이 드러난 것이다. 암호의 해독 과정은 비교적 간단하다.

'세삭'을 히브리어로 쓰면 Sh-Sh-K로 표기된다.

여기에 치환 행렬을 적용하면 B-B-L이 된다.

히브리어로 B-B-L은 곧 '바벨'을 의미한다.

세삭이라는 의문의 도시가 바벨이었음이 밝혀지자, 한동안 성경 연구 열풍이 몰아닥쳤다. 불과 몇 주 사이에 구약 성경에서 몇 개의 다른 아트배쉬 암호가 발견되었고, 학자들이 상상도 하지 못했던 숨겨진 의미들이 무수히 드러났다.

"점점 가까이 다가가고 있어."

랭던이 흥분을 감추지 못하는 목소리로 속삭였다.

"조금씩, 천천히 가자고, 로버트."

티빙이 말했다. 그는 소피를 바라보며 미소를 지었다.

"준비됐나?"

소피는 고개를 끄덕였다.

"좋아. 바포메를 히브리어로 쓰고 모음을 생략하면 B-P-V-M-Th

가 되지. 이제 여기다 아트배쉬 치환 행렬을 적용해서 이 단어를 철자 다섯 개의 암호로 바꾸면 된다고."

랭던은 가슴이 두근거렸다. B-P-V-M-Th. 이제 창문으로 햇살이 쏟아져 들어왔다. 랭던은 소피가 만든 치환 행렬을 바라보며 천천히 글자를 바꾸기 시작했다. B는 Sh…… P는 V…… 티빙은 마치 성탄절을 맞은 어린아이처럼 활짝 웃는 얼굴이었다.

"아트배쉬 암호를 적용한 결과……."

갑자기 티빙이 말을 멈추었다.

"하느님 맙소사!"

그의 얼굴이 하얗게 질렸다.

랭던은 고개를 번쩍 치켜들었다.

"왜 그래요?"

소피가 물었다.

"믿어지지가 않아."

티빙은 소피를 바라보았다.

"특히 당신은 더욱……."

"무슨 소리예요?"

소피가 다시 물었다.

"이건…… 아주 독창적이야."

티빙이 연방 감탄사를 내뱉었다.

"너무 독특해!"

티빙은 다시 종이에다 무언가를 쓰기 시작했다.

"이럴 때 누가 북이라도 좀 쳐 줘야 되는 것 아냐? 암호는 바로 이거야."

티빙은 자신이 쓴 종이를 집어 들었다.

Sh-V-P-Y-A

소피는 눈살을 찌푸렸다.
"이게 뭐예요?"
랭던도 처음에는 그 단어를 알아보지 못했다.
티빙의 목소리가 떨리는 것은 아마도 경외감 때문인 듯했다.
"친구들, 이건 바로 지혜를 뜻하는 고대의 단어일세."
랭던은 그 철자들을 다시 한 번 읽어 보았다.
'고대의 지혜의 단어가 이 두루마리를 해방시키고……'
다음 순간, 랭던은 무언가를 깨달았다. 정말이지 상상도 하지 못한 일이었다.
"지혜를 뜻하는 고대의 단어!"
티빙이 웃음을 터뜨렸다.
"다분히 직설적이지!"
소피는 그 단어와 글자판을 번갈아 바라보았다. 랭던과 티빙은 이 해석의 심각한 결함을 알아차리지 못한 게 분명했다.
"잠깐만요! 이건 암호가 될 수 없어요."
소피가 소리쳤다.
"크립텍스의 글자판에는 Sh가 없잖아요. 이 글자판은 전통적인 로마 알파벳을 사용하고 있으니까요."
"단어를 읽어 봐요."
랭던이 말했다.
"두 가지를 염두에 둬야 합니다. 히브리어에서 Sh 발음이 나는 글자는 액센트에 따라 S로 발음되기도 한다는 점. 그리고 P 역시 F로 발음될 수 있다는 점."
'SVFYA?'

소피는 여전히 이해가 가지 않았다.

"정말 천재적이야!"

티빙이 덧붙였다.

"Vav라는 글자는 모음 O의 자리를 메워주는 역할을 하지!"

소피는 다시 한 번 그 단어를 들여다보며 발음을 해 보았다.

"S······o······f······y······a."

그녀는 방금 자신의 입에서 나온 발음이 믿어지지 않았다.

"소피아? 이게 소피아를 뜻하는 단어라고요?"

랭던이 진지하게 고개를 끄덕였다.

"그래요! 소피아는 그리스어로 지혜를 뜻하지요. 당신의 이름 소피는 말 그대로 '지혜의 단어'에서 유래된 이름이에요."

소피는 갑자기 견딜 수 없이 할아버지가 그리워졌다.

'시온수도회의 쐐기돌에 내 이름을 넣어 두었다니······.'

무언가가 왈칵 목구멍 위로 치밀어 오르는 느낌이었다. 모든 것이 너무나 완벽해 보였다. 하지만 다시 한 번 크립텍스에 붙은 다섯 개의 글자판을 바라본 순간, 소피는 아직 해결되지 않은 문제가 남아 있음을 알아차렸다.

"하지만 잠깐만요······. '소피아(Sophia)'는 철자가 여섯 개잖아요."

티빙의 미소 띤 얼굴은 여전히 변함이 없었다.

"이 시를 다시 한 번 읽어 봐. 자네 할아버지는 '고대의 지혜의 단어'라고 썼지?"

"그래서요?"

티빙은 한쪽 눈을 찡긋했다.

"고대 그리스어에서 지혜는 'S-O-F-I-A'라고 쓴다네."

78

 크립텍스를 집어 들고 글자판을 맞추기 시작한 소피는 좀처럼 흥분을 가라앉힐 수 없었다.
 '고대의 지혜의 단어가 이 두루마리를 해방시키고……'
 랭던과 티빙은 숨 쉬는 것도 잊은 사람처럼 크립텍스를 들여다보았다.
 S…… O…… F……
 "조심."
 티빙이 말했다.
 "조심, 또 조심."
 ……I…… A.
 소피는 마지막 글자판을 정렬했다.
 "좋아요."
 소피가 나머지 두 사람을 바라보며 속삭였다.
 "이제 원통을 열 차례예요."

"식초 잊지 마세요."

랭던이 초조한 목소리로 속삭였다.

"조심해야 합니다."

소피는 만약 이 크립텍스가 어렸을 때 열어 본 것들과 같은 종류라면, 지금 자신이 할 일은 원통의 양쪽 끝을 붙잡고 두 손에 서로 반대쪽으로 힘을 가하면서 천천히 잡아당기는 것뿐이라는 사실을 잘 알고 있었다. 암호가 글자판에 정확하게 맞춰지면 한쪽 끝이 마치 렌즈 뚜껑이 미끄러지듯 부드럽게 열릴 것이고, 안쪽으로 손을 넣어 식초병에 둘둘 말린 파피루스를 꺼낼 수 있을 것이다. 그러나 만약 암호가 틀릴 경우, 소피가 외부에서 가한 힘은 안쪽의 경첩이 달린 지레로 전달될 것이고, 그렇게 되면 그 지레가 빈 공간으로 밀려 내려와 유리병을 누르게 된다. 그런 상태에서 조금 더 힘을 주면 병이 깨져 버리는 것이다.

'최대한 부드럽게 당겨야 해.'

소피는 스스로를 타일렀다.

티빙과 랭던은 원통 양쪽 끝을 말아 쥔 소피의 손바닥에 시선을 집중했다. 소피는 암호를 풀었다는 흥분에 사로잡힌 나머지, 그 원통 안에 뭐가 들어 있는지를 깜빡 잊고 있었다.

'이건 시온수도회의 쐐기돌이야.'

티빙에 의하면, 거기에는 성배와 마리아 막달레나의 무덤, 그리고 상그레알의 보물을 찾아가는 지도가 들어 있다고 했다……. 마침내 그 오랜 세월 동안 묻혀 있던 진실이라는 보물이 드러나는 것이다.

소피는 원통을 잡은 채 모든 글자가 눈금에 정확하게 맞춰졌는지 다시 한 번 확인했다. 이어서 천천히 손에 힘을 주기 시작했다. 아무 일도 일어나지 않았다. 소피는 조금 더 힘을 주었다. 갑자기 정교하게 만들어진 망원경처럼, 원통의 가운데가 미끄러지듯 벌어지기 시작했다. 묵직한 마개가 그녀의 손으로 떨어져 나왔다. 랭던과 티빙은 당장에라도 벌떡 몸을 일으킬 태세였다. 마개를 테이블 위에 올려놓고 원통을 기울여 안쪽을 들여다보는 소피의 심장이 사정없이 두근거렸다.

'두루마리다!'

빈 공간 안쪽에 둘둘 말린 종이가 보였다. 역시, 종이는 또 다른 원통형의 물체에 말려 있었다. 소피는 당연히 그것이 식초병일 거라고 생각했다. 하지만 이상하게도 식초병을 덮고 있는 종이는 평소처럼 섬세한 파피루스가 아니라 두툼한 양피지였다.

'이상하네, 양피지는 식초에 녹지 않을 텐데.'

그런 생각을 하며 다시 한 번 원통 안을 들여다본 소피는 한복판에 들어 있는 것이 식초병이 아니라는 사실을 깨달았다. 무언가 전혀 다른 물건이 들어 있었다.

"뭐가 잘못됐나?"

티빙이 물었다.

"어서 두루마리를 꺼내 봐."

소피는 얼굴을 찌푸린 채 양피지와 그것이 감겨 있던 물체를 원통에서 꺼냈다.

"그건 파피루스가 아니잖아."

티빙이 말했다.

"너무 무거워 보이는데?"

"그래요. 이건 일종의 완충재일 뿐이에요."

"식초병을 보호하려고 완충재를 넣었단 말인가?"

"아뇨."

소피는 두루마리를 풀어 그 속에 담긴 내용물을 꺼내 보였다.

"이건 식초병이 아니에요."

양피지로 싸여 있던 물체를 보는 순간, 랭던은 가슴이 덜컥 내려앉는 기분이었다.

"하느님 맙소사."

티빙이 무너지듯 중얼거렸다.

"자네 할아버지는 정말 잔인한 양반이로군."

랭던도 눈을 휘둥그렇게 뜨고 멍하니 그걸 바라보았다.

'하긴, 소니에르가 이렇게 쉽게 비밀을 드러낼 리가 없지.'

테이블 위에는 또 하나의 크립텍스가 놓여 있었다. 처음 것보다 훨씬 크기가 작고 검은 마노(瑪瑙)로 만든 크립텍스가 원래의 크립텍스 안에 들어 있었던 것이다. 이원론을 신봉하는 소니에르의 열정이 느껴졌다.

'두 개의 크립텍스.'

모든 것이 쌍을 이루고 있다.

'이중성. 남성과 여성. 흰색 속의 검정.'

랭던은 거미줄처럼 얽힌 상징들이 끝없이 이어지는 느낌이었다.

'흰 것이 검은 것을 낳는다.'

'모든 남자는 여자에게서 나온다.'

'흰색 — 여성.'

'검은색 — 남성.'

랭던은 손을 뻗어 작은 크립텍스를 집어 들었다. 크기와 색깔만 빼면 처음 것과 똑같은 형태와 구조를 하고 있었다. 랭던은 이제는 귀에 익은 출렁거리는 소리를 들었다. 지금까지 그들이 들은 소리는 물론 이 작은 크립텍스 안에서 식초가 출렁거리는 소리였다.

"음, 로버트."

티빙이 랭던을 향해 양피지를 펼쳐 보이며 말했다.

"적어도 우리가 엉뚱한 방향으로 날아가고 있지는 않으니 다행이지 뭔가."

랭던은 두툼한 양피지를 살펴보았다. 거기에는 화려한 필기체로 또 하나의 4행짜리 운문이 적혀 있었다. 이번에도 약강격 오운각이었다. 역시 일종의 암호였지만, 랭던은 첫 행만 보고도 영국으로 오기로 결정한 티빙의 판단이 옳았음을 직감했다.

　　　　교황이 매장한 기사가 런던에 잠들어 있으니

　시의 나머지 부분은 런던 어딘가에 위치한 이 기사의 무덤을 찾아가면 두 번째 크립텍스를 여는 암호를 찾을 수 있음을 암시하고 있었다.
　랭던은 들뜬 표정으로 티빙을 돌아보았다.
　"여기서 말하는 기사가 누구인지 아시겠습니까?"
　티빙은 빙그레 미소를 지었다.
　"대충. 하지만 우리가 어떤 묘소를 찾아봐야 할지는 정확하게 알고 있지."

　같은 시간, 그들의 24킬로미터 전방에는 여섯 대의 경찰차가 비긴 힐 사설 비행장을 향해 비에 젖은 거리를 질주하고 있었다.

79

콜레 반장은 티빙의 냉장고에서 페리에르 생수 한 병을 꺼내 들고 응접실을 서성거렸다. 파슈를 따라 런던으로 건너가지도 못하고 샤토 빌레트를 샅샅이 뒤지는 PTS 팀의 뒤치다꺼리나 하는 신세가 된 콜레였다.

지금까지 그들이 찾아낸 증거들은 하나같이 별 도움이 되지 않는 것들이었다. 마룻바닥에 박힌 총알 하나, '날'과 '잔'이라는 글자와 함께 이상한 그림들이 그려진 종이 한 장, 가시가 달리고 피로 물든 벨트 하나가 고작이었다. PTS 요원은 그 벨트가 최근 들어 파리에서 다분히 공격적인 활동으로 물의를 빚은 가톨릭 보수 단체, 오푸스 데이와 관련된 물건이라고 했다.

콜레는 한숨을 내쉬었다.

'이따위 잡동사니에서 뭘 건진단 말인가.'

콜레는 화려한 복도를 서성거리다가 PTS 팀장이 지문 채취에 분주한 서재로 들어갔다. 비대한 몸집의 팀장은 멜빵바지 차림이었다.

"뭐 좀 찾았습니까?"

콜레가 서재로 들어서며 물었다.

팀장은 고개를 가로저었다.

"새로운 건 없습니다. 어지간한 것들은 모두 이미 다른 방에서 채취한 것들이로군요."

"시리스 벨트의 지문은 어때요?"

"인터폴이 아직 작업 중입니다. 우리가 찾아낸 걸 모두 그쪽으로 보냈거든요."

콜레는 책상 위에 놓인 두 개의 증거 채취용 봉지를 가리켰다.

"이건 뭡니까?"

팀장은 어깨를 으쓱거렸다.

"일종의 습관이지요. 뭔가 이상한 게 보이면 일단 봉지에 담아 두는 버릇이 있어서요."

콜레는 그쪽으로 다가갔다.

'이상한 것?'

"이 영국인, 아주 괴짜예요."

팀장이 말했다.

"이것 좀 보십시오."

그는 봉지들 사이에서 하나를 골라내 콜레에게 건네주었다.

봉지 안에는 고딕 양식의 성당 출입구를 찍은 사진이 담겨 있었다. 흔히 찾아볼 수 있는, 속으로 쑥 들어간 아치, 그리고 폭이 점점 좁아지는 몇 개의 층이 결국 조그만 출입문으로 이어지는 사진이었다.

콜레는 잠시 사진을 들여다보다가 고개를 들었다.

"뭐가 이상하다는 겁니까?"

"뒷면을 보세요."

사진 뒷면에는 영어로 된 주석이 적혀 있었다. 성당의 기다란 회중석을 여성의 자궁에 비유하는 비밀 이교도 집단에 대한 내용이었다.

'이건 좀 이상하군.'

그러나 정작 콜레를 놀라게 한 것은 성당의 출입문에 대한 언급이었다.

"잠깐, 이 양반은 성당의 출입문이 여자의……."

팀장은 고개를 끄덕였다.

"출입문 위에 속으로 들어간 외음순과 멋있는 매화 무늬 클리토리스로 마무리된다."

그는 한숨을 내쉬며 한마디 덧붙였다.

"다시 교회에 다니고 싶은 마음이 굴뚝같지 않습니까?"

콜레는 두 번째 봉지를 집어 들었다. 투명한 비닐을 통해 오래된 문서를 사진으로 찍은 듯한 큼직한 종이가 보였다. 제일 위쪽에는 다음과 같은 제목이 적혀 있었다.

'비밀문서—번호 4° lm¹ 249.'

"이건 또 뭡니까?"

콜레가 물었다.

"나도 몰라요. 그 서류를 복사한 종이가 사방에 널려 있기에 일단 봉지에 담아 봤습니다."

콜레는 문서를 살펴보기 시작했다.

시온수도회 — 조타수 / 그랜드마스터

장 드 기소르(JEAN DE GISORS) 그랜드마스터	1188~1220
마리 드 생클레르(MARIE DE SAINT-CLAIR)	1220~1266
기욤 드 지소와(GUILLAUME DE GISORS)	1266~1307
에두아르 드 바(EDOUARD DE BAR)	1307~1336

잔 드 바(JEANNE DE BAR)	1336~1351
장 드 생클레르(JEAN DE SAINT-CLAIR)	1351~1366
블랑 데브로(BLANCE D'EVREUX)	1366~1398
니콜라스 플라멜(NICOLAS FLAMEL)	1398~1418
르네 당주(RENE D'ANJOU)	1418~1480
이오란드 드 바(IOLANDE DE BAR)	1480~1483
산드로 보티첼리(SANDRO BOTTICELLI)	1483~1510
레오나르도 다빈치(LEONARDO DA VINCI)	1510~1519
코네타블 드 부르봉(CONNETABLE DE BOURBON)	1519~1527
페르디낭 드 곤자크(FERDINAND DE GONZAQUE)	1527~1575
루이 드 느베르(LOUIS DE NEVERS)	1575~1595
로버트 플러드(ROBERT FLUDD)	1595~1637
J. 발렌틴 안드레아(J. VALENTIN ANDREA)	1637~1654
로버트 보일(ROBERT BOYLE)	1654~1691
아이작 뉴턴(ISAAC NEWTON)	1691~1727
찰스 래드클리프(CHARLES RADCLYFFE)	1727~1746
샤를 드 로레인(CHARLES DE LORRAINE)	1746~1780
맥시밀리앙 드 로렌(MAXIMILIAN DE LORRAINE)	1780~1801
샤를 노디에(CHARLES NODIER)	1801~1844
빅토르 위고(VICTOR HUGO)	1844~1885
클로드 드뷔시(CLAUDE DEBUSSY)	1885~1918
장 콕토(JEAN COCTEAU)	1918~1963

'시온수도회?'

콜레는 아직 전혀 짚이는 게 없었다.

"반장님."

다른 요원 한 사람이 서재로 고개를 들이밀었다.

"교환국에서 국장님을 급하게 찾고 있는데, 아무리 해도 연락이 안 된답니다. 받아 보시겠습니까?"

콜레는 주방으로 가서 전화를 받았다.

앙드레 베르네였다.

그의 세련된 억양도 목소리에 깃든 긴장감을 가려 주지는 못했다.

"파슈 국장이 나에게 전화를 하겠다고 했는데, 아무리 기다려도 연락이 없어서 말입니다."

"국장님은 지금 아주 바쁩니다."

콜레가 대답했다.

"나한테 말씀하시지요."

"사태가 어떻게 전개되고 있는지 수시로 연락해 주겠다는 약속을 받았습니다만."

그 순간, 콜레는 이 남자의 목소리를 어디선가 들어 본 것 같다는 생각이 들었지만, 어디서 들었는지가 도무지 기억나지 않았다.

"무슈 베르네, 나는 현재 파리에서의 수사 상황을 지휘하고 있는 콜레 반장이라고 합니다."

갑자기 상대방의 목소리가 뚝 끊어지더니, 한참만에야 다시 이어졌다.

"반장님, 다른 전화가 오는군요. 죄송합니다. 있다가 내가 다시 전화 드리겠습니다."

그는 그 말을 남기고 전화를 끊어 버렸다.

콜레는 잠시 수화기를 든 채 멍하니 서 있었다. 다음 순간, 정신이 번쩍 드는 느낌이었다.

'이 목소리를 들어 본 적이 있다!'

콜레는 자신도 모르게 신음을 토해 냈다.

'장갑 트럭 운전기사.'

'가짜 롤렉스를 차고 있던.'

콜레는 이제 왜 지점장이 그렇게 서둘러 전화를 끊었는지 이해가 갔다. 베르네도 콜레 반장이라는 이름을 기억하고 있었던 것이다.

콜레는 이 사실이 무엇을 암시하는지 곰곰이 생각해 보았다.

'베르네가 연루되어 있다.'

본능에 따르면, 콜레는 파슈에게 연락을 해야 했다. 그러나 자신의 감정에 충실하자면, 콜레는 지금의 이 행운이 가져다줄 찬란한 순간이 눈에 보이는 듯했다.

콜레는 즉시 인터폴에 전화를 걸어 취리히 대여 금고 은행과 그 지점장, 앙드레 베르네와 관련된 모든 정보를 찾아 달라고 요청했다.

80

"좌석 벨트를 매 주십시오."

호커 731이 부슬부슬 비를 뿌리는 우울한 아침 공기를 뚫고 하강을 시작하자, 티빙의 조종사가 안내 방송을 했다.

"5분 후에 착륙합니다."

티빙은 꾸불꾸불한 켄트의 구릉지대가 안개에 휩싸인 것을 보니 고향으로 돌아왔다는 실감이 나는 듯 연방 즐거운 표정이었다. 영국은 파리에서 한 시간도 채 안 되는 거리지만, 더러는 지구 반대편처럼 멀게만 느껴질 때도 있었다. 오늘 아침, 부슬비에 젖은 고향 땅의 초목은 유난히 그를 반갑게 맞아 주는 듯했다.

'프랑스 시절은 끝났다. 금의환향을 하는 셈이지. 쐐기돌을 찾았으니까.'

물론 아직 이 쐐기돌이 그들을 어디로 이끌 것인가가 완전히 해결된 상태는 아니었다. 그저 막연히 영국 어딘가일 것으로 짐작할 뿐, 정확한 위치는 여전히 오리무중이었다. 하지만 티빙은 이미 영광의 순간이 코앞에 바짝 다가와 있는 기분이었다.

티빙은 자리에서 일어나 객실 반대편 벽으로 다가갔다. 패널 하나를 쓱 밀어 젖히니 숨겨진 금고가 모습을 드러냈다. 티빙은 다이얼을 돌려 숫자를 맞춘 다음 금고문을 열고 여권 두 개를 꺼냈다.

"레미와 내 입국 서류는 여기 있고……."

이어서 그는 50파운드짜리 지폐 다발을 꺼냈다.

"이걸로 자네 두 사람의 입국 서류를 대신해야겠군."

소피가 불안한 표정으로 말했다.

"뇌물인가요?"

"약간 창의적인 외교술이라고 해 두지. 사설 비행장들은 어느 정도 융통성을 발휘할 수 있거든. 세관 직원이 내 격납고로 와서 비행기 안을 살펴보겠다고 할 텐데, 그러면 나는 이렇게 대답할 생각일세. 내가 지금 프랑스의 어느 유명 인사와 함께 왔는데, 그는 자기가 영국에 온 것을 아무에게도 알리고 싶어 하지 않는다, 언론이 좀 귀찮게 굴어야 말이지……. 그러면서 협조에 감사하는 뜻으로 팁을 두둑이 쥐어 주는 거야."

랭던은 깜짝 놀란 표정이었다.

"공무원이 그런 돈을 받을까요?"

"아무에게서나 받지는 않지. 하지만 이 사람들은 모두 나를 잘 알거든. 내가 무슨 무기 밀매상도 아니고, 명색이 기사 아닌가."

티빙은 빙그레 미소를 지었다.

"그 정도 특권은 누릴 자격이 있는 모양이야."

레미가 권총을 손에 든 채 다가왔다.

"저는 어떻게 할까요?"

티빙은 그를 힐끗 돌아보았다.

"자네는 우리가 돌아올 때까지 저 손님과 함께 그냥 비행기 안에 있게. 저 녀석을 끌고 런던 시내를 돌아다닐 수는 없지 않나."

소피는 여전히 걱정스러운 표정이었다.

"티빙, 우리가 돌아오기 전에 프랑스 경찰이 이 비행기를 찾아낼 가능성도 무시할 수 없어요."

티빙은 웃음을 터뜨렸다.

"그래, 그들이 이 비행기를 덮쳤다가 레미를 찾아내고 놀라는 표정을 상상해 보게."

소피는 그의 그런 거침없는 태도가 은근히 불안했다.

"티빙, 당신은 인질을 데리고 국경을 넘어왔어요. 자칫 심각한 문제가 생길 수도 있다고요."

"그런 문제는 내 변호사들이 알아서 처리할 걸세."

티빙은 수도사가 있는 쪽을 향해 눈살을 찌푸렸다.

"저 녀석은 내 집으로 침입해서 하마터면 나를 죽일 뻔했어. 그것만은 분명한 사실 아닌가. 레미가 잘 증언할 거야."

"하지만 당신은 그의 손발을 묶어서 런던으로 끌고 왔어요!"

랭던이 말했다.

티빙은 오른손을 치켜들며 법정 선서를 하는 시늉을 했다.

"존경하는 재판장님, 영국의 사법 체계에 대한 이 늙은 괴짜 기사의 어리석은 편견을 용서하십쇼. 물론 나도 프랑스 당국에 신고했어야 한다는 사실은 알지만, 워낙 생각이 짧다 보니 자유방임을 부르짖는 프랑스 당국이 적절한 조치를 취해 줄 거라는 믿음이 가질 않더군요. 나는 하마터면 저자에게 죽임을 당할 뻔했소. 그래서 저자를 영국으로 끌고 오기로 성급한 결정을 내렸지만, 그 당시 내가 엄청난 스트레스를 받고 있었다는 사실을 참작해 주시오. 모든 게 다 내 탓이오, 내 탓이오."

랭던은 믿어지지 않는다는 표정이었다.

"기사님께서 그렇게 말씀하시니 왠지 그럴듯하게 들리는군요."
"선생님?"
다시 조종사의 목소리가 들렸다.
"관제탑에서 방금 연락이 왔습니다. 선생님 격납고 부근에서 약간의 관리상의 문제가 발생했답니다. 그래서 비행기를 터미널에다 대라고 하는군요."
티빙이 이 비긴 힐 비행장을 이용한 지 10년이 넘었지만 이런 일은 처음이었다.
"무슨 문제라고 하던가?"
"확실하게 밝히지는 않았습니다만, 급유소의 기름이 새는 모양입니다. 아무튼 터미널에 비행기를 세우고, 별도의 통지가 있을 때까지 전원 비행기 안에서 대기하라는군요. 안전상의 예방 조치 차원이랍니다. 상황이 확실하게 종료되기 전까지는 비행기에서 내리지 못하게 할 모양입니다."
티빙은 좀처럼 그 말을 믿을 수가 없었다.
'기름이 새다니…….'
급유소는 그의 격납고에서 800미터는 족히 떨어져 있었다.
레미 역시 불안한 표정이었다.
"주인님, 상당히 이례적인 경우인 것 같군요."
티빙은 소피와 랭던을 돌아보았다.
"친구들, 아무래도 반갑지 않은 인파가 우리를 환영하러 나온 것 아닌가 하는 불길한 예감이 드는군."
랭던이 크게 한숨을 쉬며 중얼거렸다.
"파슈가 아직도 나를 애타게 찾고 있는 모양이지요."
소피가 말했다.
"이제 와서 자신의 실수를 인정하기에는 너무 늦었다고 생각하는 건

지도 모르죠."

티빙은 그들의 대화에 귀를 기울이지 않았다. 파슈가 무슨 생각을 하든 간에, 무언가 신속한 조치가 필요한 상황이었다.

'궁극적인 목적을 잊어서는 안 된다. 성배가 코앞에 있어.'

그들의 발밑에서 비행기 바퀴가 내려오는 소리가 들렸다.

"티빙."

랭던이 대단히 유감스러운 목소리로 말했다.

"아무래도 순순히 자수해서 법적으로 해결하는 게 나을 것 같습니다. 나만 잡혀 가면 여러분에게는 별문제가 없을 테니까요."

"무슨 소리!"

티빙이 말도 안 된다는 듯 손을 내저었다.

"저들이 자네만 잡아 가고 우리는 순순히 놔 줄 것 같은가? 나는 자네를 불법으로 여기까지 데려왔어. 느뵈 양은 자네를 루브르에서 탈출하도록 도왔고, 저 뒤에는 꽁꽁 묶인 인질까지 실려 있네. 우린 모두 같은 배를 탄 운명이야."

"다른 공항으로 진로를 바꾸면 어떨까요?"

소피가 물었다.

티빙은 고개를 가로저었다.

"그랬다가는 우리가 어디에 착륙하건 탱크까지 마중을 나와 있을 걸세."

소피는 기운이 쏙 빠지는 느낌이었다.

티빙은 당국과 맞서는 때를 최대한 지연시켜 성배를 찾을 시간을 벌기 위해서는 과감한 조치가 필요하다는 결론을 내렸다.

"잠깐 실례하겠네."

티빙은 그렇게 말하며 조종석으로 들어갔다.

"어떻게 하시려고요?"

랭던이 물었다.

"영업 회의를 좀 해야겠어."

티빙은 조종사를 설득해 한 가지 대단히 비정상적인 부탁을 수락하게 하려면 어느 정도의 비용이 들어갈지를 따져보고 있었다.

81

'호커가 활주로에 접근하기 시작했다.'

비긴 힐 공항의 고객 서비스 담당 사이먼 에드워즈 이사는 비에 젖은 활주로를 초조하게 힐끔거리며 관제탑 안을 서성거렸다. 토요일 아침 일찍부터 불려 나오는 건 확실히 짜증스러운 일이 아닐 수 없지만, 자신의 가장 큰 단골 고객이 체포당하는 현장을 지켜봐야 하는 것은 더욱 고역이었다. 리 티빙 경은 개인 격납고를 사용하는 대가뿐만 아니라 수시로 이 공항을 들락날락할 때마다 꼬박꼬박 공항 사용료를 내고 있었다. 평소 같으면 사전에 그의 일정이 공항 측에 통보되고, 도착 시각에 맞춰 치밀하게 준비 작업을 하기 마련이었다. 티빙도 물론 완벽한 준비를 좋아했다. 그가 늘 격납고 안에 넣어 두는 주문 제작 재규어 스트레치드 리무진에 휘발유를 가득 채워 먼지 한 점 없이 광택을 내 두어야 했고, 뒷좌석에는 그날치 《런던 타임스》가 놓여 있어야 했다. 입국 절차와 수화물 검사에 걸리는 시간을 단축하기 위해 세관 직원 한 명이 격납고에서 비행기가 도착하기를 기다리는 것은 물론이었다. 이따금 세관원들은 티빙이 프랑스산 식용 달팽이나 가공하지 않은 로코포르 치즈, 이국적인 과일 등 무해한 유기 농산물을 들여오는 것을 눈감아 주는 대가로 거액의 팁을 받기도 했다. 어차피 관세법이란 게 말도 안 되는 조항이 많을 뿐 아니라, 만약 비긴 힐이 그런 편의를 봐주지 않으면 다른 경쟁 공항에서 고객들을 다 가로챌 터였다. 그런 이유로 티빙은 이 비긴 힐에서 자신이 원하는 서비스를 받았고, 공항 직원들도 나름대로 그 대가를 수확했다.

　티빙의 제트기가 도착하는 것을 지켜보는 에드워즈는 신경이 잔뜩 곤두섰다. 아마도 가는 곳마다 아낌없이 돈을 뿌리는 티빙의 습관이 어디선가 문제를 일으킨 것 아닌가 싶었다. 프랑스 당국은 그의 신병을 확보하기 위해 혈안이 된 눈치였다. 에드워즈는 티빙이 어떤 혐의를 받고 있는지까지 전해 듣지는 못했지만, 꽤나 심각한 사안인 모양이었다. 켄트 경찰은 프랑스 측의 요청에 따라 비긴 힐의 항공 통제관에게 호커를 전용 격납고가 아니라 터미널에 착륙시키라는 지시를 내렸다. 조종사도 기름이 유출된다는 거짓말을 곧이곧대로 받아들인 듯 순순히 그렇게 하겠다고 했다.

　대개의 경우 영국 경찰은 무기를 휴대하지 않는 편이지만, 지금은 상황이 달랐다. 권총으로 무장한 여덟 명의 경찰관이 터미널 청사 안에서 비행기의 엔진이 꺼지기를 기다리고 있었다. 엔진이 꺼지는 즉시 활주로 담당 직원이 나가서 비행기 타이어에 쐐기 모양의 안전장치를 장착하면 이 비행기는 더 이상 움직일 수가 없게 된다. 그다음에는 경찰이 출동해 프랑스 측 요원들이 도착할 때까지 탑승자들을 억류할 계획이었다.

　호커가 한껏 고도를 낮추어 공항 오른편의 나무 꼭대기를 스칠 듯이 지나쳤다. 사이먼 에드워즈는 직접 활주로에서 착륙 장면을 지켜보기 위해 아래층으로 내려갔다. 켄트 경찰은 눈에 뜨이지 않는 곳에서 대기하고 있었고, 활주로 담당 직원도 안전장치를 준비한 채 기다리고 있었다. 이윽고 호커의 바퀴가 하얀 연기를 한 줄기 휙 내뿜으며 활주로에 닿았다. 비행기는 속도를 줄이며 오른쪽에서 왼쪽으로 터미널 앞을 미끄러졌다. 우중충한 날씨에도 하얀 동체가 환한 빛을 발하는 느낌이었다. 그러나 비행기는 더욱 속도를 줄여 터미널로 들어오는 대신, 마치 아무 일도 없다는 듯 진입로를 그냥 지나쳐서 티빙의 격납고를 향해 굴러가는 것이었다.

경찰들이 일제히 에드워즈를 돌아보았다.

"조종사가 터미널에 비행기를 대기로 했다면서요?"

에드워즈도 어리둥절하기는 마찬가지였다.

"분명히 그러겠다고 했습니다."

다음 순간, 에드워즈는 경찰들 틈에 끼어 티빙의 격납고를 향해 전속력으로 활주로를 달리는 경찰차에 몸을 싣고 있는 자신을 발견했다. 티빙의 비행기가 전용 격납고 안으로 미끄러져 들어갈 무렵, 경찰차들은 약 457미터 떨어진 활주로 위를 달리고 있었다. 이윽고 차들이 요란한 바퀴 소리와 함께 격납고 문 앞에 멈춰 서자, 총을 뽑아 든 경찰들이 무더기로 쏟아져 나왔다.

에드워즈도 재빨리 차에서 내렸다.

소음 때문에 아무 소리도 들리지 않을 지경이었다.

비행기가 다음번 이륙을 위해 격납고 안에서 방향을 돌리는 동안, 엔진은 계속해서 굉음을 토해 냈다. 이윽고 180도 회전을 마친 비행기가 격납고 앞쪽으로 굴러오자, 에드워즈는 앞 유리를 통해 수많은 경찰차를 발견하고 겁에 질린 조종사의 얼굴을 볼 수 있었다.

이윽고 조종사는 비행기를 완전히 세우고 엔진을 껐다. 그제야 경찰들이 들어가 비행기를 에워쌌다. 에드워즈는 켄트 경찰서 서장과 함께 비행기 출입구 쪽으로 걸어갔다. 잠시 후 동체에 달린 문이 열렸다.

자동식 계단이 내려오는 사이에 리 티빙이 문 앞에 모습을 드러냈다. 그는 자신을 겨누고 있는 수많은 무기를 바라보며 목발에 몸을 의지한 채 머리를 긁적거렸다.

"사이먼, 내가 없는 사이에 경찰 복권이라도 당첨된 건가?"

그의 목소리는 근심스럽기보다는 당혹스러움에 가까웠다.

사이먼 에드워즈는 한 걸음 앞으로 나서며 마른침을 꿀꺽 삼켰다.

"안녕하십니까, 티빙 경. 번거롭게 해서 죄송합니다. 기름 유출 사고 때문에 조종사에게 터미널에다 비행기를 대라고 했습니다만."

"그래, 그건 나도 들었네만, 내가 이쪽으로 가자고 했네. 약속 시간에 늦어서 말이야. 이 격납고를 사용하는 대가로 적지 않은 돈을 내는 판국에, 기름 조금 샜다고 이렇게 호들갑을 떠는 건 지나친 과민 반응 아닌가."

"예정에 없던 방문이라 약간 차질이 빚어졌습니다."

"나도 알아, 워낙 갑자기 오게 되어서 말이야. 자네한테니까 하는 얘기지만, 새로 처방받은 약을 먹었더니 별로 느낌이 안 좋아. 당장 확인을 좀 해 봐야겠더군."

경찰들은 서로 얼굴을 바라보았다. 에드워즈도 달리 할 말이 없었다.

"아무튼 잘 오셨습니다, 티빙 경."

"티빙 경."

켄트 경찰서 서장이 앞으로 걸어 나오며 말했다.

"죄송하지만 30분가량만 기내에 머물러 계셔야 할 것 같습니다."

티빙은 불쾌한 표정으로 계단을 내려오기 시작했다.

"안타깝게도 그렇게는 못 하오. 병원 약속이 잡혀 있다고 하지 않았소."

티빙은 그렇게 말하는 사이에 벌써 계단을 다 내려왔다.

"시간을 놓치면 어떤 일이 벌어질지 몰라서 말이오."

서장은 티빙의 앞길을 가로막고 나섰다.
"나는 프랑스 사법경찰의 연락을 받고 나왔습니다. 경이 법을 어기고 도주하는 자들을 이 비행기에 태우고 오셨다고 하더군요."
티빙은 한참이나 서장을 노려보더니, 이윽고 웃음을 터뜨렸다.
"지금 몰래 카메라 촬영하는 거지? 재미있군!"
서장은 꿈쩍도 하지 않았다.
"사태가 심각합니다, 티빙 경. 프랑스 경찰은 경이 인질까지 데리고 왔을지 모른다고 하더군요."
티빙의 하인인 레미가 계단 꼭대기에 모습을 드러냈다.
"내가 티빙 경 밑에서 일을 하느라 인질처럼 붙잡혀 있는 느낌이 들 때가 더러 있긴 하지만, 지금은 이렇게 무사히 풀려났습니다."
레미는 손목시계를 들여다보며 말을 이었다.
"주인님, 이러다가 늦겠습니다."
그는 격납고 한쪽 구석에 서 있는 재규어 리무진을 돌아보았다. 색유리와 최고급 특수 타이어를 장착한 거대한 자동차였다.
"제가 차를 가져오겠습니다."
레미는 계단을 내려오기 시작했다.
"유감스럽게도 보내 드릴 수가 없습니다."
서장이 말했다.
"두 분 다 기내로 돌아가세요. 프랑스 측 요원이 곧 도착할 겁니다."
티빙은 사이먼 에드워즈를 돌아보았다.
"사이먼, 도대체 무슨 일인지 알 수가 없군! 우린 이 비행기에 아무도 태우지 않았어. 평소처럼 레미와 조종사, 나, 이렇게 세 명이 전부란 말일세. 자네가 중재를 좀 해 주지 않겠나? 올라가서 비행기 안에 아무도 없다는 걸 직접 확인해 주게."
에드워즈는 마치 덫에 걸린 기분이었다.

"알았습니다. 제가 둘러보겠습니다."

"그건 안 됩니다!"

경찰서 서장이 나섰다. 사설 비행장의 생리를 잘 아는 그로서는 사이먼 에드워즈가 고객을 잃지 않으려고 거짓말을 할지도 모른다는 의심을 품는 것도 무리가 아니었다.

"내가 직접 둘러보겠소."

이번에는 티빙이 고개를 가로저었다.

"어림도 없는 소리. 이 비행기는 사유 재산이고, 수색영장을 가져오기 전에는 절대 안으로 들어갈 수 없소. 그래서 내 나름대로 합리적인 대안을 제시하는 것 아니오. 에드워즈 씨가 둘러보고 오도록 하시오."

"안 됩니다."

티빙이 서릿발 같은 목소리로 말했다.

"서장, 더 이상 당신과 게임을 즐길 시간이 없소. 나는 이미 약속 시간에 늦었고, 그래서 당장 출발해야겠소. 나를 붙잡아 두는 일이 그렇게도 중요하다면 총이라도 쏴야 할 거요."

티빙은 그 말을 남기고 레미와 함께 서장 옆을 지나쳐 리무진을 세워둔 곳으로 걸어가기 시작했다.

켄트 경찰서 서장은 그토록 도전적인 모습으로 격납고를 가로질러 걸어가는 리 티빙이 그렇게 못마땅할 수가 없었다. 권세깨나 누리는 자들은 늘 자신이 법보다 위에 있다고 느끼는 모양이었다.

'천만에, 어림없는 소리.'

서장은 빙글 몸을 돌리며 티빙의 등에 총을 겨누었다.

"멈추시오! 안 그러면 발포하겠소!"

"마음대로 하시지."

티빙은 걸음을 멈추기는커녕 뒤를 돌아보지도 않았다.

"내 변호사들이 아침 식사로 당신 불알을 요리해 먹을 거요. 영장 없이 내 비행기에 올라갔다가는 내장까지 꺼내 디저트로 먹어치울 테니 그런 줄 아시오."

서장은 이미 이런 식의 힘겨루기에 이골이 난 사람이라, 눈썹 하나 까딱하지 않았다. 물론 이론적으로는 티빙의 말이 옳았다. 그의 비행기에 올라가기 위해서는 영장이 필요한 게 사실이지만, 이 비행기의 출발지가 프랑스인 데다 강력한 권력을 자랑하는 브쥐 파슈에게서 협조 요청을 받았으니 다소 무리가 따르더라도 티빙이 저토록 사력을 다해 숨기고자 하는 것이 무엇인지 밝혀내는 것이 자신의 경력에 훨씬 보탬이 될 터였다.

"저들을 제지해."

서장이 부하들에게 명령했다.

"내가 직접 비행기를 수색한다."

경찰들이 총을 겨눈 채 티빙과 레미가 리무진에 접근하는 것을 물리적으로 차단했다.

티빙이 천천히 돌아서며 말했다.

"서장, 마지막으로 경고하겠소. 저 비행기에 올라가는 건 꿈도 꾸지 마시오. 후회하게 될 거요."

서장은 그 협박을 무시한 채 권총을 뽑아 들고 비행기의 출입구로 올라갔다. 문 앞에서 잠시 안쪽의 동태를 살핀 다음, 이윽고 객실 안으로 들어섰다.

'뭐야, 어떻게 된 거지?'

조종석에 앉아서 잔뜩 겁에 질린 얼굴로 바라보는 조종사 말고는 비행기 안에 아무도 없었다. 사람의 그림자조차 보이지 않았다. 화장실은 물론 의자 밑과 화물칸까지 일일이 살펴보았지만, 탈주범이나 인질은커녕 쥐새끼 한 마리 찾아볼 수 없었다.

'브쥐 파슈라는 인간은 도대체 무슨 생각을 한 거야?'
아무리 봐도 리 티빙의 말이 진실이라고 믿을 수밖에 없는 상황이었다.
켄트 경찰서 서장은 텅 빈 객실에 혼자 서서 마른침을 삼켰다.
'빌어먹을!'
그는 얼굴이 벌겋게 달아오른 채 출입구로 나와 리무진 앞에 멈춰 서 있는 리 티빙과 그의 하인을 내려다보았다.
"보내 드려."
서장이 명령했다.
"정보가 잘못된 모양이야."
티빙이 험악한 눈빛으로 서장을 바라보았다.
"내 변호사에게서 연락이 갈 테니 그런 줄 아시오. 참고로 한 가지 덧붙이자면, 앞으로는 프랑스 경찰을 믿지 않는 게 좋을 거요."
티빙의 하인이 리무진 뒷좌석의 문을 열고 다리가 불편한 주인을 부축해 차에 태웠다. 그러고는 차를 한 바퀴 돌아 운전석에 앉더니, 시동을 걸었다. 재규어가 격납고를 빠져나가는 동안 경찰들이 옆으로 물러나 길을 터 주었다.

"수고했어, 레미."
리무진이 공항을 빠져나가자, 티빙이 밝은 목소리로 말했다. 그러고는 드넓은 실내 공간 중에서 희미하게 조명이 비치는 앞부분을 바라보았다.
"다들 편안하신가?"
랭던은 보일 듯 말 듯 고개를 끄덕였다. 랭던과 소피는 꽁꽁 묶인 알비노와 함께 아직도 바닥에 엎드려 있는 중이었다.
조금 전 호커가 격납고 안으로 미끄러져 들어온 뒤 방향을 바꾸던

도중에 잠시 멈춰 섰다. 그 틈을 이용해 레미가 재빨리 출입문을 열었고, 랭던과 소피는 수도사를 끌고 비행기를 빠져나와 리무진 뒤에 몸을 숨겼다. 다시 움직이기 시작한 비행기가 막 180도 회전을 마쳤을 무렵, 경찰차들이 요란하게 격납고 앞에 들이닥친 것이다.

지금 켄트를 향해 달리는 리무진 안에서는 랭던과 소피가 수도사를 바닥에 남겨 둔 채 뒤로 기어가 티빙을 마주 보는 기다란 좌석에 앉았다. 티빙은 그들을 향해 장난기 어린 미소를 지어 보이며 조그만 캐비닛을 열었다.

"마실 것 한잔하겠나? 군것질은? 감자칩도 있고 땅콩도 있는데."

소피와 랭던은 동시에 고개를 가로저었다.

티빙은 싱긋 웃으며 캐비닛을 닫았다.

"자, 그럼 이 기사의 무덤에 대해서는……."

82

"플리트 가?"

랭던이 리무진 뒷자리에 앉은 티빙을 슬쩍 돌아보며 물었다.

'플리트 가에 무덤이 있다고?'

지금까지 티빙은 마치 '기사의 무덤'이 어디에 있는지를 알고 있는 듯 장난스러운 표정을 짓고 있었는데, 소니에르가 적어 놓은 시에 의하면 그 무덤에서 작은 크립텍스를 여는 암호를 찾을 수 있는 것으로 되어 있었다.

티빙은 미소를 지으며 소피를 돌아보았다.

"느뵈 양, 저 하버드 친구에게 시를 한 번 더 보여 줄 수 있겠소?"

소피는 주머니에서 양피지에 싸인 검은 크립텍스를 꺼냈다. 자단 상자와 큰 크립텍스는 비행기의 금고에 넣어 두고, 가지고 다니기에 편리한 검은 크립텍스만 주머니에 넣어 왔던 것이다. 소피는 양피지를 펼쳐서 랭던에게 건네주었다.

랭던은 이미 비행기 안에서 몇 번이나 그 시를 읽어 보았지만, 정확한 위치에 대해서는 감이 잡히지 않았다. 이제 지상으로 내려왔으니 그 오운각의 운율이 더욱 명쾌한 의미를 드러내지 않을까 하는 기대감으로 단어 하나하나에 집중해 가며 다시 한 번 시를 읽어 보았다.

교황이 매장한 기사가 런던에 잠들어 있으니
그의 노력의 열매는 거룩한 분노를 유발했도다.
그의 무덤에 있어야 할 구슬을 찾아라.
그것이 장미의 살과 씨앗 뿌려진 자궁을 말하도다.

하나같이 평이한 단어들로 이루어진 시였다. 런던에 기사가 매장되어 있다. 그 기사의 어떤 노력이 교회를 화나게 했다. 그 기사의 무덤에 마땅히 있어야 할 구슬이 사라졌다. 마지막 행에 나오는 '장미의 살과 씨앗 뿌려진 자궁'은 예수의 씨앗을 잉태한 장미, 즉 마리아 막달레나를 의미하는 것이 분명해 보였다.

다분히 직설적인 내용에도 불구하고 랭던은 이 기사가 누구인지, 그가 어디에 묻혀 있는지 전혀 감을 잡을 수 없었다. 더구나 설령 무덤의 위치를 알아낸다 해도 거기에서 사라진 무언가를 또 찾아 나서야 한다는 의미일 듯했다.

'그의 무덤에 있어야 할 구슬?'

"짚이는 게 없나?"

티빙은 실망한 듯 혀를 끌끌 찼다. 랭던은 이 왕립 역사학자가 지금의 상황을 은근히 즐기는 듯한 느낌이 들었다.

"느뵈 양?"

소피도 고개를 가로저었다.

"자네들, 내가 없었으면 어떻게 할 뻔했나?"

티빙이 말했다.

"좋아, 힌트를 좀 줘야겠군. 사실은 아주 간단해. 첫 행이 열쇠라고. 한번 읽어 보겠나?"

랭던이 첫 행을 소리 내어 읽었다.

"교황이 매장한 기사가 런던에 잠들어 있으니."

"바로 그거야. 교황이 매장한 기사."

티빙은 랭던을 돌아보았다.

"그게 무슨 의미일 것 같나?"

랭던은 어깨를 으쓱거렸다.

"어떤 기사가 교황에 의해 매장되었다? 교황이 그 기사의 장례식을 주관했다?"

티빙은 큰 소리로 웃음을 터뜨렸다.

"지나치게 부드러워. 역시 자넨 낙관적이군, 로버트. 두 번째 행을 봐. 이 기사의 어떤 행동이 교회의 성스러운 분노를 유발했다고. 다시 한 번 생각해 보게. 교회와 템플기사단의 관계를 생각해 보라고. 교황이 매장한 기사?"

"교황이 살해한 기사?"

소피가 물었다.

티빙은 미소를 지으며 그녀의 무릎을 톡톡 두들겼다.

"잘했어, 아가씨. 교황이 매장한 기사, 혹은 살해한 기사."

랭던은 그 악명 높은 1307년의 템플기사단 일제 소탕 작전을 떠올렸다. 그 불행한 13일의 금요일, 클레멘트 교황은 수백 명에 이르는 템플기사들을 살해했다.

"하지만 '교황이 살해한 기사'의 무덤은 수도 없이 많을 것 아닙니까."

"아하, 그렇지 않아!"

티빙이 말했다.

"대부분은 말뚝에 묶인 채 화형을 당해서 장례식도 없이 티베르 강에 던져졌지. 하지만 이 시는 무덤을 언급하고 있지 않은가. 런던에 있는 무덤. 실제로 런던에 묻힌 기사는 몇 되지 않아."

티빙은 이쯤에서 랭던이 뭔가 알아내기를 기대하는 듯 말을 멈추었다. 하지만 좀처럼 랭던이 반응을 보이지 않자, 답답한 듯이 소리쳤다.

"로버트, 생각을 좀 해 보라니까! 시온수도회의 군대, 템플기사단이 직접 런던에 세운 교회가 있지 않은가!"

"템플 교회 말입니까?"

랭던이 깜짝 놀라 급하게 숨을 들이쉬며 말했다.

"거기에 무덤이 있어요?"

"어디서도 찾아볼 수 없는 가장 무시무시한 무덤 열 기가 있지."

랭던은 시온수도회를 연구하다가 문헌을 통해 수없이 마주치기는 했지만 실제로 한번도 템플 교회를 가 본 적은 없었다. 한때 영국에서 벌어진 모든 템플기사단 및 시온수도회 활동의 진원지였던 이 템플 교회는, 템플기사단이 상그레알 문서를 통해 막강한 영향력을 확보하게 된 솔로몬 신전을 기리기 위해 붙인 이름이다. 이 교회의 성소는 아주 독특한 분위기로 꾸며져 있고, 그곳에서 기사들이 기묘한 비밀 의식을 거행한다는 소문이 자자한 곳이기도 하다.

"템플 교회가 플리트 가에 있습니까?"

"정확히 말하면 플리트 가를 살짝 벗어난 이너 템플 레인에 있어."

티빙은 여전히 장난스러운 표정이었다.

"그냥 말해 주면 재미가 없으니까 진땀 좀 흘리게 한 거야."

"고맙군요."

"두 분 다 거기엔 안 가 본 모양이지?"

소피와 랭던은 고개를 가로저었다.

"그럴 만도 하지."

티빙이 말했다.

"그 교회는 지금 큰 건물들에 가려서 잘 보이지도 않을 정도거든. 거기에 그런 교회가 있다는 걸 아는 사람조차 몇 되지 않지. 아주 섬뜩한 곳이야. 속속들이 이교도의 특징이 숨겨진 건물이기도 하고."

소피는 깜짝 놀란 표정이었다.

"이교도의 특징?"

"그것도 어마어마하게!"

티빙이 흥분한 목소리로 대답했다.

"교회가 원형이라오. 템플기사단은 전통적인 십자가 모양의 건물 배치를 무시한 채 완벽한 동그라미 모양의 교회를 지었어. 태양을 기리기 위해서."

티빙의 눈썹이 짓궂게 꿈틀거렸다.

"말하자면 노골적으로 로마를 도발한 셈이지. 차라리 런던 한복판에 스톤헨지를 가져다 놓은 것과 다를 바 없으니까."

소피가 티빙을 바라보며 물었다.

"시의 나머지 부분은요?"

기세등등하던 이 역사학자는 대번에 꼬리를 내렸다.

"그건 나도 확실치가 않아. 너무 헷갈려서…… 열 개의 무덤을 하나하나 꼼꼼히 살펴보다 보면 운 좋게 구슬이 없어진 걸 발견할 수 있지 않을까 싶은데……."

랭던은 이제 정말로 목적지가 코앞에 다가온 느낌이었다. 사라진 구슬을 통해 암호를 알아낸다면 두 번째 크립텍스를 열 수 있을 터였다. 그 속에 무엇이 들어 있을지는 여전히 미지수였지만.

랭던은 다시 한 번 시를 들여다보았다. 마치 원시적인 낱말 맞추기 퍼즐을 푸는 기분이었다.

'성배를 의미하는 다섯 글자로 된 단어…….'

이미 비행기 안에서 유력한 후보자들—GRAIL, GRAAL, GREAL, VENUS, MARIA, JESUS, SARAH—을 모두 시도해 봤지만, 크립텍스는 꿈쩍도 하지 않았다. 그것들은 아무래도 너무 뻔한 단어들 같았다. '씨앗을 받은 장미의 자궁'을 의미하는 또 다른 다섯 글자로 된 단어가 있는 게 틀림없었다. 리 티빙 같은 전문가조차 감을 잡지 못할 정도라면, 누가 봐도 한눈에 알 수 있는 단어는 아닐 듯했다.

"주인님?"

레미가 어깨 너머로 티빙을 불렀다. 그는 운전석 칸막이를 열어놓은 채 후면경으로 그들을 바라보고 있었다.

"플리트 가가 블랙프라이어스 다리 근처라고 하셨습니까?"

"그래, 빅토리아 제방 도로로 들어가라고."

"죄송합니다만 거기가 어딘지를 잘 모르겠습니다. 늘 병원만 다니다 보니······."

티빙은 랭던과 소피를 향해 눈을 부라리며 투덜거렸다.

"차라리 아기를 키우는 게 낫겠다니까. 잠깐 실례하겠네. 먹을 것, 마실 것, 마음대로 꺼내 먹어도 괜찮아."

티빙은 그렇게 말하며 레미에게 길을 알려 주기 위해 칸막이 쪽으로 기어갔다.

소피가 랭던을 돌아보며 나직이 속삭였다.

"로버트, 당신과 내가 영국에 있다는 걸 아는 사람은 아무도 없어요."

랭던은 그녀의 말이 옳다는 것을 깨달았다. 켄트 경찰은 파슈에게 비행기에서 아무도 발견하지 못했다고 보고할 것이고, 그러면 파슈는 그들이 아직 프랑스에 있다고 생각할 것이다.

'투명 인간이 되어 버렸어.'

티빙의 간단한 속임수가 그들에게 많은 시간을 벌어다 준 셈이었다.

"파슈는 쉽게 포기하지 않을 거예요."
소피가 말했다.
"당신을 체포하지 못하면 자기 목이 달아날 거라고 믿을 테니까요."
랭던은 파슈에 대해서는 생각을 하지 않으려고 애써 오던 차였다. 소피가 이번 일이 마무리되면 랭던의 결백을 입증하기 위해 자기가 할 수 있는 모든 일을 다 하겠다고 약속했지만, 왠지 랭던은 그게 중요한 문제가 아닐지 모른다는 두려움이 일기 시작했다. 파슈가 이 모든 음모와 직접 관련되어 있을 가능성이 충분하다고 본 것이다. 물론 프랑스의 사법경찰이 성배와 관련된 전설에 관여하고 있다고 믿기는 힘든 노릇이지만, 그렇다고 파슈에 대한 의심을 완전히 지워 버리기에는 하룻밤 사이에 너무나 많은 우연이 벌어지지 않았는가.

'파슈 본인이 종교를 가진 사람이고, 나에게 살인 혐의를 뒤집어씌우기 위해 사력을 다하고 있다.'

소피는 파슈가 지나치게 자신의 일에 몰두한 나머지 이런 사태가 벌어졌다고 했다. 따지고 보면 랭던을 범인으로 의심할 만한 증거들도 적지 않았다. 루브르 마룻바닥과 소니에르의 일정표에 그의 이름이 적혀 있었을 뿐 아니라, 이제 랭던은 자신의 원고와 관련해 파슈에게 거짓말을 하고 도망치는 꼴이 되었다. 물론 그것도 소피의 가정이기는 하지만.

"로버트, 당신을 이렇게 깊숙이 끌어들여서 정말 미안해요."
소피가 그의 무릎에 한 손을 올리며 말했다.
"하지만 당신이 옆에 있어서 얼마나 다행인지 몰라요."
왠지 그 말이 낭만적이기보다는 현실적으로 들리기는 했지만, 그래도 랭던은 둘 사이에 뜻하지 않은 감정이 피어오르는 것을 느꼈다. 랭던은 피곤한 미소를 지으며 그녀를 바라보았다.
"잠만 좀 잘 수 있었으면 훨씬 재미있었을 텐데."

소피는 잠시 말이 없더니, 문득 이렇게 말했다.

"할아버지는 나더러 당신을 믿으라고 했어요. 이제라도 할아버지 말씀을 따른 게 너무 다행스럽게 느껴져요."

"당신 할아버지는 나를 알지도 못했잖아요."

"그건 그렇지만 내가 보기에 당신은 할아버지의 기대를 훌륭하게 채워 주고 있는 것 같아요. 당신은 내가 쐐기돌을 찾도록 도와주었고, 상그레알을 설명해 주었으며, 지하실에서 내가 목격한 장면이 무엇을 의미하는지도 가르쳐 주었어요."

소피는 잠시 생각을 한 다음, 말을 이었다.

"정말이지 오랜만에 할아버지하고 조금 더 가까워진 느낌이에요. 틀림없이 할아버지도 기뻐하실 거예요."

새벽의 빗방울 사이로 저만치 런던 시가지의 모습이 드러나기 시작했다. 한때 빅 벤과 타워 브리지로 대표되던 런던 중심부는 이제 '밀레니엄 아이(Millennium Eye)'가 주인공의 자리를 물려받았다. 높이가 152미터에 달하고 런던 시내가 한눈에 들어오는, 거대한 초현대식 대회전 관람차. 랭던도 한 번 그 위에 올라가 보려고 시도한 적이 있는데, '관람용 캡슐'이라는 것이 봉인된 석관을 연상케 하는 바람에 탁 트인 템스 강둑에서 바라보는 것으로 만족하고 말았다.

랭던은 무언가가 무릎을 살짝 잡아당기는 느낌이 들어 고개를 들어 보니, 소피의 초록색 눈동자가 아직 그에게 붙박여 있었다. 랭던은 그녀가 무슨 이야기를 하고 있었다는 사실을 깨달았다.

"우리가 상그레알 문서를 찾으면 어떻게 해야 된다고 생각해요?"

"내가 어떻게 생각하느냐는 중요하지 않아요."

랭던이 대답했다.

"당신 할아버지는 당신에게 크립텍스를 주었고, 따라서 당신은 할아버지의 의중을 헤아리며 그저 본능에 따라 행동하면 되지 않을까요."

"난 지금 당신 생각을 묻고 있는 거예요. 할아버지는 아마 당신의 원고에 나오는 어떤 대목을 보고 당신의 판단을 신뢰하기로 마음먹었을 거예요. 그래서 당신을 만나기로 약속을 정한 거고요. 흔히 있는 일은 아니죠."

"혹시 내 생각이 완전히 틀렸다고 말해 주고 싶었던 것 아닐까요?"

"당신의 원고에 나오는 생각이 마음에 들지 않았으면 나더러 당신을 찾으라고 했을 리가 없어요. 상그레알 문서가 공개되어야 한다, 혹은 그냥 묻혀 있어야 한다 중에 당신의 입장은 어느 쪽이었어요?"

"어느 쪽도 아닙니다. 그 원고에는 내 판단이 들어가 있지 않아요. 그냥 도상학적으로 역사를 훑으며 신성한 여성성의 기호학을 다루었을 뿐이니까요. 성배가 어디에 숨겨져 있는지 안다거나, 그게 공개되어야 한다는 등의 언급은 전혀 나오지 않아요."

"그래도 그런 책을 쓰고 있다는 사실 자체는 그 정보가 공개되어야 한다는 입장을 전제하는 것 아닌가요?"

"거기엔 커다란 차이가 있어요. 그러니까 다른 관점에서 바라본 그리스도의 역사를 하나의 가설로 토론하는 것과……."

랭던은 말을 잇지 못하고 우물거렸다.

"토론하는 것과?"

"신약 성경이 허위 증언에 지나지 않는다는 사실을 입증할 과학적 증거가 되는 고대 문서를 세상에 공개하는 것은 전혀 다른 문제라는 뜻입니다."

"하지만 당신은 신약 성경이 날조된 것이라고 했잖아요."

랭던은 미소를 지었다.

"소피, 이 세상의 모든 종교는 날조를 토대로 하고 있어요. 바로 그것이 종교의 정의이기도 하지요. 진실일 것이라고 상상하기는 하지만 입증할 수는 없는 그 무언가를 믿는 것 말이에요. 모든 종교는 초창기

이집트에서 현대의 주일 학교에 이르기까지, 다양한 은유, 우화 그리고 과장을 통해 신을 묘사하고 있어요. 우리의 마음으로 하여금 정상적으로는 처리되지 않는 것을 처리할 수 있게 해 주는 것이 바로 은유지요. 우리가 우리 자신의 은유를 은유로 받아들이지 않고 글자 그대로 해석하려 들 때 문제가 발생하는 겁니다."

"그럼 당신은 상그레알 문서가 영원히 묻혀 있는 쪽이 낫다고 생각하는 입장인가요?"

"나는 역사학자예요. 문서를 파괴하는 행위는 용납할 수 없고, 또한 종교학자들이 예수 그리스도의 남다른 생애를 연구할 수 있는 자료를 더욱 많이 참고할 수 있어야 한다고 생각하는 입장이지요."

"대답이 아주 아리송하네요."

"그런가요? 다른 종교를 믿는 사람들이 코란과 토라, 불경을 통해 길을 찾듯이, 성경은 지구상의 수많은 사람들에게 가장 근본적인 이정표 역할을 하고 있어요. 만약 당신과 내가 이슬람의 믿음, 유대교의 믿음, 불교의 믿음, 다른 이교도의 믿음과 배치되는 문서를 찾아낼 기회를 가지고 있다면, 우리가 어떻게 해야 할까요? 깃발을 흔들며 불교 신자들에게 우리는 부처가 연꽃에서 태어난 게 아니라는 증거를 가지고 있다고 외쳐야 할까요? 혹은 예수가 말 그대로 처녀의 몸에서 태어난 게 아니라고? 진정으로 자신의 종교를 이해하는 사람이라면 그런 이야기들이 은유라는 것을 알고 있어요."

소피는 회의적인 표정이었다.

"기독교를 독실하게 믿는 내 친구들은 정말로 그리스도가 물 위를 걷고, 물을 포도주로 바꾸고, 진짜 처녀의 몸에서 태어났다고 믿고 있어요."

"내 이야기는 이런 겁니다."

랭던이 말했다.

"종교적 우화가 현실의 일부로 변해 버린 거지요. 그러한 현실 속에 살아가는 것도 수많은 사람들이 보다 나은 삶을 살 수 있도록 돕는 길이에요."

"하지만 현실이 잘못된 것은 사실이잖아요."

랭던은 싱긋 웃음을 지었다.

"수학 암호학자들이 가상의 수 'i'가 진짜로 있다고 믿고 암호를 풀어 내는 것과 마찬가지 문제 아닐까요."

소피는 눈살을 찌푸렸다.

"그건 이야기가 달라요."

잠시 침묵이 흘렀다.

"원래 질문이 뭐였지요?"

랭던이 물었다.

"기억 안 나요."

랭던은 미소를 지었다.

"이 방법이 가장 확실하다니까요."

83

 재규어 리무진에서 내린 랭던이 소피와 티빙의 뒤를 이어 이너 템플 레인으로 들어섰을 때는 그의 미키 마우스 손목시계가 거의 7시 30분을 가리킬 무렵이었다. 세 사람은 빌딩들 사이로 난 미로 같은 인도를 따라 템플 교회의 조그만 앞마당에 도착했다. 거칠게 깎아 낸 돌들이 비에 젖어 번들거렸고, 머리 위의 건물 꼭대기에서는 비둘기들이 울어 댔다.
 런던의 템플 교회는 전체가 캉 석(Caen stone)으로 만들어진 건물이었다. 위압적인 정면, 건물 중앙에 우뚝 솟은 탑, 한쪽 옆으로 삐죽 비어져 나온 본당 회중석 등이 교회라기보다는 마치 군사 요새 같은 인상을 풍겼다. 예루살렘의 헤라클리우스 대주교에 의해 1185년 2월 10일에 완공된 템플 교회는 무려 8세기에 걸친 정치적 격변과 런던 대화재, 제1차 세계대전을 무사히 견뎌 냈지만, 1940년 독일 공군의 공습으로 적지 않은 피해를 입었다. 전쟁이 끝난 뒤 철저한 복구 작업을 거쳐 원래의 장엄한 모습을 되찾았다.

이 건물을 처음으로 접하는 랭던은 역시 원의 단순성에 감탄을 금하지 못했다. 조야하고 수수한 첫인상은 세련된 판테온 신전보다는 로마의 울퉁불퉁한 산트안젤로 성을 연상케 했다. 건물 오른편에 붙은 상자 모양의 별관이 조금 눈에 거슬리긴 했지만, 그래도 원시적인 형태의 구조물이 가지고 있는 이교도적인 특징에는 별 영향을 미치지 못했다.

"토요일 아침, 그것도 너무 이른 시간이라······."

티빙이 출입문을 향해 다가서며 말했다.

"누군가의 친절한 안내를 기대하기는 힘들겠군."

교회 입구는 돌로 된 문틀이 안쪽으로 쑥 들어간 가운데 큼직한 나무 문이 가로막고 있었다. 문 왼쪽으로 건물의 전체적인 분위기와는 전혀 어울리지 않는 게시판이 걸려 있었는데, 거기에는 연주회 일정이나 예배와 관련된 공지 사항 따위가 붙어 있었다.

티빙은 눈살을 찌푸린 채 게시판을 살펴보았다.

"관광객에게 개방될 시간은 아직 두 시간 반이나 남았군."

티빙은 문으로 다가가 손잡이를 당겨 보았다. 문은 꿈쩍도 하지 않았다. 그는 문에다 귀를 대고 열심히 귀를 기울이더니, 무슨 음모를 꾸미는 사람 같은 표정으로 게시판을 가리켰다.

"로버트, 예배 일정표 좀 살펴봐 주겠나? 이번 주에 예배를 주관하는 사람이 누구지?"

교회 안에서 진공청소기로 예배용 방석을 청소하던 복사(服事)는 누군가 문을 두드리는 소리를 들었지만 그냥 무시해 버렸다. 하비 놀즈 신부는 자기 열쇠를 따로 가지고 있는 데다가, 적어도 두 시간은 지나야 본당으로 나올 터였다. 아마도 호기심 많은 관광객이나 부랑자가 문을 두드리는 모양이었다. 복사는 계속 청소기를 돌렸지만, 문을 두

드리는 소리는 그치지 않았다.

'글도 못 읽나?'

문에 붙은 표지판에는 토요일의 경우 9시 30분에 문을 연다고 분명히 쓰여 있지 않은가. 복사는 하던 일을 계속했다.

갑자기 얌전히 문을 두들기던 소리가 무슨 망치 소리처럼 변했다. 누가 쇠막대기 같은 걸로 사정없이 문을 후려치는 모양이었다. 복사는 화가 나서 청소기 전원을 끄고 문 쪽으로 걸어갔다. 걸쇠를 풀고 문을 여니, 세 사람이 문 앞에 서 있었다.

'관광객이 틀림없군.'

소년은 속으로 그렇게 투덜거렸지만 겉으로는 정중히 말했다.

"9시 30분에 문을 엽니다."

세 사람 중에서 지도자처럼 보이는 당당한 체구의 남자가 목발을 짚은 채 성큼 앞으로 나섰다.

"나는 리 티빙 경이라고 하네."

상류층 특유의 억양이었다.

"자네도 물론 알고 있겠지만, 나는 지금 크리스토퍼 렌 4세 부부를 모시고 왔네."

그는 옆으로 비켜서며 매력적인 한 쌍의 남녀를 가리켰다. 여자는 단아한 용모에 숱 많은 붉은 머리칼이 인상적이었고, 키가 크고 검은 머리칼을 가진 남자는 왠지 낯이 익어 보였다.

복사는 어떤 반응을 보여야 할지 알 수가 없었다. 크리스토퍼 렌 경이라면 이 템플 교회의 가장 유명한 후원자였다. 대화재로 인한 손실을 복구할 수 있었던 것도 순전히 그의 도움 탓이라고 들었지만, 이미 18세기 초에 세상을 떠난 인물이었다.

"음……. 만나 뵙게 되어 영광입니다만……."

목발을 짚은 남자는 눈살을 찌푸렸다.

"영 버르장머리 없는 녀석은 아니로군. 완전히 진심인 것 같지는 않지만……. 놀즈 신부는 어디 계시나?"

"오늘은 토요일입니다. 조금 있어야 나오실 텐데요."

다리가 불편한 남자의 표정이 더욱 굳어졌다.

"기가 막히는군. 여기서 우리를 맞이하겠다고 철석같이 약속하더니만, 아무래도 우리끼리 먼저 시작해야겠어. 오래 걸리지는 않을 거야."

복사는 여전히 문 앞을 가로막은 채로 되물었다.

"죄송합니다만, 뭐가 오래 안 걸린다는 말씀이세요?"

방문객은 날카로운 눈매로 몸을 앞으로 내밀고는 괜히 낯 뜨거운 상황은 만들고 싶지 않다는 듯 나지막이 속삭였다.

"꼬마야, 자넨 신참인 모양이군. 크리스토퍼 렌 경의 후손들은 고인의 유지를 받들어 해마다 이 교회의 성소에 고인의 유골을 조금씩 뿌리는 관습을 따르고 있다. 누구에겐들 성가신 일이 아니겠는가만, 우리로서는 어쩔 수 없는 일이야."

복사는 이 교회에서 일한 지 2년이 되었지만 이런 관례에 대해서는 들어 본 적이 없었다.

"9시 30분까지 기다리시는 게 좋을 것 같습니다. 교회가 아직 문을 열지 않았을 뿐 아니라, 저도 아직 청소를 마치지 못했습니다."

목발을 짚은 남자가 화난 표정으로 그를 쏘아보았다.

"이봐, 자네가 이 건물 안에서 청소할 수 있는 것도 순전히 저 여자분의 주머니에 든 고인 덕분이라는 걸 모르나?"

"무슨 말씀이신지?"

"렌 부인."

목발 짚은 남자가 말했다.

"번거로우시겠지만 이 고집스러운 젊은이에게 유골함을 잠깐 보여 주시겠습니까?"

여자는 잠시 망설이더니, 환상에서 깨어난 사람처럼 서둘러 스웨터 주머니에 손을 넣어 천으로 싸인 조그만 원통을 꺼냈다.

"봤나?"

목발 짚은 남자가 딱딱거렸다.

"이제 우리가 고인의 유지를 받들어 유골을 뿌릴 수 있도록 뒤로 물러서는 게 좋을 걸세. 안 그러면 놀즈 신부에게 우리가 어떤 대접을 받았는지 고해바칠 테니까."

복사는 잠시 망설였다. 교회의 전통을 철저히 따를 뿐만 아니라, 더욱 중요한 것은 이 유서 깊은 성소의 이미지를 조금이라도 훼손하는 사태에 대해서는 가차 없이 불호령을 내리는 놀즈 신부의 성미를 잘 아는 탓이었다. 어쩌면 놀즈 신부가 이 사람들과의 약속을 깜빡 잊은 것인지도 몰랐다. 만약 그렇다면 끝까지 이 사람들을 쫓아내는 것보다는 못이기는 척 들여보내는 게 덜 위험할 것 같았다. 어차피 시간도 오래 걸리지 않을 거라고 했으니, 별일이야 있겠나 싶었다.

복사는 하는 수 없이 옆으로 비켜 서서 그들 세 사람을 안으로 들였는데, 얼핏 보니 렌 씨 부부라는 사람들도 자신만큼이나 당혹스러워하는 기색이 역력했다. 복사는 연방 고개를 갸웃거리며 하던 일을 계속했지만, 수시로 그 방문객 일행을 곁눈질하는 것을 잊지 않았다.

랭던은 교회 안으로 들어가면서 자꾸만 웃음이 나왔다.

"티빙."

랭던이 조그만 목소리로 속삭였다.

"거짓말하는 데는 선수로군요."

티빙이 눈빛을 반짝이며 대답했다.

"이래 봬도 옥스퍼드 연극반 출신 아닌가. 지금도 내가 연기한 율리우스 카이사르가 인구에 회자되고 있다네. 제3장 1막을 나보다 더 열정적으로 연기한 사람도 없을 테니까."

랭던은 그를 힐끗 돌아보았다.

"카이사르는 그 대목에서 죽잖아요."

티빙은 능글맞은 미소를 지었다.

"그건 사실이야. 하지만 내가 쓰러지면서 옷이 찢어지는 바람에 장장 30분 동안이나 거시기를 훤히 드러낸 채 무대 위에 누워 있어야 했거든. 그런 상황에서도 나는 손가락 하나 움직이지 않았어. 내가 생각해도 정말 대단했지."

랭던은 속으로 비명을 질렀다.

'그 장면을 못 봐서 유감이군.'

랭던은 사각형의 별관을 지나 본관으로 이어지는 아치 길을 걸어가면서 교회 내부가 너무나 수수하고 엄격한 느낌이라 놀라움을 금치 못했다. 제단의 배치는 여느 기독교 예배당과 다를 바가 없었지만, 모든 것이 너무나 소박하고 쌀쌀한 분위기여서 전통적인 장식 따위는 찾아볼 길이 없었다.

"황량하군요."

랭던이 중얼거렸다.

티빙은 웃음을 지었다.

"영국의 교회는 다 비슷하지. 영국 국교는 종교에 잡다한 걸 섞지 않으니까. 정신을 산란하게 만들 요소들을 아예 용납하지 않아."

소피는 교회의 원형 구역으로 이어지는 널따란 입구를 가리켰다.

"저긴 무슨 요새 같아요."

랭던도 동감이었다. 꽤 먼 거리임에도 불구하고 벽이 유난히 튼튼한 게 눈에 보일 정도였다.

"템플기사단은 전사였지."

티빙의 알루미늄 목발 소리가 사방으로 울려 퍼졌다.

"종교와 군대가 합쳐진 조직이라고나 할까. 그들에게 교회는 곧 요새이자 금고였어."

"금고?"

소피가 티빙을 돌아보며 물었다.

"그렇고말고. 현대적인 의미의 은행을 처음 발명한 게 바로 템플기사단일세. 유럽의 귀족들이 황금을 몸에 지닌 채 여행을 하기란 대단히 위험한 노릇이었거든. 그래서 템플기사단은 귀족들이 가장 가까운 템플 교회에 황금을 예치했다가, 필요할 경우 유럽 전역의 다른 템플 교회에서 인출할 수 있도록 했지. 필요한 건 오로지 적절한 서류뿐이었네."

티빙은 한쪽 눈을 찡긋하며 말을 이었다.

"그리고 물론 약간의 수수료도 내야 했고. 최초의 현금 자동 인출기였던 셈이야."

티빙은 흰 옷을 입고 장미 빛깔의 말을 탄 기사의 어깨 너머 한 줄기 햇살이 비치는 스테인드글라스를 가리켰다.

"알라누스 마르셀(Alanus Marcel)이야."

티빙이 말했다.

"1200년대 초반에 템플기사단의 단장을 지낸 인물이지. 그와 그의 후계자들은 최초의 남작 작위를 받고 의회에 진출하기까지 했어."

랭던은 깜짝 놀랐다.

"그들이 왕국 최초의 백작이었단 말입니까?"

티빙은 고개를 끄덕였다.

"혹자는 템플기사단의 단장이 국왕보다도 더 큰 영향력을 발휘했다고 주장할 정도야."

원형 구역 입구에 이르자, 티빙은 멀리서 청소기를 돌리고 있는 복사를 어깨 너머로 힐끗 돌아보며 소피를 향해 낮은 목소리로 속삭였다.

"기사단이 장소를 옮기면서 성배가 이 교회에서 하룻밤을 지냈다는 소문이 있어. 상그레알 문서를 담은 네 개의 궤짝이 마리아 막달레나의 석관과 함께 바로 이곳에 놓여 있었다는 게 믿어지나? 생각만 해도 소름이 돋는군."

원형 구역으로 들어서는 랭던 역시 소름이 돋았다. 그의 시선은 옅은 색깔의 돌로 된 테두리 부분의 굴곡을 훑고 지나갔다. 이무기 돌과 악마, 괴물, 고통받는 인간의 얼굴 등을 새긴 조각물이 모두 안쪽을 바라보고 있었다. 조각물 밑으로는 돌로 된 기다란 의자가 방 전체를 한 바퀴 빙 에워싼 모습이었다.

"원형 극장이로군."

랭던이 속삭였다.

티빙은 목발을 들어 방의 왼쪽 끝에서 오른쪽 끝을 한 바퀴 빙 둘러 가며 가리켰다. 랭던도 이미 그들을 보았다.

'돌로 된 열 명의 기사들.'

'왼쪽에 다섯, 오른쪽에 다섯.'

바닥에 누운 실물 크기의 인물상은 평화로운 자세로 안식을 취하고 있었다. 기사들은 갑옷과 방패와 칼로 완전 무장을 갖춘 모습이었고, 랭던은 기사들이 잠든 사이에 누군가 몰래 침입해 그들의 몸에다 석고를 부어 버린 것이 아닐까 하는 불길한 예감에 사로잡혔다. 기사들은 하나같이 풍파에 찌든 모습이었지만, 다른 한편으로는 하나하나가 대단히 독특한 면모를 갖추고 있었다. 갑옷의 모양, 팔과 다리의 자세, 얼굴의 생김새, 방패에 새겨진 문양 등이 저마다 모두 달랐다.

'교황이 매장한 기사가 런던에 누워 있다.'

랭던은 원형의 방 안으로 한 걸음 더 들어가면서 다리가 후들거리는 느낌이었다.

바로 이곳이 틀림없었다.

84

쓰레기가 덮인 템플 사원 부근의 뒷골목, 레미 르갈뤼데크는 한 줄로 늘어선 산업용 쓰레기통 뒤에다 재규어 리무진을 세웠다. 시동을 끄고 주위를 살펴보았지만, 인적은 보이지 않았다. 그는 차에서 내려 뒷문을 열고 수도사가 갇혀 있는 리무진의 뒤 칸으로 들어갔다.

레미가 다가오는 것을 알아차리고 미망에서 깨어난 수도사의 붉은 눈동자에는 두려움이라기보다 호기심에 가까운 눈빛이 어렸다. 레미는 온몸이 꽁꽁 묶인 상황에서도 밤새 꿈쩍도 하지 않고 묵묵히 고통을 견뎌 낸 이 수도사가 대단히 인상적이었다. 처음에 레인지 로버에서 잠깐 발버둥을 쳤을 뿐, 그다음부터는 담담히 자신의 수난을 받아들이고 신의 가호에 운명을 맡긴 사람처럼 보였다.

레미는 나비넥타이를 풀고 **빳빳**하게 풀을 먹인 셔츠의 단추를 풀었다. 실로 몇 년 만에 처음 제대로 숨을 쉬는 기분이었다. 그는 수도 시설까지 갖춰진 리무진의 바에 손을 뻗어 스미르노프 보드카를 한 잔 따랐다. 한 모금에 잔을 비우고, 연이어 또 한 잔을 들이켰다.

'이제 곧 나는 자유의 몸이 될 것이다.'

레미는 바를 뒤져 포도주 병따개를 찾아냈다. 병따개에는 고급 포도주병의 코르크를 감싼 은박지를 벗기는 용도의 조그만 칼이 붙어 있었다. 오늘 아침, 이 칼은 평소와는 전혀 다른 용도로 사용될 터였다. 레미는 번쩍거리는 칼을 든 채 사일러스를 돌아보았다.

그제야 수도사의 붉은 눈동자에 공포의 빛이 스쳐 갔다.

레미는 미소를 지으며 사일러스를 향해 다가갔다. 수도사는 몸을 움츠리며 발버둥을 쳤다.

"가만히 있게."

레미가 칼을 치켜들며 속삭였다.

사일러스는 신이 자신을 버렸다는 사실이 믿어지지 않았다. 지금까지 그리스도가 감당해 낸 수난을 떠올리며 온몸이 꽁꽁 묶여 피가 통하지 않는 육체적 고통조차 영적인 훈련으로 승화시키려고 노력한 그였다.

'밤새도록 자유를 갈구하지 않았던가.'

칼날이 내려오는 것을 보며, 사일러스는 눈을 질끈 감아 버렸다.

극심한 통증이 어깨뼈 사이를 스치고 지나갔다. 사일러스는 이렇게 리무진 뒷좌석에서 무기력하게 죽어 가야 하는 자신의 운명이 믿어지지 않아 고통스러운 비명을 토해 냈다.

'나는 주님의 일을 했다. 스승께서 나를 보호해 주겠다고 하지 않았던가.'

사일러스는 등과 어깨로 뜨뜻한 온기가 퍼져 가는 것을 느끼며 자신의 살갗을 적시는 피를 떠올렸다. 이제 통증이 허벅지로 옮겨 가자, 사일러스는 통증에 대처하는 인체의 방어 기제가 작동하면서 서서히 정신이 혼미해지는 낯익은 증세를 경험했다.

온몸을 물어뜯는 듯한 느낌이 근육 전체로 퍼져 가자, 사일러스는 이생에서 마지막으로 본 이미지가 자신을 죽이는 자의 모습이 되지 않도록 더욱 눈을 질끈 감았다. 살인자의 모습 대신, 그는 스페인의 조그만 교회 앞에 서 있는 젊은 시절의 아링가로사 주교를 떠올렸다. 주교와 사일러스가 힘을 합쳐 맨손으로 세운 교회였다.

'그때가 바로 내 삶의 시작이었다.'

사일러스는 자신의 몸에 불이 붙은 느낌이었다.

"한잔하게."

턱시도를 입은 남자가 프랑스어 식 억양으로 속삭였다.

"혈액 순환에 도움이 될 거야."

사일러스는 깜짝 놀라 눈을 번쩍 떴다. 뿌연 사람의 형체가 자신에게 몸을 숙인 채 잔을 내밀고 있었다. 바닥에는 피 한 방울 묻지 않은 칼 옆에 그의 몸에서 떼어 낸 배관용 테이프 조각들이 흩어져 있었다.

"이걸 마셔."

레미가 한 번 더 말했다.

"지금 자네가 느끼는 통증은 피가 다시 근육 속을 돌기 시작하는 느낌일 거야."

사일러스는 불에 타는 듯하던 통증이 바늘로 콕콕 쑤시는 듯한 느낌으로 잦아드는 것을 알아차렸다. 보드카는 입속을 태워 버릴 것 같은 맛이었지만, 아무튼 그는 감사한 마음으로 그 술을 받아 마셨다. 오늘 밤 사일러스의 운명은 불운의 연속이라 해도 과언이 아니었지만, 신은 단 한 번의 기적으로 그 모든 불운을 제거해 주었다.

'주님은 나를 버리지 않으셨다.'

사일러스는 아링가로사 주교가 이러한 현상을 뭐라고 부르는지 알고 있었다.

'성스러운 중재.'

"좀 더 일찍 풀어 주고 싶었지만 기회가 없더군."

레미가 사과하듯 말했다.

"샤토 빌레트에서도, 비긴 힐 공항에서도 미처 손을 쓸 시간도 없이 경찰이 들이닥치는 바람에 말이야. 지금이 첫 번째 기회인 셈이지. 이해해 줄 수 있겠나, 사일러스?"

사일러스는 깜짝 놀라 몸을 움츠렸다.

"내 이름을 압니까?"

레미는 미소를 지었다.

사일러스는 이제 몸을 일으켜 뻣뻣한 근육을 문질렀지만, 더욱 시급히 풀어야 할 것은 의구심과 감사, 혼란이 마구 뒤얽힌 마음의 동요였다.

"당신이…… 스승님입니까?"

레미는 웃음을 터뜨리며 고개를 가로저었다.

"내가 그런 힘을 가진 사람이라면 얼마나 좋겠나. 아니, 나는 스승이 아닐세. 자네와 마찬가지로 나 역시 그분을 모시는 사람이지. 하지만 스승께서는 자네를 아주 높이 평가하시더군. 내 이름은 레미일세."

사일러스는 그저 어리둥절할 뿐이었다.

"이해가 가지 않습니다. 당신이 스승님을 위해 일하는 사람이라면, 왜 랭던이 쐐기돌을 당신의 집으로 가져갔습니까?"

"거긴 내 집이 아닐세. 세상에서 가장 뛰어난 성배 역사학자, 리 티빙 경의 집이지."

"하지만 당신도 그 집에 살지 않았습니까……."

레미는 랭던이 하필이면 그 집으로 숨어든 기막힌 우연을 조금도 이상하게 생각하지 않는다는 듯 미소를 지었다.

"충분히 예측할 수 있는 일이었어. 로버트 랭던은 쐐기돌을 손에 넣었고, 누군가의 도움이 필요한 상황이었지. 그런 그가 리 티빙을 찾아오는 것은 조금도 놀라운 일이 아니야. 스승께서 애초에 나에게 접근한 이유도 마침 내가 그 집에서 기거하고 있었기 때문이니까."

레미는 잠시 숨을 고르고 말을 이었다.

"스승이 어떻게 성배에 대해서 그렇게 많은 것을 알고 있다고 생각하나?"

서서히 안개가 걷히면서 감탄이 터져 나왔다. 스승은 리 티빙 경의 모든 연구 성과를 낱낱이 알 수 있는 그의 하인을 포섭한 것이다. 탁월한 판단이 아닐 수 없었다.

"자네에게 할 이야기가 많아."

레미는 그렇게 말하며 실탄이 장전된 헤클러 앤 코크 권총을 건네주었다. 그러고는 몸을 칸막이 너머로 뻗어 사물함에서 손바닥 크기만한 조그만 권총을 하나 더 꺼냈다.

"하지만 먼저, 자네와 나는 할 일이 있어."

비긴 힐에 도착한 파슈 국장은 티빙의 격납고에서 벌어진 상황을 설명하는 켄트 경찰서 서장의 모습을 물끄러미 쳐다보았다.

"내가 직접 비행기 안을 수색했소."

서장이 말했다.

"기내에는 아무도 없었다니까요."

그의 목소리가 조금 더 거칠어졌다.

"한 가지 짚고 넘어갈 것은, 만약 리 티빙 경이 자꾸 나를 걸고 넘어가려고 하면······."

"조종사를 심문했소?"

"물론 안 했소. 그는 프랑스인이고, 외국인을 심문하기 위해서는······."

"나를 비행기로 데려다 주시오."

격납고에 도착한 파슈가 리무진이 주차되어 있던 자리 부근에서 수상한 핏자국을 찾아내기까지는 채 60초가 걸리지 않았다. 이어서 비행기로 다가간 파슈는 거칠게 동체를 두들겼다.
"프랑스 사법경찰 국장이다. 문 열어!"
겁에 질린 조종사가 문을 열고 계단을 내려 주었다.
파슈는 재빨리 비행기 안으로 들어갔다. 그로부터 3분 뒤, 그는 손발이 묶인 알비노 수도사를 포함해, 기내에 탑승했던 모든 사람에 대한 증언을 확보했다. 물론 어렵지 않게 조종사의 자백을 받아 낼 수 있었던 데는 권총의 위협이 큰 작용을 했다. 뿐만 아니라 파슈는 랭던과 소피가 티빙의 금고에 무슨 나무로 된 상자 같은 것을 넣어 두고 내렸다는 조종사의 진술까지 끌어냈다. 조종사는 그 상자 안에 무엇이 들어 있는지는 모르지만, 런던까지 날아오는 내내 랭던이 온통 그 상자에만 관심을 쏟고 있었다고 했다.
"금고를 열어."
파슈가 명령했다.
조종사의 얼굴이 파랗게 질렸다.
"비밀번호를 모릅니다."
"안타까운 일이군. 자네의 조종사 면허증까지 박탈할 생각은 없었는데 말이야."
조종사는 초조하게 손을 뒤틀었다.
"이 공항 기술자 중에 아는 이들이 더러 있습니다. 드릴을 가져와서 금고를 열어 달라고 하면 안 될까요?"
"30분의 여유를 주겠네."
조종사는 당장 무전기를 집어 들었다.
파슈는 비행기 객실로 나와 위스키를 한 잔 따라 마셨다. 아직 이른 시간이지만 밤새 잠을 한 숨도 자지 않았으니 아침부터 술을 마신다는 죄책감은 느끼지 않아도 되지 싶었다. 파슈는 푹신푹신한 접의자에 앉아 눈을 감고 다시 한 번 일이 어떻게 돌아가는지를 곰곰이 따져 보았다.

'멍청한 켄트 경찰 녀석들 때문에 일이 더 복잡해졌어.'

이제 검은 재규어 리무진을 찾는 일에 전력을 기울여야 할 판이었다. 파슈는 잠시나마 휴식을 취하고 싶었지만, 마침 전화벨이 울렸다.

"여보세요?"

"지금 런던으로 가는 길입니다."

아링가로사 주교였다.

"한 시간 안에 도착할 겁니다."

파슈는 몸을 일으켰다.

"파리로 간다고 하지 않았습니까?"

"너무 걱정이 되어서 계획을 변경했습니다."

"그러지 않아도 되었을 텐데요."

"사일러스를 찾았습니까?"

"아니요. 내가 도착하기 전에 놈들이 이곳 경찰을 따돌리고 달아났습니다."

아링가로사는 화가 치밀었다.

"그 비행기를 제지하겠다고 하지 않았소!"

파슈는 목소리를 낮추었다.

"주교, 당신의 상황을 고려한다면 오늘은 내 인내심을 건드리지 않는 게 좋을 겁니다. 사일러스와 다른 자들은 최대한 빨리 찾아낼 생각입니다. 어디에 착륙할 예정입니까?"

"잠깐 기다려 보시오."

잠시 후 아링가로사의 목소리가 다시 흘러나왔다.

"지금 조종사가 히드로에 착륙 허가를 받으려고 시도하는 중입니다. 탑승객은 나 하나뿐이지만, 예정에 없던 진로 수정 때문에……."

"조종사에게 켄트의 비긴 힐 사설 비행장으로 오라고 하시오. 착륙 허가는 내가 받아 놓겠습니다. 혹시 당신이 도착할 때 내가 없어도, 자동차를 대기시켜 놓겠소."

"고맙습니다."

"주교, 지난번 통화 때도 말했지만, 자칫하면 모든 것을 잃을 위험에 처한 사람은 당신 혼자만이 아니라는 사실을 명심하는 게 좋을 겁니다."

85

　'무덤에 있어야 할 구슬을 찾아라.'
　템플 교회의 기사상들은 모두 직사각형 돌베개에 머리를 대고 똑바로 누운 자세였다. 소피는 갑자기 오싹한 기분이 들었다. 시에 나오는 '구슬'이 할아버지의 지하실에서 목격한 그날 밤을 연상시켰다.
　'히에로스 가모스. 구슬.'
　소피는 그것과 똑같은 의식이 이 성소에서도 거행되지 않았을까 하는 생각을 했다. 이 동그란 모양의 방은 그런 이교적인 의식을 행하기에 더없이 적당할 것처럼 보였다. 돌로 된 기다란 의자가 넓은 바닥을 동그랗게 에워싸고 있었다. 로버트는 이것을 원형 극장이라고 불렀다. 소피는 한밤중에 가면을 쓴 사람들이 너울거리는 횃불 아래 방의 한복판에서 벌어지는 '신성한 교섭'을 지켜보는 장면을 상상해 보았다.
　소피는 애써 그 상상을 떨쳐 버리고 랭던과 티빙의 뒤를 따라 기사들을 향해 다가갔다. 티빙은 처음부터 모든 조각상을 주도면밀하게 살펴보아야 한다고 주장했지만, 소피는 자신도 모르게 발걸음이 빨라지며 방의 왼쪽에 누워 있는 다섯 명의 기사를 쓱 훑어보며 지나갔다.

소피는 첫 번째 무덤을 살펴보며 기사들의 공통점과 차이점을 발견했다. 모두들 바닥에 등을 대고 누운 것은 똑같지만, 세 명의 기사가 다리를 쭉 뻗고 있는 반면 나머지 둘은 한쪽 다리에 반대쪽 다리를 꼰 자세였다. 그러한 차이가 사라진 구슬과 무슨 관계가 있을 것 같지는 않았다. 그들의 옷을 살펴본 소피는 두 명의 기사가 갑옷 위에 튜닉을 걸친 반면, 나머지 셋은 발목까지 내려오는 로브 차림이라는 사실을 발견했다. 물론 그것 역시 소피의 목적에는 별다른 도움이 되지 않았다. 소피는 또 하나의 뚜렷한 차이점을 유심히 살펴보기 시작했다. 그것은 손의 위치였다. 두 명의 기사는 칼을 움켜쥐었고, 두 명은 기도를 하고 있었으며, 나머지 한 사람은 옆구리에 팔을 늘어뜨린 자세였다. 소피는 한참 그들의 손을 살펴본 끝에, 혼자 어깨를 으쓱 들어 올렸다. 사라진 구슬과의 연관성을 찾아내지 못한 탓이었다.

소피는 스웨터 주머니에 든 크립텍스의 무게를 느끼며 다시 랭던과 티빙을 돌아보았다. 아주 천천히 움직인 끝에 이제 세 번째 기사를 들여다보고 있는 그들도 아직 특별한 단서를 찾아내지는 못한 표정이었다. 소피는 가만히 서서 그들을 기다릴 기분이 아닌 탓에, 몸을 돌려 오른편에 위치한 기사들을 향해 다가갔다.

소피는 걸음을 옮기면서 그동안 하도 많이 들여다봐서 자기도 모르는 사이에 외워 버린 문제의 시를 마음속으로 암송해 보았다.

교황이 매장한 기사가 런던에 잠들어 있으니
그의 노력의 열매는 거룩한 분노를 유발했도다.
그의 무덤에 있어야 할 구슬을 찾아라.
그것이 장미의 살과 씨앗 뿌려진 자궁을 말하도다.

오른편의 기사들 앞에 다다른 소피는 이들 역시 먼저 살펴본 왼편의 기사들과 별로 다를 바가 없다는 것을 알아차렸다. 누워 있는 자세도 다양했고, 입고 있는 갑옷과 칼의 모양도 제각각이었다.

그런데 자세히 보니 열 번째, 즉 마지막 무덤만은 예외였다.

소피는 그쪽으로 다가가 유심히 살펴보았다.

베개도, 갑옷도, 튜닉, 칼도 보이지 않았다.

"로버트? 티빙?"

소피의 목소리가 방 안에 울려 퍼졌다.

"이쪽에 뭔가 사라진 게 있는 것 같아요."

두 사람 모두 방을 가로질러 소피를 향해 다가왔다.

"구슬이 없어졌나?"

티빙이 흥분한 목소리로 물었다. 그가 서둘러 방을 가로질러 오면서 짧게 끊어지는 목발 소리가 퍼져 나갔다.

"구슬이 사라진 거야?"

"꼭 그렇지는 않아요."

소피는 열 번째 무덤을 향해 눈썹을 찌푸리며 말했다.

"기사가 통째로 없어진 것 같아요."

소피 옆에 다다른 두 사람은 혼란스러운 표정으로 열 번째 무덤을 내려다보았다. 그 자리에는 기사가 누워 있는 것이 아니라 뚜껑이 달린 석관 하나가 덩그러니 놓여 있을 뿐이었다. 발 쪽은 폭이 좁고 위로 올라갈수록 넓어지는 사다리꼴의 관이었고, 위쪽에 봉긋한 뚜껑도 달려 있었다.

"왜 이 기사의 모습은 보이지 않지?"

랭던이 물었다.

"놀라워."

티빙이 자신의 턱을 쓰다듬으며 중얼거렸다.

"여기에 대해서는 까마득히 잊고 있었군. 나도 이 교회에 와 본 지가 워낙 오래되어서 말일세."

소피가 말했다.

"이 관은 나머지 아홉 개의 무덤을 만든 조각가가 비슷한 시기에 만든 것처럼 보여요. 그런데 왜 이 기사만 다른 기사들과 달리 관 속에 들어 있는 거죠?"

티빙은 고개를 가로저었다.

"이 교회의 수수께끼 가운데 하나지. 내가 아는 한 그 의문에 대해서 시원한 답을 내놓은 사람은 아무도 없어."

"실례합니다."

복사가 불안한 표정으로 그들을 향해 다가왔다.

"무례하게 굴고 싶지는 않습니다만, 아까 저에게 유골을 뿌린다고 하지 않으셨나요? 그런데 제가 보기에는 관광을 하러 오신 분들 같아서요."

티빙은 소년에게 잔뜩 얼굴을 찌푸려 보인 다음, 랭던을 향해 돌아섰다.

"렌 씨, 아마도 선생의 가족이 지금까지 베푼 자선으로는 예년과 같이 충분한 시간을 확보할 수 없는 모양입니다. 그만 유골을 꺼내서 일을 시작하는 게 좋겠군요."

티빙은 이어서 소피를 바라보았다.

"렌 부인?"

소피도 장단을 맞추기 위해 주머니에서 양피지로 싸인 크립텍스를 꺼냈다.

"자."

티빙은 소년을 윽박지르듯 말했다.

"이제 우리에게 약간의 프라이버시를 허락해 주지 않겠나?"

소년은 꿈쩍도 하지 않았다. 그 대신 랭던을 유심히 살펴보는 것이었다.

"아저씨는 낯이 익어 보여요."

티빙이 화난 목소리로 말했다.

"그야 렌 씨가 해마다 이곳을 찾기 때문이겠지."

'혹은……'

소피는 걱정스럽게 속으로 중얼거렸다.

'작년의 바티칸 사건 때 텔레비전에서 랭던을 보았기 때문이거나……'

"난 렌 씨를 만난 적이 없는 걸요."

복사가 당돌하게 대꾸했다.

"그건 네가 잘못 안 거야."

랭던이 부드러운 목소리로 말했다.

"작년에도 너를 스쳐 지나간 기억이 나는구나. 놀즈 신부가 우리를 정식으로 인사시켜 주지는 않았지만, 나는 아까 여기 들어올 때부터 네 얼굴을 알아보았어. 자, 지금 우리가 너에게 불편한 상황을 강요하고 있는 건 알지만, 조금만 더 시간을 주었으면 좋겠구나. 나는 이 무덤에 유골을 뿌리기 위해 아주 먼 길을 왔단다."

랭던은 티빙의 말투를 흉내 내며 그럴듯하게 둘러댔다.

하지만 소년의 얼굴은 오히려 더 이상하다는 표정으로 변해 갔다.

"이건 무덤이 아닌데요."

"뭐라고 했지?"

랭던이 되물었다.

"무덤이 아니라니, 얘가 지금 무슨 소리를 지껄이는 거야?"

티빙이 끼어들었다.

복사는 고개를 가로저었다.

"무덤은 시신을 넣는 장소잖아요. 이것들은 그냥 조각상일 뿐이에요. 실존 인물을 기리기 위해 만든 조각상이라고요. 이 조각상 밑에 시신이 매장된 건 아니거든요."

"이건 틀림없는 무덤이야!"

티빙이 말했다.

"옛날 역사책에 그렇게 나오기는 하죠. 한때는 다들 그렇게 믿었지만, 1950년에 복원 작업을 하면서 사실은 그렇지 않다는 게 밝혀졌어요."

소년은 랭던을 돌아보며 말을 이었다.

"렌 씨는 그런 사실을 잘 알고 계실 텐데요. 그걸 발견한 게 선생님네 가족이잖아요."

어색한 침묵이 드리웠다.

마침 별관 쪽에서 문을 두드리는 소리가 침묵을 깨뜨렸다.

"놀즈 신부인가 보군."

티빙이 말했다.

"네가 나가 봐야 하는 것 아니냐?"

복사는 이상한 듯 고개를 갸우뚱거리면서도 별관 쪽으로 걸어가기 시작했고, 랭던과 소피와 티빙은 불안한 눈으로 서로의 표정을 살폈다.

"티빙."

랭던이 속삭였다.

"시체가 없다니, 그게 도대체 무슨 소립니까?"

티빙도 얼떨떨한 표정이었다.

"나도 모르겠네. 내 생각에는…… 아무리 생각해도 여기가 그곳이 틀림없어. 저 꼬마는 지금 자기가 무슨 소리를 지껄이는지도 모를 거야. 도무지 말이 안 되는 소리잖아!"

"그 시 한 번만 더 보여 줄래요?"

랭던이 말했다.

소피는 주머니에서 크립텍스를 꺼내 조심스럽게 랭던에게 건넸다.

랭던은 양피지를 풀어헤쳐 크립텍스를 한 손에 든 채 시를 살펴보기 시작했다.

"그래, 여기에는 틀림없이 무덤이라고 되어 있어. 조각상이 아니라고."

"시가 잘못된 것 아닐까?"

티빙이 물었다.

"자크 소니에르가 나하고 똑같은 실수를 저질렀을 수도 있지 않은가?"

랭던은 잠시 생각을 해 보더니 고개를 가로저었다.

"티빙, 조금 전에 본인 입으로 직접 말했잖아요. 이 교회는 시온수도회의 군사 조직인 템플기사단이 지은 교회라고. 내가 보기에 만약 이곳에 정말로 기사들이 묻혀 있다면 시온수도회의 그랜드마스터가 그걸 몰랐을 리가 없습니다."

티빙은 무척 당혹스러운 표정이었다.

"하지만 이곳은 완벽해."

그는 다시 한 번 기사들을 돌아보며 중얼거렸다.

"우리가 뭔가를 놓치고 있는 게 틀림없어!"

별관으로 들어선 복사는 실내가 텅 빈 것을 보고 깜짝 놀랐다.

"놀즈 신부님?"

소년은 틀림없이 문 소리를 들었는데 이상하다는 생각을 하며 출입구가 보이는 곳까지 다가갔다.

문 앞에 턱시도를 입은 갸름한 몸매의 남자가 길을 잃은 듯한 표정으로 뒷머리를 긁적이며 서 있었다. 복사는 아까 방문객들을 들인 뒷문을 잠그지 않았다는 사실에 생각이 미치면서 와락 짜증이 치밀었다. 아침부터 예식장을 찾는 웬 얼간이가 길을 물어보려고 무작정 안으로 들어온 게 틀림없어 보였다. 소년은 커다란 기둥 옆을 지나가며 소리쳤다.

"죄송합니다만, 아직 문 안 열었어요."

뒤에서 무슨 천이 부스럭거리는 소리가 나는가 싶더니, 소년이 미처 뒤를 돌아볼 틈도 없이 그의 머리가 뒤로 꺾여지며 누군가의 억센 손아귀가 뒤에서 그의 입을 틀어막았다. 외마디 비명을 지를 틈조차 없었다. 소년의 입을 덮은 손은 눈처럼 하얀색이었고, 어렴풋이 술 냄새가 나는 것 같기도 했다.

턱시도를 입은 남자가 태연하게 조그만 권총을 꺼내더니, 소년의 이마를 똑바로 겨누었다.

소년은 갑자기 사타구니가 뜨뜻해지면서 자기도 모르는 사이에 바지에다 오줌을 싸고 말았다.

"잘 들어라."

턱시도를 입은 남자가 속삭였다.

"소리 나지 않게 조용히 교회를 빠져나가. 그러고는 달리는 거야. 절대 멈추면 안 된다. 알아들었나?"

소년은 억센 손이 입을 틀어막은 가운데 최선을 다해 고개를 끄덕였다.

"경찰에 신고를 하면……."

턱시도는 권총을 소년의 이마에 갖다 댔다.

"끝까지 너를 찾아낼 거야."

다음 순간, 소년은 전속력으로 교회의 앞마당을 달리고 있었다. 다리가 풀려 제풀에 쓰러지기 전까지, 절대 멈추면 안 된다는 생각뿐이었다.

86

 사일러스는 유령처럼 소리 나지 않게 목표물의 등 뒤로 움직였다. 소피 느뵈가 낌새를 알아차렸을 때는 이미 너무 늦은 다음이었다. 그녀가 몸을 돌릴 틈도 없이, 사일러스는 권총을 그녀의 등에 갖다 댄 채 그 우람한 팔로 그녀의 가슴을 끌어안고 그녀의 몸을 자기 쪽으로 끌어당겼다. 깜짝 놀란 소피가 비명을 질렀다. 동시에 그녀를 돌아보는 티빙과 랭던의 얼굴이 경악과 공포로 물들었다.
 "무슨……?"
 티빙이 말을 제대로 잇지 못하고 더듬거렸다.
 "레미에게 무슨 짓을 한 거지?"
 "그건 알 것 없습니다."
 사일러스는 차분하게 대답했다.
 "쐐기돌만 건네주면 조용히 이곳을 나갈 테니까요."
 이번 임무—레미는 그것을 '회수 작업'이라고 불렀다—는 더없이 깔끔하고 간단하게 끝내야 했다.

'교회로 들어간다. 쐐기돌을 확보한다. 철수한다······.'
살인도, 몸싸움도 용납되지 않았다.
사일러스는 소피를 단단히 끌어안은 채 나머지 한 손으로 그녀의 스웨터 주머니를 뒤졌다. 그녀의 머리칼에서 나오는 은은한 향기가 자신의 숨결에서 스며 나오는 술 냄새와 합쳐졌다.
"어디 있지요?"
사일러스가 속삭였다. 조금 전까지는 쐐기돌이 그녀의 스웨터 주머니에 들어 있었다.
'지금은 어디로 갔지?'
"그건 여기 있소."
랭던의 낮은 목소리가 메아리를 일으키듯 방 안을 가득 채웠다.
사일러스가 돌아보니, 랭던은 검은 크립텍스를 손에 든 채 멍청한 소를 유혹하는 투우사처럼 앞뒤로 흔들고 있었다.
"바닥에 내려놓으세요."
사일러스가 말했다.
"먼저 소피와 티빙을 여기서 내보내시오."
랭던이 대답했다.
"그러고 나서 우리끼리 이야기합시다."
사일러스는 소피를 밀쳐 내고 랭던에게 총을 겨눈 채 그쪽으로 다가섰다.
"가까이 오지 마시오."
랭던이 말했다.
"먼저 소피와 티빙을 내보내라고 하지 않았소."
"지금 당신은 명령을 할 입장이 아닙니다."
"과연 그럴까?"
랭던은 크립텍스를 머리 위로 치켜들었다.

"나는 당장에라도 이걸 바닥에 내동댕이칠 수 있소. 그렇게 되면 안에 든 병이 깨질 테지."

사일러스는 겉으로는 코웃음을 치는 척했지만, 내심 한 줄기 두려움이 밀려왔다. 전혀 예상하지 못한 사태였다. 사일러스는 랭던의 머리에 총을 겨눈 채, 자신의 손과 목소리에 한 치의 흔들림도 용납하지 않았다.

"당신은 쐐기돌을 깨뜨리지 못합니다. 당신은 나만큼이나 간절하게 성배를 찾고 있으니까 말입니다."

"잘못 짚으셨소. 간절하기로 따지면 살인까지 마다하지 않은 당신 쪽이 훨씬 더 급할 테니까."

거기서 약 13미터 떨어진 곳의 별관 신도석에는 레미 르갈뤼데크가 어둠 속에 몸을 숨긴 채 난감한 심정에 사로잡혀 있었다. 상황이 예상과 어긋나는 방향으로 흐르고 있었고, 꽤 먼 거리임에도 불구하고 사일러스가 이 예기치 못한 상황에 어떻게 대처해야 할지 갈피를 잡지 못하는 것이 느껴졌다. 레미는 스승의 명령에 따라 사일러스에게 절대 총을 쏘지 말라고 일러둔 상태였다.

"이분들을 내보내시오."

랭던이 크립텍스를 머리 위로 높이 치켜든 채 사일러스의 총을 바라보며 다시 한 번 요구했다.

레미는 수도사의 붉은 눈동자에 분노와 좌절감이 가득 어리는 것을 보고, 그가 크립텍스를 손에 든 랭던을 쏘아 버리면 어떻게 하나 하는 걱정에 사로잡혔다.

'무슨 일이 있어도 크렙텍스가 바닥에 떨어져서는 안 된다!'

저 크립텍스는 레미에게 부와 자유를 가져다줄 보증 수표나 다름없었다. 불과 1년 전만 해도 그는 샤토 빌레트의 울타리 안에서 괴팍하기

짝이 없는 절름발이, 리 티빙 경의 변덕에 이리저리 휘둘리던 쉰다섯 살의 일개 하인에 지나지 않았다. 그런 그에게 좀처럼 믿기 힘든 제안을 해 온 사람이 있었다. 덕분에 레미는 리 티빙 경—지구상에서 가장 유명한 성배 역사학자—과의 관계를 이용해 평생 동안 꿈꿔 온 모든 것을 이룰 수 있게 되었다. 그다음부터 그가 샤토 빌레트 안에서 보낸 모든 시간은 바로 지금 이 순간을 위해 존재한 것과 다름없었다.

'이제 거의 다 왔어.'

레미는 로버트 랭던의 손에 들린 쐐기돌을 물끄러미 바라보며 혼자 중얼거렸다. 만약 랭던이 저 쐐기돌을 떨어뜨리는 날이면, 모든 것이 끝장이었다.

'내가 나서야 하는 걸까?'

스승은 절대 그런 일이 있어서는 안 된다고 강조했다. 레미는 스승의 정체를 아는 유일한 인물이었다.

"정말 사일러스에게 이 임무를 맡겨도 괜찮겠습니까?"

레미는 약 30분 전에 스승과 통화하며 쐐기돌을 손에 넣으라는 지시를 받은 뒤 그렇게 물었다.

"제가 직접 나서도 될 듯합니다만."

스승의 입장은 단호했다.

"사일러스는 네 명의 수도회원을 훌륭하게 처리했으니, 쐐기돌을 되찾는 일도 충분히 감당할 수 있을 것이다. 너는 아직 모습을 드러내면 안 된다. 너를 본 사람이라면 누구든 제거할 수밖에 없다. 하지만 이미 많은 사람이 목숨을 잃었으니, 너는 절대 얼굴을 드러내지 마라."

'얼굴이야 뜯어고치면 되지.'

레미는 생각했다.

'당신이 나한테 약속한 돈이라면 얼굴뿐 아니라 전혀 딴 사람으로 거듭날 수도 있어.'

스승은 자기 입으로 성형 수술을 통해 지문까지 바꿀 수 있다고 하지 않았던가. 이제 머지않아 자유의 몸이 되면 레미는 아무도 알아보지 못하는 얼굴을 바닷가에서 보기 좋게 그을릴 생각이었다.

"알았습니다."

레미는 스승에게 대답했다.

"보이지 않는 곳에서 사일러스를 돕겠습니다."

"레미, 미리 한 가지 알려 둘 게 있다."

스승이 말했다.

"우리가 찾아야 할 무덤은 템플 교회가 아니다. 그러니 아무 걱정도 할 필요가 없다. 저들은 엉뚱한 곳을 뒤지고 있어."

그 말은 레미를 깜짝 놀라게 했다.

"그럼 스승님은 그 무덤이 어디인지를 아십니까?"

"물론이다. 나중에 다 말해 주마. 지금은 신속하게 움직여야 한다. 저들이 무덤의 진짜 위치를 알아내고 네가 크립텍스를 손에 넣기 전에 교회를 빠져나가면, 우리는 영원히 성배를 찾을 수 없게 된다."

레미는 스승이 성배를 찾기 전까지는 돈을 주지 않겠다고 한 것만 아니라면, 성배 자체에 대해서는 눈곱만큼도 관심이 없었다. 이제 머지않아 자기 손에 들어올 돈을 생각하면 지금도 현기증이 일 정도였다. 스승은 레미에게 2천만 유로에서 3분의 1을 떼어 주겠다고 했다.

'영원히 종적을 감추기에 부족함이 없는 액수지.'

레미는 코트다쥐르의 해변에서 하인들의 시중을 받으며 느긋한 일광욕으로 여생을 보낼 생각이었다.

그런데 지금 이 템플 교회 안에서, 랭던이 쐐기돌을 깨뜨리겠다고 협박하는 바람에 레미의 달콤한 미래까지 커다란 위기에 처하고 말았다. 천신만고 끝에 여기까지 온 마당에 모든 것을 잃을 수는 없으니, 무언가 과감한 조치를 취해야 했다. 지금 그가 손에 쥐고 있는 무기는 한 손안에 숨길 수 있을 정도로 조그만 J-프레임의 메두사였지만, 가까운 거리에서는 충분히 치명적인 위력을 발휘하는 권총이었다.

레미는 어둠에서 나와 둥근 방으로 들어가며 정면으로 티빙의 머리에 총을 겨누었다.

"영감, 나는 정말 오랫동안 이 순간을 기다려 왔어."

레미가 자신에게 총을 겨누는 것을 발견한 리 티빙 경은 말 그대로 심장이 덜컥 내려앉는 기분이었다.

'저 녀석이 지금 무슨 짓을 하고 있는 거지?'

티빙은 레미가 들고 있는 조그만 메두사가 만일의 경우를 대비해 자신의 리무진에 보관해 두었던 총이라는 사실을 알아차렸다.

"레미?"

티빙이 놀란 목소리로 말했다.

"이게 무슨 짓인가?"

랭던과 소피도 벌어진 입을 다물지 못하는 모습이었다.

레미는 티빙의 등 뒤로 돌아가 그의 등 왼쪽 위에다 총구를 들이댔다. 정확하게 심장이 자리한 곳이었다.

티빙은 두려움으로 근육이 오그라드는 느낌이었다.

"레미, 도대체……"

"간단하게 말해 주지."

레미는 티빙의 말을 가로막으며 그의 어깨 너머로 랭던을 바라보았다.

"쐐기돌을 내려놔. 안 그러면 방아쇠를 당길 테니까."

랭던은 순간적으로 온몸이 마비된 기분이었다.

"이 쐐기돌은 당신에게는 아무런 가치도 없는 물건입니다."

랭던이 간신히 말했다.

"절대 열지 못할 테니까요."

"멍청한 인간들이 오만하기까지 하군."

레미가 이죽거렸다.

"당신들이 오늘 밤에 그 시를 놓고 떠들어 대는 소리를 나도 다 들었다는 걸 모르나? 나는 내가 들은 것을 다른 사람에게 전달했지. 당신들보다 훨씬 많은 것을 알고 있는 사람에게 말이다. 당신들은 엉뚱한 곳에서 헤매고 있어. 당신들이 찾는 무덤은 여기가 아니라 전혀 다른 곳이거든."

티빙은 다시 한 번 공포에 사로잡혔다.

'이건 또 무슨 소리야?'

"무엇 때문에 성배를 원하는 겁니까?"

랭던이 물었다.

"파괴하기 위해서? 종말의 날이 오기 전에?"

레미는 수도사를 향해 명령했다.

"사일러스, 저 작자에게서 쐐기돌을 빼앗아라."

수도사가 다가오자, 랭던은 뒤로 물러서며 쐐기돌을 머리 높이 치켜들었다. 당장에라도 바닥에 내동댕이칠 기세였다.

"엉뚱한 사람들의 손에 넘겨주느니, 차라리 부숴 버리는 게 낫겠군요."

티빙은 숨이 턱 막히는 느낌이었다. 평생에 걸친 노력이 눈앞에서 물거품으로 돌아갈 위기에 처했다. 그의 모든 꿈이 산산이 깨지는 순간이었다.

"로버트, 안 돼!"

티빙이 소리쳤다.

"지금 자네가 들고 있는 건 성배야! 레미는 절대 자네를 쏘지 못해. 우리는 오랜 세월 동안 서로……."

레미가 천장을 향해 메두사를 발사했다. 조그만 권총에서 그토록 큰 굉음이 터져 나오리라고는 상상도 하지 못했을 만큼, 엄청난 천둥소리가 방 안을 흔들었다.

모두들 그 자리에 얼어붙었다.

"나는 지금 장난을 하는 게 아니다."

레미가 말했다.

"두 번째 총알이 이 늙은이의 등짝을 파고들기 전에 쐐기돌을 사일러스에게 넘겨라."

랭던은 하는 수 없이 크립텍스를 앞으로 내밀었다. 사일러스가 다가와 그 붉은 눈동자를 복수의 만족감으로 번득이며 크립텍스를 받아들었다. 그는 그것을 자신의 주머니에 집어넣고 여전히 랭던과 소피에게 총을 겨눈 채 뒷걸음질을 쳤다.

티빙은 레미의 팔이 자신의 목을 힘껏 조여 오는 것을 느꼈다. 레미는 티빙의 등에 총구를 박은 채 그를 방패 삼아 뒤로 물러서기 시작했다.

"그분을 놔주시오."

랭던이 말했다.

"같이 드라이브나 할까 해서."

레미가 걸음을 멈추지 않은 채 말했다.

"경찰에 연락하거나 그 밖에 이상한 짓을 하면 이 늙은이는 죽는다. 알아들었나?"

"차라리 나를 데려가시오."

랭던이 갈라진 목소리로 말했다.

"그분은 놔주시오."

레미는 웃음을 터뜨렸다.

"그건 별로 좋은 생각이 아닌 것 같군. 이 양반과 나는 그런 사이가 아니거든. 게다가 앞으로 쓸모가 있을 것 같기도 하고 말이야."

레미가 티빙을 끌고 출입구를 빠져나가는 동안, 사일러스도 랭던과 소피에게 총을 겨눈 채 계속 뒷걸음질을 쳤다. 티빙의 목발이 질질 끌리는 소리가 났다.

소피가 침착한 목소리로 말했다.

"당신은 누구를 위해 일하죠?"

레미는 야비한 미소와 함께 이렇게 대답하며 모습을 감추었다.

"그걸 알면 깜짝 놀랄 텐데, 마드모아젤 느뵈."

87

샤토 빌레트 응접실의 벽난로는 이미 차갑게 식어 버렸지만 콜레는 인터폴에서 날아든 팩스를 들여다보며 그 앞을 서성거렸다.
이번에도 그의 예상은 완전히 빗나갔다.
공식적인 기록에 의하면 앙드레 베르네는 대단히 모범적인 시민이었다. 전과는커녕 주차 위반 딱지 한 번 뗀 적이 없었다. 사립 고등학교 출신에, 소르본 대학 국제금융학과를 우등생으로 졸업했다. 인터폴은 베르네의 이름이 이따금 신문에 등장하기는 하는데, 나쁜 쪽으로 나온 적은 한 번도 없다고 했다. 오히려 취리히 대여 금고 은행이 세계적으로 유명한 최첨단 전자 보안 시스템을 갖추는 데 큰 역할을 한 인물로 드러났다. 신용카드 사용 기록을 봐도 미술 서적이나 고급 포도주, 고전 음악 CD를 주로 구입하는 그의 고상한 취미를 엿볼 수 있었다. 주로 브람스의 CD를 구입한 것으로 미루어, 몇 년 전에 구입한 최고급 스테레오 시스템으로 고전 음악을 즐기는 모양이었다.
'꽝이군.'

콜레는 한숨을 내쉬었다.

오늘 밤 인터폴이 보내온 정보 가운데 유일하게 관심이 가는 것은 티빙의 하인 것으로 보이는 일련의 지문이었다. PTS 팀장은 방 건너편의 안락의자에 앉아 보고서를 읽고 있었다.

콜레가 그를 돌아보며 물었다.

"뭐 좀 나왔나?"

팀장은 어깨를 으쓱거렸다.

"지문은 레미 르갈뤼데크 겁니다. 사소한 범죄 혐의로 수배된 적이 있군요. 대학생 때 전화선을 조작해 공짜 통화를 하다가 걸려서 퇴학당한 적이 있는 모양입니다……. 그다음에는 소소한 절도 전과가 몇 건 있고, 무단 침입에다…… 응급실에서 기관 절개 수술을 받은 뒤 병원비를 떼먹고 도주한 적도 있군요."

그는 고개를 들며 킬킬거렸다.

"땅콩 알레르기가 있나 봅니다."

콜레는 고개를 끄덕였다. 그도 칠리 요리에 땅콩기름이 들어간 사실을 고지하지 않은 어느 음식점을 수사한 적이 있었다. 아무것도 모르고 음식을 한입 먹은 피해자가 과민성 쇼크 증세로 현장에서 숨진 사건이었다.

"레미라는 자는 아마 경찰의 수배를 피하기 위해 이 집에 들어와 살았던 모양입니다."

팀장이 재미있다는 듯이 말했다.

"재수가 좋았군요."

콜레는 한숨을 내쉬었다.

"좋아. 이 자료를 파슈 국장에게도 보내 놓는 게 낫겠군."

반장이 막 응접실을 빠져나간 직후, 다른 PTS 요원 한 명이 뛰어들어 왔다.

"반장님! 헛간에서 이상한 걸 발견했습니다."

그 요원의 다급한 표정을 본 콜레는 나름대로 추측을 해 보았다.

"시체라도 나왔나?"

"아닙니다. 그보다도……."

요원은 잠시 망설였다.

"더 이상한 겁니다."

콜레는 눈가를 문지르며 그 요원을 따라 헛간으로 갔다. 퀴퀴한 냄새가 나는 헛간으로 들어가자, 요원은 한복판의 사다리를 가리켰다. 사다리가 기대져 있는 서까래를 올려다보니, 건초를 쌓아 두는 다락 같은 선반이 머리 위에 설치되어 있었다.

"아까는 이런 사다리가 보이지 않았는데."

콜레가 중얼거렸다.

"맞습니다. 조금 전에 제가 설치했거든요. 롤스로이스 부근에서 지문을 채취하다 보니 이 사다리가 바닥에 놓여 있더군요. 발판에 진흙이 묻어 있고 반들반들하게 닳은 것을 보고 뭔가 이상한 생각이 들었습니다. 누군가 일상적으로 사용한 사다리라는 의미니까요. 사다리를 세워 보니 저 다락과 높이가 딱 맞기에, 혹시나 하고 한번 올라가 봤습니다."

콜레는 높다란 다락으로 이어지는 사다리의 발판들을 하나하나 눈으로 좇았다.

'누가 이 사다리를 일상적으로 오르내렸다고?'

밑에서는 각도가 없어서 잘 보이지는 않았지만, 느낌상 그 꼭대기의 다락에 뭔가가 있을 것 같아 보이지 않았다.

PTS의 고참 요원 한 사람이 사다리 꼭대기에서 고개를 내밀고 아래를 내려다보았다.

"한번 올라와 보시는 게 좋을 것 같습니다, 반장님."

그가 비닐장갑을 낀 손을 흔들며 콜레에게 손짓을 했다.

콜레는 힘없이 고개를 끄덕이며 낡은 사다리 앞으로 다가갔다. 그러고는 위로 올라갈수록 폭이 좁아지는 구형 사다리를 한 칸 한 칸 오르기 시작했다. 거의 다 올라갔을 무렵, 하마터면 발이 미끄러질 뻔했다. 아래를 내려다보니 높이가 꽤 높아서 눈이 어질어질했다. 콜레는 정신을 바짝 차리고 사다리를 마저 올라갔다. 요원이 손을 내밀어 그의 팔목을 잡아 주었다. 콜레는 그 손을 붙잡고 간신히 다락으로 올라섰다.

"여깁니다."

PTS 요원이 티끌 하나 없이 깔끔하게 정돈된 다락 안쪽을 가리키며 말했다.

"여기서는 지문이 한 사람 것밖에 발견되지 않았습니다. 곧 조회 결과가 나올 겁니다."

콜레는 희미한 불빛 아래 건너편 벽을 바라보았다.

'저게 뭐지?'

벽 앞에는 어지간한 전산실이 부럽지 않을 정도의 컴퓨터 장비가 들어차 있었다. 큼지막한 본체 두 대, 스피커가 달린 평면 모니터 하나, 여러 개의 하드 드라이브, 게다가 자체 내에 전원 공급 장치까지 갖춘 멀티채널 오디오 장비까지 갖춰져 있었다.

'도대체 어떤 미친놈이 이런 곳에서 컴퓨터 작업을 한다는 거야?'

콜레는 장비를 향해 다가갔다.

"시스템을 살펴봤나?"

"일종의 도청 본부입니다."

콜레는 깜짝 놀라 뒤를 돌아보았다.

"감시용 도청 말인가?"

요원은 고개를 끄덕였다.

"그것도 최첨단 장비들이더군요."

요원은 각종 전자 부품과 안내 책자, 도구들, 전선, 납땜용 인두, 그 밖의 온갖 장비들이 수북하게 쌓인 작업용 테이블을 가리켰다.

"누군지는 모르지만 상당한 전문가가 틀림없습니다. 이 장비들은 대부분 우리가 갖추고 있는 것들과 비교해도 손색이 없을 정도니까요. 소형 마이크, 광전자 충전지, 고성능 RAM 칩에 이르기까지…… 최신형 나노 드라이브까지 갖다 놓았더군요."

콜레는 입이 딱 벌어졌다.

"바로 이게 시스템 한 벌입니다."

요원은 그렇게 말하며 휴대용 계산기보다 별로 크지 않은 장비 하나를 콜레에게 건네주었다. 본체에서 30센티미터 길이의 전선이 삐져나와 있고, 그 끝에는 종잇장처럼 얇은 우표 크기의 기판이 달려 있었다.

"본체는 충전 배터리가 장착된 고성능 하드디스크 음성 녹음 장치입니다. 전선 끝에 붙은 조그만 기판이 바로 마이크와 광전자 충전지 역할을 겸하도록 되어 있습니다."

콜레는 그런 장치를 비교적 잘 알고 있었다. 몇 년 전에 이 광전자 마이크가 큰 화제를 불러일으킨 적이 있었다. 예를 들어 하드디스크 녹음 장치를 전등 뒤에다 부착하고 마이크는 아랫부분에 때워 붙여서 눈에 잘 뜨이지 않도록 색을 입힌다. 이 마이크가 하루에 몇 시간만 햇빛을 받을 수 있는 곳이라면, 광전지를 통해 시스템 전체가 충전된다. 거의 반영구적인 도청 시스템이 완성되는 것이다.

"수신 장치는?"

콜레가 물었다.

요원은 컴퓨터 뒷면에서 빠져나온 전선 한 가닥이 벽을 타고 올라가 천장에 뚫린 구멍으로 빠져나간 것을 가리켰다.

"아주 간단한 전파 수신 장치입니다. 지붕에 설치된 소형 안테나와 연결되어 있습니다."

콜레는 이런 녹음 장치가 원래 사무실용으로 많이 설치된다는 것을 알고 있었다. 하드디스크 공간을 절약하기 위해 음성이 포착될 때만 시스템이 작동되며, 이런 식으로 낮 동안에 녹음된 음성은 오디오 압축 파일 형태로 야간에 전송된다. 일단 하드 드라이브에 저장된 데이터는 전송되고 나면 자동으로 삭제되어 다음 날의 작동을 준비한다.

콜레의 시선은 선반으로 옮겨 갔다. 거기에는 각기 날짜와 숫자가 적힌 꼬리표가 붙은 수백 개의 오디오 카세트가 쌓여 있었다.

'누군지 모르지만 아주 바빴겠군.'

콜레는 다시 요원을 돌아보았다.

"도청 대상이 누구인지는 밝혀냈나?"

"음, 반장님……."

요원은 컴퓨터로 다가가 어떤 소프트웨어를 작동시켰다.

"정말 희한한 일이에요……."

88

소피와 함께 템플 지하철역의 십자형 회전 막대를 통과해 음침한 지하 공간으로 내려가는 랭던은 극도의 피로감을 느꼈다. 물론 거기에는 떨치기 힘든 죄의식도 작용했을 터였다.

'나 때문에 이번 일에 말려든 티빙이 엄청난 위험에 빠져 있어.'

레미가 연루된 것은 실로 놀라운 일이 아닐 수 없지만, 따지고 보면 충분히 납득이 가는 일이기도 했다. 성배를 쫓는 자가 누구인지는 몰라도 내부인을 포섭하는 데 성공한 것만은 분명했다.

'그들도 나하고 똑같은 이유로 티빙에게 접근했다.'

예나 지금이나 성배에 대해 남다른 정보를 갖춘 사람의 주위에는 늘 도둑과 학자들이 함께 들끓었다. 티빙이 이미 오래전부터 많은 사람들의 목표물이 되어 왔다는 사실은 랭던의 죄책감을 조금이나마 달래 줄 수도 있을 테지만, 사실은 전혀 그렇지가 못했다.

'어떻게든 티빙을 찾아서 구해 내야 한다. 최대한 빨리.'

랭던은 소피를 따라 서부 지구 순환선 플랫폼으로 내려갔다. 소피는 거기서 레미의 경고를 무시한 채 경찰에 신고를 하기 위해 공중전화 앞으로 다가갔다. 랭던은 참담한 심정으로 근처의 낡은 벤치에 털썩 주저앉았다.

소피가 전화를 걸면서 다시 한 번 강조했다.

"티빙을 돕는 최선의 방법은 당장 런던 경찰을 끌어들이는 거예요. 나만 믿어요."

랭던은 처음에는 그녀의 생각에 동의하지 않았지만, 계획을 세우다 보니 소피의 논리가 점점 그럴듯하게 느껴졌다. 적어도 지금 당장 티빙에게 무슨 일이 생길 것 같지는 않았다. 설령 레미와 그의 배후가 기사의 무덤이 어디인지 안다 하더라도, 구슬과 관련된 수수께끼를 풀기 위해서는 여전히 티빙의 협조가 필요한 탓이었다. 가장 걱정스러운 것은 성배의 위치를 말해 주는 지도가 발견된 이후였다. 리 티빙이라는 존재가 커다란 부담으로 작용할 것이기 때문이었다.

랭던이 티빙을 도울 기회를 포착하기 위해서는, 혹은 쐐기돌을 되찾을 희망을 이어가기 위해서는 일단 무덤을 찾아내는 수밖에 없었다. 불행하게도 지금 당장은 레미가 훨씬 앞서가고 있는 게 사실이지만 말이다.

소피는 레미가 신속한 행동을 취하지 못하도록 방해하는 역할을 맡았다.

반면 문제의 무덤을 찾아내는 것은 랭던이 맡기로 했다.

소피는 레미와 사일러스를 런던 경찰에게 쫓기는 신세로 만들어 마음 놓고 거리를 활보하지 못하게 할 생각이었다. 물론 경찰이 그들을 체포한다면 더 이상 바랄 나위가 없겠지만 말이다. 랭던이 세운 계획은 그렇게까지 확실하지는 않았다. 일단 지하철을 이용해 그리 멀지 않은 킹스 칼리지로 가 볼 생각이었다. 이 대학은 신학 분야의 방대한 데이터베이스로 유명했다. 종교의 역사와 관련된 문제라면 무엇이든

이 데이터베이스를 통해 해답을 찾을 수 있다는 이야기가 나올 정도였다. 랭던은 '교황이 매장한 기사'에 대해 이 데이터베이스가 어떤 자료를 내놓을지 궁금했다.

랭던은 자리에서 일어나 얼른 전동차가 도착했으면 좋겠다는 생각을 하며 이리저리 서성거렸다.

소피의 전화가 겨우 런던 경찰에게 연결되었다.
"스노우 힐 경찰섭니다."
교환원의 목소리가 흘러나왔다.
"어디로 연결해 드릴까요?"
"납치 사건을 신고하려고 하는데요."
소피는 바로 본론으로 들어갔다.
"성함은요?"
소피는 잠시 망설였다.
"프랑스 사법경찰 소속의 소피 느뵈 요원이라고 합니다."
역시, 솔직하게 신분을 밝힌 보람이 있었다.
"잠깐만 기다리세요, 금방 담당자를 연결해 드리겠습니다."
소피는 기다리는 동안 영국 경찰이 티빙을 납치한 자들의 인상착의를 곧이곧대로 믿어 줄까 하는 의구심이 일었다.

'턱시도를 입은 남자.'

그렇게 눈에 잘 뜨이는 용의자도 흔하지 않을 것이다. 설령 레미가 옷을 갈아입는다 해도 알비노 수도사가 그의 뒤를 따르고 있지 않은가.

'그런 그들을 알아보지 못한다는 건 있을 수 없는 일이지.'

게다가 그들은 인질을 데리고 있으니 대중교통 수단을 이용하지도 못할 것이다. 소피는 런던 시내를 굴러다니는 재규어 스트레치드 리무진이 몇 대나 될까 하는 생각을 해 보았다.

그나저나 담당자를 연결하는데 왜 이렇게 시간이 오래 걸리는지 알다가도 모를 노릇이었다.

'빨리 좀 나와라!'

전화가 다른 곳으로 연결되는 듯 딸깍거리는 소리가 간간이 흘러나올 뿐이었다.

15초가 흘러갔다.

이윽고 남자의 목소리가 나왔다.

"느뵈 요원?"

소피는 그 퉁명스러운 목소리가 굉장히 귀에 익다는 생각이 얼핏 들었다.

"느뵈 요원!"

틀림없는 브쥐 파슈의 목소리였다.

"지금 어디야?"

소피는 말문이 딱 막혀 버렸다. 파슈 국장이 런던 경찰의 교환원에게 소피가 전화를 걸어 오면 즉시 알려 달라고 협조를 구해 놓은 모양이었다.

"내 말 잘 들어."

파슈가 프랑스어로 몰아붙였다.

"내가 오늘 밤에 큰 실수를 했어. 로버트 랭던은 아무 죄도 없더군. 그 사람이 쓰고 있던 모든 혐의가 풀렸네. 하지만 그래도 자네들 두 사람은 지금 커다란 위험에 처해 있어. 당장 경찰서로 들어와야 해."

소피는 입이 쩍 벌어졌다. 뭐라고 대답을 해야 좋을지 알 수가 없었다. 파슈는 무슨 일이 있어도 절대 사과 따위를 하는 사람이 아니었다.

"자크 소니에르가 자네 할아버지라는 말을 왜 하지 않았나."

파슈의 말이 이어졌다.

"자네가 겪고 있을 정신적 스트레스를 고려해서, 어젯밤 자네의 명령 불복종에 대해서는 눈감아 줄 생각이야. 하지만 지금 당장은 랭던과 함께 가장 가까운 런던 경찰서를 찾아가 신변 보호를 요청하는 게 급선무야."

'내가 런던에 온 걸 알고 있단 말이야? 도대체 어디까지 알고 있는 거지?'

파슈의 목소리 뒤로 무슨 드릴 소리 같은 것이 들렸다. 그보다도, 전화선에서 뭔가 딸깍거리는 소리가 더욱 신경에 거슬렸다.

"국장님, 지금 이 전화를 추적하고 있어요?"

파슈의 목소리가 조금 더 단호해졌다.

"느뵈 요원, 자네와 나는 서로 힘을 합쳐야 해. 자칫하면 우리 둘 다 커다란 곤경에 처할 테니까. 지금 우리에게 필요한 것은 피해 대책이야. 어젯밤에는 내가 심각한 판단 착오를 일으켰어. 만약 그 실수가 미국인 교수와 DCPJ 암호 해독 요원의 죽음으로 이어진다면, 나는 당장 옷을 벗어야 하겠지. 지난 몇 시간 동안 자네의 안전을 확보하기 위해 내가 얼마나 애를 썼는지 알아?"

나지막한 신음과 함께 전동차가 역 구내로 들어오면서 뜨뜻한 바람이 훅 밀려왔다. 소피는 당장 그 전동차에 오르고 싶은 마음이 간절했다. 랭던도 비슷한 생각을 하고 있는 듯, 엉거주춤 그녀를 향해 다가오고 있었다.

"국장님에게 필요한 사람은 레미 르갈뤼데크라는 자예요."

소피가 말했다.

"티빙의 하인이죠. 그 사람이 조금 전에 템플 교회에서 티빙을 납치했어요······."

"느뵈 요원!"

전동차가 구내로 들어오는 소리와 함께 파슈의 고함이 들려왔다.

"지금 유선상으로 이런 이야기를 나누고 있을 때가 아니야. 당장 랭던과 함께 경찰서로 들어와. 다 자네를 위해서 하는 말이라고! 이건 명령이다!"

소피는 수화기를 내려놓기가 무섭게, 재빨리 랭던과 함께 전동차에 올랐다.

89

 티끌 한 점 없던 티빙의 호커 객실에 쇠를 깎아 낸 부스러기가 잔뜩 널려 있고 압축 공기와 프로판 가스 냄새가 자욱했다. 브쥐 파슈는 사람들을 모두 내보내고 티빙의 금고에서 찾아낸 묵직한 나무 상자와 술잔을 든 채 혼자 앉아 있었다.
 파슈는 손가락으로 장미 장식을 어루만지며 뚜껑을 열었다. 안에는 글자판이 달린 돌로 된 원통이 들어 있었다. 다섯 개의 글자판은 'SOFIA' 라는 단어를 이루고 있었다. 한참 물끄러미 그 단어를 내려다보던 파슈는 원통을 집어 들고 처음부터 끝까지 자세히 살펴보기 시작했다. 이어서 양쪽 끝을 살짝 잡아당겨 보니, 마개 하나가 빠져나왔다. 원통 속에는 아무것도 없었다.
 파슈는 원통을 도로 상자 속에 집어넣고 창문을 통해 바깥의 격납고를 내다보며 소피와의 짧은 통화와 함께 샤토 빌레트의 PTS 요원에게서 날아든 보고를 곰곰이 생각해 보았다. 그때 전화벨이 울리는 바람에 파슈는 화들짝 공상에서 깨어났다.

DCPJ 교환국에서 걸려온 전화였다. 교환원은 미안하다고 사과부터 했다. 취리히 대여 금고 은행의 지점장이 몇 번이나 전화를 했는데, 국장이 지금 런던으로 출장을 가 있다고 했는데도 자꾸만 전화를 한다는 것이었다. 파슈는 마지못해 전화를 연결하라고 했다.

"무슈 베르네."

파슈는 상대방이 먼저 입을 열 틈도 주지 않고 선수를 쳤다.

"진작 전화하지 못해 미안합니다. 좀 바빠서 말입니다. 약속한 대로 당신네 은행 이름이 아직 한 번도 언론에 거론되지 않았는데, 뭐가 그렇게 걱정입니까?"

베르네는 초조한 목소리로 랭던과 소피가 자신의 은행에서 조그만 나무 상자를 훔쳐 낸 다음, 자신을 속여서 은행을 빠져나갔다고 떠벌리기 시작했다.

"한참 가다 보니 라디오에서 그들이 범죄자라는 뉴스가 나오더군요. 그래서 차를 세우고 상자를 돌려 달라고 했는데, 그들은 오히려 나를 공격하고 트럭까지 탈취했습니다."

"그 상자 때문에 걱정이 많은 모양이군요."

파슈는 다시 한 번 상자 뚜껑을 열어 하얀 원통을 바라보며 말했다.

"그 상자 속에 무엇이 들어 있었는지 말해 줄 수 있겠소?"

"내용물이 중요한 게 아닙니다."

베르네가 대답했다.

"나는 지금 내 은행의 명성을 걱정하는 거예요. 지금까지 우리는 한 번도 도난 사고를 당한 적이 없습니다. 단 한 번도. 그 상자를 되찾지 못하면 우리의 명성에는 치명적인 손상이 갈 겁니다."

"당신 입으로 느뵈 요원과 로버트 랭던이 계좌 번호와 열쇠까지 가지고 있었다고 하지 않았소. 그런데도 그들이 상자를 훔쳤다고 표현하는 근거는 뭐지요?"

"그들은 사람을 죽였습니다. 소피 느뵈의 할아버지를 포함해서 말입니다. 그들은 불법적인 행동을 통해 열쇠와 계좌 번호를 손에 넣은 게 틀림없습니다."

"무슈 베르네, 우리 요원들이 당신의 배경과 관심 분야를 조사해 봤습니다. 고상한 문화생활을 즐기는 사람이더군요. 명예를 목숨보다 중요하게 생각하는 사람이라는 인상을 받았습니다. 그건 나도 마찬가지지요. 프랑스 사법경찰의 책임자로서 분명히 말씀드리는데, 당신의 상자, 그리고 당신네 은행의 명성은 조금도 걱정할 필요가 없습니다."

90

샤토 빌레트의 헛간 다락에서는 콜레가 휘둥그런 눈으로 컴퓨터 모니터를 들여다보고 있었다.

"이게 모두 이 시스템을 이용해 도청을 한 장소란 말인가?"

"그렇습니다."

요원이 대답했다.

"1년 이상 자료를 수집한 것 같습니다."

콜레는 말문이 막혀서 명단을 다시 한 번 읽어 보았다.

콜베르 소스타크 ─ 국회 의장

장 샤페 ─ 죄 드 폼 박물관 관장

에두아르 데스로셰르 ─ 미테랑 도서관 자료 관리 책임자

자크 소니에르 ─ 루브르 박물관 관장

미셸 브르통 ─ DAS(프랑스 정보기관) 국장

요원은 손가락으로 화면을 가리켰다.

"네 번째 이름이 가장 눈에 뜨이더군요."

콜레는 멍하니 고개를 끄덕였다. 물론 그 자신도 진작 알아보았다. 자크 소니에르가 도청을 당하고 있었던 것이다. 콜레는 나머지 이름들을 다시 한 번 훑어보았다.

'도대체 어떤 인간이 이런 유명 인사들을 도청했단 말인가?'

"음성 파일은 들어 보았나?"

"몇 개는 들어 봤습니다. 가장 최근에 녹음된 게 있더군요."

요원은 컴퓨터 자판을 몇 개 눌렀다. 스피커에서 소리가 흘러나오기 시작했다.

"Capitaine, un agent du Département de Cryptographie est arrivé(국장님, 암호 해독 부서에서 요원이 도착했습니다)."

콜레는 자신의 귀를 믿을 수가 없었다.

"이건 나잖아! 내 목소리라고!"

콜레는 소니에르의 책상에 앉아서 대화랑의 파슈에게 무전으로 소피 느뵈가 도착했다는 사실을 알리던 순간을 떠올렸다.

요원은 고개를 끄덕였다.

"누군가 마음만 먹었다면 우리가 루브르에서 나눈 대화를 대부분 엿들을 수 있었을 겁니다."

"도청 장치를 수색할 사람을 보냈나?"

"그럴 필요가 없습니다. 어디에 설치되어 있는지 정확하게 알고 있으니까요."

요원은 낡은 노트와 설계도 따위가 놓인 작업대로 다가가더니, 그 가운데 한 장을 골라 콜레에게 건네주었다.

"낯이 익지 않습니까?"

콜레는 또 한 번 뒤통수를 얻어맞은 기분이었다. 요원이 건네준 것은 간단한 기계 장치를 그린 아주 오래된 설계도를 복사한 것이었다. 글씨는 이탈리아어로 적혀 있어서 읽을 수가 없었지만, 그래도 그것이 무엇인지는 한눈에 알아볼 수 있었다. 관절을 갖춘 중세 프랑스 기사상이었다.

'소니에르의 책상에 놓여 있던 기사상이야!'

콜레는 사진의 여백을 살펴보았다. 누군가가 붉은 펜으로 메모를 적어 놓았다. 프랑스어로 적힌 그 메모에는 기사상 안에 도청 장치를 삽입하는 방법이 담겨 있었다.

91

 사일러스는 템플 교회 부근에 주차된 재규어 리무진 조수석에 앉아 있었다. 레미가 트렁크에서 찾아낸 밧줄로 티빙을 묶고 입에 재갈을 물리는 동안, 사일러스는 쐐기돌을 든 손바닥에 흥건히 땀이 고이는 느낌이었다.
 이윽고 레미가 일을 마치고 운전석에 올라앉았다.
 "잘 묶었습니까?"
 사일러스가 물었다.
 레미는 히죽 웃으며 빗물을 털어 내고는 칸막이 뒤쪽에 처박힌 리 티빙을 돌아보았다. 빛이 거기까지 미치지 않아 그의 모습이 제대로 보이지는 않았다.
 "도망이야 못 가겠지."
 사일러스는 티빙이 입에 재갈이 물린 채 뭐라고 소리치는 것을 듣고 레미가 사일러스 자신의 입에서 떼어 낸 테이프를 사용했다는 사실을 알아차렸다.

"Ferme ta gueule(닥쳐)!"

레미는 어깨 너머로 티빙을 향해 소리쳤다. 그러고는 계기판으로 손을 뻗어 어떤 단추를 눌렀다. 그들 뒤로 불투명한 칸막이가 스르르 올라가며 실내를 둘로 나누어 버렸다. 티빙의 모습도, 목소리도 완전히 사라졌다. 레미는 사일러스를 돌아보며 말했다.

"저 영감이 징징거리는 소리는 지금까지 지겹도록 들었거든."

잠시 후 재규어 리무진이 도로로 접어들었을 무렵, 사일러스의 전화벨이 울렸다.

'스승님이다.'

사일러스는 흥분을 가라앉히며 전화를 받았다.

"여보세요?"

"사일러스."

스승이 친숙한 프랑스 억양으로 말했다.

"네 목소리를 다시 들으니 마음이 놓인다. 전화를 받을 수 있다는 건 무사하다는 뜻일 테니까."

사일러스 역시 스승의 목소리를 들으니 더없이 마음이 편안해졌다. 조금 전만 해도 이번 작전이 완전히 실패로 돌아가는 줄 알았는데, 이제 드디어 정상 궤도로 올라서지 않았는가.

"쐐기돌을 손에 넣었습니다."

"듣던 중 반가운 소식이로군."

스승이 말했다.

"레미도 옆에 있나?"

사일러스는 스승의 입에서 레미의 이름이 나오는 것을 듣고 깜짝 놀랐다.

"예. 레미가 저를 구해 주었습니다."

"내가 그렇게 하라고 지시했지. 너무 오랫동안 갇혀 있게 해서 너에게 미안할 따름이야."

"육체적인 고통은 아무런 문제도 되지 않습니다. 중요한 것은 이제 쐐기돌이 우리 손에 들어왔다는 점이니까요."

"그래. 그걸 당장 나에게 가져와야 한다. 시간이 없어."

사일러스는 드디어 스승을 직접 만날 수 있다는 생각에 가슴이 두근거렸다.

"알았습니다. 저에게 더없이 큰 영광이 될 겁니다."

"사일러스, 그걸 나에게 가져오는 일은 레미에게 맡겼으면 하네."

'레미에게?'

사일러스는 기운이 쭉 빠지는 느낌이었다. 지금까지 스승을 위해 그토록 헌신적으로 노력했으니, 자기 손으로 직접 이 전리품을 전달할 수 있을 것이라고 믿었다.

'스승은 레미를 더 신뢰한단 말인가?'

"네가 섭섭해하는 건……."

스승이 말했다.

"내 의도를 제대로 헤아리지 못했기 때문이다."

스승의 목소리가 더욱 낮아지며 거의 속삭이듯 말을 이었다.

"물론 나도 너에게서 직접 쐐기돌을 건네받고 싶은 마음이 간절하다. 너는 범죄자가 아니라 주님의 일꾼이니까. 하지만 나는 레미를 그냥 둘 수가 없다. 그는 내 명령을 어기고 우리의 과업 전체를 위험에 빠뜨리는 커다란 실수를 저질렀다."

사일러스는 흠칫하며 레미를 돌아보았다. 티빙의 납치는 원래 계획에 없던 행동이었고, 덕분에 그를 어떻게 처리할 것인지가 새로운 문제점으로 떠오른 것이다.

"너와 나는 주님의 일꾼이다."

스승이 속삭였다.

"절대 우리의 목적을 포기할 수 없지."

수화기에서는 한동안 불길한 침묵만이 흘러나왔다.

"레미에게 쐐기돌을 가져오라고 하는 이유는 오로지 이것 하나밖에 없다. 알아듣겠느냐?"

사일러스는 스승의 목소리에 깃든 분노를 느꼈다. 생각보다 이해심이 부족한 것 아닌가 하는 생각도 들었다.

'레미가 얼굴을 드러낸 것은 어쩔 수 없는 선택이었어.'

사일러스는 생각했다.

'그는 마땅히 해야 할 일을 했을 뿐이다. 덕분에 쐐기돌을 손에 넣지 않았는가.'

"알았습니다."

사일러스는 겨우 대답했다.

"좋아. 너는 안전을 위해 당장 그 차에서 내려야 한다. 이제 곧 경찰이 그 리무진을 찾아 나설 것이야. 나는 네가 체포되는 것을 원하지 않는다. 런던에도 오푸스 데이의 숙소가 있을 테지?"

"물론 있습니다."

"그곳에 잠시 거처를 마련할 수 있는가?"

"물론입니다."

"그럼 그곳에서 당분간 숨어 지내도록 해라. 내가 쐐기돌을 확보하고 당장 급한 일을 몇 가지 처리하고 나서 직접 연락을 하겠다."

"지금 런던에 계십니까?"

"내가 시킨 대로만 하면 아무 일도 없을 것이다."

"알았습니다, 스승님."

스승은 깊은 한숨을 내쉬었다. 마치 이제부터 전혀 마음에 없는 일을 어쩔 수 없이 해야 하는 사람 같았다.

"레미와 잠깐 통화를 해야겠다."

사일러스는 레미에게 전화기를 건네주었다. 이것이 레미 르갈뤼데크의 마지막 통화가 되지 않을까 하는 생각을 하면서…….

레미는 전화기를 건네받으며, 이 가련한 수도사가 자신의 코앞에 어떤 운명이 닥치고 있는지 전혀 모른다는 생각을 했다. 그는 이것으로 용도가 끝난 셈이었다.

'스승은 너를 이용한 거야, 사일러스.'

'네가 모시는 주교 역시 장기판의 말일 뿐이라고.'

레미는 사람을 설득하는 스승의 능력이 놀라울 따름이었다. 아링가로사 주교는 모든 것을 곧이곧대로 믿고 있었다. 좌절감 때문에 앞을 제대로 보고 있지 못한 것이다.

'아링가로사는 마치 믿고 싶어서 안달이 난 사람 같다니까.'

레미는 스승을 그리 좋아하는 편은 아니었지만, 아무튼 그런 사람의 신뢰를 얻어 이렇게 중요한 역할을 감당할 수 있다는 것이 뿌듯하게 느껴졌다.

'이만하면 나도 충분한 보상을 받을 자격이 있지.'

"잘 들어라."

스승이 말했다.

"사일러스를 오푸스 데이 숙소로 데려가 몇 블록 떨어진 곳에 내려주어라. 그러고 나서 너 혼자 세인트 제임스 공원으로 간다. 의회와 빅 벤에서 멀지 않은 곳이다. 근위 기병대 연병장에 차를 세워라. 그럼 거기서 만나자."

그 말을 끝으로 전화가 끊어졌다.

92

　조지 4세가 1829년에 설립한 킹스 칼리지는 국왕이 하사한 의회 부근의 부지에 신학부와 종교 연구소를 거느리고 있다. 킹스 칼리지 종교학부는 150년이 넘는 역사와 함께 1982년에 설립된 조직 신학 연구소의 세계적인 명성을 자랑하는데, 특히 이 연구소는 종교 연구에 관한 한 세계 최고로 평가받는 첨단 도서관을 보유하고 있다.
　소피와 함께 비에 흠뻑 젖은 채 이 도서관으로 들어서는 랭던은 여전히 마음이 무거웠다. 팔각형의 널따란 참고 자료실은 티빙이 설명한 것과 별로 다르지 않았다. 한복판에 12대의 첨단 컴퓨터 장비만 아니라면 아서 왕과 그의 기사들이 편안하게 담소를 나누었을 법한 거대한 원탁이 놓여 있었다. 출입구 근처의 책상에서는 사서가 막 차 한 잔을 따라 들고 하루 일과를 시작하려는 참이었다.
　"좋은 아침이죠?"
　사서가 영국식 억양의 밝은 목소리로 인사를 건네며 찻잔을 내려놓고 그들을 향해 다가왔다.

"도와드릴까요?"

"고맙습니다."

랭던이 대답했다.

"제 이름은……."

"로버트 랭던 씨죠."

사서는 환한 미소를 지었다.

"선생님을 알아요."

랭던은 순간적으로 파슈가 영국의 텔레비전에까지 자신의 사진을 뿌린 것 아닌가 하는 두려움이 일었지만, 사서의 환한 미소로 미루어 아무래도 그건 아닌 듯했다. 랭던은 본의 아니게 유명 인사 대접을 받는 이런 상황에 좀처럼 익숙해지지 않았다. 종교 연구소의 참고 자료실 사서라면 그의 얼굴을 알아보는 것도 크게 무리가 아닐지 모른다는 생각도 얼핏 들었다.

"저는 파멜라 게텀이라고 해요."

사서가 악수를 청하며 말했다. 온화하고 교양 있어 보이는 얼굴에, 목소리도 아주 밝은 여자였다. 끈을 달아 목에 건 뿔테 안경의 렌즈가 꽤 두터워 보였다.

"반갑습니다."

랭던이 말했다.

"이쪽은 내 친구, 소피 느뵈입니다."

게텀은 소피와 인사를 나눈 뒤, 다시 랭던을 돌아보았다.

"오신다는 소식을 못 들었어요."

"우리도 여기까지 오게 될 줄 몰랐습니다. 실례가 되지 않는다면 꼭 필요한 정보를 찾기 위해 당신의 도움을 좀 받았으면 합니다."

게텀은 약간 난처한 표정이었다.

"원래는 사전에 신청을 한 분들에게만 서비스를 제공하도록 되어 있어요. 저희 대학 측으로부터 초대를 받고 오신 경우가 아니라면 말이에요."

랭던은 고개를 가로저었다.

"유감스럽게도 예정에 없던 방문이라서요. 내 친구 한 사람이 이 도서관을 극구 칭찬하더군요. 리 티빙 경이라고……."

티빙의 이름을 입에 담는 순간, 또 한 번 가슴이 시큰거렸다.

"영국 왕립 역사학자지요."

게텀의 얼굴이 환하게 펴졌다.

"맙소사, 알다마다요. 정말 괴짜 같은 분이죠! 여기 오실 때마다 그분이 내놓는 검색어는 늘 똑같아요. 성배, 성배, 성배……. 아마 그분은 그 연구를 끝내기 전에는 눈도 못 감을 거예요."

그녀는 한쪽 눈을 찡긋해 보이며 말을 이었다.

"시간과 돈이 있어야 그런 호사도 누릴 수 있죠, 안 그래요? 정말 돈키호테 같은 분이라니까요."

"그래서, 우리를 도와주실 수 있으신가요?"

소피가 물었다.

"아주 중요한 일이거든요."

게텀은 텅 빈 자료실 안을 한 바퀴 둘러보며 또 한 번 눈을 찡긋거렸다.

"음, 바빠서 안 되겠다는 말씀은 차마 못 드리겠네요, 그렇죠? 방명록에 서명만 해 주시면 누구에게도 피해가 가는 일은 아닐 테죠. 어떤 자료를 찾고 싶으신가요?"

"우린 런던에 있는 어떤 무덤을 찾고 있어요."

게텀은 고개를 갸우뚱거렸다.

"다 합치면 2만 개도 넘을 걸요. 좀 더 구체적으로 말씀해 주실 수 있나요?"

"어느 기사의 무덤이에요. 이름은 우리도 모르고요."

"기사라······. 그렇다면 범위가 상당히 좁혀지긴 하겠네요. 그렇게 흔한 경우는 아닐 테니까."

"사실은 우리가 찾고 있는 기사에 대해서 별로 정보가 없는 상태예요."

소피가 말했다.

"우리가 아는 건 이 정도가 전부거든요."

소피는 소니에르의 시 가운데 처음 두 행만 옮겨 적은 종이를 꺼냈다. 랭던과 소피는 모르는 사람에게 시를 통째로 보여 주기가 껄끄러워서 기사에 대한 언급이 나오는 처음 두 행만 보여 주기로 미리 입을 맞춰 놓았다. 소피는 그것을 '분할 해독'이라고 불렀다. 정보기관에서 민감한 데이터가 포함된 암호를 입수하면 해독 요원들은 각기 일정 부분씩 나누어서 해독 작업을 한다. 이렇게 해야 암호가 모두 풀렸을 때 누구도 메시지 전체를 알지 못하기 때문이다.

하지만 이번 경우에는 소피와 랭던이 지나친 과민 반응을 보이는 것인지도 몰랐다. 설령 이 사서에게 시 전문을 보여 주어 그녀가 기사의 무덤과 사라진 구슬에 대한 내용을 모두 알게 된다 해도 크립텍스가 없는 한 무용지물이기 때문이었다.

게텀은 이 유명한 미국인 학자의 눈동자에서 문제의 무덤을 신속히 찾아내는 일에 생사가 달린 듯한 절박함을 읽을 수 있었다. 그와 함께 온 초록색 눈동자의 여인도 초조해 보이기는 마찬가지였.

게텀은 적이 당혹스러운 심정으로 안경을 코끝에 걸치고 그들이 건네준 종이를 살펴보기 시작했다.

교황이 매장한 기사가 런던에 잠들어 있으니

그의 노력의 열매는 거룩한 분노를 유발했도다.

게팀은 고개를 들어 방문객들을 바라보았다.
"이게 뭐죠? 하버드의 주워 모으기 게임인가요?"
랭던의 웃음소리는 약간 부자연스럽게 들렸다.
"예, 대충 그런 겁니다."
게팀은 아무래도 이 사람들이 전후 사정을 있는 대로 털어놓지 않는다는 느낌을 받았다. 그렇거나 말거나, 호기심에 끌려서 자신도 모르게 그 글귀를 유심히 들여다보았다.
"이 시에 의하면 어떤 기사가 하느님을 불쾌하게 만든 어떤 행동을 했는데, 교황이 너무 정이 많아서 그를 런던에다 묻어 주었다, 뭐 이런 느낌이네요."
랭던은 고개를 끄덕였다.
"뭔가 짚이는 게 있습니까?"
게팀은 컴퓨터 앞으로 다가갔다.
"꼭 그런 건 아니지만, 일단 데이터베이스를 한번 돌려 보죠."
킹스 칼리지의 조직 신학 연구소는 지난 20년에 걸쳐 광학 문자 판독기와 언어 번역기를 이용해 방대한 분량의 텍스트를 디지털화하고 목록을 만드는 작업에 몰두해 왔다. 종교 백과사전, 종교인의 전기, 수십 가지 언어로 간행된 각종 경전, 역사, 바티칸의 교서, 성직자들의 일기, 그 밖에 인간의 영혼과 관련된 모든 저술이 그들의 작업 대상에 포함되었다. 덕분에 지금은 어마어마한 양의 자료들이 종이가 아닌 컴퓨터 파일의 형태로 저장되었고, 검색에 필요한 시간도 엄청나게 단축되었다.
컴퓨터 앞에 자리를 잡은 게팀은 소피가 건네준 종이를 슬쩍 넘겨다보며 타이핑을 하기 시작했다.

"일단 가장 확실한 키워드 몇 개를 집어넣어서 기본적인 불리안 (Boolean) 검색을 돌려 보자고요."

"고마워요."

게텀은 몇 개의 단어를 입력했다.

런던, 기사, 교황

이어서 '검색' 단추를 누르자, 아래층의 거대한 메인프레임이 초당 500메가바이트의 속도로 데이터를 검색하는 소리가 느껴졌다.

"본문에 이 세 개의 키워드가 들어가는 문서를 모두 찾으라고 명령 했어요. 물론 우리가 원하는 것보다는 훨씬 많은 문서들이 튀어 나오 겠지만, 출발점으로 삼기에는 나쁘지 않죠."

화면에는 벌써 몇 건의 검색 결과가 뜨기 시작했다.

『교황 그리기. 조수아 레이놀즈 경의 초상화 선집』,
런던 대학 출판부

게텀은 고개를 가로저었다.

"이건 확실히 당신들이 찾고 있는 문서가 아니로군요."

그녀는 다음 검색 결과로 넘어갔다.

『알렉산더 포프의 런던 시절 저술들』,
G. 윌슨 나이트

게텀은 이번에도 고개를 가로저었.

시스템이 본격적으로 가동되면서 검색 결과가 나오는 속도도 훨씬

빨라졌다. 한꺼번에 수십 건의 텍스트가 나타났는데, 대부분은 18세기의 영국 저술가인 알렉산더 포프(Alexander Pope)가 언급된 문서들이었다. 그의 반종교적 의사(擬似) 서사시에는 기사와 런던이 수없이 등장하는 것도 무리가 아니었다.

게텀은 화면 하단의 숫자 창을 힐끗 살펴보았다. 컴퓨터는 현재의 검색 건수에 아직 검색하지 않은 데이터베이스의 백분율을 곱해서 검색이 끝나면 대략 몇 건의 정보가 발견될 것인지를 계산한 수치를 보여 주었다. 결국 이 방법으로는 찾아낸 데이터는 어마어마한 양이 될 게 분명해 보였다.

예상 검색 결과 건수 : 2,692

"검색 조건을 조금 더 다듬어야 할 것 같네요."

게텀이 검색을 중단시키며 말했다.

"무덤과 관련해서 당신들이 가진 정보가 이것뿐이에요? 다른 건 하나도 없나요?"

랭던은 불안한 표정으로 소피 느뵈를 바라보았다.

'이건 주워 모으기 게임이 아니야.'

게텀은 진작부터 그런 느낌이 들었다. 로버트 랭던이 작년에 로마에서 어떤 일을 겪었는지에 대한 소문은 그녀도 들은 바가 있었다. 이 미국인은 지구상에서 가장 보안이 철저한 도서관, 즉 바티칸 비밀문서 보관소에 접근할 권한을 허락받았던 인물이었다. 게텀은 랭던이 거기서 어떤 비밀을 알아냈는지, 또한 지금 그가 간절히 찾고 있는 의문의 무덤도 그가 바티칸에서 찾아낸 정보와 관련이 있는지 궁금했다. 게텀은 지금까지 사서로 일해 온 경험을 통해 기사를 찾아 런던으로 오는 사람들의 가장 보편적인 동기가 바로 성배라는 사실을 잘 알고 있었다.

게텀은 미소를 지으며 안경을 고쳐 썼다.

"당신들은 리 티빙의 친구예요. 지금 영국에 와 있죠. 그리고 기사를 찾고 있어요."

게텀은 팔짱을 끼며 말을 이었다.

"나로서는 당신들이 성배를 찾고 있다고 추측할 수밖에 없는 상황이네요."

랭던과 소피는 당혹스러운 시선으로 서로를 마주 보았다.

게텀은 웃음을 터뜨렸다.

"이 도서관은 성배를 찾는 사람들에게는 전진 기지나 다름없는 곳이에요. 리 티빙도 그들 가운데 한 사람이죠. 장미, 마리아 막달레나, 상그레알, 메로빙거 왕조, 시온수도회, 기타 등등…… 이런 검색어를 한 번씩 돌릴 때마다 1실링씩만 받았으면 난 벌써 부자가 되었을 거예요. 모두들 음모를 좋아하니까요."

게텀은 안경을 벗고 그들을 똑바로 바라보았다.

"정보가 더 필요해요."

게텀은 무거운 침묵 속에서 비밀을 지키고 싶은 이 방문객들의 욕구가 신속한 결과를 받아 보고 싶은 욕심으로 급격히 변해 가는 것을 느꼈다.

"좋아요."

소피 느뵈가 불쑥 입을 열었다.

"우리가 아는 건 정말로 이게 전부예요."

그녀는 랭던에게서 펜을 빌려 종이에다 두 줄의 글귀를 더 써서 게텀에게 건네주었다.

그의 무덤에 있어야 할 구슬을 찾아라.

그것이 장미의 살과 씨앗 뿌려진 자궁을 말하도다.

게텀은 속으로 미소를 지었다. '장미'와 '씨앗 뿌려진 자궁' 이야기가 나오는 것을 보니, 진짜 성배 이야기가 맞는 모양이었다.
"좋아요. 다시 한 번 시도해 보죠."
게텀은 고개를 들며 말했다.
"이 시가 어디에서 나왔는지 물어봐도 될까요? 그리고 왜 당신들이 구슬을 찾는지도요."
"물어보는 거야 얼마든지 좋지요."
랭던이 사람 좋은 미소를 지으며 대답했다.
"하지만 다 이야기하자면 아주 깁니다. 우린 지금 시간이 별로 많지 않거든요."
"'당신이 알 바 아니잖아' 하는 말씀을 굉장히 점잖게 표현하시는군요."
"이 기사가 누구고, 어디에 묻혀 있는지를 알아내 주시면……."
랭던이 말했다.
"파멜라, 그 은혜는 평생 잊지 않겠습니다."
"좋아요."
게텀이 다시 자판을 두드리며 말했다.
"한번 해 보죠. 만약 이게 성배와 관련된 주제라면, '성배'라는 키워드를 놓고 앞뒤의 내용을 모두 검토해야 해요. 그러기 위해서는 근접어 매개 변수를 추가하고 제목에 대한 가중치는 삭제해야겠군요. 이렇게 하면 성배와 관련된 단어 근처에 키워드가 나오는 사례로 검색 결과를 한정시킬 수 있어요."

검색 대상: 기사, 런던, 교황, 무덤

100단어 이내 근접어: 성배, 장미, 상그레알, 신성한 잔

"결과가 나오기까지 얼마나 걸릴까요?"

소피가 물었다.

"수백 테라바이트의 데이터를 다중 교차 검색하는 데 걸리는 시간 말인가요?"

'검색' 단추를 누르는 게텀의 눈동자가 유난히 반짝였다.

"겨우 15분밖에 안 걸려요."

랭던과 소피는 아무 말도 하지 않았지만, 게텀은 그 시간이 그들에게는 영원과도 같이 느껴진다는 사실을 직감했다.

"차 한잔하실까요?"

게텀이 일어나서 조금 전에 준비해 둔 주전자 쪽으로 걸어가며 물었다.

"티빙은 내가 끓여 주는 차를 아주 좋아하죠."

93

 런던의 오푸스 데이 센터는 켄싱턴 가든의 북쪽 산책로를 내려다보는 오름 코트 5번지의 수수한 벽돌 건물이었다. 사일러스는 한 번도 그곳에 가 본 적이 없었지만, 그 건물을 향해 걸어가는 그의 마음속에는 자꾸만 피난과 은신이라는 단어가 어른거렸다. 레미는 궂은 날씨에도 불구하고 리무진을 큰길로 몰고 나가면 안 된다며 약간 떨어진 곳에 사일러스를 내려 주었다. 어차피 걷는 것은 상관없었다. 내리는 비가 오히려 그의 몸과 마음을 씻어 주는 느낌이었다.
 사일러스는 레미의 충고에 따라 권총의 지문을 닦아서 하수구에 던져 버렸다. 총을 버리고 나니 마음이 훨씬 홀가분했다. 몸까지 가벼워지는 기분이었다. 오랫동안 묶여 있었던 탓에 아직도 다리가 아팠지만, 그보다 훨씬 더한 고통도 견뎌 낸 사일러스였다. 문득 레미가 리무진 뒷자리에 처박아 둔 티빙이 생각났다. 아마 그 영국인도 지금쯤 사일러스가 경험한 고통을 맛보고 있을 터였다.
 "저 사람을 어떻게 할 생각입니까?"

사일러스는 여기까지 차를 타고 오는 동안 레미에게 그렇게 물어보았다.

레미는 어깨를 으쓱거렸다.

"그야 스승님이 결정할 문제지."

그의 말투에는 묘한 체념이 묻어나는 듯했다.

오푸스 데이 건물에 다가갈수록 빗줄기는 점점 굵어졌다. 흠뻑 젖은 로브가 너무 무겁게 느껴졌고, 상처도 따끔거렸다. 그는 이제 지난 24시간 동안 저지른 모든 죄악의 짐을 벗어놓고 영혼을 깨끗이 씻을 준비가 되어 있었다. 그의 임무는 끝난 것이다.

사일러스는 조그만 마당을 가로질러 현관으로 다가갔다. 문은 잠겨 있지 않았지만, 별로 놀라운 일도 아니었다. 사일러스는 문을 열고 소박하기 그지없는 로비로 들어섰다. 그가 카펫 위로 올라서자, 조그만 초인종 소리가 위층으로 울려 퍼졌다. 이곳에 묵는 사람들은 하루의 대부분을 자신의 방에서 기도로 보내고 있을 테니, 그런 초인종이 필요한 것도 무리가 아니었다. 이내 위쪽에서 마루가 삐걱거리는 소리가 들렸다.

망토를 입은 남자가 계단을 내려왔다.

"무엇을 도와드릴까요?"

그의 친절한 눈빛에는 사일러스의 남다른 외모를 경계하는 기색이 전혀 드러나지 않았다.

"고맙습니다. 내 이름은 사일러스입니다. 오푸스 데이 소속의 수도사지요."

"미국인이십니까?"

사일러스는 고개를 끄덕였다.

"하루 일정으로 런던에 들렀습니다. 이곳에서 하룻밤 묵을 수 있겠습니까?"

"물어보실 필요도 없습니다. 3층에 빈 방이 두 개나 있으니까요. 빵이랑 차를 좀 가져다 드릴까요?"

"고맙습니다."

아닌 게 아니라 사일러스는 무척 배가 고팠다.

그는 조그만 창문이 달린 검소한 방으로 올라가 젖은 로브를 벗고 속옷 차림으로 무릎을 꿇었다. 조금 전에 그를 맞이한 남자가 쟁반 하나를 문 앞에 내려놓는 소리가 들렸다. 기도를 마친 사일러스는 음식을 먹은 뒤 잠자리에 들었다.

1층의 로비에 놓인 전화벨이 울렸다. 사일러스를 맞아 준 오푸스 데이의 수도사가 전화를 받았다.

"여기는 런던 경찰입니다."

상대방이 말했다.

"알비노 수도사를 찾고 있어요. 그자가 조금 전에 거기로 갔다는 제보가 들어왔습니다. 그자를 보았습니까?"

수도사는 깜짝 놀랐다.

"예, 지금 여기 있습니다. 뭐가 잘못되었습니까?"

"지금 거기 있단 말입니까?"

"그래요. 위층에서 기도를 하고 있습니다. 무슨 일이지요?"

"그자를 그냥 놔두세요."

경찰관이 말했다.

"아무 이야기도 하면 안 됩니다. 지금 당장 사람을 보내겠습니다."

94

　웨스트민스터, 버킹엄, 세인트 제임스 등 3개의 궁전과 등을 맞댄 세인트 제임스 공원은 런던 시내 한복판에 떠 있는 초록의 바다였다. 한때 헨리 8세가 사슴을 풀어 사냥을 즐기던 이 녹지가 지금은 일반 시민들에게도 개방된 공원이 되어 있었다. 햇볕 따스한 오후면 런던 사람들이 산책을 나와 연못의 주인 행세를 하는 펠리컨들에게 먹이를 던져주곤 했다. 그 새들은 러시아 대사가 찰스 2세에게 선물한 펠리컨의 후손들이었다.
　오늘따라 펠리컨은 한 마리도 보이지 않았다. 그 대신 폭풍우에 밀려온 갈매기들이 잔디밭을 가득 메우고 있었다. 수백 마리의 하얀 갈매기들이 하나같이 똑같은 방향을 향한 채 폭풍우를 이겨낼 각오를 다지는 듯했다. 아침 안개가 제법 짙었지만, 이 공원에서는 의회와 빅 벤이 한눈에 내다보였다. 스승은 경사진 잔디밭과 오리들이 놀고 있는 연못가의 흐느적거리는 버드나뭇가지 사이로 기사의 무덤이 있는 건물의 첨탑을 바라보았다. 레미에게 이곳으로 오라고 한 이유가 바로 그것이었다.
　레미는 스승이 리무진의 조수석을 향해 다가오는 것을 보고 몸을 숙여 문을 열어 주었다. 스승은 들고 있던 휴대용 술병에서 코냑을 한 모금 들이켜더니, 입가를 문지르며 조수석에 오른 뒤 차문을 닫았다.
　레미는 마치 트로피처럼 쐐기돌을 내밀었다.
　"하마터면 못 찾을 뻔했습니다."
　"아주 잘했다."
　스승이 말했다.
　"스승님 덕분이지요."
　레미는 그렇게 대답하며 쐐기돌을 스승에게 건넸다.
　스승은 한참이나 미소 띤 얼굴로 그 쐐기돌을 들여다보았다.
　"총은? 지문은 다 닦았겠지?"
　"원래대로 사물함 안에 넣어 두었습니다."
　"잘했다."
　스승은 코냑을 한 모금 더 마신 뒤, 병을 레미에게 건넸다.
　"우리의 성공을 위해 축배를 들자. 끝이 다가온다."

　레미는 감사한 마음으로 술병을 받아들었다. 코냑은 약간 짠맛이 느껴졌지만 개의치 않았다. 이제 그와 스승은 진정한 의미의 동반자가 된 것이다. 레미는 이제부터 어떤 인생이 펼쳐질 것인지를 그려 보았다.
　'두 번 다시 하인 노릇 따위는 하지 않을 것이다.'
　저만치 오리들이 노는 연못을 바라보고 있노라니, 샤토 빌레트가 까마득히 멀게만 느껴졌다.
　다시 코냑을 한 모금 들이켠 레미는 술기운이 서서히 피를 덥혀 오는 기분을 느꼈다. 하지만 다음 순간 갑자기 목구멍이 타는 듯이 뜨거워지기 시작했다. 레미는 나비넥타이를 약간 느슨하게 풀며 술병을 스승에게 돌려주었다.
"잘 마셨습니다."
레미가 기운 없는 목소리로 간신히 말했다.
스승은 술병을 받아들며 말했다.
"레미, 너도 알겠지만 내 얼굴을 아는 사람은 너뿐이다. 내가 그만큼 너를 신뢰한다는 뜻이지."
"예."
레미는 열이 온몸으로 번지는 기분이 들어 넥타이를 조금 더 느슨하게 했다.
"나는 스승님의 정체를 무덤까지 가져갈 겁니다."
스승은 한동안 침묵을 지킨 뒤에야 말을 이었다.
"너를 믿는다."
스승은 술병과 쐐기돌을 주머니에 넣은 뒤, 사물함에 손을 뻗어 조그만 메두사 권총을 꺼냈다. 순간적으로 두려움이 몰려왔지만, 스승은 태연히 그 권총을 바지 주머니에 집어넣는 것이었다.
'뭘 하려는 거지?'
레미는 이제 식은땀이 쏟아지기 시작했다.
"나는 너에게 자유를 약속했다."
스승의 목소리에는 짙은 회한이 어려 있는 듯했다.
"하지만 네가 처한 상황을 고려할 때, 최선의 방법은 이것밖에 없었다."
갑자기 목구멍이 퉁퉁 부어오르는 느낌이 들었다. 레미는 미친 듯이 자신의 목을 움켜잡았지만, 이미 식도가 조여들면서 속에서 올라오는 구토물의 맛이 느껴지기 시작했다. 그의 목구멍에서 터져 나오는 꺽꺽거리는 비명은 닫힌 차창을 빠져나갈 만큼 크지 못했다. 그제야 그는 코냑에서 짠 맛이 느껴진 이유를 깨달았다.

'나는 살해당하고 있다!'

레미는 도저히 믿어지지가 않아 스승을 돌아보았지만, 그는 차분히 앉아서 앞 유리만 바라보고 있었다. 레미는 눈앞이 뿌옇게 흐려지면서 가쁜 숨을 몰아쉬었다.

'나는 저자를 위해 할 수 있는 모든 일을 다했다! 어떻게 이럴 수가 있지?'

스승이 처음부터 그를 죽이려고 마음먹고 있었는지, 아니면 템플 교회에서 그가 보인 행동 때문에 믿음을 잃은 것인지는 영원히 알 길이 없을 것이다. 두려움과 함께 분노가 치밀었다. 레미는 스승을 향해 몸을 날리려 했지만, 이미 뻣뻣하게 굳어 가기 시작한 그의 몸은 말을 듣지 않았다.

'나는 모든 것을 걸고 당신을 믿었어!'

레미는 힘껏 움켜쥔 주먹으로 경적이라도 울려 보고 싶었지만 그마저도 뜻대로 되지 않았다. 결국 목덜미를 움켜쥔 채 버둥거리던 그의 몸이 천천히 옆으로 쓰러졌다. 빗줄기는 더욱 굵어졌다. 레미는 더 이상 아무것도 보이지 않았지만, 산소를 공급받지 못한 자신의 뇌가 서서히 그 기능을 다해 가는 것을 느낄 수 있었다. 리비에라의 부드러운 파도 소리가 들린다는 생각을 마지막으로, 레미 르갈뤼데크의 세상은 온통 검은색으로 변해 갔다.

리무진에서 내린 스승은 아무도 자기 쪽을 바라보지 않는다는 사실에 만족감을 느꼈다.

'선택의 여지가 없었다.'

그는 스스로를 위로했지만, 어차피 방금 자신이 한 행동에 대해서는 별다른 미련이 남지 않았다. 레미는 스스로 자신의 명을 재촉했다. 스승은 오래전부터 이번 일이 끝나면 레미를 제거해야 되지 않을까 하는 생각을 하던 차였다. 그러나 레미는 템플 교회에서 자신의 정체를 드러내는 치명적인 실수를 저지른 탓에 최후의 순간을 크게 앞당긴 것뿐이었다. 느닷없이 로버트 랭던이 샤토 빌레트에 나타나면서 스승은 뜻하지 않은 불로소득과 골치 아픈 고민거리를 동시에 얻었다. 랭던이 쐐기돌을 지닌 채 호랑이 소굴로 뛰어든 것은 반갑기 그지없는 일이었지만, 유감스럽게도 그는 꼬리에 경찰을 달고 왔다. 샤토 빌레트, 특히 레미가 감시 임무를 수행하는 헛간의 도청 본부는 온통 그의 지문으로 범벅이 되다시피 한 상황이었다. 스승은 만일의 경우를 대비해 레미의 활동과 자기 자신과의 연결 고리를 철저하게 차단해 둔 예방 조치가 다행스러울 따름이었다. 레미가 입을 열지 않는 한 그 누구도 스승의 존재를 알아차리지 못할 것이고, 이제 레미는 영원히 입을 열 수 없는 처지가 되었다.

이쯤에서 또 하나 확실하게 매듭을 지어 놓아야 할 일이 있었다. 스승은 리무진의 뒷문을 향해 다가갔다.

'경찰은 아무런 단서도 잡지 못할 것이다……. 살아 있는 목격자가 없으니 증인이 나타날 리도 없다.'

스승은 보는 사람이 없는지 다시 한 번 주변을 둘러본 다음, 리무진의 뒷문을 열고 널따란 차 안으로 들어갔다.

몇 분 후, 스승은 세인트 제임스 공원을 가로지르고 있었다. 이제 두 사람이 남았다. 랭던과 느뵈. 이들은 조금 더 골치 아픈 존재였지만, 그렇다고 처리할 수 없는 것은 아니었다. 하지만 지금 당장은 크립텍스 문제를 먼저 해결해야 했다.

스승은 승리감에 도취된 눈빛으로 자신의 목적지를 바라보았다.

'교황이 매장한 기사가 런던에 잠들어 있다.'

스승은 그 시를 전해 듣는 순간 그 의미를 알아차렸다. 물론 그렇다고 해서 다른 자들이 아직 답을 알아내지 못한 것이 크게 놀라운 일은 아니었다.

'어차피 그들과는 출발선부터가 다르지 않은가.'

그는 몇 달에 걸쳐 소니에르의 대화를 도청하는 가운데, 이 그랜드 마스터가 거의 다빈치와 맞먹을 만큼 경외하는 기사가 누구인지를 여러 차례 엿들은 적이 있었다. 이 시가 언급하는 기사는 일단 알고 나면 왜 그 인물일 수밖에 없는지 너무나 단순하고 명쾌하게 드러나지만—바로 여기서 소니에르 특유의 재치가 빛을 발한다—그의 무덤이 어떻게 마지막 암호와 연결되어 있는지는 아직 수수께끼로 남아 있었다.

'그의 무덤에 있어야 할 구슬을 찾아라.'

스승은 그 유명한 무덤의, 특히 가장 놀라운 특징이 드러난 사진을 어렴풋이 떠올렸다.

'장엄한 구슬.'

무덤 꼭대기에 얹힌 거대한 구슬은 무덤 자체만큼이나 컸다. 구슬의 존재는 그의 투지를 더욱 부추기는 동시에 커다란 골칫거리이기도 했다. 한편으로는 너무나도 또렷한 간판처럼 느껴지기도 했지만, 다른 한편으로 시는 '이미 거기에 있는' 구슬이 아니라 그의 무덤에 '있어야 할' 구슬을 언급하고 있었다. 스승은 직접 무덤을 찾아가 좀 더 자세히 살펴보면 그러한 의문이 풀릴 것이라고 믿었다.

비는 더욱 거세게 퍼부었고, 그는 크렙텍스가 젖지 않도록 오른쪽 주머니 속에 깊숙이 찔러 넣었다. 왼쪽 주머니에는 조그만 메두사가 들어 있었다. 몇 분 뒤, 그는 런던에서 가장 장엄한 9백 년 된 건물의 조용한 성소로 들어섰다.

스승이 비가 들이치지 않는 건물 속으로 들어간 바로 그 무렵, 아링가로사 주교는 쏟아지는 빗속으로 걸음을 막 내딛는 참이었다. 답답한 비행기에서 빠져나와 비긴 힐 사설 비행장의 비에 젖은 아스팔트로 내려선 아링가로사는 축축한 한기를 느끼며 옷자락을 여몄다. 파슈 국장이 기다리고 있으면 좋겠다고 생각했는데, 대신 젊은 영국 경찰관 한 명이 우산을 받쳐 쓰고 그에게 다가왔다.

"아링가로사 주교님? 파슈 국장이 급한 일이 생겨서 먼저 가면서 저에게 주교님을 모시라고 하셨습니다. 일단 런던 경찰국으로 가셔야겠습니다. 거기가 가장 안전할 거라고 하시더군요."

'안전?'

아링가로사는 바티칸의 채권이 든 묵직한 서류 가방을 내려다보았다. 지금까지 그 가방에 대해서는 까맣게 잊고 있었다.

"그래요, 고맙습니다."

아링가로사는 경찰차에 오르며 사일러스가 어디에 있는지 궁금했다. 잠시 후, 뜻밖에도 경찰차의 무전기가 그의 의문을 풀어 주었다.

'오름 코트 5번지.'

아링가로사는 그 주소가 어디를 뜻하는지 금방 알아차렸다.

그는 다급한 표정으로 운전대를 잡은 경찰관을 돌아보았다.

"당장 저기로 가야 합니다!"

95

검색이 시작된 이후 랭던의 눈은 잠시도 컴퓨터 화면을 떠나지 않았다.

5분이 지나서야 두 건의 검색 결과가 나타났지만, 둘 다 그가 원하는 정보와는 거리가 멀었다.

랭던은 서서히 초조해지기 시작했다.

파멜라 게텀은 옆방에서 마실 것을 준비하고 있었다. 랭던과 소피는 그 방에 커피 메이커가 한 대쯤 있을 거라는 생각에 이왕이면 홍차 대신 커피를 마실 수 있겠느냐고 부탁했지만, 전자레인지 돌아가는 소리가 나는 걸로 봐서는 인스턴트 커피를 맛보게 될 모양이었다.

이윽고 컴퓨터에서 '띵' 하는 소리가 났다.

"뭐가 또 하나 나온 모양이죠?"

게텀이 옆방에서 큰소리로 물었다.

"제목이 뭐래요?"

랭던은 화면을 바라보았다.

『중세 문학의 성배 우화:
가웨인 경과 녹색의 기사에 대한 소고(小考)』

"녹색 기사의 우화랍니다."
랭던이 대답했다.
"그것도 별 도움이 안 되겠네요."
게툼이 말했다.
"신화에 나오는 녹색 기사는 런던에 별로 많이 묻혀 있지 않거든요."
랭던과 소피는 끈질기게 컴퓨터 앞에 앉아 기다렸다. 또 한 차례 신호음과 함께, 전혀 예상하지 못한 검색 결과가 떴다.

『*Die Opern Von Richard Wagner*』

"바그너의 오페라?"
소피가 중얼거렸다.
게툼이 인스턴트커피 봉지를 손에 든 채 얼굴을 내밀었다.
"그건 정말 뜻밖의 결과네요. 바그너가 기사였어요?"
"아뇨."
랭던이 대답했다. 갑자기 호기심이 일었다.
"하지만 유명한 프리메이슨이기는 했지요."
모차르트와 베토벤, 셰익스피어와 거슈윈, 후디니와 디즈니, 그리고 바그너. 이들 모두의 공통점이 바로 그것이었다. 이들은 프리메이슨과 템플기사단, 시온수도회와 성배의 관계를 다룬 수많은 작품을 남겼다.
"좀 자세히 보고 싶군요. 문서 전문을 보려면 어떻게 해야 하지요?"
"전문을 다 볼 필요도 없어요."

게텀이 대답했다.

"하이퍼텍스트 제목을 클릭해 보세요. 컴퓨터가 검색어 앞의 한 단어와 뒤의 세 단어를 보여 주니까, 문맥을 파악하는 데는 지장이 없을 거예요."

랭던은 무슨 소린지 알아듣지는 못했지만 아무튼 시키는 대로 클릭을 해 보았다.

새로운 창이 하나 열렸다.

……파르지팔이라는 **기사**는 신화에 나오는 전설적인……
은유적인 **성배** 탐색에 대한 주장은……
1855년, **런던** 교향악단은 그의 작품을……
레베카 **포프의** 오페라 선집 『디바의……
바그너의 **무덤**은 독일 바이로이트에 있는……

"엉뚱한 교황이로군요."

랭던이 실망한 목소리로 말했다. 그렇기는 해도 이 시스템의 편리성과 효율성은 상당히 인상적이었다. 키워드가 포함된 문맥은 바그너의 오페라 〈파르지팔〉이 진실을 찾아 떠난 어느 젊은 기사의 이야기에 빗댄 마리아 막달레나, 그리고 예수 그리스도의 혈통에 대한 찬사임을 상기시켜 주기에 부족함이 없었다.

"인내심을 좀 발휘해야 할 거예요."

게텀이 말했다.

"결국은 숫자 싸움이거든요. 컴퓨터를 좀 더 돌려 보죠."

이후 몇 분 사이에 컴퓨터는 프랑스의 유명한 음유시인에 관한 문서를 비롯해 성배와 관련된 자료를 몇 건 더 찾아냈다. 랭던은 음유시인(minstrel)과 성직자(minister)가 같은 어원에서 나온 단어라는 사실이 절대 우연이 아님을 알고 있었다. 음유시인은 음악을 이용해 신성한 여성성의 이야기를 퍼뜨리고 다닌 마리아 막달레나 교회의 성직자들이었던 것이다. 오늘날까지도 프랑스의 음유시인들은 영원히 충성을 맹세한 신비롭고 아름다운 여인, '우리의 성모(our Lady)'를 칭송하는 노래를 부르고 있다.

랭던은 혹시나 하고 하이퍼텍스트를 살펴봤지만, 연결된 문서가 없었다.

컴퓨터에서 또 한 번 신호음이 울렸다.

『기사, 칼, 교황 그리고 펜타클:
타로 카드를 통해 본 성배의 역사』

"이것도 놀라운 일은 아니로군요."

랭던이 소피를 향해 말했다.

"우리의 키워드 중에는 타로 카드의 이름과 똑같은 것들이 있어요."

랭던은 마우스로 하이퍼링크를 클릭했다.

"할아버지와 타로 카드 게임을 할 때 혹시 그런 이야기를 못 들었나 모르겠군요. 사실 이 게임은 사악한 교회가 '사라진 신부(新婦)'를 잡아들인 이야기에 대한 '플래시 카드 교리 문답'이라고 해도 과언이 아니거든요."

소피는 어리둥절한 표정으로 랭던을 바라보았다.

"처음 듣는 이야기예요."

"바로 그겁니다. 성배를 쫓는 사람들은 은유적인 게임으로 자기네 메시지를 숨김으로써 교회의 감시를 피하려 했던 거지요."

랭던은 요즘 카드 게임을 즐기는 사람들 가운데 스페이드와 하트, 클로버와 다이아몬드가 사실은 타로 카드의 칼과 컵, 지팡이와 펜타클에서 유래된 성배의 상징이라는 점을 아는 이가 몇이나 될까 하는 생각을 했다.

스페이드 — 칼 — 날 — 남성
하트 — 컵 — 잔 — 여성
클러버 — 지팡이 — 왕족의 혈통 — 수행원
다이아몬드 — 펜타클 — 여신 — 신성한 여성성

원하던 성과를 거두지 못할 것 같다는 걱정이 점점 커져 갈 무렵, 컴퓨터가 또 하나의 검색 결과를 내놓았다.

『천재의 중력: 한 현대의 기사의 전기』

"천재의 중력?"
랭던이 게툼을 향해 소리쳤다.
"현대의 기사의 전기?"
게툼이 모퉁이 사이로 고개를 내밀었다.
"어느 정도의 현대를 말하는 거죠? 설마 당신네 나라의 루디 줄리아니(Rudolph Giuliani, 뉴욕 시장을 지냈으며, 영국 엘리자베스 여왕에 의해 기사 작위를 받았다—옮긴이) 경을 말하는 건 아니겠죠? 난 개인적으로 그건 좀 문제가 있지 않나 하는 생각이니까요."
랭던도 최근에 기사 작위를 받은 믹 재거(Mick Jagger, 롤링 스톤스 소속의 영국 가수 겸 배우—옮긴이) 경이 떠올랐지만, 확실히 지금은 영국의 작위 제도를 놓고 정치적 토론을 벌일 때는 아니었다.
"어디 한번 볼까요?"
랭던은 그렇게 말하며 하이퍼텍스트 키워드를 불러 보았다.

……영예의 기사 아이작 뉴턴 경은……
1727년 런던, 그리고 또 다른……
그의 무덤은 웨스트민스터 성당에 있는……
알렉산더 포프는 그의 친구이자 동료로서……

"'현대'라는 단어는 상당히 상대적인 개념이네요."
소피가 게텀을 향해 말했다.
"아이작 뉴턴 경에 대한 아주 오래된 책이에요."
게텀은 고개를 가로저었다.
"그것도 아닌가 보군요. 뉴턴은 웨스트민스터 성당의 영국 프로테스탄트 자리에 묻혔어요. 가톨릭 교황이 장례식에 참석했을 리가 없죠. 크림과 설탕도 넣을까요?"
소피는 고개를 끄덕였다.
게텀은 랭던의 대답을 기다렸다.
"로버트?"
랭던은 가슴이 두근거리기 시작했다. 이윽고 그는 컴퓨터 화면에서 눈을 떼며 자리를 박차고 일어났다.
"우리가 찾던 기사가 바로 아이작 뉴턴 경입니다."
소피가 여전히 자리에 앉은 채 물었다.
"무슨 뚱딴지같은 소리예요?"
"뉴턴은 런던에 묻혀 있어요."
랭던이 말했다.
"그의 노력은 새로운 과학으로 이어졌고, 그것이 교회의 분노를 불러 일으켰지요. 게다가 그는 시온수도회의 그랜드마스터를 지내기까지 했어요. 더 이상 뭘 바랍니까?"

"더 이상……?"

소피는 시를 가리켰다.

"교황이 매장한 기사라는 구절은 어떡하고요? 방금 게팀 부인이 하신 말씀 들었잖아요, 뉴턴의 장례식은 가톨릭 교황과 아무런 관계도 없다고."

랭던은 마우스를 향해 손을 뻗었다.

"교황(Pope)이라고 해서 반드시 가톨릭 교황이어야 한다는 법은 없어요."

랭던이 'Pope'라는 단어의 하이퍼링크를 클릭하자, 전체 문장이 나타났다.

국왕과 귀족들이 참석한 아이작 뉴턴 경의 장례식은 그의 친구이자 동료인 알렉산더 포프가 주관했다. 그는 가슴 뭉클한 추도사를 낭독한 다음, 그의 무덤에 흙을 뿌렸다.

랭던은 소피를 돌아보았다.

"사실 두 번째로 나온 검색 결과가 바로 우리가 찾던 것이었어요. 알렉산더 포프 말입니다."

랭던은 잠시 숨을 고른 후 덧붙였다.

"'a Pope'는 '한 사람의 교황'이 아니라 'A. 포프'를 말하는 거였어요."

'A. 포프가 매장한 기사가 런던에 잠들어 있다.'

그제야 소피도 놀란 표정으로 자리에서 일어났다.

이중 의미의 귀재 자크 소니에르가 또 한 번 자신의 천재성을 여실히 입증해 보인 순간이었다.

96

사일러스는 깜짝 놀라 잠에서 깨어났다.
무엇 때문에 깼는지, 얼마나 잤는지 종잡을 수가 없었다.
'내가 꿈을 꾸었나?'
지푸라기를 넣은 매트 위에 일어나 앉은 사일러스는 가만히 귀를 기울였다. 오푸스 데이의 숙소는 쥐 죽은 듯이 고요한 가운데, 아래층 어디에선가 누가 웅얼거리며 기도하는 소리가 어렴풋이 들려올 뿐이었다. 그것은 사일러스의 잠을 깨우기는커녕 마음을 차분하게 가라앉혀 주는 소리여야 했다.
그럼에도 불구하고 사일러스는 불안한 마음을 떨칠 수가 없었다.
사일러스는 일어나 속옷 차림으로 창가를 향해 다가갔다.
'미행을 당한 것인가?'
마당은 그가 들어왔을 때와 조금도 다름없이 텅 비어 있었다. 사일러스는 귀를 기울였다. 정적뿐이었다.
'그런데 왜 이렇게 마음이 불안한 거지?'

사일러스는 이미 오래전에, 자신의 직관을 믿어야 한다는 교훈을 터득했다. 마르세유의 길거리에서 보낸 어린 시절, 그의 목숨을 살린 것도 바로 직관이었다. 아링가로사 주교의 손에 의해 새롭게 태어나기 훨씬 전의 일이었다. 창밖을 내다보는 사일러스의 눈에, 울타리 너머로 자동차의 윤곽이 어렴풋이 보였다. 그 차의 지붕에는 경찰 사이렌이 붙어 있었다. 복도의 마룻바닥이 삐걱거리는 소리가 들렸다. 문의 손잡이가 움직이기 시작했다.

사일러스의 움직임은 말 그대로 동물적이었다. 번개처럼 방을 가로질러 갈 때 마침 벌컥 열린 문 뒤에 몸을 숨겼다. 경찰관 한 명이 뛰어들어와 왼쪽, 오른쪽을 번갈아 가며 총을 겨누었다. 얼핏 보기에 방 안은 텅 빈 듯했다. 이어서 두 번째 경찰이 방으로 들어서는 순간, 사일러스는 어깨를 이용해 있는 힘껏 문짝을 밀어붙였다. 첫 번째 경찰이 재빨리 그를 향해 돌아서며 방아쇠를 당겼지만, 이미 사일러스는 그의 다리를 향해 몸을 날리고 있었다. 총알이 머리 위를 스쳐 가는 사이, 사일러스는 두 팔로 상대방의 다리를 끌어안고 위로 번쩍 추켜올렸다. 경찰은 뒤로 벌렁 넘어가며 머리부터 바닥에 떨어졌다. 이어서 비틀거리며 몸을 일으키는 두 번째 경찰의 사타구니에 사일러스의 무릎이 내리꽂혔다. 사일러스는 버둥거리는 경찰의 몸을 타 넘고 복도로 뛰쳐나갔다.

거의 벌거벗다시피 한 사일러스의 하얀 몸뚱이가 구르듯 계단을 내려갔다. 배신을 당한 것은 확실했지만, 아직 누가 자신을 배신했는지는 알 길이 없었다. 그가 막 로비까지 내려왔을 무렵, 또 다른 경찰들이 현관으로 몰려들었다. 사일러스는 재빨리 방향을 바꿔 객실 쪽을 향해 달려갔다.

'여성용 출입구를 찾아야 한다! 모든 오푸스 데이 건물에는 여성용 출입구가 따로 있다.'

좁은 복도를 미친 듯이 달려 내려간 사일러스는 주방으로 뛰어들었다. 아무것도 모르고 일하던 사람들이 깜짝 놀라 몸을 피하는 가운데, 벌거벗은 알비노는 식기와 접시들이 깨지는 것도 아랑곳하지 않고 보일러실 옆의 어두컴컴한 복도로 뛰어들었다. 드디어 그는 찾던 것을 발견했다. 한쪽 끝에 비상구를 나타내는 불빛이 켜져 있었던 것이다.

전속력으로 문을 박차고 비가 쏟아지는 바깥으로 뛰쳐나간 사일러스는, 그러나 때마침 그쪽으로 달려오던 또 한 명의 경찰관을 미처 발견하지 못했다. 두 사람이 정면으로 충돌하면서 사일러스의 넓은 어깨가 무시무시한 속도로 경찰관의 가슴팍을 강타했다. 경찰이 먼저 시멘트 바닥 위로 쓰러졌고, 충격을 감당하지 못한 사일러스의 몸이 그 위로 떨어졌다. 경찰이 손에서 놓친 권총이 저만치 휙 날아갔다. 사일러스는 건물 안쪽에서 사람들의 목소리가 터져 나오는 것을 들었다. 그가 빙글 몸을 굴리며 바닥에 떨어진 총을 집는 순간, 경찰들이 모습을 드러냈다. 계단 위에서 한 발의 총성이 터지는가 싶더니, 사일러스는 갈비뼈 바로 아래쪽에 찌르는 듯한 통증을 느꼈다. 머리끝까지 화가 치민 사일러스는 세 명의 경찰관을 향해 무차별로 방아쇠를 당겼고, 그들의 피가 사방으로 뛰어올랐다.

어디서 나타났는지 검은 그림자 하나가 그의 등 뒤에 얼씬거렸다. 이어서 그의 어깨를 움켜쥐는 성난 손길은 마치 악마의 힘을 빌린 것처럼 강력했다. 그가 사일러스의 귓가에다 있는 힘껏 고함을 질렀다.

"사일러스, 안 돼!"

사일러스는 몸을 돌리며 방아쇠를 당겼다. 거의 동시에 두 사람의 눈이 마주쳤다. 아링가로사 주교가 천천히 쓰러지는 순간, 사일러스의 입에서는 이미 참혹한 절규가 터져 나오고 있었다.

97

　웨스트민스터사원에는 3천 명이 넘는 사람들의 시신이 매장되거나 그 유물이 안치되어 있다. 국왕과 정치인, 과학자와 시인, 음악가 등의 유해가 늘어나면서 이 거대한 석조 건물도 점점 확장되었다. 구석구석마다 무덤이 즐비한데, 석관 하나가 예배당 한 칸을 독차지하는 엘리자베스 1세의 영묘에서부터 몇백 년 동안 수많은 사람들의 발길에 닳고 닳아 이제는 그 밑에 누가 잠들어 있는지는 보는 이의 상상에 맡길 수밖에 없는 둥근 천장의 지하실 바닥에 깔린 타일에 이르기까지, 그 등급도 다양하기 그지없다.
　아미앵과 샤르트르, 캔터베리 대성당의 형식을 따라 설계된 웨스트민스터사원은 엄밀히 말해서 성당도, 교구 교회도 아니다. 굳이 말하자면 왕족의 특수 교구라고 할 수 있으며, 왕실 직속의 특별한 교회다. 1066년 성탄절 날 윌리엄 1세가 이곳에서 대관식을 가진 이후, '참회왕' 에드워드의 대관식에서 앤드류 왕자와 사라 퍼거슨의 결혼식, 헨리 5세와 엘리자베스 1세, 그리고 다이애나 왕세자비의 장례식에 이르기까지, 왕실의 수많은 대소사가 이곳에서 거행되었다.

그러나 지금의 로버트 랭던은 이 대사원의 역사에 대해서는 아무런 관심이 없었다. 오로지 아이작 뉴턴 경의 장례식을 제외하면 말이다.

'교황이 매장한 기사가 런던에 잠들어 있다.'

랭던과 소피가 북쪽 수랑의 장엄한 주랑 현관으로 들어서자, 경비원들이 정중하게 그들을 금속 탐지기 앞으로 안내했다. 지금은 런던의 역사적 건물 대부분에 이런 금속 탐지기가 설치되어 있다. 두 사람은 무사히 탐지기를 통과해 사원 입구를 향해 걸어갔다.

랭던은 웨스트민스터사원의 문턱을 넘어서는 순간, 바깥세상이 뽕 하고 사라져 버린 느낌에 사로잡혔다. 자동차 소리도, 빗소리도 더 이상 들리지 않고, 마치 건물 자체가 혼잣말을 하는 듯 귀가 먹먹해질 정도의 정적만이 천천히 어슬렁거릴 뿐이었다.

다른 모든 관광객들과 마찬가지로 랭던과 소피 역시 제일 먼저 천장부터 눈길이 갔다. 사원의 거대한 심연이 머리 위에서 폭발을 일으킨 느낌이었다. 삼나무처럼 곧게 뻗어 올라간 회색 돌기둥들이 어둠 속으로 사라지며 눈이 어지러울 만큼 드넓은 공간을 만들어 놓고는 돌이 깔린 바닥으로 내려왔다. 북쪽 수랑의 널따란 복도가 깊은 계곡처럼 뻗어 있고, 양쪽 측면에는 스테인드글라스의 날카로운 절벽이 웅크리고 있었다. 해가 좋은 날이면 이 사원 바닥에 현란한 빛의 축제가 벌어진다. 하지만 오늘처럼 비가 오고 어두컴컴한 날에는 이 거대한 공간 전체가 마치 유령과도 같은 스산함으로 뒤덮인다. 하긴, 이 사원 전체가 거대한 무덤이라는 사실을 감안하면 당연한 일인지도 모르지만.

"완전 텅 비었네요."

소피가 속삭였다.

랭던도 속으로 실망하고 있는 중이었다. 그는 이 사원의 내부가 사람들로 북적거렸으면 좋겠다고 생각했다. 텅 빈 템플 교회에서의 경험을 여기서 또다시 되풀이하고 싶지는 않은 탓이었다. 랭던은 관광객들이 많이 몰리는 곳일수록 안전할 거라는 막연한 기대를 품었는데, 그의 뇌리에 이 사원이 아주 밝고 활기찬 곳으로 기억된 이유는 그가 마지막으로 이곳을 찾았던 때가 한여름의 관광 성수기였기 때문이었다. 하지만 오늘처럼 비가 뿌리는 4월의 아침에는 화려한 스테인드글라스와 북적거리는 관광객 대신 어두컴컴하고 황량한 골방들이 그들을 맞이할 뿐이었다.

"우린 금속 탐지기를 통과했어요."

소피도 랭던의 불안감을 느낀 듯 짐짓 밝은 목소리로 말했다.

"누구나 마찬가지였을 테니, 이 안에는 무기를 가진 사람이 없다는 뜻이죠."

랭던은 고개를 끄덕였지만 그래도 최대한 신중을 기해야 한다는 생각에는 변함이 없었다. 그는 런던 경찰을 불러오자는 생각이었지만, 소피는 섣불리 당국과 접촉했다가 어떤 불상사가 생길지 모른다는 입장이었다.

'우린 크립텍스를 되찾아야 해요.'

그녀는 처음부터 끝까지 그 생각밖에 없었다.

'그게 모든 닫힌 문을 여는 열쇠니까요.'

물론 그 말은 맞는 말이었다.

티빙을 안전하게 구해 내는 열쇠.

성배를 찾는 열쇠.

이 모든 사건의 배후가 누구인지를 밝혀내는 열쇠.

불행하게도 그들이 지금 여기, 아이작 뉴턴의 무덤에서 쐐기돌을 되찾지 못하면 두 번 다시 기회가 주어지지 않을 터였다. 크립텍스를 가진 자가 누구든 간에 마지막 단서를 찾기 위해서는 이 무덤을 찾아올 수밖에 없었고, 이미 그가 한발 앞서 다녀가지 않은 이상 소피와 랭던은 이곳에서 결판을 봐야 하는 상황이었다.

두 사람은 탁 트인 공간이 왠지 부담스러워 한 줄로 늘어선 벽기둥 뒤쪽의 어두침침한 복도를 따라 걸음을 옮겼다. 랭던은 인질로 붙잡힌 리 티빙의 모습이 좀처럼 뇌리에서 지워지지 않았다. 아마 지금쯤 손발이 묶인 채 자신의 리무진 뒷자리에 처박혀 있을 터였다. 시온수도회의 최고 지도자들을 살해하라는 명령을 내린 자라면, 자신의 앞길을 가로막는 사람을 누구든 그냥 둘 리 없었다. 현대의 영국 기사인 티빙이 자신의 선조이기도 한 아이작 뉴턴 경의 무덤을 찾는 자들에게 인질로 잡혀 있다는 사실은 실로 잔혹한 운명의 장난처럼 느껴졌다.

"어느 쪽으로 가야 되죠?"

소피가 주위를 둘러보며 물었다.

'무덤.'

랭던이라고 길을 알 리 없었다.

"안내인을 찾아서 물어봐야겠어요."

랭던은 방향도 모른 채 이 대사원 안을 헤매는 것처럼 어리석은 일도 없다는 사실을 잘 알고 있었다. 웨스트민스터사원은 영묘와 부속실, 걸어서 들어가는 매장실 등이 거미줄처럼 얽힌 미로와도 같은 곳이었다. 루브르의 대화랑과 마찬가지로 입구—방금 그들이 들어온—가 하나밖에 없어서 들어오기는 쉬워도 나가는 길을 찾기란 거의 불가능에 가깝다고 해도 과언이 아니었다. 랭던의 동료 한 사람은 이 사원을 '관광객의 덫'이라고 표현하며 고개를 설레설레 가로저었다. 사원은 건축의 전통에 따라 거대한 십자가 모양으로 설계되었다. 그러나 본당 회중석의 널따란 홀로 이어지는 건물 뒤쪽에 출입구가 마련된 대부분의 교회들과는 달리, 입구가 측면에 나 있었다. 게다가 처음 건축될 당시에는 없었던 회랑들이 여럿 첨가되기까지 했다. 한 걸음만 잘못 내디뎠다가는 높다란 벽으로 둘러싸인 미로 같은 실외 복도를 끝없이 헤매는 신세가 되기 십상이었다.

"안내인들은 진홍색 로브를 입고 있어요."

랭던이 예배당의 한복판으로 다가가며 말했다. 남쪽 수랑 끝의 금박 입힌 제단 쪽을 바라보니, 몇몇 사람들이 두 손과 무릎을 바닥에 댄 채 엎드려 있었다. 이른바 '시인 코너'에서는 이런 광경을 심심찮게 목격할 수 있다. 탁본을 하는 사람들이었지만, 자세가 그렇게 신성해 보이지는 않았다.

"안내인이 한 사람도 없어요."

소피가 말했다.

"그냥 우리끼리 무덤을 찾아가는 게 낫지 않겠어요?"

랭던은 아무 말도 하지 않고 사원의 한복판으로 그녀를 이끌었다. 그러고는 오른쪽을 가리켰다. 그제야 끝없이 이어지는 본당 회중석을 눈으로 훑으며 건물의 규모를 한눈에 바라볼 수 있게 된 소피는 입이 딱 벌어졌다.

"아!"

소피가 중얼거렸다.

"어서 안내인을 찾자고요."

그 무렵, 성가대 칸막이에 가려 보이지는 않지만 회중석에서 90미터가량 떨어진 아이작 뉴턴 경의 장엄한 무덤 앞에 혼자 서 있는 남자가 한 명 있었다. 스승은 지금 10분째 이 무덤을 면밀히 살피는 중이었다.

뉴턴의 무덤은 검은 대리석 석관 위에 고전적인 옷차림의 고인이 자신의 저서—신학, 연대기, 광학, 프린키피아(자연 철학의 수학적 원리)—들을 쌓아올린 책더미에 자랑스럽게 기대앉은 모습의 조각상을 올려놓은 구조였다. 뉴턴의 발치에는 날개 달린 소년 두 명이 두루마리를 들고 서 있었다. 비스듬히 기댄 뉴턴의 등 뒤에는 수수한 피라미드가 솟아 있었다. 피라미드 자체도 왠지 심상치 않게 보이는 게 사실이지만, 무엇보다도 스승의 눈길을 사로잡은 것은 피라미드 중간쯤에 얹혀 있는 커다란 물체였다.

'구슬이다.'

스승은 소니에르의 알쏭달쏭한 수수께끼를 곰곰이 생각해 보았다.

'그의 무덤에 있어야 할 구슬을 찾아라.'

피라미드의 표면에 돌출한 커다란 구슬은 얕은 부조로 만들어져 온갖 종류의 천체―별자리, 황도, 혜성, 항성, 행성 등―를 나타내고 있었다. 그 위에는 무수한 별들 아래 '천문학의 여신'이 자리하고 있었다.

'구슬이 수없이 많다.'

스승은 일단 무덤만 찾으면 없어진 구슬을 가려내기란 아주 쉬울 것이라고 생각했다. 하지만 이제는 사정이 달라졌다. 그는 복잡한 천체도를 바라보았다. 저 속에 사라진 행성이 있을까? 별자리에서 누락된 천체가 있는 것일까? 도무지 종잡을 수가 없었다. 그럼에도 불구하고 해답은 알고 보면 '교황이 매장한 기사'처럼 너무나도 명쾌하고 간단할 것이라는 믿음에는 변함이 없었다.

'나는 지금 어떤 구슬을 찾고 있는가?'

성배를 찾기 위해 반드시 최첨단 천체 물리학의 지식이 필요한 것은 아니지 않은가?

'그것이 장미의 살과 씨앗 뿌려진 자궁을 말하도다.'

마침 관광객 몇 사람이 다가오는 바람에 집중력이 흐트러졌다. 스승은 크립텍스를 주머니에 집어넣고 관광객들이 근처의 테이블로 다가가 컵 속에 기부금을 넣고 수도원 측에서 마련해 둔 공짜 탁본 물품을 챙기는 것을 지켜보았다. 목탄 연필과 큼직한 종이를 몇 장씩 집어 들고 앞쪽으로 걸어가는 것을 보니, 아마도 그들은 그 유명한 '시인 코너'에서 초서와 테니슨과 디킨스의 무덤에서 탁본을 뜨며 경의를 표할 모양이었다.

다시 혼자가 된 스승은 무덤을 향해 조금 더 다가서서 밑바닥에서 꼭대기까지를 한 번 더 훑어보았다. 석관을 받치고 있는 발에서 시작해 뉴턴의 조각상과 두루마리를 든 두 명의 소년을 지나, 피라미드와 별자리가 그려진 커다란 구슬, 이어서 별이 가득한 천공을 표현한 벽감까지 빠짐없이 살폈다.

'여기에 반드시 있어야 할, 하지만 사라진 구슬이 어떤 것일까?'

그는 소니에르의 정교한 대리석이 답을 알려 주기라도 하듯, 주머니 속의 크립텍스를 어루만졌다.

'성배에 이르기까지 오직 다섯 글자가 남지 않았는가.'

성가대 칸막이의 모퉁이 근처로 걸어온 스승은 큰 숨을 몰아쉬며 저만치 보이는 기다란 본당 회중석의 제단을 바라보았다. 그때 그는 낯익은 얼굴 두 사람이 금박 입힌 제단 근처에 서 있던 진홍색 로브 차림의 안내인을 손짓해 부르는 모습을 발견했다.

랭던과 느뵈였다.

스승은 침착하게 성가대 칸막이 뒤로 두어 걸음 물러섰다.

'생각보다 빨리 왔군.'

랭던과 소피가 언젠가는 시의 의미를 알아내고 뉴턴의 무덤으로 올 거라는 생각은 했지만, 그 순간이 이렇게 빨리 닥치리라고는 미처 상상하지 못했다. 스승은 심호흡을 하며 자신이 가진 선택 사항들을 점검해 보았다. 이제 그는 불의의 사태에 대처하는 방법에도 점점 익숙해지고 있었다.

'크립텍스는 내 손에 들어와 있다.'

스승은 주머니에 손을 넣어 자신감의 원천으로 작용하는 두 번째 물건을 만져 보았다. 메두사 권총이었다. 그가 총을 주머니에 넣은 채 사원 입구의 금속 탐지기를 통과하자, 역시 예상대로 경보가 울렸다. 하지만 그는 자신이 성난 표정으로 신분증을 슬쩍 보여 주면 금방 경비원들이 뒤로 물러설 것이라는 점 역시 충분히 예상하고 있었다. 높은 지위에는 그에 걸맞은 대접이 따르기 마련이었다.

그는 원래 더 이상 일이 복잡해지는 사태를 피하기 위해서라도 혼자 힘으로 크립텍스를 열 수 있기를 바랐지만, 어차피 랭던과 느뵈가 나타났으니 그들을 이용하는 것도 나쁘지 않다고 판단했다. 혼자서는 아직 '구슬'의 의미를 알아내지 못한 만큼, 랭던과 느뵈가 가진 전문적인 지식을 활용할 수도 있을 것이기 때문이었다. 아닌 게 아니라 랭던이 여기까지 찾아왔다는 것은 곧 시의 의미를 알아냈다는 뜻이니, 구슬에 대해서도 뭔가 알고 있을지도 모를 일이었다. 만약 랭던이 정말로 암호를 알고 있다면, 그 정보를 빼내기 위해 필요한 것은 적절한 압력을 가하는 일뿐이었다.

'물론 여기서는 안 된다.'

'좀 더 은밀한 장소가 필요하다.'

스승은 사원으로 오는 도중에 보았던 조그만 안내문을 떠올렸다. 이내 그들을 유인하기에 더없이 적당한 장소가 생각났다.

문제는…… 어떤 미끼를 던질 것인가 하는 것뿐이었다.

98

랭던과 소피는 커다란 기둥 뒤의 그림자에 몸을 숨겨 가며 북쪽 복도를 천천히 내려갔다. 본당 회중석을 절반 가까이 지나왔음에도 불구하고 아직 뉴턴의 무덤은 보이지 않았다. 석관이 움푹 들어간 벽감 속에 위치해 있기 때문에 각도가 맞지 않으면 멀리서는 보이지 않는 게 당연했다.

"아무도 없는 것 같은데요."

소피가 속삭였다.

랭던도 조금 마음이 놓여서 고개를 끄덕였다. 뉴턴의 무덤 근처의 회중석에는 사람의 그림자도 보이지 않았다.

"내가 먼저 가 보지요."

랭던이 조그만 목소리로 말했다.

"만일의 경우에 대비해서 당신은 기둥 뒤에 숨어……."

그러나 소피는 어느새 그림자 뒤에서 나와 탁 트인 회중석으로 걸어가고 있었다.

"……있는 게 좋을 것 같기는 한데."

랭던은 한숨을 내쉬며 서둘러 그녀의 뒤를 쫓아갔다.

랭던과 소피가 넓은 회중석을 대각선으로 가로지르는 동안, 화려한 무덤은 약을 올리듯 조금씩 조금씩 모습을 드러냈다. 검은 대리석 석관…… 비스듬히 기댄 뉴턴의 조각상…… 날개가 달린 두 명의 소년…… 피라미드…… '그리고 커다란 구슬.'

"알고 있었어요?"

소피가 놀란 목소리로 물었다.

랭던 역시 어리둥절한 표정으로 고개를 가로저었다.

"표면에 별자리가 새겨져 있는 것 같아요."

소피가 말했다.

벽감을 향해 다가가는 동안, 랭던은 서서히 좌절감이 밀려오는 것을 느꼈다. 뉴턴의 무덤은 온통 구슬로 뒤덮여 있었다. 항성과 행성, 심지어 혜성까지도 따지고 보면 구슬이라 할 수 있지 않은가.

'그의 무덤에 있어야 할 구슬을 찾으라고?'

그것은 마치 골프장에서 잃어버린 특별한 풀잎을 찾는 것과 다름없었다.

"천체……."

소피가 걱정스러운 표정으로 중얼거렸다.

"무지하게 많네요."

랭던은 눈살을 찌푸렸다. 그가 상상할 수 있는 행성과 성배의 유일한 연결 고리는 금성을 상징하는 펜타클뿐이었지만, 'VENUS'라는 암호는 이미 템플 교회로 가는 길에 이미 시도했다가 실패한 뒤였다.

소피는 곧장 석관을 향해 다가갔지만, 랭던은 몇 걸음 뒤에서 주위를 둘러보았다.

"『신학』."

소피가 고개를 옆으로 누인 채 뉴턴이 기대 있는 책들의 제목을 소리 내어 읽었다.

"『연대기』『광학』『프린키피아(자연 철학의 수학적 원리)』?"

소피는 자세를 바로하며 랭던을 돌아보았다.

"뭐 짚이는 것 없어요?"

랭던은 한 걸음 다가서며 생각을 정리해 보았다.

"『프린키피아』…… 내 기억으로는 행성의 중력과 관련된 책인 것 같네요. 굳이 말하자면 행성도 일종의 구슬이라고 할 수 있겠지만, 그건 조금 억지스럽지 않아요?"

"12궁의 상징은 어때요?"

소피가 구슬에 새겨진 별자리를 가리키며 물었다.

"전에 물고기자리와 물병자리에 대한 이야기도 했잖아요."

'종말의 날.'

물론 랭던도 기억하고 있었다.

"물고기자리가 끝나고 물병자리가 시작되는 시점이 시온수도회가 상그리엘 문서를 세상에 공개하기로 계획했던 시기로 알려져 있지요."

하지만 새로운 밀레니엄이 별다른 사건 없이 시작되자, 역사학자들은 언제쯤 진실이 드러날 것인지 오리무중에 빠지고 말았다.

"시온수도회가 진실을 밝히기로 계획한 시점이 이 시의 마지막 행과 관련될 수도 있지 않을까요?"

소피가 말했다.

'그것이 장미의 살과 씨앗 뿌려진 자궁을 말하도다.'

랭던은 새로운 가능성을 알아차리고 일말의 전율을 느꼈다. 한번도 그 행을 그런 식으로 연결시켜 생각해 본 적이 없는 탓이었다.

"전에 당신이 말했잖아요."

소피가 말을 이었다.

"시온수도회가 '장미'와 '씨앗 뿌려진 자궁'에 대한 진실을 밝히기로 계획한 시점은 행성, 즉 구슬의 위치와 직접적으로 연결되어 있다고 말이에요."

랭던은 소피의 추측이 충분히 일리가 있다는 생각을 하며 고개를 끄덕였다. 하지만 천문학이 이 수수께끼를 푸는 열쇠는 아닐 거라는 직관에는 여전히 변함이 없었다. 모나리자, 암굴의 마돈나, 그리고 SOFIA에 이르기까지, 그랜드마스터의 해답은 하나같이 교묘한 상징적 의미를 함축하고 있는 것들이었다. 반면 행성을 구슬에 비유하고 12궁의 위치까지 끌어들이는 것은 확실히 그와 같은 상징적인 교묘함과는 거리가 있어 보였다. 지금까지 자크 소니에르는 치밀하게 암호를 작성하는 실력을 유감없이 발휘해 왔고, 따라서 그의 마지막 암호— 시온수도회의 궁극적인 비밀을 풀 다섯 글자—역시 상징적으로 딱 들어맞을 뿐 아니라 그 의미 역시 누가 봐도 명쾌하게 드러나야 한다는 것이 랭던의 생각이었다. 지금까지의 전례에 비춰 볼 때, 해답은 일단 알고 나면 무릎을 칠 만큼 단순한 것이어야 했다.

"저것 봐요!"

소피가 랭던의 팔을 움켜잡는 바람에 랭던은 화들짝 현실로 돌아왔다. 그녀의 손길에서 느껴지는 두려움으로 미루어, 랭던은 보이지 않는 곳에 누가 나타난 것이 틀림없다고 생각했다. 하지만 그녀는 검은 대리석 석관의 윗부분을 멍하니 바라보고 있었다.

"누가 다녀갔어요."

소피는 뉴턴의 오른발 근처의 석관을 가리키며 나직이 속삭였다.

랭던은 그녀가 무엇을 가리키는지 얼른 알아보지 못했다. 어느 정신없는 관광객이 석관 뚜껑에서 탁본을 뜨고 목탄 연필을 하나 놓고 간 모양이었다.

'아무것도 아니잖아.'

랭던은 그 연필을 집으려고 손을 뻗었지만, 그가 석관을 향해 몸을 기울이는 순간 조명의 각도가 바뀌면서 반짝거리는 검은 대리석 위에 뭔가가 얼핏 스쳐 지나갔다. 랭던은 그 자리에 얼어붙었다. 그제야 소피가 왜 그러는지 알아차린 것이다.

뉴턴의 발 근처 석관 뚜껑 위에, 목탄 연필로 휘갈겨 쓴 글자들이 희미하게 모습을 드러낸 것이다.

내가 티빙을 데리고 있다.
챕터 하우스(Chapter House)를 지나
남쪽 출구를 통해 퍼블릭 가든(public garden)으로 나오라.

그 글을 두 번 연달아 읽어 보는 랭던의 가슴이 거칠게 두근거리기 시작했다.

소피가 돌아서서 회중석을 살펴보았다.

랭던은 무겁게 가슴을 짓누르는 전율에도 불구하고, 이 메시지가 좋은 징조라고 스스로를 타일렀다.

'티빙은 아직 살아 있다.'

그 메시지는 또 하나 암시하는 바가 있었다.

"그들도 아직 암호를 알아내지 못했어."

랭던이 소리 죽여 속삭였다.

소피도 고개를 끄덕였다. 이미 암호를 알아냈다면 자신의 존재를 드러낼 리가 없었다.

"어쩌면 티빙과 암호를 교환하자고 하는 건지도 모르겠군."

"아니면 함정이거나."

랭던은 고개를 가로저었다.

"난 그렇게 생각하지 않아요. 퍼블릭 가든은 사원의 담장 바깥에 있어요. 사람들의 눈에 잘 뜨이는 곳이지요."

랭던도 이 사원의 유명한 칼리지 가든에 가 본 적이 있었다. 한때는 수도사들이 약초를 재배하던 곳이었는데, 지금은 과일나무와 허브가 자라는 조그만 과수원처럼 꾸며져 있는 곳이었다. 영국에서 가장 오래된 과일나무들을 보유한 것으로 알려진 이 칼리지 가든은 사원으로 들어가지 않고도 둘러볼 수 있다는 이유로 관광객들의 인기를 끌었다.

"우리를 바깥으로 끌어내는 것은 우리에게 믿음을 보여 주겠다는 의도인 것 같아요. 우리를 방심하도록 만들기 위해서······."

소피는 걱정스러운 표정으로 자기 생각을 말했다.

"바깥으로 나가야 한다면, 거기엔 금속 탐지기 따위는 없을 것 아니에요."

랭던은 눈살을 찌푸렸다. 소피의 걱정은 결코 기우가 아니었다.

랭던은 구슬로 채워진 무덤을 다시 한 번 바라보며 크립텍스의 암호를 풀어 줄 단서를 간절히 열망했다. 상대방과 협상을 시도할 밑천으로 삼기 위해서라도······.

'티빙을 이번 일에 끌어들인 건 나야. 그를 도울 수만 있다면 무슨 일이라도 해야 해.'

"메시지에는 챕터 하우스를 통해 남쪽 출구로 나가라고 되어 있어요."

소피가 말했다.

"출구 근처에서 가든이 한눈에 들어오지 않을까요? 그렇게만 되면 어떤 위험이 도사리고 있는지 사전에 어느 정도 판단할 수도 있을 텐데."

그것도 나쁘지 않은 생각이었다. 랭던이 기억하는 챕터 하우스는 지금의 의사당 건물이 세워지기 전에 영국 의회가 소집되던 팔각형의 넓은 홀이었다. 가 본 지가 워낙 오래되어 기억이 희미하긴 했지만, 근처의 어느 회랑과 연결되어 있었던 것 같기도 했다. 랭던은 무덤에서 몇 걸음 뒤로 물러서며 오른쪽의 성가대 칸막이를 둘러보았다. 회중석 너머 그들이 들어온 출입구도 눈에 들어왔다.

근처의 높은 아치형 복도에 커다란 표지판이 붙어 있었다.

이쪽 방면 :
회랑
사제관
칼리지 홀
박물관
성합실
세인트 페이스 예배당
챕터 하우스

랭던과 소피는 서둘러 그 표지판 아래를 지나갔다. 너무 서두르다 보니 내부 수리 때문에 몇몇 지역은 출입이 폐쇄되었다는 조그만 사과문을 미처 발견하지 못했다.

그들은 이내 높은 벽만 있고 지붕이 없어서 비가 그대로 들이치는 마당으로 나왔다. 그들의 머리 위로 누군가가 병 주둥이에 입을 대고 휘파람을 부는 듯한 바람 소리가 나직이 윙윙거렸다. 마당 주변을 에워싼 좁은 통로로 들어선 랭던은 밀폐된 공간에 들어갈 때마다 늘 그를 괴롭히던 낯익은 불편함을 느꼈다. 이 통로를 '회랑(cloister)'이라고 부르는데, 랭던은 이 단어가 '폐소공포증(claustrophobic)'이라는 단어와 같은 라틴어에 뿌리를 두고 있다는 사실을 떠올렸다.

랭던은 터널 같은 회랑 끝만 똑바로 바라보며 챕터 하우스를 가리키는 표지판을 따라갔다. 빗줄기가 사납게 휘몰아치는 가운데, 회랑은 서늘하고 축축했다. 이 회랑에 빛이 들어오는 유일한 통로인 기둥으로 된 벽을 통해 빗방울이 거칠게 들이치고 있었다. 한 쌍의 남녀가 어서 이 악천후를 벗어나고 싶다는 듯 종종걸음으로 그들을 지나쳐 반대편으로 사라졌다. 그들을 마지막으로 완전히 인적이 끊어진 이 회랑은 지금 같은 날씨에는 이 사원에서 가장 인기가 없는 장소 가운데 하나일 터였다.

동쪽 회랑으로 36미터가량을 내려가니 왼편으로 또 다른 복도로 이어지는 아치 길이 나왔다. 그들이 목적지로 가려면 이 통로를 이용해야 했지만, 뜻밖에도 입구에 관광객의 출입을 막는 줄이 쳐져 있고 안내문이 하나 내걸려 있었다.

내부 수리 관계로 폐쇄
성합실
세인트 페이스 예배당
챕터 하우스

줄 너머의 기다란 복도에는 각종 공사 장비들이 어지럽게 흩어져 있었다. 그 줄 너머 오른편과 왼편으로 각각 성합실와 세인트 페이스 예배당으로 이어지는 출입구가 보였다. 하지만 챕터 하우스로 들어가는 출입구는 훨씬 멀리 떨어진 복도 끝에 위치해 있었다. 거리가 꽤 멀었지만 여기서도 랭던은 이 챕터 하우스의 육중한 나무 문이 활짝 열려 있고, 그 너머의 드넓은 팔각형 실내 공간에는 칼리지 가든을 마주하는 커다란 창문에서 들어오는 자연광이 희미하게 비치고 있는 것이 보였다.

"우리는 방금 동쪽 회랑을 지나왔어요."

랭던이 말했다.

"그러니 남쪽 출구를 통해 가든으로 나가려면 여기를 통과해서 오른쪽으로 꺾어져야 해요."

랭던의 말이 끝나기도 전에 소피는 이미 출입을 가로막는 줄을 넘어 안쪽으로 들어가고 있었다.

어두컴컴한 복도로 접어들자, 회랑의 비바람 소리가 희미하게 멀어져 갔다. 챕터 하우스는 일종의 별채 같은 구조였다. 이곳에서 거행된 각종 회의들의 비밀을 보장하기 위해 기다란 복도 끝에 독립된 별관 형태로 지어진 건물이었던 것이다.

"무지하게 넓네요."

소피가 조그맣게 소곤거렸다.

랭던은 이 방이 얼마나 넓은지를 잠시 잊고 있었다. 아직 입구로 들어서지도 않았지만, 이미 드넓은 바닥 너머로 5층 건물 높이의 아치형 천장으로 솟구쳐 올라가는 팔각형의 반대편 벽에 뚫린 아름다운 창문들이 드러나 보였다. 그 안으로 들어가면 가든이 한눈에 내려다보일 것 같았다.

그러나 랭던과 소피는 문턱을 넘어서기가 무섭게 뭔가 이상하다는 사실을 알아차렸다. 어두컴컴한 회랑을 지나온 탓인지, 이 챕터 하우스는 마치 일광욕실처럼 환하게 느껴졌다. 남쪽 벽을 찾아 방 안으로 열 걸음 정도를 들어왔을 때, 그들은 자신들이 찾고 있는 문이 아예 처음부터 존재하지 않았다는 사실을 깨달았다.

그들은 거대한 막다른 골목에 서 있는 셈이었다.

등 뒤에서 육중한 문이 삐걱거리는 소리가 나는가 싶더니, 쿵 하는 메아리와 함께 문이 굳게 닫히며 빗장까지 철커덕 떨어졌다.

닫힌 문 앞에 한 남자가 모습을 드러냈다. 그들을 향해 조그만 권총을 겨누는 그의 동작은 더없이 차분하고 침착해 보였다. 풍채는 당당했지만, 알루미늄 목발에 몸을 의지한 남자였다.

순간적으로 랭던은 자신이 꿈을 꾸고 있다고 생각했다.
그 사람은 리 티빙이었다.

99

 리 티빙 경은 로버트 랭던과 소피 느뵈에게 총구를 겨누어야 하는 상황이 못내 안타까웠다.
 "친구들."
 그가 입을 열었다.
 "자네들이 어젯밤 내 집에 들어선 순간부터 나는 자네들에게 피해를 주지 않으려고 내가 할 수 있는 최선을 다했네. 하지만 자네들이 이리도 끈질기게 물고 늘어지니, 나로서도 정말 난감한 상황에 처하고 말았어."
 그는 소피와 랭던의 얼굴에 떠오른 당혹감과 배신감을 충분히 확인할 수 있었지만, 아직도 그는 그들 세 사람이 이런 막다른 골목에서 맞닥뜨릴 수밖에 없게 된 일련의 상황을 그들에게 이해시킬 수 있을 거라 믿었다.
 '할 말이 너무나 많아……. 자네들이 아직 이해하지 못하는 부분이…….'

"내 말을 믿어 주게."

티빙이 말을 이었다.

"자네들을 끌어들일 생각은 정말이지 추호도 없었네. 자네들 스스로 내 집을 찾아오지 않았는가."

"티빙?"

랭던이 간신히 입을 열었다.

"도대체 무슨 짓을 하는 겁니까? 우리는 당신이 위험에 처했다고 생각했어요. 그래서 당신을 구하려고 여기까지 온 겁니다!"

"물론 그럴 거라고 믿네."

티빙이 말했다.

"할 이야기가 너무 많아."

랭던과 소피는 자신을 겨누고 있는 총구에서 눈을 뗄 수가 없었다.

"이건 그저 자네들의 관심을 끌기 위한 것일 뿐이야."

티빙이 말했다.

"나에게 자네들을 해칠 마음이 있었다면 자네들은 이미 오래전에 죽은 목숨이었어. 자네들이 어젯밤 내 집을 찾아왔을 때, 나는 자네들의 목숨을 구하기 위해 온갖 위험을 마다하지 않았어. 나는 명예를 소중하게 생각하는 사람이고, 상그레알을 배신한 자들을 상대할 때가 아니라면 절대 나의 명예를 포기하지 않기로 맹세한 사람일세."

"도대체 무슨 말씀을 하시는 겁니까?"

랭던이 말했다.

"상그레알을 배신하다니요?"

"나는 아주 끔찍한 진실을 알게 되었네."

티빙이 한숨을 내쉬며 말했다.

"상그레알 문서가 세상에 공개되지 않은 이유를 알게 된 거지. 시온 수도회가 진실을 발표하지 않기로 결정한 이유를 알게 되었다, 이런 말일세. 아무 일도 없이 새로운 천 년이 시작되고 종말의 날로 들어선 이유가 바로 그것일세."

랭던은 반론을 펼치려고 숨을 들이쉬었다.

"시온수도회 말이야."

티빙의 말이 계속 이어졌다.

"그들에게는 진실을 밝혀야 할 신성한 책무가 주어졌어. 종말의 날이 오면 상그레알 문서를 공개해야 한다는 책무 말일세. 다빈치와 보티첼리, 뉴턴 같은 인물들이 수백 년에 걸쳐 모든 것을 걸고 문서를 지켜 온 이유도 언젠가 그러한 책무를 수행하기 위해서였지. 그런데 지금, 진실을 밝혀야 할 이 결정적인 시점에 자크 소니에르의 마음이 바뀌어 버렸어. 기독교 역사상 가장 막중한 책임을 진 사람이 자신의 책무를 포기해 버린 거야. 때가 적당하지 않다는 게 그 이유였지."

티빙은 소피를 돌아보았다.

"그는 성배를 배신했네. 시온수도회를 배신했어. 결국 오로지 이 순간을 위해 온갖 수고와 희생을 아끼지 않은 그 모든 세대의 기억을 배신한 거야."

"당신인가요?"

소피는 분노가 이글거리는 초록색 눈동자로 티빙을 바라보며 말했다.

"우리 할아버지를 살해한 사람이 바로 당신이었군요?"

티빙은 비웃음을 머금었다.

"자네 할아버지와 그의 집사들은 성배를 배신한 사람들이야."

소피는 가슴속 깊은 곳에서 불같은 분노가 치미는 것을 느꼈다.

'거짓말이야!'

티빙이 차가운 목소리로 말을 이었다.

"자네 할아버지는 교회 앞에 무릎을 꿇었어. 교회가 그의 입을 막기 위해 엄청난 압력을 가했기 때문이지."

소피는 고개를 가로저었다.

"교회는 우리 할아버지에게 어떤 영향도 미치지 않았어요."

티빙은 차가운 웃음을 터뜨렸다.

"아가씨, 교회는 자신의 거짓말을 드러내겠다고 협박하는 자들에게 가차 없는 압력을 가해 온 2천 년의 역사를 가지고 있어. 콘스탄티누스 시절 이후, 교회는 마리아 막달레나와 예수 그리스도에 대한 진실을 철저하게 숨겨 왔지. 그런 그들이 이 세상을 암흑기에 묶어 둘 또 하나의 길을 찾아냈다는 사실은 전혀 놀라운 일이 아니야. 교회는 더 이상 십자군을 고용해 비신자들을 살육하지 않겠지만, 그들의 영향력은 그 시절이나 지금이나 조금도 달라진 게 없어. 교활함도 마찬가지고."

티빙은 다음에 이어질 말을 더욱 강조하고 싶은 듯 잠시 뜸을 들였다.

"느뵈 양, 자네 할아버지가 이런 이야기를 한 적이 있을 거야. 자네 가족에 대한 진실을 말해 주고 싶다고."

소피는 깜짝 놀랐다.

"당신이 그걸 어떻게 알죠?"

"어떻게 아는지는 중요한 문제가 아닐세. 지금 중요한 것은 자네가 이걸 알아야 한다는 거지."

티빙은 큰 숨을 내쉬며 말을 이었다.

"자네 어머니와 아버지, 할머니와 남동생, 그들의 죽음은 사고가 아니었네."

소피는 갑자기 정신이 아득해지는 느낌이었다. 뭐라고 말을 하기 위해 입을 열었지만, 목소리가 나오지 않았다.

랭던이 고개를 가로저으며 그녀의 말을 대신했다.

"그게 무슨 소립니까?"

"로버트, 그게 모든 걸 설명해 주고 있어. 모든 조각들이 한 치도 어긋나지 않게 들어맞지 않나. 역사는 되풀이되는 법일세. 교회는 상그레알의 진실이 드러나는 것을 막기 위해 살인을 불사한 전력이 있어. 종말의 날이 다가오자, 그랜드마스터가 가장 사랑하는 자들을 죽임으로써 결코 외면할 수 없는 또렷한 메시지를 전달한 거지. 입을 다물어라, 그렇지 않으면 다음은 너와 소피의 차례다, 하는 메시지 말일세."

"그건 자동차 사고였어요."

소피가 어린 시절의 고통이 되살아나는 것을 느끼며 더듬거렸다.

"사고였다고요!"

"자네를 보호하기 위해 꾸며낸 동화 같은 이야기지."

티빙이 말했다. "가족 가운데 딱 두 사람, 그러니까 시온수도회의 그랜드마스터와 그의 손녀만 건드리지 않고 놔둔 것은 교회가 앞으로도 조직을 통제하는 데 그들을 유용하게 써먹을 수 있기 때문이었어. 자네 할아버지에게 만약 상그레알의 비밀을 폭로하면, 혹은 조직에 영향력을 행사해 자기네의 오랜 서약을 재고하도록 만들지 않으면 자네를 살해하겠다고 위협했을 때, 자네 할아버지가 얼마나 두려움을 느꼈을지는 충분히 상상할 수 있지 않나."

"티빙."

랭던이 화난 목소리로 말했다.

"교회가 그분들의 죽음에 관계가 있다거나, 혹은 시온수도회의 결정에 영향을 미쳤다는 확실한 증거도 없지 않습니까."

"증거?"

티빙이 반박했다.

"시온수도회가 압력을 받은 증거가 필요하다는 얘긴가? 새로운 천년이 시작되었는데 세상은 여전히 암흑의 시대를 벗어나지 못했어. 더 이상 어떤 증거가 필요하지?"

소피는 티빙의 목소리가 남긴 여운 속에서 또 다른 목소리가 들려오는 느낌이었다.

'소피, 네 가족에 대한 진실을 말해야 한다.'

소피는 자신이 떨고 있다는 사실을 깨달았다. 바로 이것이 할아버지가 말하고자 했던 진실일까? 그녀의 가족이 살해당했다는 사실이? 그녀가 자기 가족의 목숨을 앗아간 그 사고에 대해 아는 것이 얼마나 되지? 그저 대략적인 윤곽 외에는 아는 것이 없었다. 신문에 난 기사조차도 애매하기는 마찬가지였다.

'사고? 동화 같은 이야기?'

소피는 어렸을 때 할아버지가 이상할 정도로 자신을 과잉보호했다는 사실이 퍼뜩 생각났다. 좀처럼 혼자 내버려 두지 않았다. 다 자라서 대학에 진학한 다음에도 할아버지가 어디선가 지켜보고 있다는 느낌을 받은 적이 많았다. 소피는 문득, 시온수도회가 보이지 않는 그림자 속에서 자신을 보살펴 온 것이 아닐까 하는 의구심이 일었다.

"당신은 소니에르가 조종을 당하고 있었다고 생각했군요."

랭던이 믿어지지 않는다는 듯이 티빙을 노려보며 말했다.

"그래서 그를 죽였습니까?"

"방아쇠를 당긴 건 내가 아닐세."

티빙이 대답했다.

"소니에르는 교회가 그의 가족들을 앗아간 순간부터 죽은 목숨과 다름없었어. 타협을 한 거지. 이제 그는 그러한 고통에서, 자신의 신성한 임무를 수행하지 못한 수치에서 벗어난 거야. 대안을 생각해 보게. 무언가 조치를 취하지 않으면 안 되는 상황이었네. 이 세상을 영원히 암흑 속에 묻어 두어야 하겠나? 교회가 우리의 역사책을 통해 자기네의 거짓말을 영원히 계속하도록 내버려 두어야 하나? 교회가 살인을 비롯한 온갖 악행을 자행하면서 영향력을 계속 행사하도록 눈감고 있어야 하나? 아니야. 무언가 대책이 필요했어. 우리는 소니에르가 못다 한 과업을 이루고, 터무니없이 잘못된 일을 바로잡아야 해."

티빙이 숨을 고르며 한마디 덧붙였다.
"우리 셋이 힘을 합치면 충분히 할 수 있네."
이제 소피는 극심한 회의 말고는 아무것도 생각할 수가 없었다.
"어떻게 우리가 당신을 도울 거라는 희망을 품을 수가 있죠?"
"그건 왜냐하면 말일세, 시온수도회가 그 문서를 공개하지 못한 이유가 바로 자네이기 때문이지. 자네 할아버지는 자네에 대한 사랑 때문에 감히 교회에 반기를 들지 못한 것뿐이야. 유일하게 남은 혈육이 보복을 당할까 봐 두려워서 불구자가 되어 버린 걸세. 그는 자네에게 진실을 설명할 기회를 갖지 못했어. 자네가 그를 거부하고 손발을 묶어 버렸기 때문에, 그는 마냥 기다릴 수밖에 없었던 거야. 그러니 자네는 이 세상에 진실을 빚지고 있어. 자네 할아버지를 기리기 위해서라도 그 빚을 갚아야 하네."

로버트 랭던은 평소처럼 차분한 태도를 유지하려는 노력을 포기했다. 수많은 의문이 꼬리를 물고 샘솟는 와중에도, 지금 그에게 중요한 일은 단 한 가지뿐이라는 사실을 잘 알고 있었다. 그것은 바로 소피를 무사히 이곳에서 빠져나가게 하는 일이었다. 조금 전까지 티빙을 이 일에 끌어들인 자신의 경솔함을 한탄하던 마음이, 이제 고스란히 소피에게로 옮겨 갔다.
'소피를 샤토 빌레트로 데려간 건 나야. 모든 책임은 나에게 있어.'
랭던은 리 티빙이 이 챕터 하우스에서 그들 둘을 쏘아 죽일 만큼 냉혹한 인간일 거라고는 도저히 믿어지지 않았지만, 그가 이미 다른 사람들을 살해하는 데 깊숙이 연루되어 있다는 사실이 그의 그런 의구심을 비웃고 있었다. 랭던은 두꺼운 벽으로 에워싸인 이 후미진 방에서라면, 특히 이렇게 비가 내리는 날씨에는 총소리가 바깥으로 새어 나가지 못할 거라는 불길한 생각이 들었다. 게다가 티빙은 방금 자신의 죄를 인정하기까지 하지 않았는가.

랭던은 소피를 바라보았다. 큰 충격을 받고 흔들리는 기색이 역력했다.

'교회가 시온수도회의 입을 막기 위해 소피의 가족을 살해했다?'

랭던은 요즘도 교회가 살인까지 불사한다고는 도저히 믿어지지 않았다. 무언가 다른 설명이 있어야 했다.

"소피는 여기서 내보냅시다."

랭던이 티빙을 바라보며 말했다.

"이 문제는 우리 둘이서 논의해도 충분할 테니 말입니다."

티빙은 부자연스러운 웃음을 터뜨렸다.

"유감스럽게도 그건 내가 감당할 수 있는 차원을 벗어나는 이야기로군. 하지만 나도 제안을 하나 해 볼 수는 있지."

티빙은 목발에 몸을 의지한 채 소피에게 총을 겨눈 상태로 주머니에서 쐐기돌을 꺼냈다. 랭던을 향해 그 쐐기돌을 내미는 티빙의 자세가 약간 흔들렸다.

"신뢰의 표시로 받아들여 주게, 로버트."

로버트는 왠지 미심쩍은 생각이 들어 선뜻 움직일 수가 없었다.

'티빙이 쐐기돌을 우리에게 돌려준다고?'

"받게."

티빙이 랭던을 향해 조금 더 다가서며 말했다.

랭던은 티빙이 이런 행동을 하는 이유는 단 하나밖에 없다고 판단했다.

"이미 열었군요. 벌써 지도를 꺼낸 겁니까?"

티빙은 고개를 가로저었다.

"로버트, 내가 이미 쐐기돌을 열었다면 나 혼자 조용히 성배를 찾으러 사라졌을 걸세. 굳이 자네를 끌어들일 필요가 없으니 말일세. 아니야. 나는 아직 해답을 알지 못해. 하지만 별로 걱정은 하지 않네. 참된 기사는 성배 앞에서 겸손함을 배우니까. 참된 기사는 자기 앞에 놓인 신호에 복종하는 방법을 깨닫게 되지. 자네가 이 사원으로 들어오는 것을 본 순간, 나는 깨달았네. 자네가 이곳에 나타난 것은 이유가 있기 때문이라는 것을 말일세. 도움의 손길을 내밀기 위해……. 나는 나 혼자 모든 영광을 차지하려고 하는 속물이 아니야. 나는 나 자신의 자존심보다 훨씬 큰 주인을 섬기고 있거든. 진실 말일세. 인류는 그 진실을 알 자격이 있어. 성배가 우리를 찾아내고, 자신의 비밀을 드러내 달라고 애원하고 있지 않은가. 우리는 서로 힘을 합쳐야 하네."

협조와 신뢰를 당부하는 티빙의 간청에도 불구하고 그의 총은 여전히 소피를 겨누고 있었다. 랭던은 앞으로 나아가 차가운 대리석 원통을 받아들었다. 속에 든 식초가 출렁거리는 감촉이 느껴졌다. 글자판은 여전히 아무렇게나 헝클어져 있었고, 크립텍스는 단단히 잠겨 있었다.

랭던은 티빙을 바라보며 말했다.

"내가 이 자리에서 이걸 망가뜨리지 않을 거라는 보장이 있습니까?"

티빙은 의기양양한 웃음을 터뜨렸다.

"템플 교회에서 자네가 그 협박을 써먹었을 때, 그게 본심이 아니라는 걸 알아차렸어야 했어. 로버트 랭던은 절대 쐐기돌을 망가뜨리지 못해. 자네는 역사학자일세, 로버트. 지금 자네가 들고 있는 것은 2천 년에 걸친 인류의 역사야. 상그레알의 비밀을 지키기 위해 말뚝에 묶인 채 불에 타 죽은 그 많은 기사들의 영혼이 느껴지지 않나? 그들의 죽음을 물거품으로 만들어 버릴 텐가? 아니, 자네는 결코 그런 짓을 할 사람이 못 돼. 자네는 자네가 존경해 마지않는 다빈치나 보티첼리, 뉴턴 같은 위대한 인물의 반열에 올라설 거야. 하나같이 지금의 자네 입장을 커다란 영예로 생각할 사람들 아닌가. 그 쐐기돌은 지금 우리에게 울부짖으며 간청하고 있어. 자유를 달라고……. 이제 때가 되었네. 운명이 우리를 이 순간으로 이끌지 않았는가."

"나는 당신을 도울 수 없어요, 티빙. 이걸 어떻게 열어야 할지 모르니까 말입니다. 뉴턴의 무덤을 아주 잠깐밖에 보지 못했어요. 그리고 설령 암호를 안다고 해도……."

랭던은 자기가 말을 너무 많이 했다는 것을 깨닫고 입을 다물어 버렸다.

"말을 해 주지 않겠다는 건가?"

티빙은 한숨을 내쉬었다.

"실망스럽고도 놀라운 일이군. 로버트, 자네는 나에게 어떤 빚을 지고 있는지 전혀 생각하지 않는 모양일세. 레미와 내가 자네들 두 사람이 샤토 빌레트로 들어서자마자 결단을 내렸다면 내 일이 훨씬 더 수월해졌을 거야. 하지만 나는 커다란 위험을 감수한 채 좀 더 고상한 방법을 택하지 않았나."

"이게 고상한 겁니까?"

랭던은 티빙의 총을 흘낏 바라보며 되물었다.

"이건 소니에르 탓일세."

티빙이 말했다.

"그 양반과 그의 집사들은 사일러스에게 거짓말을 했어. 그들이 거짓말만 하지 않았더라도 이 고생을 하지 않고 간단하게 쐐기돌을 손에 넣었을 거야. 그랜드마스터가 나를 속이고 남처럼 지내는 손녀에게 쐐기돌을 물려줄 줄 내가 어찌 상상이라도 했겠는가?"

티빙은 한심하다는 듯 소피를 바라보았다.

"그것도 기호학자 유모가 필요할 만큼 이 문제에 대해서는 아무것도 모르는 자격 미달의 여자한테 말이야."

티빙은 다시 랭던을 향해 시선을 돌리며 말을 이었다.

"로버트, 다행히도 자네가 끼어든 게 나에게는 적지 않은 행운이었네. 쐐기돌을 그 대여 금고 은행인가 뭔가에 처박아 두는 대신, 자네가 그걸 찾다가 제 발로 나를 찾아왔으니 말일세."

'달리 갈 데가 있었어야지.'

랭던은 속으로 생각했다.

'성배에 정통한 역사학자는 몇 되지도 않을 뿐 아니라, 마침 티빙하고는 친분이 있었으니…….'

티빙의 표정에는 점점 더 자신감이 붙었다.

"소니에르가 자네에게 유언을 남겼다는 사실을 알고 나니까 자네가 시온수도회와 관련한 중요한 정보를 알고 있을지도 모른다는 생각이 들더군. 그게 쐐기돌 자체에 대한 정보인지, 아니면 그걸 찾는 방법에 대한 정보인지는 확실하지 않았지만 말일세. 하지만 경찰이 자네를 쫓는 것을 보고 자네가 나를 찾아올지도 모른다는 생각을 했어."

랭던의 눈빛이 번득였다.

"만약 우리가 가지 않았더라면 어떻게 할 생각이었습니까?"

"자네에게 도움의 손길을 내밀 계획을 궁리하고 있었지. 이렇게든 저렇게든 쐐기돌은 샤토 빌레트로 들어오게 되어 있었으니까. 자네가 제 발로 그걸 가지고 나를 찾아왔다는 사실은 나의 명분이 합당했다는 사실을 입증해 주는 증거와도 같았지."

"뭐라고요?"

랭던은 소름이 돋는 기분이었다.

"원래는 사일러스가 샤토 빌레트로 들어와 자네에게서 쐐기돌을 훔치도록 할 계획이었네. 그래야 자네를 다치지 않고 이번 일에서 배제할 수 있고, 나아가 혹시 나에게 씌워질지도 모를 공모의 혐의를 예방할 수 있을 테니까. 하지만 소니에르의 암호가 생각보다 까다롭다는 것을 알고 나니까 자네들 두 사람을 나의 여정에 조금 더 참여시키는 것도 괜찮겠다는 생각이 들더군. 쐐기돌이야 어차피 나중에 나 혼자서 일을 마무리할 수 있을 정도가 되었을 때 사일러스를 시켜서 되찾으면 되니까."

"그래서 우리를 템플 교회로 유도했던 거로군요."

소피가 배신감에 치를 떠는 목소리로 나직이 중얼거렸다.

'이제 좀 정신이 돌아오는 모양이군.'

티빙은 생각했다. 템플 교회는 로버트와 소피에게서 쐐기돌을 빼앗기에 더없이 적당한 장소였고, 소니에르가 남긴 시와도 어느 정도 연관이 있어 아주 그럴듯한 미끼가 되어 주었다. 티빙이 레미에게 내린 지시는 사일러스가 쐐기돌을 손에 넣는 동안 절대로 모습을 드러내지 말라는 것이었다. 불행하게도 랭던이 쐐기돌을 깨뜨려 버리겠다고 위협하는 바람에 레미가 순간적으로 판단 착오를 일으켰다.

'레미가 그런 실수만 저지르지 않았더라도……'

티빙은 안타까운 마음으로 그 당시를 돌아보았다. 결국 그는 납치를 당하는 시늉까지 감수해야 했다.

'나에게로 이어지는 유일한 연결 고리인 레미가 정체를 드러내고 말았으니!'

다행히도 사일러스는 끝까지 티빙의 정체를 눈치 채지 못했다. 그래서 연기인 줄도 모르고 티빙을 템플 교회에서 끌고 나왔고, 레미가 리무진 뒷자리에서 인질을 묶는 연기를 할 때도 순진하게 앞만 바라보고 있었다. 티빙은 리무진의 방탄 칸막이가 올려진 뒤, 앞자리에 앉은 사일러스에게 전화를 걸어 스승의 프랑스 억양을 흉내 내며 오푸스 데이의 숙소로 가라고 지시했다. 그다음에는 익명의 전화 한 통으로 사일러스를 무대에서 내려 보낼 수 있었다.

이렇게 해서 간단하게 한 가지 매듭이 지어졌다.

또 한 가닥은 매듭짓기가 조금 더 복잡했다. 레미 말이다.

티빙은 그 결단을 내리기까지 상당한 고민을 거듭했지만, 결국 레미가 스스로 무덤을 파고 말았다.

'성배를 찾기 위해서는 희생이 따르는 법이다.'

티빙은 리무진의 캐비닛에서 아주 깔끔한 해결책을 발견했다. 휴대용 술병 하나, 약간의 코냑, 그리고 깡통에 든 땅콩 한 통이 그것이었다. 깡통 바닥에서 털어낸 가루, 레미에게 치명적인 알레르기를 유발하기에는 그것만으로도 부족함이 없었다. 레미가 근위 기병대 연병장에 리무진을 세운 뒤, 티빙은 뒷자리에서 내려 조수석에 올랐다. 잠시 후 차에서 내린 티빙은 다시 뒷자리로 돌아가 흔적을 없앤 다음, 이윽고 마지막 단계의 임무를 수행하러 나선 것이다.

웨스트민스터사원까지는 걸어가도 거리가 얼마 되지 않았다. 다리 보정기와 목발을 짚은 티빙이 권총까지 주머니에 넣고 금속 탐지기를 통과하자 당연히 경보가 울렸지만, 사원 입구를 지키던 청원경찰들은 어떻게 대처해야 좋을지 몰라 허둥거렸다.

'보정기를 떼고 기어서 탐지기를 통과하라고 해야 하는 거야? 아니면, 우리가 부축을 해 주어야 하나?'

티빙은 혼란에 빠진 경비원들에게 훨씬 간단한 해결책을 제시했다. 그가 내민 기사 신분증을 본 경비원들은 서로 그를 안으로 모시기 위해 투닥거리기까지 했다.

티빙은 곤혹스러운 표정의 랭던과 느뵈를 바라보며, 교회를 뿌리째 뒤흔들어 놓을 어마어마한 계획에 오푸스 데이를 끌어들인 자신의 영악함을 자랑하고 싶은 유혹을 애써 억눌렀다. 지금은 그런 이야기를 할 때가 아니었다. 다른 숙제가 아직 남아 있으니까.

"Mes amis(친구들)."

티빙이 유창한 프랑스어로 말했다.

"Vous ne trouvez pas le Saint? Graal, c'est le Saint? Graal qui vous trouve(네가 성배를 찾는 것이 아니라, 성배가 너를 찾을 것이다)."

그는 미소를 지으며 덧붙였다.

"우리가 함께 가야 할 길은 이미 명확히 드러났어. 성배가 우리를 찾아오지 않았나."

아무도 그 말에 대답을 하지 않았다.

티빙은 목소리를 낮춰 부드럽게 속삭였다.

"귀를 기울여 봐. 들리지 않나? 성배가 몇백 년의 세월을 뛰어넘어 우리에게 말을 걸고 있네. 시온수도회의 어리석은 행동으로부터 자신을 구해 달라고 애원하고 있지 않은가. 자네들 두 사람에게 제발 이 기회를 놓치지 말라고 간청하고 싶네. 바로 이 순간, 마지막 암호를 풀고 크립텍스를 열 사람이 우리 셋 말고 누가 있겠나."

티빙은 눈빛을 반짝이며 말을 이었다.

"우리는 함께 맹세를 해야 하네. 서로에 대한 믿음의 맹세 말일세. 진실을 밝혀 내고자 하는 기사의 충심을 세상에 알려야 하지 않겠나."

소피는 티빙의 눈을 똑바로 바라보며 단호한 목소리로 말했다.

"나는 내 할아버지를 죽인 살인자하고는 어떤 맹세도 하지 않아요. 반드시 당신을 감옥으로 보내고 말겠다는 맹세 말고는요."

티빙은 침통한 심정이었지만, 이내 마음을 다시 다잡았다.

"그런 식으로 생각한다니 유감이군, 마드모아젤."

티빙은 방향을 바꾸어 랭던을 향해 총을 겨누었다.

"자네는 어떤가, 로버트? 나와 함께할 텐가, 나의 적이 될 텐가?"

100

 마누엘 아링가로사 주교의 육신은 아주 다양한 종류의 고통을 겪어 보았지만, 가슴팍을 파고든 총알이 남긴 타는 듯한 열기는 지금까지 한 번도 경험하지 못한 또 다른 종류의 고통을 안겨다 주었다. 더없이 깊고 근원적인 고통이었다. 육신의 상처라기보다는…… 영혼의 고통에 더 가까운.
 아링가로사는 눈을 뜨고 주위를 살펴보려 했지만, 얼굴에 꽂히는 빗줄기 때문에 자꾸만 시야가 흐려졌다.
 '여기가 어디지?'
 억센 팔뚝이 봉제 인형처럼 축 늘어진 그의 몸을 안아 올리자, 검은 통상복이 바람에 나부끼는 것이 느껴졌다.
 간신히 한쪽 팔을 들어 눈가를 훔치자, 자신을 안고 있는 사람이 사일러스임을 알 수 있었다. 이 거구의 알비노가 비에 젖은 보도를 미친 듯이 내달리며 가슴이 찢어지는 듯 고통스러운 목소리로 병원이 어디냐고 외치고 있었다. 전방을 주시하는 그의 붉은 눈동자에서 흘러내린 눈물이 빗물과 함께 피로 얼룩진 그의 창백한 얼굴을 적셨다.
"사일러스."
아링가로사가 힘겹게 입을 열었다.
"다쳤군요."
사일러스는 고통으로 일그러진 얼굴로 그를 내려다보았다.
"신부님, 정말이지 너무너무 죄송합니다."
"아니에요, 사일러스."
아링가로사가 대답했다.
"죄송한 사람은 나지요. 다 내 잘못이에요."
'스승은 나에게 결코 살인을 저지르지는 않을 것이라고 약속했고, 그래서 나는 당신에게 그의 말에 복종하라고 하지 않았던가.'
"내가 너무 욕심이 많았어요. 두려움도 많았고. 당신과 나는 속은 겁니다."
'스승은 처음부터 우리에게 성배를 가져다줄 생각이 없었다.'
실로 오래전에 자기 손으로 거둔 사람의 팔에 안겨 가쁜 숨을 몰아쉬는 아링가로사 주교는 마치 시간을 거슬러 올라가는 느낌이었다. 그가 미미한 첫 발을 내디뎠던 스페인 땅, 사일러스와 함께 오비에도에 조그만 가톨릭교회를 세운 일이 주마등처럼 스쳐 갔다. 그 뒤 뉴욕으로 건너온 그는 렉싱턴 가에 웅장한 오푸스 데이 본부를 세우고 하느님의 영광을 선포하지 않았던가.
그런 아링가로사에게 실로 참담한 소식이 전해진 것은 5개월 전의 일이었다. 평생을 바친 그의 노력이 물거품으로 돌아갈 위기가 닥친 것이다. 아링가로사는 지금도 자신의 인생을 바꿔 놓은 간돌포 성에서의 그 회의를 생생하게 기억하고 있었다. 그날 그가 전해 들은 소식 하나가 이 모든 재앙을 불러일으킨 것이다.
간돌포의 천문학 도서관으로 들어설 때만 해도 아링가로사는 미국 땅에 가톨릭을 부흥시킨 그의 업적을 찬양하는 수많은 사람들의 환영을 기대하며 잔뜩 목에 힘을 주고 있었다.

그러나 정작 그곳에서 그를 기다리는 사람은 단 세 명에 불과했다.

무뚝뚝하고 살만 뒤룩뒤룩 찐 바티칸의 사무국장.

그리고 성스러운 척은 혼자 다하는 높은 서열의 이탈리아 추기경 두 명.

"사무국장님?"

아링가로사는 적이 혼란스러웠다.

바티칸의 법적인 업무를 총괄하는 이 살찐 남자는 아링가로사에게 악수를 청하며 자기 맞은편의 의자를 가리켰다.

"편하게 앉으십시오."

아링가로사는 무언가가 잘못되었음을 직감했다.

"나는 잡담에 소질이 없습니다, 주교."

사무국장이 말했다.

"그래서 주교가 이 자리에 오게 된 이유를 단도직입적으로 말씀드렸으면 합니다만."

"바라는 바입니다. 기탄없이 말씀하십시오."

아링가로사는 독선에 가득한 눈길로 평가하듯 자신을 노려보는 추기경들의 존재가 퍽이나 부담스러웠다.

"잘 알고 계시겠지만……."

사무국장이 입을 열었다.

"성하와 로마의 관계자들은 최근 들어 논란이 심해지는 오푸스 데이의 활동으로 인한 정치적 여파를 상당히 우려하고 있습니다."

아링가로사는 그 말을 듣자마자 뭔가가 발끈 치밀어 오르는 것을 느꼈다. 그렇지 않아도 새로 선출된 교황이 자유주의의 물결에 휩쓸려 교회를 엉뚱한 방향으로 변화시키고자 하는 성향을 노골적으로 드러내는 탓에 사사건건 심기가 불편하던 차였다.

"분명히 말씀드리지만……."

사무국장이 재빨리 덧붙였다.

"성하께서는 주교가 직분을 수행하는 방식에 변화를 요구할 생각이 전혀 없으십니다."

'듣던 중 반가운 소리로군!'

"그런데 왜 나를 부른 겁니까?"

사무국장은 한숨을 내쉬었다.

"주교, 쓸데없이 돌려서 얘기하는 데 익숙하지 못한 탓에, 다시 한 번 단도직입적으로 말하겠습니다. 이틀 전 사무국 회의에서 무기명 투표를 실시한 결과, 오푸스 데이에 대한 바티칸의 인가를 철회하기로 결론이 내려졌습니다."

아링가로사는 자신의 귀를 믿을 수가 없었다.

"무슨 말씀이신지……?"

"간단하게 말해서 오늘로부터 6개월 후에는 오푸스 데이가 더 이상 바티칸의 성직 자치단으로 간주되지 않게 됩니다. 당신이 독자적으로 당신의 교회를 꾸려 가게 되는 거지요. 교황청은 오푸스 데이와의 공식적인 관계를 단절할 것입니다. 성하께서도 동의하셨고, 이미 법적인 절차에 착수한 상태입니다."

"하지만 그건…… 있을 수 없는 일입니다!"

"그렇지 않습니다. 있을 수 있는 일일 뿐 아니라 반드시 필요한 일이기도 하지요. 성하께서는 당신의 공격적인 교세 확장과 육체 고행의 원칙을 상당히 부담스럽게 생각해 오시던 차였습니다."

그는 잠시 숨을 고른 뒤 말을 이었다.

"여성에 대한 정책도 마찬가지입니다. 솔직히 말씀드려서 오푸스 데이는 바티칸에 상당히 부정적이고 곤혹스러운 영향을 미치고 있습니

323

다."

아링가로사 주교는 망연자실한 심정이었다.

"곤혹스럽다고 했습니까?"

"사태가 이 지경이 된 이유는 주교가 가장 잘 알 테지요."

"오푸스 데이는 신도의 수가 증가하고 있는 유일한 가톨릭 조직입니다! 지금 사제만 해도 1천1백 명이 넘어섰어요!"

"맞습니다. 우리 모두에게 아주 골치 아픈 문제지요."

아링가로사는 자리를 박차고 일어났다.

"성하께 우리가 바티칸 은행을 일으켜 세운 1982년에도 오푸스 데이가 곤혹스러운 존재였는지 여쭤 보시오!"

"그 점에 대해서는 바티칸도 언제까지나 고마움을 잊지 않을 겁니다."

사무국장이 어린아이를 달래는 말투로 대답했다.

"그러나 오푸스 데이가 애초에 자치단 지위를 허락받은 유일한 이유가 바로 그 1982년의 사례일 뿐이라고 생각하는 이들도 많습니다."

"그건 사실이 아닙니다!"

은연중에 오푸스 데이의 모든 공적을 깎아내리려는 상대방의 말투가 아링가로사를 더욱 화나게 만들었다.

"어찌 되었건 간에, 우리는 끝까지 믿음을 져버리지 않는 방향으로 대처할 계획입니다. 우리의 청산 절차에는 그때 빚진 자금을 상환하는 문제도 포함되어 있으니까요. 모두 다섯 차례에 걸쳐 분할 상환할 예정입니다."

"그 돈으로 나의 반발을 막아 볼 생각입니까?"

아링가로사가 따지고 들었다.

"돈을 돌려줄 테니 조용히 물러가라, 이 말인가요? 그런 방법으로 유일하게 이성의 목소리를 내고 있는 오푸스 데이를 몰아낼 수 있을 거라고 믿습니까?"

추기경 가운데 한 사람이 고개를 들었다.

"죄송하오만, 지금 이성이라고 했소?"

아링가로사는 테이블 앞으로 몸을 내민 채 날카로운 목소리로 항변을 계속했다.

"가톨릭 교인들이 왜 교회에 등을 돌리는지 고민해 본 적이 있습니까? 당신 주위를 한번 둘러보시오, 추기경. 사람들은 경외심을 잃고 있습니다. 신앙의 엄격함이 사라지고 있단 말입니다. 교리가 무슨 뷔페식당처럼 되어 버렸어요. 금욕, 고해, 영성체, 세례, 미사……. 입맛에 맞는 것만 선택하고 나머지는 죄다 무시해도 좋다, 이거 아닙니까. 도대체 교회가 제시하는 영적 가르침은 어디에서 찾아야 합니까?"

두 번째 추기경이 입을 열었다.

"3세기 때의 법률을 현대의 신자들에게 적용할 수는 없지 않소. 현대 사회에는 당신이 말하는 원칙들이 통하지 않아요."

"그런데 왜 오푸스 데이에는 그렇게 잘 통하는 거지요?"

"아링가로사 주교."

사무국장이 그만 결론을 내겠다는 목소리로 말했다.

"성하께서는 당신의 조직이 선대 교황과 맺은 관계를 존중하여 앞으로 6개월의 시한을 허락하셨습니다. 그 기간 동안에 오푸스 데이는 바티칸과의 관계를 자발적으로 청산해야 합니다. 우리는 당신이 교황청과의 견해 차이를 공개적으로 인정하고 독자적인 기독교 조직으로 새롭게 출발할 것을 충고합니다."

"거부하겠소!"

아링가로사가 단호하게 선언했다.

"그분과 직접 대화를 나눠 보겠습니다!"

"성하께서는 더 이상 당신을 만날 용의를 가지고 있지 않으십니다."

아링가로사는 자리에서 일어났다.

"그분이 무슨 자격으로 선대 교황에 의해 확립된 성직 자치단 승인을 철회한다는 겁니까!"

"미안합니다."

사무국장은 꿈쩍도 하지 않았다.

"주시는 것도, 가져가시는 것도 모두 주님이십니다."

아링가로사는 결국 참담한 당혹감과 두려움에 사로잡힌 채 그 자리를 떠날 수밖에 없었다. 뉴욕으로 돌아온 후에도 몇 날 며칠 동안 멍하니 하늘만 바라보며 수심에 찬 마음으로 가톨릭의 미래를 걱정했다.

몇 주 뒤, 그런 그에게 모든 것을 바꿔 놓을 만한 전화가 한 통 걸려 왔다. 프랑스식 억양을 구사하는 이 남자는 스스로를 '스승'이라고 소개했다. 자치단에서는 보편적인 호칭 가운데 하나였다. 그는 바티칸이 오푸스 데이에 대한 후원을 철회할 계획임을 알고 있다고 했다.

'이 사람이 그걸 어떻게 알았을까?'

아링가로사는 궁금했다. 오푸스 데이의 임박한 위기를 알고 있는 사람은 바티칸 내에서도 극소수에 지나지 않았다. 어디선가 소문이 새어 나간 것이 틀림없었다. 소문에 관한 한, 바티칸 시티를 에워싼 담장만큼 구멍이 많은 곳도 없었다.

"주교, 내 귀는 세상 곳곳에 뻗어 있소."

스승이 속삭이는 목소리로 말했다.

"나는 그 귀를 이용해 특정한 지식을 모으고 있소. 당신이 나서 주면 나는 당신에게 엄청난 힘을 가져다줄 신성한 유물을 찾아낼 수 있소……. 그렇게 되면 바티칸이 당신 앞에 고개를 숙일 것이오. 당신은 신앙을 구원하기에 부족함이 없는 힘을 갖게 될 것이오."

잠시 후, 그는 이렇게 덧붙였다.

"비단 오푸스 데이를 위해서만이 아니라, 우리 모두를 위해서 말이오."

'주시는 것도, 가져가시는 것도 주님이라…….'

아링가로사는 한 줄기 희망의 빛이 드리우는 느낌이었다.

"당신의 계획을 말해 주십시오."

세인트 마리아 병원의 출입문이 벌컥 열렸을 때, 아링가로사 주교는 혼수상태에 빠져 있었다. 사일러스가 지친 몸을 이끌고 미친 사람처럼 출입구로 뛰어들었다. 그는 바닥에 무릎을 꿇고 도와 달라고 외쳤다. 주변의 모든 사람들이 피투성이의 성직자를 안고 나타난 반 벌거숭이의 알비노를 놀란 눈으로 바라보았다.

사일러스를 도와 아링가로사를 바퀴 침대 위에 눕힌 의사는 그의 맥박을 짚어 보고는 침울한 표정을 지었다.

"출혈이 너무 심합니다. 가망이 없어요."

아링가로사의 눈이 번쩍 뜨이는가 싶더니, 잠시 의식이 돌아온 그의 시선은 사일러스에게 고정되었다.

"사일러스……."

사일러스의 영혼은 회한과 분노로 천둥처럼 들끓어 올랐다.

"신부님, 평생이 걸리는 한이 있더라도 우리를 속인 자를 찾아내어 내 손으로 죽이고 말겠습니다."

아링가로사는 슬픈 표정으로 고개를 가로저었다.

"사일러스……. 나를 보고 아무것도 배우지 못했다면…… 이것 하나만은 확실히 알아 두세요."

그는 사일러스의 손을 꼭 부여잡았다.

"용서는 주님의 가장 큰 선물입니다."

"하지만 신부님……."

아링가로사는 눈을 감았다.

"사일러스, 기도해야 합니다."

101

로버트 랭던은 챕터 하우스의 높고 둥근 천장 밑에서 리 티빙의 총구를 바라보며 서 있었다.

'로버트, 나와 함께할 텐가, 나의 적이 될 텐가?'

왕립 역사학자의 말이 랭던의 마음속에 짙은 여운을 남기고 있었다.

랭던은 그것이 정답이 없는 질문임을 알고 있었다. 함께하겠다고 대답하면 소피를 포기한다는 뜻이 된다. 그렇다고 적이 되겠다고 대답하면 티빙에게 그들 둘을 다 죽이는 명분을 던져주는 것과 다름없지 않은가.

짧지 않은 세월 동안 강의실에서 제자들을 가르친 랭던의 경험은 총구 앞에서 살아남는 방법을 터득하는 데 별 도움이 되지 않았다. 그러나 그 경험은 이처럼 역설적인 질문에 봉착했을 때 어떻게 대처해야 할지를 판단하는 데는 확실히 도움이 되었다. 정답이 없는 질문과 맞닥뜨렸을 때, 솔직하게 대처하는 방법은 단 하나뿐이다.

'예'와 '아니요' 사이의 중간 지대.

바로 침묵을 지키는 것이다.

랭던은 자신의 손에 쥐어진 크립텍스를 바라보며, 슬그머니 걸음을 옮기는 쪽을 선택했다.

시선을 들지 않은 채 천천히 뒷걸음질을 쳐서, 드넓은 방의 빈 공간으로 움직이기 시작했다. 말하자면 중립 지대로 이동하는 셈이었다. 랭던은 크립텍스에 집중하는 모습을 보임으로써 티빙에게 협조의 여지를 남겨 두는 동시에, 침묵을 지킴으로서 소피에게는 그녀를 버리지 않았다는 암시를 전하고 싶었다.

물론 그사이에 생각할 시간을 벌 수 있다는 점까지도 고려한 행동이었다.

랭던은 자신이 생각을 하도록 유도하는 것이 바로 티빙의 의도일 거라고 추측했다.

'그가 나에게 크립텍스를 건네준 이유가 바로 그것이다. 나로 하여금 내 판단의 무게를 느낄 수 있도록 유도한 거야.'

이 영국인 역사학자는 랭던이 직접 그랜드마스터의 크립텍스를 손으로 만져봄으로써 그 속에 숨겨진 비밀의 무게를 느끼고, 이 쐐기돌을 열지 못하면 인류의 역사 전체가 망각의 뒤안길로 사라질 것이라는 학문적 사명감을 부추기려 했던 것이다.

랭던은 소피가 여전히 절대절명의 위기 앞에 가로놓인 가운데, 크립텍스의 암호를 알아내지 못하는 한 그녀의 목숨을 구해 낼 협상의 기회조차 잡을 수 없다는 두려움을 느꼈다.

'내가 지도를 꺼낼 수만 있다면 티빙도 협상에 응할 것이다.'

랭던은 자신에게 주어진 사명에 생각을 집중하려 애쓰며 천천히 반대쪽 창문 앞으로 걸음을 옮겼다. 뉴턴의 무덤에서 본 수많은 천문학적 이미지가 그의 뇌리를 가득 채우기 시작했다.

'그의 무덤에 있어야 할 구슬을 찾아라.'

'그것이 장미의 살과 씨앗 뿌려진 자궁을 말하도다.'

랭던은 다른 두 사람에게서 등을 돌린 채 스테인드글라스 속에서 무언가 영감이 떠오르기를 기대하며 높게 치솟은 창문을 향해 다가갔다. 거기에는 아무것도 없었다.

'소니에르의 입장이 되어야 한다.'

랭던은 창밖의 칼리지 가든을 물끄러미 바라보며 자신을 다그쳤다.

'그는 뉴턴의 무덤에 어떤 구슬이 있어야 한다고 생각했을까?'

쏟아지는 빗속에 수많은 별들의 형상이 반짝거렸지만 랭던은 그것들을 무시했다. 소니에르는 과학자가 아니다. 인문학과 예술과 역사를 공부한 사람이다. 신성한 여성성…… 성스러운 잔…… 장미…… 추방당한 마리아 막달레나…… 여신의 몰락…… 성배.

전설은 언제나 성배를 잔인한 정부(情婦)로 묘사한다. 보이지 않는 어둠 속에서 춤을 추며 한 걸음만 더 다가오라고 유혹하다가, 문득 정신을 차리면 아득한 안개 속으로 사라져 버리는…….

랭던은 칼리지 가든의 나무들을 바라보며 그녀의 짓궂은 존재를 느꼈다. 암시는 도처에 널려 있었다. 안개 속에서 희미하게 윤곽을 드러낸 성배처럼, 영국에서 가장 오래된 사과나무는 다섯 장의 이파리가 달린 꽃봉오리를 활짝 피우고 있었다. 비에 젖은 사과 꽃이 마치 금성처럼 반짝거리고 있었다. 지금 여신이 이 정원에 내려와 있다. 빗속에서 춤을 추며 세월의 노래를 부르고, 꽃봉오리가 매달린 가지 뒤로 살짝 고개를 내밀어 랭던에게 지식의 열매는 그의 손길이 닿지 않는 곳에서 자라고 있음을 상기시키는 듯했다.

방 건너편의 리 티빙 경은 마치 주문이라도 걸린 듯 넋을 놓고 창밖을 내다보는 랭던을, 자신만만한 표정으로 바라보고 있었다.

'역시 기대했던 대로야.'

티빙은 생각했다.

'저 친구가 해낼 것이다.'

얼마 전까지만 해도 티빙은 랭던이 성배를 찾는 열쇠를 가지고 있을 것이라고 생각했다. 랭던과 자크 소니에르가 만나기로 되어 있던 바로 그날, 티빙이 자신의 계획을 행동에 옮긴 것은 절대 우연이 아니었다. 소니에르의 모든 대화를 엿들은 티빙은 그가 랭던을 개인적으로 만나고자 하는 이유를 충분히 짐작할 수 있었다. 랭던이 쓴 수수께끼의 원고가 시온수도회의 신경을 건드린 것이다.

랭던은 자신도 모르는 사이에 진실을 파헤쳤고, 소니에르는 그 진실이 공개되는 것을 두려워했다. 그래서 이 그랜드마스터는 랭던의 입을 막기 위해 그를 만나려 한 것이다.

'진실은 너무 오랫동안 묻혀 있었어!'

티빙은 신속한 행동이 필요하다는 사실을 알아차렸다. 사일러스의 기습은 두 가지 목적을 염두에 둔 것이었다. 첫째는 소니에르가 입을 다물도록 랭던을 설득하는 것을 막아야 했고, 둘째는 일단 쐐기돌이 자신의 손에 들어올 무렵에 랭던이 파리에 머물러 있는 것이 유리하다고 판단했기 때문이었다.

소니에르와 사일러스의 처음이자 마지막 대면을 주선하는 것은 너무 간단했다.

'나는 소니에르가 무엇보다 두려워하는 내부 정보를 가지고 있었지.'

어제 오후, 사일러스는 번뇌에 빠진 성직자 행세를 하며 소니에르에게 전화를 걸었다.

"무슈 소니에르, 죄송하지만 저는 당장 당신을 만나야 합니다. 고해성사의 성스러움을 침해해서는 안 된다는 사실은 누구보다 잘 알지만, 이런 경우에는 어쩔 수가 없군요. 조금 전에 당신의 가족을 살해했다고 주장하는 남자의 고해성사를 받았습니다."

소니에르는 충격적인 이야기이기는 하지만 믿기 힘들다는 반응을 보였다.

"내 가족은 사고로 죽었습니다. 경찰 조사 결과가 그렇게 나왔어요."

"그렇습니다, 자동차 사고였지요."

사일러스는 확실한 미끼를 던졌다.

"나에게 고백한 남자는 자신이 그들의 자동차를 강으로 밀어붙였다고 했습니다."

소니에르는 한동안 대답을 하지 않았다.

"무슈 소니에르, 만약 그것뿐이었다면 저는 이렇게 연락을 하지 않았을 겁니다. 하지만 그 사람은 나로 하여금 당신의 안위를 걱정하게 만드는 말을 했어요."

그는 잠시 뜸을 들이다가 한마디 덧붙였다.

"당신의 손녀, 소피에 대한 언급도 있었습니다."

역시 소피의 이름이 나온 게 결정타였다. 소니에르는 당장 행동을 취하기 시작했다. 사일러스에게 자신이 알고 있는 가장 안전한 장소, 즉 루브르의 자기 집무실로 와 달라고 부탁한 것이다. 이어서 그는 소피에게 전화를 걸어 위험이 닥칠지도 모른다고 경고했다. 로버트 랭던과의 약속까지 챙길 정신이 아니었다.

지금, 티빙은 서로 멀찍감치 떨어져 있는 랭던과 소피를 바라보며 두 사람의 사이를 그 물리적인 거리만큼이나 확실하게 떨어뜨려 놓았다는 만족감을 느꼈다. 소피 느뵈는 여전히 반항적인 모습을 잃지 않았지만, 랭던은 더 큰 그림을 바라보고 있는 것이 분명했다. 암호를 알아내기 위해 안간힘을 다하고 있지 않은가.

'저 친구는 성배를 찾아내고 진실을 드러내는 일이 얼마나 중요한지

를 잘 알고 있어.'

"저 사람은 당신을 위해 크립텍스를 열지는 않을 거예요."

소피가 차가운 목소리로 말했다.

"설령 할 수 있다 하더라도 말이에요."

티빙은 소피에게 총을 겨눈 채 랭던을 바라보고 있었다. 조만간 자신의 손에 든 무기를 사용하게 될 거라는 확신이 들었다. 안타까운 일이기는 하지만, 어쩔 수 없는 상황이 닥친다면 한순간도 망설이지 않고 결단을 내릴 터였다.

'나는 이 여자에게 옳은 일을 할 기회를 수없이 주었어. 우리 가운데 성배보다 더 중요한 사람은 아무도 없다.'

바로 그때, 랭던이 창가에서 돌아섰다.

"무덤……."

그가 일말의 희망이 깃든 눈으로 티빙을 바라보며 불쑥 말했다.

"뉴턴의 무덤에서 어디를 살펴봐야 할지를 알 것 같습니다. 그래요, 암호를 풀 수 있을 것 같군요."

티빙의 심장이 두근거리기 시작했다.

"어디인가, 로버트? 어디를 살펴야 하는 거지?"

소피는 더욱 겁에 질린 표정으로 소리쳤다.

"로버트, 안 돼요! 설마 이자를 도우려는 건 아니겠죠?"

랭던은 크립텍스를 손에 든 채 성큼성큼 그녀를 향해 다가왔다.

"물론입니다."

랭던은 차가운 눈빛으로 티빙을 돌아보며 말했다.

"당신이 이곳을 빠져나가기 전까지는."

한껏 부풀었던 티빙의 기대감이 살짝 꺾이는 듯했다.

"로버트, 이제 우린 거의 목적지에 나왔어. 설마 이제 와서 또다시 장난을 시작하겠다는 건 아니겠지?"

"장난이 아닙니다."

랭던이 말했다.

"소피를 여기서 내보내고 당신과 나 둘이서 뉴턴의 무덤으로 가는 겁니다. 우리가 함께 크립텍스를 여는 거예요."

"난 아무 데도 안 가요."

소피의 눈빛은 분노로 이글거리고 있었다.

"그 크립텍스는 할아버지가 나에게 주신 거예요. 당신네들 마음대로 열 수 있는 물건이 아니라고요."

랭던은 걱정스러운 표정으로 그녀를 돌아보았다.

"소피, 제발 내 말 들어요! 당신은 지금 커다란 위험에 처해 있어요. 나는 지금 당신을 돕기 위해 이러는 겁니다."

"어떻게 돕겠다는 거죠? 할아버지가 목숨을 버리면서까지 지키려고 했던 비밀을 저 사람에게 갖다 바쳐서요? 할아버지는 당신을 믿었어요, 로버트. 나도 마찬가지고요!"

티빙은 랭던의 파란 눈동자에 당혹감이 어리는 것을 보고 속으로 미소를 지었다. 두 사람을 확실하게 떼어 놓는 데 성공한 것이다. 얼핏 보기에 랭던의 의도는 가상해 보이기는 하지만, 사실은 측은하다는 표현이 옳을 지경이었다. 인류 역사의 가장 큰 비밀을 파헤치는 마당에, 이성스러운 순간을 함께하기에는 자격 미달임이 입증된 여자 하나 때문에 저 고민을 하고 있지 않은가.

"소피."

랭던이 애원하듯 말했다.

"제발…… 당신은 여기서 나가야 합니다."

소피는 고개를 가로저었다.

"당신이 나에게 크립텍스를 건네주거나, 아니면 차라리 깨뜨려 버리기 전에는 꼼짝도 하지 않겠어요."

"뭐라고?"

랭던의 입에서 신음이 터져 나왔다.

"로버트, 우리 할아버지도 자신을 죽인 살인자의 손에 비밀이 들어가는 것보다는 영원히 묻혀 버리는 쪽이 낫다고 생각하실 거예요."

소피는 당장에라도 울음을 터뜨릴 것 같은 표정이었지만, 정말로 눈물을 보이지는 않았다. 오히려 그녀는 똑바로 티빙을 바라보며 분명한 목소리로 말했다.

"쏠 테면 쏘세요. 어떤 일이 있어도 할아버지의 유산을 당신의 손아귀에 넘겨주지는 않을 테니까요."

'아주 좋아.'

티빙은 천천히 총을 겨누었다.

"안 돼!"

랭던은 그렇게 소리치며 팔을 치켜들었다. 당장에라도 크립텍스를 단단한 돌로 된 바닥에 떨어뜨릴 기세였다.

"티빙, 꿈도 꾸지 마세요. 진짜로 떨어뜨릴 겁니다."

티빙은 웃음을 터뜨렸다.

"그런 협박은 레미에게 통했을지 몰라도 나에게는 안 통해. 나는 자네를 알 만큼 알거든."

"과연 그럴까요, 티빙?"

'물론이지. 자네는 진정한 포커페이스가 되려면 연습을 좀 해야겠어. 불과 몇 초 만에 자네가 거짓말을 하고 있다는 게 눈에 훤히 보이니 말이야. 자네는 뉴턴의 무덤 어디에 수수께끼의 해답이 놓여 있는지 알아내지 못했어.'

"정말인가, 로버트? 무덤의 어디를 살펴봐야 하는지 알아냈나?"

"그렇다니까요."

랭던의 눈에 비친 동요의 기색은 아주 미세했지만 티빙은 그것을 놓치지 않았다.

'거짓말이야. 소피를 구하려고 최후의 발악을 하고 있군.'

티빙은 로버트 랭던이라는 인간에 대해 크나큰 실망감에 사로잡혔다.

'나야말로 비천한 속물들에게 둘러싸인 외로운 기사인 셈이로군. 이렇게 되면 어쩔 수 없이 혼자 힘으로 쐐기돌을 여는 수밖에 없겠어.'

이제 랭던과 느뵈는 더 이상 티빙에게, 그리고 성배에게 위협이 되지 못했다. 상당히 고통스러운 결정이기는 하지만, 맑은 정신으로 감당할 수 없을 만큼 벅찬 일은 아니었다. 이제 그가 해야 할 일은 랭던을 설득해 쐐기돌을 바닥에 내려놓도록 하는 것뿐이었다. 그것으로 이 부질없는 게임을 끝내야 할 때가 된 것이다.

"자네의 믿음을 보여 주게."

티빙은 소피를 겨누었던 총을 내려놓으며 말했다.

"쐐기돌을 내려놔. 그러고 나서 이야기를 계속하자고."

랭던은 자신의 거짓말이 실패로 돌아갔음을 깨달았다.

티빙의 얼굴에 떠오르는 결단을 확인한 순간, 이제 정말로 올 데까지 오고 말았다는 사실을 깨달은 것이다.

'내가 이걸 내려놓으면 티빙은 우리를 둘 다 죽일 것이다.'

랭던은 굳이 돌아보지 않아도 소피의 말없는 절규가 생생하게 귀에 들리는 듯했다.

'로버트, 이 사람은 성배를 찾아낼 자격이 없어요. 절대로 쐐기돌을 넘겨주면 안 돼요. 어떤 대가를 치르는 한이 있더라도.'

랭던은 이미 몇 분 전, 창가에 혼자 서서 칼리지 가든을 내다보며 마음을 굳힌 상태였다.

'소피를 지켜야 한다.'

'성배를 지켜야 한다.'

랭던은 하마터면 절망스러운 비명을 지를 뻔했다.

'하지만 그러기 위해서는 어떻게 해야 할지를 모르겠어!'

깨달음의 순간은 지금껏 한번도 느껴 보지 못한 명쾌함과 함께 느닷없이 다가왔다.

'진실이 바로 네 눈앞에 있다, 로버트.'

랭던은 그 목소리가 어디에서 오는지 알지 못했다.

'성배는 너를 조롱하는 것이 아니라, 자격을 갖춘 영혼을 요구하고 있다.'

랭던은 리 티빙 앞에 허리를 숙였다. 크립텍스가 바닥에서 불과 몇 인치밖에 떨어지지 않은 곳으로 내려왔다.

"그래, 로버트."

티빙이 그에게 총을 겨누며 속삭였다.

"그걸 내려놔."

랭던의 시선이 챕터 하우스의 높다란 둥근 천장을 향했다. 다음 순간, 랭던은 고개를 숙여 똑바로 자신을 겨누고 있는 티빙의 총을 바라보며 더욱 자세를 낮추었다.

"미안해요, 티빙."

한 차례의 유연한 연속 동작으로 랭던의 몸이 허공으로 치솟는가 싶더니, 그의 팔이 하늘을 향해 크게 원을 그리며 크립텍스를 천장으로 던져 버렸다.

리 티빙은 자신도 모르게 얼떨결에 방아쇠를 당긴 모양이었다. 조그만 메두사에서 천둥소리 같은 굉음이 터져 나온 것이다. 그러나 잔뜩 웅크렸던 랭던의 몸이 수직으로 펴지며 허공으로 솟아오른 탓에, 총알은 그의 발 근처 돌로 된 바닥을 때렸다. 티빙의 뇌는 다시 한 번 조준을 해서 방아쇠를 당기라고 명령했지만, 그보다 더욱 강한 본능이 그의 시선을 허공으로 끌어당겼다.

'쐐기돌!'

마치 시간이 얼어붙은 듯, 허공을 가르는 쐐기돌 이외의 다른 모든 것이 티빙의 세상에서 사라져 버렸다. 티빙은 느린 화면을 보듯 천천히 허공으로 올라가는 쐐기돌을 멍하니 바라보았다. 정점에 도달한 쐐기돌이 잠시 중력의 진공 상태에 머무는 듯하더니 천천히 방향을 바꾸어 빙글빙글 돌면서 하강 곡선을 그리기 시작했다. 쐐기돌이 바닥으로 떨어지고 있는 것이다.

티빙의 모든 꿈과 희망이 그 조그만 쐐기돌과 함께 땅으로 추락하고 있었다.

'바닥에 떨어져서는 안 된다! 내 손으로 잡아야 해!'

티빙의 몸은 본능적인 반응을 일으켰다. 총을 던져 버리고 목발까지 팽개친 채, 곱고 부드러운 손을 뻗으며 앞으로 몸을 날렸다. 티빙은 초인적인 날렵함을 선보이며 팔은 물론 손가락까지 있는 대로 뻗은 끝에, 간신히 허공에서 쐐기돌을 낚아챘다.

쐐기돌을 손에 넣은 승리감도 잠시, 이내 티빙은 자신의 몸이 너무 빠르게 앞으로 쓰러지고 있음을 깨달았다. 다음 순간, 앞으로 뻗은 그의 팔이 먼저 떨어지면서 크립텍스가 호되게 바닥에 부딪히고 말았다.

크립텍스 안에서 뭔가 퍽 하고 깨지는 소리가 났다.

순간적으로 티빙은 숨이 턱 막히는 느낌이었다. 차가운 바닥에 앞으로 고꾸라진 그는 자신의 손에 쥐어진 대리석 원통을 바라보며 제발 그 속의 유리병이 무사하기를 기도했다. 하지만 다음 순간, 시큼한 식초 냄새가 퍼져 나오기 시작하더니, 글자판 사이로 차가운 액체가 스며 나오는 것을 알아차렸다.

걷잡을 수 없는 두려움이 그를 사로잡았다.

'안 돼!'

티빙은 이제 줄줄 흘러나오는 식초를 바라보며, 그 속에 든 파피루스가 녹아내리는 모습이 눈에 보이는 듯했다.

'로버트, 이 멍청한 놈! 이제 진실은 영원히 사라졌다!'

티빙은 자신도 모르게 눈물이 터져 나왔다.

'성배가 사라졌다. 모든 것이 사라졌어.'

티빙은 랭던이 그런 행동을 했다는 사실이 아직도 믿어지지 않아, 인류의 역사가 완전히 사라지기 전에 잠시나마 그 뒷모습이라도 봐야 한다는 마음에 지금이라도 크립텍스를 열어 보고 싶었다. 그래서 쐐기돌을 옆으로 당겨 보았는데, 놀랍게도 별로 힘을 주기도 전에 원통이 활짝 열리는 것이었다.

티빙은 신음을 토하며 원통 안을 더듬었다. 속에서 나온 것은 깨진 유리 조각뿐이었다. 파피루스가 녹아내린 흔적 따위는 찾아볼 수 없었다. 티빙은 고개를 들어 랭던을 바라보았다. 랭던 옆에는 티빙이 떨어뜨린 권총을 주워든 소피가 그를 겨누고 있었다.

티빙은 이게 어떻게 된 영문인가 싶어 다시 한 번 쐐기돌을 살펴보았다. 글자판은 이제 더 이상 아무렇게나 엉켜 있지 않았다. 거기에는 다섯 글자로 된 단어 하나가 새겨져 있었으니, 바로 **APPLE**이었다.

"이브가 훔쳐 먹은, 그래서 하느님의 신성한 분노를 초래하고 인간의 원죄를 성립시킨 구슬."

랭던이 차분한 목소리로 말했다.

"성스러운 여성성의 몰락을 상징하는 구슬."

티빙은 진실이 거세게 자신을 향해 내리꽂히는 느낌이었다. 뉴턴의 무덤에 있어야 할 구슬은 하늘에서 떨어져 뉴턴의 머리를 때린, 그리하여 그가 어디에 평생을 바쳐야 할지 영감을 불어넣어 준 장밋빛 사과를 암시했다.

'그의 노력의 열매! 장미의 살과 씨앗 뿌려진 자궁!'
"로버트."
티빙은 아직도 제정신이 돌아오지 않은 듯 말을 더듬었다.
"자네가 이걸 열었어. 지도는…… 어디에 있나?"
랭던은 눈도 깜빡하지 않고 재킷 주머니에 손을 넣어 정성스럽게 말아 놓은 파피루스를 꺼냈다. 그러고는 티빙이 누워 있는 곳에서 불과 몇 미터도 되지 않는 곳에서 그 두루마리를 풀어 내용을 들여다보았다. 얼마나 지났을까, 그의 얼굴에 알 것 같다는 미소가 번졌다.
'저 녀석이 알아냈어!'
티빙은 자신도 알고 싶어서 가슴이 터질 것만 같았다. 평생 동안 꾸어 온 꿈이 바로 코앞에 있지 않은가.
"말해 봐!"
티빙이 소리쳤다.
"제발 부탁이네! 아, 하느님! 아직 늦지 않았어!"
복도를 가로질러 챕터 하우스로 달려오는 둔탁한 발소리를 들으며, 랭던은 말없이 파피루스를 말아 주머니 속에 집어넣었다.
"안 돼!"
티빙은 있는 힘껏 소리치며 몸을 일으키려고 버둥거렸다.
문이 벌컥 열리더니 브쥐 파슈가 투우장에 뛰어드는 성난 황소처럼 달려 들어왔다. 다음 순간, 방 안을 훑어보는 그의 거친 눈동자는 자신의 목표물이 바닥에 쓰러져 있는 것을 발견했다. 이제는 리 티빙이 그의 사냥감이었다. 파슈는 안도의 한숨을 내쉬며 권총을 총집에 넣고 소피를 돌아보았다.
"느뵈 요원, 자네와 랭던 씨가 무사하니 다행이군. 아까 좋은 말로 할 때 경찰서로 들어왔으면 좋았을 텐데 말이야."
파슈를 쫓아온 영국 경찰들이 티빙을 일으켜 세워 수갑을 채웠다.

소피는 파슈를 보자 어리둥절한 표정이었다.

"우리를 어떻게 찾았어요?"

파슈는 티빙을 가리켰다.

"저 양반이 이 사원에 들어올 때 신분증을 보여 주는 실수를 저질렀더군. 경비원들도 우리가 이자를 찾고 있다는 수배령을 들었던 모양이야."

"랭던 주머니 속에 있어!"

티빙이 미친 사람처럼 소리를 질렀다.

"성배를 찾는 지도 말이다!"

티빙은 경찰들에게 끌려 나가면서도 고개를 뒤로 젖힌 채 고래고래 고함을 질러댔다.

"로버트! 어디에 숨겨져 있는지 말해 봐!"

랭던은 끌려가는 티빙을 물끄러미 바라보며 중얼거렸다.

"티빙, 자격이 있는 자만이 성배를 찾을 수 있어요. 당신이 내게 가르쳐 주지 않았습니까."

102

 안개가 낮게 드리운 켄싱턴 가든, 사일러스는 절뚝이는 걸음으로 인적 없는 들판을 조용히 걸어갔다. 젖은 풀잎 위에 무릎을 꿇자, 갈비뼈 아래의 총상에서 미지근한 피가 흘러내리는 것이 느껴졌다. 그러나 사일러스는 아랑곳하지 않고 똑바로 앞을 바라보았다.
 안개 때문에 마치 천국에 와 있는 느낌이 들었다.
 기도를 드리기 위해 피로 물든 손을 치켜들자, 빗방울이 그의 손가락을 어루만져 도로 하얗게 만들어 주었다. 등과 어깨에 내리꽂히는 빗줄기가 점점 거칠어지자, 사일러스는 자신의 몸뚱이가 조금씩 조금씩 안개 속으로 사라지는 것을 느낄 수 있었다.
 '나는 유령이다.'
 한 줄기 산들바람이 스쳐 지나가며 축축한 습기와 함께 새로운 생명의 흙냄새를 실어왔다. 사일러스는 자신의 망가진 육신 구석구석의 모든 살아 있는 세포를 일깨우며 기도를 했다. 용서를 위해, 자비를 위해, 그리고 무엇보다도…… 그는 아링가로사 주교를 위해 기도했다. 정해진 때가 오기 전에는 아링가로사를 데려가지 말라고, 그에게는 아직 할 일이 너무나 많다고…… 기도했다.

안개 속 어디에선가 마누엘 아링가로사의 속삭이는 목소리가 들려왔다.

'우리의 주님은 선하고 자비로운 하느님이십니다.'

이윽고 사일러스의 고통이 잦아들기 시작했다. 그는 주교의 말이 옳다는 것을 깨달았다.

103

 늦은 오후가 되자 해가 나면서 런던의 습기를 말려 주기 시작했다. 조사실에서 나와 택시를 잡아타는 브쥐 파슈는 몸도 마음도 지칠 대로 지친 기분이었다. 리 티빙 경은 자신에게는 아무런 죄도 없다고 고래고래 소리를 질렀다. 파슈는 그가 성배니, 비밀문서니, 비밀 조직이니 뭐니 횡설수설하는 모습을 지켜보면서, 이 영악한 역사학자가 자신의 변호사들로 하여금 정신 질환을 참작한 무죄 선고를 이끌어내도록 사전 준비 작업을 하고 있는 게 아닌가 하는 의구심이 들 정도였다.
 '그래, 미친 게 틀림없어.'
 파슈는 생각했다. 티빙은 굽이굽이마다 자신의 결백을 주장할 수 있는 근거를 남기기 위해 혀를 내두를 만큼 치밀한 계획을 세웠다. 바티칸과 오푸스 데이를 끌어들인 것도 그러한 의도 때문이었지만, 조사 결과 이 두 조직은 이번 사건과는 직접적인 관계가 없다는 사실이 드러났다. 티빙은 광신도 수도사와 절망에 빠져 지푸라기라도 잡는 심정이었던 주교를 통해 은밀히 자신의 목표를 향해 다가갔다. 더욱 놀라운 것은 티빙이 소아마비를 앓은 자신의 다리로는 쉽게 접근하기 힘든 곳에 도청 장비들을 설치했다는 점이었다. 실질적인 도청 작업을 맡은 것은 그의 하인, 레미였다. 유일하게 티빙의 정체를 아는 인물이었던 그의 사망 원인은 알레르기로 인한 쇼크사로 밝혀졌다.

이 정도면 일개 정신병자의 소행으로 치부하기에는 확실히 무리가 있다는 것이 파슈의 생각이었다.

샤토 빌레트에 남아 있는 콜레의 보고에 의하면, 티빙의 치밀함은 파슈가 보고 배워야 할 정도로 상상을 초월했다. 파리의 내로라하는 유력 인사들의 사무실에 도청 장치를 설치하기 위해, 이 영국인 역사학자는 그리스 신화에 의존했다. 트로이의 목마. 티빙의 목표물이 된 인물들 중에는 그가 선물한 고가의 미술 작품을 덥석 받은 사람들도 있었고, 또 어떤 이들은 경매를 통해 티빙이 미리 손을 써 둔 물건을 낙찰받기도 했다. 소니에르의 경우는 샤토 빌레트의 만찬에 초대를 받은 것이 화근이었다. 티빙은 루브르에 다빈치 관을 새로 만드는 방 안을 논의하자며 소니에르를 초대했다. 초대장에는 소니에르가 조립하는 데 성공한 것으로 알려진 기사상을 찬양하는 내용이 추신으로 덧붙여져 있었다. 티빙은 그 기사상을 만찬 자리에 가져올 수 없겠느냐고 제안했고, 소니에르는 별 생각 없이 그 제안에 응했다. 그러고는 자신도 모르는 사이에 레미 르갈뤼데크가 정교한 도청 장치를 그 속에 집어넣을 시간을 허락하고 말았던 것이다.

파슈는 택시 뒷자리에 앉아 눈을 감았다.

'이제 한 가지 일만 더 처리하면 파리로 돌아갈 수 있겠군.'

"정말 놀라운 일이에요."

간호사가 그를 내려다보며 활짝 미소를 지었다.

"기적이라고 할 수밖에 없을 정도라고요."

아링가로사 주교는 희미한 미소를 머금었다.

"늘 은총에 힘입어 살아갑니다."

볼일을 마친 간호사가 물러가고, 주교는 혼자 남았다. 햇살이 그의 얼굴을 따스하게 어루만지는 느낌이었다. 그의 생애에서 어제처럼 길고 어두웠던 하룻밤도 없을 터였다.

아링가로사는 공원에서 사일러스의 시체가 발견되었다는 소식을 접한 다음이었다.

'부디 나를 용서하세요, 사일러스.'

아링가로사는 사일러스를 자신의 은혜로운 계획에 참여시킬 수 있는 것이 더없이 기뻤다. 그러나 어젯밤, 아링가로사는 생 쉴피스 성당에서 벌어진 수녀 살인 사건을 추궁하는 브쥐 파슈의 전화를 받고부터 사태가 자신의 의도와는 전혀 다른 방향으로 굴러간다는 사실을 알아차렸다. 네 명의 피살자가 추가로 발견되었다는 소식은 그의 두려움을 경악의 차원으로 끌어올렸다.

'사일러스, 무슨 짓을 한 겁니까?'

스승에게 연락이 되지 않자, 주교는 자신이 이번 일에서 배제되었음을 직감했다.

'이용당했다.'

이 끔찍한 일련의 연쇄 반응을 중단시키기 위해서는 파슈에게 모든 것을 고백하는 방법밖에 없었다. 그때부터 아링가로사와 파슈는 사일러스가 스승의 지시에 따라 또 다른 사건을 저지르기 전에 그를 찾아내기 위해 백방으로 뛰기 시작했다.

아링가로사는 뼛속까지 피로가 몰려오는 느낌에 눈을 감은 채, 영국의 유명한 기사 리 티빙 경이 체포되었다는 텔레비전 뉴스에 귀를 기울였다. 스승의 정체가 만천하에 드러난 것이다. 티빙은 바티칸이 오푸스 데이와의 관계를 청산할 계획이라는 정보를 입수하자, 자신의 장

기판에서 써먹을 말로 아링가로사를 선택했다.

'나처럼 모든 것을 잃을 위기에 처한 사람이 아니라면 그토록 맹목적으로 성배에 빠져들었을 리가 없지.'

성배를 가진 사람이라면 누구나 세상을 쥐고 흔들 권력을 손에 넣을 수 있는 탓이었다.

리 티빙은 프랑스어 억양과 독실한 신앙심을 가장한 채 철저하게 자신의 신분을 위장했다. 그가 돈을 요구한 것 역시 정말로 그 돈이 필요해서가 아니라 자신의 동기를 숨기기 위한 위장에 지나지 않았다. 아링가로사는 너무나도 마음이 다급한 나머지, 제대로 의심조차 해 보지 못했다. 2천만 유로라는 돈은 성배를 손에 넣는 대가치고는 껌 값에 지나지 않았고, 마침 오푸스 데이도 바티칸에서 받은 자금 덕분에 재정적인 여유가 넉넉한 상태였다. 맹목적인 사람들은 자신이 보고 싶은 것만을 보기 마련이다. 티빙은 성배의 대가를 바티칸 채권의 형태로 지불하라고 요구함으로써 일이 잘못될 경우 불똥이 로마로 튀도록 유도하기까지 했다.

"무사하시니 다행입니다, 주교님."

아링가로사는 병실 출입문에서 들려온 그 무뚝뚝한 목소리가 누구 것인지를 금방 알아보았다. 하지만 그의 얼굴은 전혀 뜻밖이었다. 완고하고 튼튼해 보이는 얼굴에, 뒤로 빗어 넘긴 머리칼과 검은 양복의 옷깃이 좁게 느껴질 만큼 굵은 목덜미가 무척이나 억센 느낌을 주었다.

"파슈 국장님?"

아링가로사가 말했다. 어젯밤, 곤경에 처한 그를 염려해 주던 파슈 국장의 따뜻한 마음씨를 고려하면, 사실 그보다는 훨씬 더 부드러운 외모를 기대한 것도 무리는 아니었다.

침대로 다가온 파슈는 묵직한 검은 서류 가방을 의자 위에 내려놓았다.

"주교님 가방인 것 같아서 가져왔습니다."

아링가로사는 채권으로 가득 채워진 가방을 보고는 얼른 눈길을 돌려 버렸다. 창피해서 얼굴까지 화끈거렸다.

"예……. 고맙습니다."

아링가로사는 손가락으로 침대 시트의 솔기를 어루만지며 말을 이었다.

"국장님, 나름대로 고민을 많이 해 보았습니다. 아무래도 국장님의 도움이 필요할 것 같아서요."

"말씀하십시오."

"파리의 유가족들 말입니다. 사일러스가……."

아링가로사는 감정이 북받쳐 말을 잇기가 힘들었다.

"물론 돈으로 해결될 문제가 아니라는 것은 저도 잘 압니다만, 혹시 그 가방에 든 내용물을 그들에게…… 그러니까 피살당한 분들의 유가족에게 나누어 주실 수 있나 해서 말입니다."

파슈의 검은 눈동자가 오랫동안 아링가로사의 얼굴을 떠나지 못했다.

"훌륭한 결정이로군요, 주교님. 주교님의 뜻을 따를 수 있는지 알아보겠습니다."

두 사람 사이에 무거운 침묵이 내려앉았다.

텔레비전에서는 갸름한 외모의 프랑스 경찰 한 사람이 거대한 저택 앞에서 기자 회견을 벌이고 있었다. 그가 누구인지를 알아본 파슈는 텔레비전으로 관심을 돌렸다.

"콜레 반장님."

BBC의 여기자가 비난하는 목소리로 말했다.

"어젯밤까지만 해도 당신네 국장은 두 명의 무고한 사람에게 살인 혐의를 뒤집어씌웠습니다. 로버트 랭던과 소피 느뵈가 당신네 부서에 책임을 묻지 않을까요? 파슈 국장은 이번 일로 더욱 궁지에 몰리는 것 아닙니까?"

콜레는 피곤하지만 차분한 미소를 지었다.

"내 경험에 비춰 볼 때 브쥐 파슈 국장님은 좀처럼 실수를 하지 않는 분입니다. 아직 이 문제를 가지고 직접 대화를 나눠 보지는 못했지만, 평소 그분의 성향을 감안하면 느뵈 요원과 랭던 씨에 대한 공개 수배령을 내린 것도 진짜 범인을 유인하기 위한 계략이 아니었나 추측하고 있습니다."

기사들은 놀란 표정으로 서로를 돌아보았다.

콜레가 말을 이었다.

"랭던 씨와 느뵈 요원이 의도적으로 이번 작전에 참여한 것인지 어떤 것인지는 나도 모릅니다. 파슈 국장님은 자신의 창의적인 수사 기법을 좀처럼 공개하지 않는 분이니까요. 이 시점에서 내가 분명히 얘기할 수 있는 것은, 결과적으로 그가 범인을 체포했다는 사실입니다. 랭던 씨와 느뵈 요원은 둘 다 결백할 뿐 아니라 무사한 것으로 알고 있습니다."

파슈는 씁쓸한 미소를 머금으며 아링가로사를 돌아보았다.

"저 친구도 도움이 될 때가 있군요."

또다시 얼마 동안 침묵이 흘렀다. 이윽고 파슈는 이마를 한 번 문지른 다음, 머리칼을 쓸어 넘기며 아링가로사를 내려다보았다.

"주교님, 내가 파리로 돌아가기 전에 마지막으로 한 가지 상의할 문제가 있습니다. 다름이 아니라, 런던으로 항로를 수정한 일 말인데요, 조종사에게 뇌물까지 주었더군요. 결과적으로 주교님께서는 여러 가지 국제법을 위반한 셈이 되었습니다."

아링가로사는 풀 죽은 목소리로 겨우 대답했다.

"다른 방법이 없었습니다."

"그래요. 우리 요원들이 조종사를 심문해 봤는데, 그 친구도 마찬가지였던 모양이더군요."

파슈는 그렇게 말하며 주머니에 손을 넣더니, 낯익은 주교장 장식이 달린 자수정 반지를 꺼냈다.

아링가로사는 감개무량한 표정으로 그 반지를 손가락에 끼웠다. 자신도 모르게 콧날이 시큰해지는 순간이었다.

"정말 친절하시군요."

아링가로사는 가만히 파슈의 손을 잡았다.

"고맙습니다."

그의 손을 놓고 창가로 다가가 바깥을 내다보는 파슈의 마음은 아득히 먼 곳을 헤매는 느낌이었다. 다시 아링가로사를 향해 돌아선 그의 표정도 왠지 공허해 보였다.

"주교님, 이제 어디로 가실 겁니까?"

아링가로사는 전날 밤 간돌포 성을 떠나면서 똑같은 질문을 받았던 기억이 났다.

"내 앞길도 국장님만큼이나 불확실한 것 같군요."

"그래요."

파슈가 말했다.

"아무래도 나는 일찌감치 은퇴해야 될 것 같습니다."

아링가로사는 미소를 지었다.

"약간의 믿음만 있으면 놀라운 일이 생깁니다, 국장님. 약간의 믿음."

104

로슬린 교회―흔히 '암호의 성당'으로 불린다―는 스코틀랜드의 에든버러 남쪽 11킬로미터, 고대 미트라 신전 부지에 서 있다. 템플기사단이 1446년에 세운 이 교회는 유대교와 기독교, 고대 이집트와 프리메이슨, 그 밖의 온갖 이교도의 전통에서 비롯된 상징들로 가득한 곳이다.

이 교회의 지리적 조건은 글래스톤베리를 통과하는 남북의 자오선과 정확하게 일치한다. 이 로즈 라인은 오래전부터 아서 왕의 아발론 섬을 나타내는 표시이자 영국의 기둥으로 간주되었다. 로슬린이라는 이름도 이 로즈 라인에서 비롯된 것이라 한다(원래 로슬린은 지금과 같은 Rosslyn이 아닌 Roslin으로 표기되었다).

로버트 랭던과 소피 느뵈가 로슬린 교회가 서 있는 낭떠러지 발치의 풀밭으로 된 주차장에 렌터카를 세웠을 때는 들쑥날쑥한 첨탑들이 길게 그림자를 드리운 저녁 무렵이었다. 런던에서 에든버러까지의 짧은 비행기 여행은 모처럼 편안한 휴식의 시간이 되어 주었지만, 두 사람다 그들을 기다리고 있을 그 무언가에 대한 기대감으로 잠시도 눈을 붙이지는 못했다. 하늘의 구름을 배경으로 우뚝 솟은 이 교회의 겉모습을 바라보던 랭던은 마치 토끼 굴로 떨어지는 앨리스가 된 듯한 심정이었다.

'이건 꿈이야.'

그러나 소니에르가 남긴 마지막 메시지는 그 어느 때보다도 명쾌했다.

'성배는 고대의 로슬린 밑에서 기다리고 있다.'

랭던은 소니에르의 '성배 지도'가 도형, 즉 문제의 장소가 'X'자로 표시된 그림의 형태일 거라고 추측했는데, 정작 뚜껑을 열고 보니 시온수도회의 마지막 비밀은 소니에르가 처음부터 줄곧 사용해 온 방식을 그대로 따르고 있었다. 간단한 운문 형태로 된 네 줄의 문장이 바로 이 로슬린 교회를 가리킨다는 점에는 의문의 여지가 없었다. 로슬린이라는 지명이 직접 거론된 것은 물론이고, 이 교회의 유명한 건축적 특징 몇 가지도 또렷하게 표현되어 있었다.

랭던은 소니에르의 마지막 단서가 상당히 명쾌함에도 불구하고, 확실한 깨달음보다는 뭔가 석연치 않은 구석이 있다는 생각을 떨치기 힘들었다. 그가 보기에 로슬린 교회는 한마디로 너무 뻔한 곳이었다. 돌로 지은 이 교회에 성배가 숨겨져 있다는 소문이 나돌기 시작한 것이 이미 몇백 년 전부터였다. 최근에는 지하까지 꿰뚫어 보는 레이더 장비를 통해 이 교회 지하에 거대한 공간이 숨겨져 있다는 사실이 밝혀진 이후, 성배를 둘러싼 나직한 속삭임은 거대한 고함으로 변해 버렸다. 문제의 지하 공간이 그 위에 버티고 선 교회를 훨씬 뛰어넘는 엄청난 규모일 뿐 아니라, 들어가는 입구도, 나가는 출구도 없는 독특한 구조를 하고 있다는 추측 때문이었다. 고고학자들은 암반을 굴착해서 이 미지의 공간을 탐사할 수 있도록 허락해 달라는 탄원을 넣기 시작했지만, 로슬린 고문단은 이 신성한 땅에 대한 어떤 발굴 작업도 용납하지 않는다는 자세를 고수했다. 이것이 의혹과 소문을 더욱 부추긴 것은 말할 필요도 없다. 로슬린 고문단은 무엇을 숨기려 하는가?

그런 이유로 로슬린은 이제 수수께끼를 추구하는 사람들의 순례지와도 같은 장소가 되어 버렸다. 어떤 이들은 이 교회가 내뿜는 강력한 자기장에 이끌려 이곳까지 오게 되었다고 주장했고, 또 어떤 이들은 언덕 밑에 숨겨진 지하 공간의 출입구를 찾으러 왔다고 주장했다. 하지만 대부분의 사람들은 성배와 관련된 전승을 수집하고 그저 이 땅을 밟아 보고 싶었을 뿐이라는 생각을 솔직히 고백하기도 했다.

랭던은 로슬린에 와 본 적이 한 번도 없었지만, 이 교회가 성배의 보금자리라는 주장을 접할 때마다 냉소를 금하지 못했다. 아닌 게 아니라 아주 오래전에는 로슬린에 성배가 숨겨져 있었을 가능성도 무시할 수 없다. 하지만 지금은 사정이 다르다는 것이 랭던의 확신이었다. 지난 몇십 년 동안 수많은 사람들이 로슬린에 지대한 관심을 기울였고, 머지않아 누군가가 지하 공간으로 파고 들어갈 방법을 찾아낼 것이 분명했다.

진짜 성배 학자들은 로슬린이 일종의 미끼라는 주장에 동의하는 편이었다. 시온수도회가 교묘하게 만들어 놓은 함정이라는 이야기였다. 그러나 오늘 밤, 바로 그 시온수도회의 쐐기돌에서 나온 글귀가 바로 이곳을 가리키고 있는 이상, 랭던은 더 이상 혼자 잘난 척하는 태도를 고수할 수가 없었다. 하루 종일 그의 뇌리에는 풀리지 않는 의혹이 떠나지 않았다.

'왜 소니에르는 이토록 뻔한 장소로 우리를 안내하기 위해 그 모든 수고를 아끼지 않은 것일까?'

논리적인 해답은 하나밖에 없었다.

'로슬린에는 우리가 아직 알지 못하는 무언가가 있다.'

"로버트?"

소피가 어느새 차에서 내려 그를 바라보고 있었다.

"안 갈 거예요?"

그녀는 파슈 국장이 되찾아준 자단 상자를 들고 있었다. 그 속에는 두 개의 크립텍스가 다시 조립되어 원래처럼 가지런히 들어 있었다. 깨진 식초병만 사라졌을 뿐, 단서가 적힌 파피루스까지 원래의 자리를 되찾은 상태였다.

긴 자갈길을 올라가다 보니 교회의 유명한 서쪽 벽면을 지나가게 되었다. 무심한 관광객들은 이 이상하게 돌출한 벽이 아직 마무리되지 않은 교회의 일부일 뿐이라고 넘겨짚을 터였다. 그러나 랭던은 그보다 훨씬 더 흥미로운 진실을 알고 있었다.

'솔로몬 신전의 서쪽 벽.'

템플기사단은 로슬린 예배당을 예루살렘에 있던 솔로몬 신전을 그대로 본떠서 설계했다. 서쪽 벽과 좁은 직사각형의 성소, 그리고 아홉 명의 기사가 소중한 보물을 찾아냈던 지성소를 흉내 낸 지하실까지……. 랭던은 새로운 성배의 안식처를 설계한 템플기사단의 구상이 성배가 안치되어 있던 최초의 장소와 묘한 대칭을 이룬다는 사실을 인정하지 않을 수 없었다.

로슬린 예배당의 입구는 랭던이 생각했던 것보다 훨씬 수수했다. 쇠로 된 두 개의 경첩이 달린 조그만 나무 문에, 참나무로 만든 소박한 간판이 붙어 있을 뿐이었다.

로슬린(ROSLIN)

랭던은 이것이 예배당의 지리적 위치를 의미하는 로즈 라인 자오선에서 유래된 옛날식 표기라는 점을 소피에게 설명했다. 혹은 성배 학자들이 주장하는 대로, 마리아 막달레나의 후손을 뜻하는 '장미의 혈통'을 함축하는 것일지도 몰랐다.

곧 예배당의 문을 닫을 시간이 다가오는 탓에, 랭던은 서둘러 출입문을 열었다. 안쪽에서 따뜻한 공기가 훅 뿜어져 나오는 것이, 마치 또 하루를 보낸 이 오래된 건축물이 근심스러운 한숨을 내쉬는 것처럼 느껴졌다. 출입문의 아치에는 장미 무늬가 새겨져 있었다.

'장미. 여신의 자궁.'

소피와 함께 건물 안으로 들어선 랭던은 눈길이 닿는 이 유명한 성소의 모든 것을 흡수하려는 듯 정신을 집중했다. 로슬린의 섬세한 석조 공예에 대해서는 이미 많은 글을 읽은 적이 있었지만, 자신의 눈으로 직접 대면하고 보니 책으로 볼 때와는 또 다른 감동이 밀려왔다.

랭던의 동료 가운데 누군가는 이 예배당을 '기호학의 천국'이라고 표현했다.

기독교의 십자가, 유대교의 별, 프리메이슨의 문양들, 템플기사단의 십자가, '풍요의 뿔', 피라미드, 점성술의 기호들, 식물들, 채소들, 펜타클 그리고 장미……. 이 예배당의 모든 표면에는 수많은 상징들이 새겨져 있었다. 템플기사단은 유럽 전역에 템플 교회를 건설한 숙련된 석공들이기도 했지만, 그들이 가장 큰 애착과 경외심을 쏟아 부은 곳이 바로 이 로슬린이었다. 그들은 단 하나의 돌도 그냥 두지 않았다. 로슬린 예배당은 모든 신앙…… 모든 전통…… 그리고 무엇보다도 자연과 여신에게 바치는 성소였다.

예배당 안은 한 젊은이의 설명에 귀를 기울이는 관광객 몇 명을 제외하면 텅 비어 있었다. 그들이 오늘의 마지막 방문객인 모양이었다. 관광객들은 한 줄로 늘어서서 안내인으로 보이는 젊은이의 뒤를 따르고 있었다. 그들은 지금 이 예배당의 핵심적인 건축적 요점 여섯 군데를 연결하는 보이지 않는 경로를 따라 이동하는 중이었다. 이미 몇 세대 전부터 관광객들은 이 직선을 따라 예배당을 둘러보았고, 그들의 수없는 발자국이 바닥에 거대한 또 하나의 상징을 새겨 놓았다.

'다윗의 별.'

랭던은 속으로 중얼거렸다.

'절대 우연이 아니야.'

솔로몬의 문양으로도 알려진 이 여섯 꼭짓점의 별은 한때 천문학을 전공한 성직자들의 비밀스러운 상징으로 사용되었으며, 그 후에는 이스라엘의 왕 다윗과 솔로몬이 자신의 문양으로 사용했다.

랭던과 소피가 들어오는 것을 본 안내인은 문 닫을 시간이 다 되었음에도 불구하고 따뜻한 미소로 그들을 맞이하며 마음 놓고 둘러보라는 몸짓을 해 보였다.

랭던은 고개를 끄덕여 고마움을 표시한 뒤, 예배당 안쪽으로 걸음을 옮기기 시작했다. 그런데 소피는 마치 못이라도 박힌 듯이 입구에 멈춰 서서 당혹스러운 표정을 짓고 있을 뿐이었다.

"왜 그래요?"

랭던이 물었다.

소피는 멍하니 예배당을 바라보았다.

"내 생각에…… 여기 와 본 적이 있는 것 같아요."

랭던은 깜짝 놀랐다.

"아까는 로슬린이라는 이름조차 들어 보지 못했다고 했잖아요."
"그건 사실이에요……."
소피는 어리둥절한 표정으로 예배당 안을 둘러보았다.
"내가 아주 어렸을 때 할아버지가 나를 여기로 데려온 적이 있을지도 몰라요. 왠지 낯이 익어요."
실내를 훑어보던 소피는 조금 더 확신이 생긴 듯 고개를 끄덕이기 시작했다.
"틀림없어요."
소피는 예배당 정면을 받치고 있는 두 개의 기둥을 가리켰다.
"저 기둥들…… 틀림없이 본 적이 있어요."
랭던은 섬세하게 조각된 한 쌍의 기둥을 바라보았다. 하얀 레이스 모양의 장식이 서쪽 창문으로 들어오는 늦은 오후의 햇살을 받아 불그스름한 아지랑이를 피워 올리는 것 같았다. 원래는 제단이 있어야 할 자리를 차지한 이 두 개의 기둥은 얼핏 봐서는 서로 짝이 맞지 않는 인상을 주었다. 왼쪽의 기둥에는 수수한 수직의 선들이 새겨진 반면, 오른편의 기둥은 꾸밈이 많은 나선형의 꽃무늬들이 새겨져 있었다.
소피는 이미 그 기둥들을 향해 다가가고 있었다. 랭던도 서둘러 그 뒤를 쫓아갔다. 기둥 앞에 이르자, 소피는 믿을 수 없다는 듯 고개를 끄덕였다.
"틀림없어요. 분명히 본 적이 있어요!"
"그것까지 의심하진 않습니다."
랭던이 말했다.
"하지만 꼭 여기서 봤으리라는 보장은 없어요."
소피는 그를 돌아보았다.
"무슨 뜻이죠?"
"이 두 개의 기둥은 아마도 역사상 가장 많이 복제된 건축 구조물 가운데 하나일 겁니다. 복제품이 온 세상에 널려 있거든요."

"로슬린의 복제품?"

소피가 믿기지 않는다는 듯이 되물었다.

"아니, 기둥 말입니다. 내가 조금 전에 로슬린 자체가 솔로몬 신전의 복제품이라고 말했던 것 기억하지요? 이 두 개의 기둥은 솔로몬 신전에 있던 기둥을 그대로 복제한 겁니다."

랭던은 왼쪽의 기둥을 가리켰다.

"저건 '보아스(Boaz)', 혹은 '석공의 기둥' 이라고 불러요. 반대쪽은 '야긴(Jachin)', 혹은 '도제의 기둥' 이라고 하지요."

랭던은 계속 말을 이었다.

"사실 전 세계의 메이슨 사원에는 이 두 개의 기둥이 없는 데가 거의 없어요."

랭던은 템플기사단과 프리메이슨의 강력한 역사적 유대 관계를 이미 소피에게 설명해 준 적이 있었다. 프리메이슨의 기본적인 계급들, 이를테면 수련생, 장색, 직급장 등은 초창기 템플기사단 시절에 그 유래를 두고 있었다. 소피의 할아버지가 남긴 마지막 시 역시 자신의 예술적 감각으로 로슬린을 장식한 직급장들을 직접 언급하고 있었다.

"프리메이슨의 사원에는 한 번도 가 본 적이 없어요."

소피가 여전히 기둥에 시선을 고정시킨 채 말했다.

"여기서 본 게 틀림없어요."

소피는 기억을 되살려 줄 또 다른 단서들을 찾는 듯 예배당 안을 둘러보기 시작했다.

다른 방문객들이 모두 빠져나가자, 젊은 안내인이 환한 미소를 지은 채 예배당을 가로질러 소피와 랭던을 향해 다가왔다. 가까이에서 보니 20대 후반의 아주 잘생긴 청년이었다. 말투에는 스코틀랜드 특유의 억양이 묻어났고, 약간 붉은 기운이 도는 금발 머리가 인상적이었다.

"막 문을 닫으려던 참이었습니다. 특별히 찾는 것이라도 있으신지요?"

'성배를 찾는데요.'

랭던은 그렇게 말해 보고 싶은 충동을 간신히 억눌렀다.

"암호."

소피가 갑자기 생각이 났다는 듯 불쑥 말했다.

"여기, 암호가 있지 않아요?"

안내인은 소피의 진지한 태도가 마음에 드는 표정이었다.

"물론이지요."

"천장에 있을 텐데."

소피는 오른쪽의 벽을 가리키며 말했다.

"저쪽 어딘가……."

안내인은 미소를 지었다.

"처음 오신 게 아니로군요."

'암호.'

랭던은 로슬린이 품고 있는 전설의 한 조각을 깜빡 잊고 있었다. 로슬린의 수많은 수수께끼 가운데 하나는 아래쪽으로 삐죽삐죽 삐져나와 기괴한 다면체를 형성하는 수백 개의 벽돌들로 이루어진 둥근 천장이었다. 각각의 벽돌에는 얼핏 봐서 아무런 의미도 없는 듯한 상징이 새겨져 그 전체가 하나의 거대한 암호를 이루고 있다. 더러는 이 암호가 지하 공간으로 이어지는 입구를 의미한다고 주장하는 이들도 있었다. 또 더러는 이 암호가 참된 성배의 전설을 담고 있다고 주장하기도 했다. 어쨌거나 전 세계의 암호학자들은 수백 년 동안 이 암호를 해독하기 위해 노력해 왔다. 오늘날까지도 로슬린 고문단은 그 비밀을 알아내는 사람에게 거액의 상금을 내걸고 있지만, 여전히 진실은 수수께끼로 남아 있을 뿐이었다.

"기꺼이 안내해 드리……."

안내인은 미처 말을 끝맺지 못했다.

'내가 본 최초의 암호야.'

소피는 마치 꿈을 꾸는 사람처럼 혼자서 암호로 덮인 아치 길로 다가가고 있었다. 자단 상자를 랭던에게 건네준 소피는 순간적으로 성배니, 시온수도회니 하는 과거의 모든 수수께끼를 까맣게 잊어버렸다. 이윽고 암호로 덮인 천장 밑에 다다른 소피는 그 수많은 상징들을 올려다보며 홍수처럼 되살아나는 어린 시절의 기억을 떠올렸다. 처음으로 이곳을 찾아왔던 기억, 하지만 왠지 그 기억은 예기치 못한 슬픔과 뒤섞여 있었다.

그녀가 아주 어렸을 때였다. 가족이 세상을 떠난 뒤 1년 남짓 되었을 때였을 것이다. 짧은 휴가를 맞은 소니에르는 소피를 데리고 스코틀랜드를 찾았다. 그러고는 파리로 돌아가기 전에 잠시 시간을 내어 로슬린 예배당을 보러 온 것이다. 늦은 오후라 예배당은 문이 닫혀 있었다. 어떻게 들어갔는지는 기억나지 않지만, 아무튼 그들은 안으로 들어갔다.

"집에 가면 안 돼요, 할아버지?"

너무 피곤했던 소피는 할아버지를 졸랐다.

"그래, 금방 갈 거다."

할아버지의 목소리에는 왠지 슬픔이 깃들어 있었다.

"여기서 잠깐 한 가지 일만 처리하면 된다. 정 지루하면 차에서 기다리는 건 어떠냐?"

"또 아이들은 몰라도 되는 일을 하시려는 거예요?"

할아버지는 고개를 끄덕였다.

"금방 끝날 거다. 약속하마."

"그럼 암호가 있는 아치 밑에 가 있으면 안 되나요? 거기가 제일 재미있어요."

"글쎄다, 할아버지는 잠깐 바깥으로 나가야 해. 너 혼자 무섭지 않겠니?"

"무섭긴요!"

소피는 큰소리를 쳤다.

"아직 어두워지지도 않았잖아요."

할아버지는 미소를 지었다.

"그럼 좋다."

그는 이미 한 번 돌아본 암호의 천장 밑으로 소피를 데려갔다.

소피는 돌로 된 바닥에 벌렁 드러누워 머리 위의 퍼즐 조각들을 바라보기 시작했다.

"할아버지가 돌아오기 전에 이 암호를 풀어 버릴 거예요."

"그럼 누가 빨리 끝내나 내기할까?"

할아버지는 허리를 숙여 소피의 이마에 입을 맞춘 다음, 옆에 있는 문으로 걸어갔다.

"바로 저 문 바깥에 있을 거다. 문은 그냥 열어 두마. 무슨 일이 있으면 불러라."

할아버지는 그 말을 남기고 뉘엿뉘엿 해가 저물어 가는 바깥으로 나갔다.

소피는 바닥에 누워서 암호를 바라보았다. 얼마 지나지 않아 눈꺼풀이 무거워지기 시작했다. 잠시 후 암호들이 뿌옇게 흐려지기 시작하더니 완전히 사라져 버렸다.

소피가 잠에서 깼을 때는 바닥이 얼음장처럼 차갑게 느껴졌다.

"할아버지?"

대답이 없었다. 소피는 일어나서 옷을 털었다. 옆문은 아직도 열려 있었고, 날은 점점 어두워지고 있었다. 바깥으로 나가니, 할아버지가 예배당 바로 뒤에 있는 돌로 된 집의 현관에 서 있었다. 덧문 안쪽에 있는 사람과 조용히 이야기를 나누고 있었는데, 너무 어두워서 집 안에 있는 사람의 얼굴은 보이지 않았다.

"할아버지?"

소피가 큰 소리로 외쳤다.

할아버지는 뒤를 돌아보더니, 잠깐만 기다리라는 손짓을 해 보였다. 이윽고 그는 집 안에 있는 사람과 작별 인사를 나누는 듯 손바닥으로 키스를 보내는 시늉을 했다. 그러고는 눈물이 글썽글썽한 눈으로 소피에게 돌아왔다.

"왜 울어요, 할아버지?"

할아버지는 소피를 안아 올리고 힘껏 끌어안았다.

"아, 소피, 올해에는 너무 많은 사람들과 작별을 한 것 같구나. 너무 힘든 일이야."

소피는 가족의 사고를, 어머니와 아버지와 할머니와 아직 갓난아기인 남동생에게 작별 인사를 했던 기억을 떠올렸다.

"또 다른 사람한테 작별 인사를 한 거예요?"

"내가 아주 많이 사랑하는 친구에게."

할아버지는 목이 메어 제대로 말을 잇지 못했다.

"앞으로 아주 오랫동안 그녀를 만날 수 없을 것 같은 두려움이 이는구나."

랭던은 안내인과 나란히 서서 예배당 벽들을 둘러보며 마침내 막다른 골목에 다다른 듯한 막연함에 사로잡혔다. 소피는 랭던에게 자단상자를 맡긴 채 암호를 둘러보느라 정신이 없었고, 랭던은 그 상자 속에 든 성배의 지도가 이제는 아무런 도움이 되지 않는다는 생각을 했다. 소니에르의 시는 분명 로슬린을 가리키고 있었음에도 불구하고,

랭던은 일단 이곳에 도착하고 나서는 무엇을 해야 하는지 전혀 감이 잡히지 않았다. 시는 '날'과 '잔'을 언급하고 있었지만, 아무리 둘러봐도 그런 것은 보이지 않았다.

성배는 고대의 로슬린 밑에서 기다리고 있다.
날과 잔이 그녀의 대문을 지킨다.

랭던은 아무래도 이 수수께끼에는 아직 풀리지 않은 부분이 있다는 생각을 떨칠 수가 없었다.
"성가시게 하고 싶지는 않습니다만……."
안내인이 랭던의 손에 들린 자단 상자를 바라보며 말했다.
"그 상자 말입니다……. 어디서 구했는지 여쭤 봐도 되겠습니까?"
랭던은 피곤한 미소를 지었다.
"다 이야기하자면 아주 길어요."
청년은 잠시 망설이더니, 또 한 번 슬쩍 상자를 바라보았다.
"참 이상하네요. 우리 할머니도 그것과 똑같은 보석 상자를 가지고 계시거든요. 재질도, 장미 장식도, 심지어는 경첩까지 똑같아요."
랭던은 이 젊은이가 잘못 알고 있는 게 틀림없다고 생각했다. 이 세상에 이것과 똑같은 상자는 존재할 수 없었다. 시온수도회의 쐐기돌을 담기 위해 특별히 만든 상자일 테니까.
"얼마나 비슷한지는 모르겠지만……."
그때 옆문이 열리는 소리가 나는 바람에 두 사람의 시선이 그쪽으로 쏠렸다. 소피가 아무 말도 없이 그 문을 열고 나가 그리 멀지 않은 곳에 있는 석조 주택을 향해 걸어가고 있었다. 랭던은 물끄러미 그녀의 뒷모습을 바라보았다.
'어디를 가는 거지?'

소피는 이 건물에 들어온 다음부터 평소와는 전혀 다른 사람이 되어 버린 것 같았다. 랭던은 안내인을 돌아보며 물었다.

"저 집이 뭐하는 덴지 알아요?"

청년은 고개를 끄덕였다. 소피가 그쪽으로 걸어가는 것이 자기가 보기에도 수상한 눈치였다.

"말하자면 사제관이에요. 이 예배당의 관장이 저 집에 살지요. 관장 겸 로슬린 고문단의 대표이기도 해요."

청년은 한 박자를 쉬었다가 덧붙였다.

"그리고 우리 할머니이기도 하고요."

"당신 할머니가 로슬린 고문단의 대표란 말입니까?"

청년은 고개를 끄덕였다.

"나도 할머니와 함께 저 집에서 살아요. 이렇게 나와서 관광 안내를 하기도 하고요."

청년은 어깨를 으쓱거리며 덧붙였다.

"난 평생을 이곳에서 살았어요. 저 집에서 할머니가 나를 키우셨죠."

랭던은 소피가 걱정되어 옆문 쪽으로 걸어가기 시작했다. 그러나 미처 반도 가지 못하고 걸음을 멈추었다. 방금 청년이 한 말 가운데 한마디가 마음속에 깊이 새겨진 탓이었다.

'할머니가 나를 키우셨죠.'

랭던은 외딴 집을 향해 걸어가는 소피의 뒷모습을 바라보다가, 자신이 들고 있던 자단 상자를 내려다보았다.

'말도 안 돼!'

랭던은 천천히 돌아서서 청년에게로 돌아갔다.

"할머니가 이것과 똑같은 상자를 가지고 있다고 했지요?"

"거의 똑같은 것 같아요."

"할머니는 그걸 어디서 구했을까요?"

"할아버지가 만들어 주셨대요. 할아버지는 내가 아기였을 때 돌아가셨지만, 할머니는 지금도 가끔 할아버지 이야기를 하시곤 해요. 손재주가 아주 천재적이었다고……. 뭐든 못 만드는 게 없으셨대요."

랭던은 상상조차 하지 못한 연결 고리가 모습을 드러내는 느낌이었다.

"할머니가 당신을 키우셨다고 했지요? 혹시 부모님은 어떻게 되었는지 물어봐도 될까요?"

청년은 약간 놀란 표정이었다.

"내가 어렸을 때 돌아가셨어요."

그는 잠시 망설이다가 한마디 덧붙였다.

"할아버지랑 같은 날."

랭던의 심장이 두근거리기 시작했다.

"자동차 사고였나요?"

청년의 황록색 눈동자에 당혹감이 스쳐 갔다.

"예, 자동차 사고…… 그날 온 가족이 세상을 떠났어요. 할아버지도, 부모님도, 그리고……."

청년은 차마 말을 잇지 못하고 바닥으로 눈길을 떨어뜨렸다.

"그리고 누나도."

랭던이 말했다.

예배당 바깥의 절벽 위 조그만 석조 건물은 소피의 기억에 남아 있는 집과 완전히 똑같았다. 이제 주위는 완전히 어두워진 가운데, 그 집은 누구라도 따뜻하게 반겨 줄 듯이 정겨워 보이기만 했다. 열린 덧문 틈으로 빵 굽는 냄새가 흘러나오고, 창문에서는 노란 불빛이 새어 나왔다. 조금 더 다가가자, 소피는 집 안에서 나직한 흐느낌 소리가 새어 나오는 것을 들었다.

덧문을 통해 거실에 앉아 있는 나이 든 여인의 모습이 보였다. 등을 보이고 앉은 자세였지만 소피는 그녀가 울고 있다는 것을 알 수 있었다. 여인의 길고 탐스러운 은발 머릿결이 아련한 과거의 기억을 자극하는 듯했다. 소피는 자신도 모르는 사이에 한 걸음씩 다가선 끝에, 어느새 현관 앞 계단까지 올라가 있었다. 액자에 담긴 사진 속의 남자를 어루만지는 여인의 손길에서 깊은 슬픔과 애정이 느껴졌다.

사진 속의 남자는 소피가 너무나 잘 아는 얼굴이었다.

'할아버지.'

여인은 사진 속의 남자가 어젯밤에 살해되었다는 소식을 전해 들은 것이 틀림없었다.

소피가 밟고 선 발밑의 널빤지가 삐걱거리자 여인이 천천히 몸을 돌렸다. 소피는 달아나고 싶었지만 왠지 꼼짝도 할 수가 없었다. 사진을 내려놓고 덧문 쪽으로 다가오는 여인의 간절한 눈빛은 한 치의 흔들림도 없었다. 덧문의 얇은 그물망을 사이에 두고, 두 여인은 영원이라고 느껴질 만큼 오랜 시간 동안 서로를 바라보았다. 이윽고 먼바다의 물결이 서서히 부풀어 오르는 것처럼, 여인의 얼굴이 불확실에서…… 불신으로…… 희망으로…… 이윽고 넘치는 기쁨으로 환하게 달아올랐다.

여인은 열린 문을 박차고 달려 나오며 부드러운 두 손으로 마치 벼락을 맞은 듯한 소피의 얼굴을 감쌌다.

"아, 아가…… 이게 누구야!"

비록 소피는 이 여인의 얼굴을 알아보지 못했지만, 그녀가 누구인지는 알 수 있었다. 뭐라고 말을 하고 싶었지만, 숨조차 제대로 쉴 수가 없었다.

"소피."

여인이 소피의 이마에 입을 맞추며 흐느꼈다.

소피는 목멘 소리로 간신히 더듬거렸다.

"하지만…… 할아버지가 말씀하시길……."

"나도 안다."

여인은 소피의 어깨를 부드럽게 감싸 안으며 낯익은 눈길로 그녀를 바라보았다.

"네 할아버지와 나는 어쩔 수 없이 많은 거짓말을 해야만 했어. 그게 옳은 길이라고 생각했기 때문에……. 미안하구나. 다 너의 안전을 위해서였다, 프린세스."

소피는 그녀가 말한 마지막 단어에서 어쩔 수 없이 할아버지를 떠올렸다. 오래전부터 그가 소피를 부르는 호칭이 바로 그것이었다. 문득 할아버지의 목소리가 그 오랜 역사를 간직한 로슬린의 돌들 사이로 메아리치며 그 아래 땅속에 자리한 미지의 공간으로 흘러드는 듯했다.

두 팔을 활짝 벌려 소피를 껴안은 여인의 얼굴에 눈물이 빠른 속도로 흘러내렸다.

"네 할아버지는 너에게 모든 것을 다 이야기하려고 무던히도 애를 썼다. 하지만 너하고의 관계 때문에 여의치가 않은 모양이더구나. 정말 열심히 노력했어. 설명할 것도 너무 많았고. 정말이지 너무나도 할 말이 많았을 거야."

그녀는 다시 한 번 소피의 이마에 입을 맞춘 뒤, 그녀의 귓가에 대고 속삭였다.

"더 이상 비밀은 없다, 프린세스. 이제는 너도 네 가족에 대한 진실을 알아야 할 때가 되었어."

소피와 할머니가 현관 앞 계단에 앉아 서로 부둥켜안고 있는 동안, 황급히 잔디밭을 가로질러 달려오는 예배당 안내인 청년의 눈은 한 줄기 희망으로 반짝거렸다.

"소피?"

소피는 흐르는 눈물을 닦을 생각도 못하고 그저 고개만 끄덕였다. 그러고는 얼굴도 알지 못했던 이 청년과 뜨거운 포옹을 나누며 그의 혈관을 타고 흐르는 피의 힘을 느꼈다. 두 사람은 같은 피를 나누어 가진 사이였다.

소피는 잔디밭을 가로질러 천천히 걸어오는 랭던을 바라보며, 어제까지만 해도 자신이 이 세상에 혼자 내버려졌다며 슬퍼했던 사실이 믿어지지 않았다. 비록 그녀는 지금도 낯선 장소에서 잘 알지 못하는 세 사람과 함께 있지만, 마침내 집으로 돌아왔다는 푸근한 느낌이 마냥 반가울 뿐이었다.

105

로슬린에 밤이 찾아왔다.

석조 주택의 현관에 혼자 앉은 로버트 랭던은 흐뭇한 마음으로 등 뒤의 덧문 사이로 흘러나오는 웃음소리에 귀를 기울였다. 그가 손에 들고 있는 진한 브라질 커피 한 잔이 점점 쌓여 가는 피로를 잠시 잊게 해 주었지만, 랭던은 그 약효가 그리 오래가지 않을 것임을 잘 알고 있었다. 몸의 피로가 이미 뼛속까지 파고든 느낌이었다.

"말도 없이 혼자 빠져나왔군요."

등 뒤에서 목소리가 들렸다.

랭던은 뒤를 돌아보았다. 소피의 할머니였다. 밤이라 그런지, 그녀의 은발이 더욱 반짝이는 듯했다. 그녀의 이름은—적어도 지난 28년 동안은—마리 쇼벨이었다.

랭던은 피곤한 미소를 지었다.

"모처럼 가족끼리 함께할 시간이 필요할 것 같아서요."

창문을 통해 동생과 이야기를 나누는 소피의 모습이 보였다.

마리는 계단을 내려와 랭던과 나란히 섰다.

"랭던 씨, 자크가 죽었다는 소식을 듣고 소피가 걱정되어 견딜 수가 없었어요. 그 아이가 이 문 앞에 서 있는 것을 발견한 순간이 아마 내 인생에서 가장 큰 안도감을 느낀 때였을 거예요. 뭐라고 감사를 드려야 할지 모르겠네요."

랭던 역시 뭐라고 대답을 해야 좋을지 알 수가 없었다. 그는 소피가 할머니와 함께 둘만의 시간을 갖는 것이 좋겠다고 생각했지만, 마리는 함께 이야기를 나누자며 굳이 그를 붙잡아 두었다.

'내 남편은 당신을 믿었어요, 랭던 씨. 그러니 나도 마땅히 그리해야지요.'

덕분에 랭던은 마리가 들려주는 소피 부모님의 이야기에 귀를 기울이며 놀라움을 감추지 못했다. 소피의 부모는 놀랍게도 둘 다 메로빙거 가문 출신이었다. 마리아 막달레나와 예수 그리스도의 직계 후손이었던 것이다. 소피의 부모와 그 선조들은 가족의 안전을 위해 원래 플랑타르와 생클레르로 되어 있던 성까지 바꾸었다. 왕족의 혈통을 이어받은 그들의 자손은 시온수도회의 철저한 보호를 받았다. 원인이 밝혀지지 않은 자동차 사고로 소피의 부모가 세상을 떠나자, 시온수도회는 왕손들의 신분 노출을 우려하지 않을 수 없었다.

"네 할아버지와 나는……."

마리는 고통에 목이 멘 듯 힘겹게 이야기를 이어갔다.

"그 전화를 받는 순간, 중대한 결단을 내려야만 했다. 네 부모의 차가 강물 속에서 발견되었다는 전화 말이다."

마리는 눈물을 훔치며 말을 이었다.

"원래는 그날 밤에 너희 둘까지 포함한 우리 여섯 식구가 모두 그 차를 타고 어딘가로 갈 계획이었지. 다행히도 마지막 순간에 계획이 변경되어서 너희 부모 둘만 먼저 떠난 거야. 사고 소식을 접한 자크와 나는 그게 진짜 우연한 사고인지 어떤지 알 길이 없더구나."

마리는 소피를 바라보았다.

"우리는 무슨 일이 있어도 너희를 보호해야 한다고 생각했고, 그래서 우리가 생각해 낸 최선의 선택이 바로 이런 결과로 이어진 거야. 자크는 경찰에다 네 동생과 나도 그 차에 타고 있었다고 신고했지. 우리 둘의 시체는 강물에 떠내려간 것으로 처리되었고……. 그 이후로 네 동생과 나는 시온수도회의 보호 아래 지하로 숨어들었어. 자크는 그렇게 쉽게 사라질 수 있는 처지가 아니었고……. 그런데 아무리 생각해도 장녀인 너는 파리에 남는 게 나을 것 같았어. 너를 기르고 공부시키는 건 자크 혼자서도 감당할 수 있었고, 가능하면 시온수도회의 심장부를 벗어나지 않는 게 낫겠다는 판단도 어느 정도 작용했지."

여기서부터 마리의 목소리는 거의 속삭임에 가까울 정도로 낮아졌다.

"가족이 헤어진다는 건 정말이지 우리가 한 일 중에서 가장 힘든 일이더구나. 자크와 나는 아주 가끔씩, 시온수도회의 철저한 보호 아래에서 잠깐 얼굴을 볼 수 있었을 뿐이야. 회원들이 목숨처럼 비밀을 지키는 특정한 의식들이 있거든."

랭던은 그녀의 이야기가 훨씬 더 깊숙이 들어가야 할 테니 더 이상은 듣지 않는 게 좋겠다고 생각하고 밖으로 나온 것이었다. 지금 랭던은 로슬린의 첨탑들을 바라보며 아직도 풀리지 않은 수수께끼를 생각했다.

'정말로 성배는 이곳 로슬린에 숨겨져 있을까? 만약 그렇다면 소니에르가 언급한 '날'과 '잔'은 어디에 있는가?'

"그건 이리 주세요."

마리가 랭던의 손을 가리키며 말했다.

"아, 감사합니다."

랭던은 그렇게 말하며 빈 커피 잔을 내밀었다.

마리는 그런 그를 빤히 바라보았다.

"내 말은, 반대쪽 손에 들고 있는 것 말이에요, 랭던 씨."

랭던은 고개를 숙여 직접 내려다보고서야 자기 손에 소니에르의 파피루스가 들려 있다는 사실을 깨달았다. 혹시나 뭔가 놓친 게 있나 해서 다시 크립텍스에서 꺼냈던 것이다.

"아 저런, 죄송합니다."

마리는 그 종이를 건네받으며 감개무량한 표정을 지었다.

"파리의 그 은행에서 일하는 사람은 지금쯤 이 상자를 되찾기 위해서 아주 안달이 나 있을 거예요. 앙드레 베르네는 자크의 절친한 친구였죠. 자크도 그를 전적으로 신뢰했어요. 앙드레는 이 상자를 잘 보살펴 달라는 자크의 부탁을 저버리지 않기 위해 무슨 짓이든 할 사람이에요."

'그래서 심지어는 나에게 총을 쏘기까지 했지요.'

랭던은 씁쓸한 심정으로 그때 일을 떠올렸다. 물론 자신이 그 사람의 코뼈를 부러뜨린 일에 대해서는 말하지 않을 생각이었지만. 파리를 생각하자, 전날 밤에 살해된 세 사람의 집사가 문득 뇌리에 떠올랐다.

"시온수도회는 이제 어떻게 되는 겁니까?"

"이미 바퀴가 굴러가기 시작했어요, 랭던 씨. 수백 년을 견뎌 온 조직이니, 아마 이번 위기도 무난히 헤쳐 나가겠죠. 빈자리를 메우고 조직을 재건할 사람들은 얼마든지 있으니까요."

저녁 내내 랭던은 소피의 할머니가 시온수도회의 운영에 밀접히 관여하고 있지 않은가 하는 느낌을 받았다. 이 조직에는 언제나 여성 회원들이 있었고, 지금까지 그랜드마스터를 지낸 인물들 가운데 네 명이 여자였다. 수호자 역할을 해야 하는 집사들은 전통적으로 남자들의 차지였지만, 여자들도 얼마든지 최고의 지위에까지 오를 수 있는 길이 열려 있었다.

373

랭던은 리 티빙과 웨스트민스터사원을 떠올렸다. 마치 수십 년 전의 일처럼 느껴졌다.

"교회가 소니에르 씨에게 종말의 날이 다가와도 상그레알 문서를 공개하지 말라는 압력을 넣은 게 사실입니까?"

"저런, 천만에요. 종말의 날이란 편집증에 걸린 사람들이 만들어 낸 전설에 지나지 않아요. 시온수도회의 원칙에는 성배가 공개되어야 할 날짜 같은 것은 전혀 명시되어 있지 않거든요. 사실 시온수도회는 성배가 절대 공개되어서는 안 된다는 입장을 고수해 왔어요."

"영원히?"

그건 전혀 뜻밖의 이야기가 아닐 수 없었다.

"우리의 영혼을 지배하는 건 성배 그 자체가 아니라 수수께끼와 불가사의예요. 성배가 아름다운 것은 그것이 지상의 물건이 아니기 때문이지요."

마리 쇼벨은 로슬린을 지그시 바라보았다.

"어떤 이들에게 성배는 영생을 가져다줄 술잔으로 받아들여지겠지요. 또 어떤 이들에게는 사라진 문서와 역사의 비밀을 되찾는 보물일 테고요. 하지만 대부분의 경우, 성배는 하나의 거대한 이상이 아닐까 싶어요……. 영원히 손에 넣을 수 없는, 하지만 지금과 같은 혼돈의 세상에서도 우리에게 끝없는 영감을 불어넣는 이상 말이에요."

"하지만 상그레알 문서가 공개되지 않으면 마리아 막달레나의 이야기도 영원히 잊혀져 버릴 겁니다."

랭던이 말했다.

"그럴까요? 주위를 한번 둘러보세요. 그분의 이야기는 매일같이 미술과 음악, 수많은 책 속에 전해지고 있어요. 추는 지금도 흔들리고 있지요. 우리는 우리 역사의 위험을 깨닫기 시작했어요……. 우리가 걷고 있는 파괴의 길에 대해서도……. 우리는 신성한 여성성을 되찾아야 할 필요성을 느끼기 시작한 거예요."

마리는 큰 숨을 내쉬며 말을 이었다.

"신성한 여성성의 상징에 대한 책을 쓰고 있다고 하셨지요?"

"예, 맞습니다."

마리는 미소를 지었다.

"그 책을 잘 마무리하세요, 랭던 씨. 그분의 노래를 부르는 거예요. 세상은 현대판 음유시인을 필요로 하고 있어요."

랭던은 그녀의 말을 곰곰이 생각하며 침묵에 빠져들었다. 탁 트인 공간 너머로 새로운 달이 떠오르고 있었다.

로슬린 쪽으로 눈을 돌리자, 랭던은 그 비밀을 캐내고 싶은 유치한 호기심을 억누를 수 없었다.

'묻지 말자.'

랭던은 스스로를 타일렀다.

'지금은 때가 아니야.'

랭던은 마리의 손에 쥐어진 파피루스를 힐끗 바라본 다음, 다시 로슬린으로 눈길을 주었다

"물어보세요, 랭던 씨."

마리가 즐거운 표정으로 말했다.

"그럴 자격이 있잖아요."

랭던은 얼굴이 화끈 달아오르는 기분이었다.

"성배가 이 로슬린에 있는지 알고 싶은 거지요?"

"말씀해 주실 수 있겠습니까?"

마리는 약간 과장된 표정으로 한숨을 쉬었다.

"왜 남자들은 성배가 편안히 쉬도록 내버려 두지 않는 거죠?"

그녀는 재미있다는 듯 웃음을 터뜨렸다.

"왜 그게 여기 있을 거라고 생각해요?"

랭던은 그녀가 들고 있는 파피루스를 가리켰다.

"소니에르 씨의 시가 로슬린을 언급하고 있지 않습니까. 게다가 '날'과 '잔'이 성배를 지키고 있다고도 했고요. 하지만 나는 '날'과 '잔'을 의미하는 상징은 하나도 찾아보지 못했습니다."

"날과 잔?"

마리가 되물었다.

"그게 어떻게 생긴 건데요?"

랭던은 그녀가 장난을 치고 있다고 생각했지만, 왠지 맞장구를 쳐주고 싶어서 얼른 그 상징들을 설명했다.

마리의 얼굴에 알 듯 모를 듯 애매한 표정이 어렸다.

"아, 그렇군요. 날은 남성적인 것을 의미한다……. 그림으로 그리면 이렇게 되겠네요, 그렇지요?"

마리는 검지로 자신의 손바닥에 그림을 그렸다.

"맞습니다."

랭던이 말했다. 마리가 그린 '닫힌' 형태의 날은 그렇게 보편적이지 않지만, 가끔 그런 식으로 그리는 경우도 본 적이 있었다.

"이걸 반대로 그리면……."

마리는 다시 손바닥에 그림을 그렸다.

"여성을 의미하는 잔이 되겠네요."

"정확해요."

랭던이 대답했다.

"그런데 이곳 로슬린의 수많은 상징들 중에서 이런 두 가지 형상을 어디서도 찾아보지 못했단 말인가요?"

"못 봤습니다."

"내가 찾아서 보여 주면, 잠 좀 잘래요?"

랭던이 뭐라고 대답도 하기 전에 마리 쇼벨은 현관을 내려가 예배당 쪽을 향하기 시작했다. 랭던도 서둘러 그 뒤를 쫓았다. 예배당 안으로 들어선 마리는 불을 켜고 성소의 바닥 한복판을 가리켰다.

"저기 있네요, 랭던 씨. 날과 잔 말이에요."

랭던은 돌로 된 바닥을 멍하니 바라보았다. 아무것도 없었다.

"여긴 아무것도 없잖아요……."

마리는 한숨을 내쉬며 수많은 사람들의 발길에 닳아서 반들반들해진 부분을 따라 걸음을 옮기기 시작했다. 랭던도 아까 관광객들이 그 보이지 않는 선을 따라 움직이는 것을 보았다. 랭던의 눈이 거대한 상징에 점점 익숙해졌지만, 여전히 의문은 가시지 않았다.

"하지만 그건 다윗의 별……."

랭던은 화들짝 놀라 말을 끝맺지 못했다.

날과 잔.

두 가지 상징이 하나로 합쳐진 것이었다.

다윗의 별…… 남성과 여성의 완벽한 결합…… 솔로몬의 문양…… 성배의 표식…… 남자 신과 여자 신—야훼와 세키나—이 사는 곳……

랭던이 목소리를 되찾기까지는 꽤 긴 시간이 걸렸다.

"소니에르 씨의 시는 정확하게 이곳, 로슬린을 가리키고 있어요. 완벽해요."

마리는 미소를 지었다.

"그러네요."

그녀의 대답이 또 한 번 랭던을 경악시켰다.

"그럼 이 밑의 지하에 성배가 있는 겁니까?"

마리는 웃음을 터뜨렸다.

"정신적으로는요. 시온수도회의 가장 오래된 임무 가운데 하나는 언젠가 성배를 프랑스의 고향땅으로 가져가 영원한 안식을 취할 수 있도록 하는 거예요. 수백 년 동안 안전한 곳을 찾아 이리저리 끌려 다니며 갖은 수모를 겪었으니까요. 자크가 그랜드마스터가 되었을 때, 그이는 성배를 프랑스로 되찾아와서 여왕의 지위에 걸맞은 안식처를 마련함으로써 그녀의 명예를 회복해야 한다고 결심했지요."

"그래서, 성공했습니까?"

갑자기 마리의 얼굴이 진지해졌다.

"랭던 씨, 당신이 오늘 밤 나를 위해 해 준 일을 생각해서, 또한 로슬린 고문단의 대표로서 하는 말인데, 성배는 더 이상 이곳에 있지 않다는 점을 확실하게 얘기할 수 있어요."

랭던은 조금 더 밀어붙여 보기로 마음먹었다.

"하지만 쐐기돌은 지금 현재 성배가 숨겨진 곳을 가리키도록 되어 있습니다. 왜 그런 쐐기돌이 로슬린을 가리키고 있지요?"

"아마도 당신이 의미를 잘못 읽은 것 같네요. 잘 기억하세요. 성배는 사람을 현혹시킬 수 있어요. 내 남편도 마찬가지였고요."

"하지만 더 이상 어떻게 더 명쾌할 수가 있지요?"

랭던이 물었다.

"우리는 지금 날과 잔이 새겨진 지하 공간 위에 서 있고, 우리 머리 위에는 별들의 천장이 있으며, 거장들의 작품들로 둘러싸여 있어요. 모든 것이 로슬린을 가리키고 있지 않습니까."

"좋아요. 그럼 이 수수께끼의 시를 한 번 더 살펴볼까요?"

마리는 파피루스를 펼쳐서 크게 소리 내어 읽기 시작했다.

성배는 고대의 로슬린 밑에서 기다리고 있다.
날과 잔이 그녀의 대문을 지킨다.
거장의 아름다운 예술로 꾸며진 채, 그녀는 누워 있다.
마침내 그녀는 별빛 가득한 하늘 아래 안식을 취한다.

시를 다 읽은 마리는 잠시 동안 꼼짝도 하지 않았다. 이윽고 그녀의 입술에 천천히 미소가 번져 가기 시작했다.

"아, 자크."

랭던은 기대에 찬 눈빛으로 그녀를 바라보았다.

"뭔지 아시겠습니까?"

"랭던 씨, 방금 이 예배당 바닥의 예에서 보듯이, 단순한 것을 바라보는 데도 여러 가지 방법이 있는 법이에요."

랭던은 그 말을 이해하려고 안간힘을 다했다. 자크 소니에르가 남긴 모든 것은 이중의 의미를 담고 있는 듯했지만, 아무리 애를 써도 더 이상은 알 길이 없었다.

마리는 피곤한 듯 하품을 했다.

"랭던 씨, 한 가지 고백할 게 있어요. 나는 성배가 지금 어디에 있는지에 대해서는 공식적으로 한 번도 관여한 적이 없어요. 하지만 내 남편은 상당한 영향력을 가진 사람이었고…… 나도 여자로서의 직관이 제법 강한 편이거든요."

랭던이 뭐라고 말을 하려 했지만 마리는 그럴 틈을 주지 않았다.

"당신이 그토록 수고를 하고도 진짜 해답을 알지 못한 채 로슬린을 떠나게 되어 정말 유감이에요. 하지만 언젠가 당신은 당신이 원하는 것을 찾을 거라는 예감이 드네요. 어느 날 문득 당신을 찾아올 거예요."

마리는 미소를 지었다.

"그렇게 되면…… 나는 누구보다도 당신을 믿어요, 비밀을 지킬 수 있을 거라고."

누군가 문 앞으로 다가오는 소리가 들렸다.

"어디들 가셨나 했더니……."

소피가 예배당 안으로 들어오면서 중얼거렸다.

"막 나가려던 참이었다."

마리는 그렇게 말하며 출입문 앞으로 걸어갔다.

"잘 자거라, 프린세스."

그녀는 소피의 이마에 입을 맞추었다.

"랭던 씨를 너무 늦게까지 붙잡고 있지는 말고."

랭던과 소피는 마리가 집으로 돌아가는 모습을 지켜보았다. 이어서 랭던을 돌아보는 소피의 눈에는 깊은 감회가 어려 있었다.

"내가 기대했던 결말과는 좀 거리가 있네요."

'피차일반이군요.'

랭던은 소피가 이래저래 큰 충격을 받았을 거라는 생각을 했다. 오늘 그녀가 접한 소식들은 그녀의 인생을 송두리째 바꿔 놓을 만큼 충격적이었을 테니까.

"괜찮아요? 생각할 게 아주 많을 것 같은데."

소피는 차분한 미소를 머금었다.

"이제 나에게도 가족이 있잖아요. 거기서부터 출발할 생각이에요. 우리가 누구인지, 어떤 길을 걸어왔는지를 다 이해하려면 시간이 좀 걸리겠죠."

랭던은 아무 말도 하지 않았다.

"우리랑 조금 더 같이 있을 수 있나요?"

소피가 물었다.

"적어도 며칠 동안이라도?"

랭던은 그럴 수만 있다면 더 이상 바랄 나위가 없겠다는 생각에 한숨을 내쉬었다.

"당신은 이제 가족과 함께 시간을 보내야 할 겁니다, 소피. 난 내일 아침에 파리로 돌아가야 하고요."

소피는 실망한 표정이었지만, 그게 바른 판단이라는 사실을 잘 알고 있었다. 두 사람 다 한참 동안 말이 없었다. 이윽고 소피는 가만히 랭던의 손을 잡았고, 두 사람은 함께 예배당을 나와 낭떠러지 위의 조그만 언덕으로 올라갔다. 발밑으로 스코틀랜드의 시골 풍경이 은은한 달빛 아래 시원스레 펼쳐졌다. 두 사람은 손을 맞잡은 채 몰려드는 피로와 맞싸우며 말없이 서 있었다.

하늘에는 꽤 많은 별들이 보였지만 동쪽 하늘에 외롭게 빛나는 별 하나가 다른 모든 별들을 압도하고 있었다. 랭던은 그 별을 바라보며 미소를 지었다. 금성이었다. 비너스. 언제나 한결같이 밝은 빛으로 반짝이는 고대의 여신.

저지대에서 불어오는 건조한 바람에 밤 공기는 점점 차가워졌다. 얼마나 지났을까, 랭던은 문득 소피를 돌아보았다. 눈을 감은 그녀의 얼굴에는 만족스러운 미소가 떠올랐다. 랭던은 눈꺼풀이 자꾸 무거워지는 것을 느꼈다. 랭던이 그녀의 손을 꼭 쥐며 입을 열었다.
"소피?"
소피는 천천히 눈을 뜨고 그를 바라보았다. 달빛 아래에서 보는 그녀의 얼굴은 더욱 아름다웠다. 소피는 졸린 표정으로 미소를 지었다.
"네?"
랭던은 갑자기 내일 아침이면 혼자서 파리로 돌아가야 한다는 사실이 견딜 수 없이 슬퍼졌다.
"당신이 일어나기 전에 떠나게 될지도 모르겠어요."
랭던은 무언가가 목구멍으로 울컥 솟아오르는 것을 느꼈다.
"미안해요, 나는 이런 일에 서툴러서……."
소피가 손을 내밀어 그의 얼굴을 가만히 어루만졌다. 이어서 몸을 앞으로 숙이더니 그의 뺨에 가볍게 입을 맞추는 것이었다.
"다시 만날 수 있겠죠?"
랭던은 순간적으로 그녀의 눈빛에 빠져 정신이 혼미해지는 기분이었다.
"언제……?"
랭던은 자신도 똑같은 질문을 수도 없이 되뇌인 사실을 그녀가 알고 있을지 궁금했다.
"참, 마침 다음 달에 플로렌스에서 강연을 하기로 되어 있어요. 일주일가량 머물 텐데, 별로 할 일이 많지 않거든요."
"지금 나를 초대하는 건가요?"
"우린 꽤 호화판 생활을 즐기는 편이지요. 주최 측에서 브루넬레스키 호텔에 방을 잡아 주더군요."
소피는 짓궂은 미소를 지었다.

"뭔가 암시하는 게 아주 많은 것 같은데요, 랭던 씨."

랭던은 자기가 한 말이 어떻게 들릴 수 있었을지 깨닫고 움찔했다.

"그러니까 내 말은……."

"플로렌스에서 당신을 만날 수 있다면 더 이상 바랄 나위가 없죠. 하지만 로버트, 한 가지 조건이 있어요."

갑자기 그녀의 목소리가 진지해졌다.

"박물관, 교회, 무덤, 미술, 유적, 이런 건 모두 사양할래요."

"플로렌스에서? 일주일 동안이나? 그런 것 다 빼면 할 일이 없을 텐데……."

소피는 몸을 내밀어 이번에는 그의 입술에 키스했다. 처음에는 부드럽게, 하지만 시간이 지날수록 완벽하게 두 사람의 몸이 합쳐졌다. 이윽고 몸을 뗀 소피의 눈동자에는 수많은 약속이 담겨 있었다.

"좋아요."

랭던이 간신히 말했다.

"데이트나 하지요, 뭐."

에필로그

 로버트 랭던은 깜짝 놀라 잠에서 깨어났다. 꿈을 꾼 모양이었다. 침대 옆에 놓인 목욕 가운에는 '호텔 리츠 파리'라는 로고가 새겨져 있었다. 창가의 블라인드 사이로 희미한 불빛이 새어 들어왔다.
 '저녁인가, 새벽인가?'
 온몸에 나른한 만족감이 밀려왔다. 지난 이틀 동안 아마 깨어 있는 시간보다 잠들어 있던 시간이 더 많을 듯했다. 천천히 침대 위에 일어나 앉은 랭던은 자신이 무엇 때문에 잠에서 깼는지 깨달았다……. 아주 이상한 생각이 들었던 탓이었다. 지난 며칠 사이에 입력된 엄청난 양의 정보를 정리해 보려고 무진 애를 썼지만, 지금 그는 지금까지 한 번도 생각해 보지 못한 어떤 고민에 빠져 있었다.
 '가능한 일일까?'
 랭던은 아주 오랫동안 꼼짝도 하지 않았다.
 이윽고 침대를 빠져나온 그는 대리석으로 된 샤워실로 들어갔다. 그러고는 샤워기를 제일 세게 틀어 놓고 어깨를 마사지했다. 그래도 고민은 사라지지 않았다.
 '불가능해.'
 20분 뒤, 리츠 호텔을 빠져나온 랭던은 방돔 광장으로 나섰다. 밤이 시작될 무렵이었다. 며칠 동안 잠만 잤더니 방향 감각이 영 엉망이었다……. 그래도 정신은 이상할 정도로 맑았다. 원래는 호텔 로비에 들러서 카페오레를 한 잔 마실 생각이었지만, 그의 다리는 그럴 틈을 주지 않고 그를 파리의 밤공기 속으로 데리고 나갔다.

프티 샹 가를 동쪽으로 걷다 보니 점점 마음이 설레기 시작했다. 리슐리외 가에서 남쪽으로 방향을 바꾸자, 팔레 로얄의 우아한 정원에서 스며 나오는 재스민 꽃향기가 느껴졌다.

계속 남쪽으로 걸어가자, 이윽고 그가 찾던 장소가 나타났다. 반짝이는 검은 대리석으로 덮인 유명한 로열 아케이드였다. 그쪽으로 다가간 랭던은 발밑의 바닥을 살펴보았다. 불과 몇 초도 안 되어 랭던은 완벽한 직선을 이루며 바닥에 박힌 몇 개의 원형 메달을 찾아냈다. 각기 지름은 13센티미터, N과 S라는 글자가 적혀 있었다.

'북쪽. 남쪽.'

랭던은 남쪽으로 돌아서서 원형 메달이 이루고 있을 가상의 직선을 눈으로 좇아 보았다. 다시 걸음을 옮기기 시작한 뒤에도 인도에서 눈을 떼지 않았다. 파리 국립극장의 모퉁이 부근에서 또 하나의 원형 메달이 그의 발밑을 스쳐 갔다.

'그래!'

랭던은 인도와 도로, 건물의 안뜰 할 것 없이 남북을 잇는 축을 따라 파리의 길거리에 이런 청동 표지가 모두 135개 박혀 있다는 사실을 이미 오래전부터 알고 있었다. 한번은 센 강 북단의 샤크레쾨르에서 고색창연한 파리 천문대까지 이 선을 따라가 본 적이 있었다. 거기서 그는 이 신성한 경로가 왜 그렇게 중요한지를 깨달았다.

지구 최초의 본초 자오선.

지구 최초의 경도 0도.

파리의 로즈 라인.

서둘러 리볼리 가를 가로지르는 랭던은 이제 목적지가 가까워지고 있음을 느꼈다. 채 한 블록도 안 되는 거리였다.

성배는 고대의 로슬린 밑에서 기다리고 있다.

이제 깨달음은 파도처럼 한꺼번에 밀려왔다. 소니에르가 굳이 로슬린(Roslin)이라는 옛날식 표기를 사용한 이유…… '날' 과 '잔' …… 거장들의 작품으로 장식된 무덤…….

'소니에르가 나를 만나려 했던 이유가 바로 이것일까? 내가 멋도 모르고 함부로 진실을 드러낼까 봐?'

걸음이 점점 빨라지면서, 자신을 목적지로 인도하는 로즈 라인이 발에 밟히는 듯했다. 이윽고 리슐리외 터널로 들어선 랭던은 짜릿한 기대감으로 목덜미의 솜털까지 곤두서는 느낌이었다. 그는 이 터널의 끝에는 파리에서도 가장 신비로운 기념물이 버티고 있다는 사실을 알고 있었다. 스핑크스라는 별명을 가진 남자, 비밀 조직에 몸담은 것으로 알려진 사람, 바로 프랑수와 미테랑이 직접 고안하고 제작을 의뢰한 기념물. 랭던은 불과 며칠 전에도 그곳을 찾은 적이 있었다.

그 며칠 전이 마치 전생의 일처럼 느껴졌다.

랭던은 마지막 기운을 끌어모아 인도를 박차고 낯익은 정원으로 뛰어들며 비로소 걸음을 멈췄다. 가쁜 숨을 몰아쉬며 천천히 고개를 든 그의 눈에, 좀처럼 믿어지지 않는 거대한 구조물이 나타났다.

루브르의 피라미드.

그것은 어둠 속에서도 환하게 빛나고 있었다.

랭던의 감탄은 그리 오래가지 않았다. 그보다도 자신의 오른편에 자리한 것이 더 큰 관심사인 탓이었다. 랭던은 몸을 돌려 또다시 보이지 않는 고대의 로즈 라인을 추적하기 시작했다. 루브르 광장—깔끔하게 정돈된 산울타리로 에워싸인 넓고 동그란 풀밭—은 한때 파리의 자연 숭배 축제가 벌어지던 곳이었다. 바로 이곳에서 다산과 여신을 경배하는 즐거운 의식이 거행되었다.

덤불을 넘어 풀밭으로 들어서는 랭던은 마치 다른 세계로 건너가는 느낌이었다. 이 신성한 대지에는 지금 파리의 가장 비상식적인 기념물 하나가 들어서 있었다. 마치 크리스털로 만들어진 절벽처럼 땅속으로 곤두박질치는 거대한 역피라미드. 랭던은 며칠 전에도 루브르의 지하 입구를 지나면서 이 구조물을 본 적이 있었다.

역피라미드.

랭던은 떨리는 걸음으로 그 가장자리까지 다가가 호박색 조명으로 환하게 빛나는 루브르의 지하 세계를 들여다보았다. 그러나 그의 눈길은 거대한 역피라미드뿐만 아니라 바로 그 밑에 놓여 있는 또 하나의 구조물도 놓치지 않았다. 거기에는 랭던이 자신의 원고에도 언급한 아주 작은 구조물이 서 있었다.

랭던은 이제 도저히 생각조차 할 수 없는 가능성이 가져다주는 짜릿한 전율에 완전히 사로잡혀 버렸다. 다시금 눈을 들어 루브르를 바라보자, 박물관의 거대한 날개가 자신을 에워싸는 느낌이었다. 세계 최고의 미술품들이 즐비한 복도들…….

다빈치…… 보티첼리…….

거장의 아름다운 예술로 꾸며진 채, 그녀는 누워 있다.

랭던은 사무치는 경이로움에 다시 한 번 유리 너머 발아래의 조그만 구조물을 바라보았다.

'저기로 내려가야 한다!'

풀밭을 뛰쳐나온 랭던은 루브르 입구의 거대한 피라미드를 향해 달리기 시작했다. 입구에서는 하루의 마지막 방문객들이 몰려나오고 있었다.

랭던은 회전문을 밀고 안으로 뛰어들어 꾸불꾸불한 계단을 내려갔다. 공기가 점점 서늘해지는 느낌이 들었다. 이윽고 바닥에 도착하자, 루브르의 안뜰 지하를 관통하는 기다란 터널을 통해 다시 역피라미드가 있는 곳으로 달려갔다.

터널 끝에는 널따란 방이 이어져 있었다. 바로 그의 눈앞에 위에서 내려온 역피라미드의 V자 끝 부분이 숨 막히는 윤곽을 드러내고 있었다.

잔.

랭던의 눈은 아래로 내려올수록 점점 좁아지는 피라미드의 끝 부분을 따라 움직였다. 모서리는 바닥에서 불과 2미터가 채 되지 않는 높이에 매달려 있었다. 바로 그 아래에, 아까부터 그의 뇌리를 맴돌던 조그만 구조물이 서 있었다.

높이가 90센티미터밖에 되지 않는 미니 피라미드. 모든 것이 거대한 이 박물관에서 유일하게 축소판으로 만들어진 구조물이었다.

랭던은 원고에서 여신과 관련한 미술품 수집에 공을 들이는 루브르의 정책을 언급하는 가운데, 지나가는 말로 이 초라한 피라미드를 언급했다.

"이 조그만 구조물은 마치 빙산의 일각인 양 바닥 위에 돌출해 있다. 그 밑에 숨어 있을지도 모르는 피라미드 모양의 거대한 지하 공간의 꼭대기인 것이다."

이제는 인적이 끊어진 출입구의 부드러운 조명 속에서, 두 개의 피라미드는 본체를 완벽하게 정렬한 채 끝이 거의 닿을 듯이 서로를 향하고 있었다.

잔은 위. 날은 아래.

날과 잔이 그녀의 대문을 지킨다.

랭던의 귓전에 마리아 쇼벨의 목소리가 들려왔다.
'어느 날 문득 당신을 찾아올 거예요.'
랭던은 고대의 로즈 라인 아래, 거장들의 작품에 에워싸인 채 서 있었다.
'소니에르가 지켜보기에 이보다 더 좋은 장소가 있었을까?'
드디어 랭던은 이 그랜드마스터가 남긴 시의 참된 의미를 이해한 느낌이었다. 랭던은 눈을 들어 유리 피라미드 너머로 별들이 가득한 밤하늘을 올려다보았다.

마침내 그녀는 별빛 가득한 하늘 아래 안식을 취한다.

어둠 속에서 들려오는 영혼의 웅성거림처럼, 그동안 잊고 있던 단어들이 저희들끼리 메아리쳤다.
'성배를 찾기 위한 모험은 마리아 막달레나의 유골 앞에 무릎을 꿇기 위한 모험이다. 추방당한 영혼, 잊혀진 신성한 여성성의 발 앞에서 기도를 드리기 위한 여정인 것이다.'
불현듯 북받치는 경외심을 주체하지 못한 로버트 랭던은 그 자리에 무릎을 꿇었다.
그는 잠시 어떤 여인의 목소리를 들었다고 생각했다……. 땅속의 깊은 심연에서 속삭이는…… 세월의 지혜를…….

〈끝〉

옮긴이 **안종설**

성균관대학교 사회학과를 졸업한 뒤 출판사 편집장을 지냈고, 캐나다 UFV에서 영문학을 공부했으며, 현재 전문 번역가로 활동하고 있다. 옮긴 책으로 《벤허: 그리스도 이야기》《떠오르는 아시아에서 더럽게 부자 되는 법》《스타워즈: 새로운 희망—공주, 건달 그리고 시골 소년》《스타워즈: 제국의 역습—제다이가 되고 싶다고?》《인페르노》《로스트 심벌》《다빈치 코드》《해골 탐정》《대런 섄》《잉크스펠》《잉크데스》《프레스티지》《Che—한 혁명가의 초상》《솔라리스》《천국의 도둑》《믿음의 도둑》 등이 있다.

다빈치 코드 ❷

초　판　1쇄 발행 2008년 12월 20일
초　판 21쇄 발행 2013년　8월　9일
개정판　1쇄 발행 2013년 12월 11일
개정판 14쇄 발행 2025년　4월 25일

지은이 | 댄 브라운
옮긴이 | 안종설
발행인 | 강봉자, 김은경

펴낸곳 | (주)문학수첩
주소 | 경기도 파주시 회동길 503-1(문발동 633-4) 출판문화단지
전화 | 031-955-9088(마케팅부), 9530(편집부)
팩스 | 031-955-9066
등록 | 1991년 11월 27일 제16-482호

홈페이지 | www.moonhak.co.kr
블로그 | blog.naver.com/moonhak91
이메일 | moonhak@moonhak.co.kr

ISBN 978-89-8392-501-5　04840
　　　978-89-8392-502-2　(세트)

＊파본은 구매처에서 바꾸어 드립니다.